HEYNE
BÜCHER

CATHERINE COULTER

HERRIN DES HERZENS

Roman

Aus dem Amerikanischen von
Ulrike Laszlo

Deutsche Erstausgabe

WILHELM HEYNE VERLAG
MÜNCHEN

HEYNE ALLGEMEINE REIHE
Nr. 01/10373

Titel der Originalausgabe
THE DUKE

Umwelthinweis:
Das Buch wurde auf chlor- und säurefreiem Papier gedruckt.

Redaktion: Birgit Groll
3. Auflage

Printed in Germany 1998
Quellenhinweis: Das Gedicht von ROBERT BURNS
EIN RÖSLEIN ROTH / *Oh, my luve is like a red, red rose* (S. ???)
ist entnommen aus: Robert Burns' Lieder und Balladen,
Verlag Philipp Reclam jun., Leipzig (ca. 1916)
›Für deutsche Leser ausgewählt und frei bearbeitet
von L. G. Silbergleit‹.
Umschlagillustration: Leslie Pellegrino/Agentur Schlück
Umschlaggestaltung: Atelier Ingrid Schütz, München
Satz: Schaber Satz- und Datentechnik, Wels
Druck und Bindung: Elsnerdruck, Berlin

ISBN 3-453-12545-2

Für meinen Ehemann,
den attraktivsten, klügsten und
unterhaltsamsten Mann der Welt.
Hier kommt die zweite Runde
von THE GENEROUS EARL, *mein Schatz.*
Danke für die erste Ausgabe
und all die anderen.

DIE SCHOTTISCHEN ROBERTSONS

ANGUS ROBERTSON, Graf von Penderleigh, vor kurzem verstorben

LADY ADELLA, Witwe des Earl, Gräfin von Penderleigh

Lady Adellas Söhne:
DAVONAN, verstorben
CLIVE, verstorben

Lady Adellas Enkeltöchter:
BRANDY, CONSTANCE, FIONA – Clives Töchter

Lady Adellas Enkel:
PERCIVAL, Davonans unehelicher Sohn

DOUGLAS ROBERTSON, Angus' älterer Bruder, verstorben; enterbt und im Stammbaum gestrichen

Douglas' Sohn:
CLAUDE

Douglas' Enkel:
BERTRAND

1

Lady Felicity Trammerley, die älteste Tochter des Earl of Braecourt, hatte schon sehr früh von ihrer hingebungsvollen Mutter gelernt, was ihr zustand. Sicher hatte sie von ihrem Verlobten, dem Herzog von Portmaine, noch mehr zu erwarten. Immerhin hatte sie eingewilligt, ihn zu heiraten, und das war ein großer Erfolg für ihn. Sie wußte, daß er sie für fügsam und sanft wie ein Schaf hielt, und genau diese Eigenschaften suchte er. Es erforderte Fleiß und harte Arbeit, aber sie gab ihr Bestes, um ihn davon zu überzeugen, daß sie diese Qualitäten besaß. Ihre Mama hatte ihr über das schöne schwarze Haar gestrichen und ihr erklärt, daß sie mit beharrlichem Eifer alles erreichen könne. Manchmal war es allerdings äußerst mühsam, vor allem jetzt, nachdem der Herzog ihr gesagt hatte, warum er sie besuchte. Sie hielt sich zurück und ließ ihn reden. Ihr war bewußt, daß sie vorsichtig zu Werke gehen mußte, auch wenn ihre Verlobung letzte Woche in der *Gazette* offiziell bekanntgegeben worden war. Ja, sie mußte sich sehr zusammennehmen, um ihn nicht anzuschreien, als dieser selbstsüchtige Dummkopf sie in seiner kurzangebundenen, arroganten Art über den Zweck seines Besuchs informierte.

Sie legte ihren ganzen Charme in ihre Stimme. »Mein lieber Ian, du weißt, daß ich mich über diese Erbschaft freue, auch wenn es sich nur um einen Titel und einen Besitz in Schottland handelt. Aber ich begreife nicht ganz, warum du so übereilt aufbrechen mußt – mitten in der Saison –, um dir ein moderndes altes Schloß anzusehen, das wahrscheinlich schon seit über hundert Jahren einer Ruine gleichkommt. Die Türme werden sicher nicht gleich einstürzen, wenn du deine Reise bis zum Sommer aufschiebst. Oh, Liebster, das Schloß ist wahrscheinlich sogar noch von einem Graben umgeben, oder nicht? Das ist furchtbar gefährlich. Niemand kann erwarten, daß du nur dafür auf all die Vergnügungen der Saison verzichtest.«

Felicity erwähnte nicht, daß ihr eigenes Vergnügen eng mit seinem verbunden war, denn in Begleitung des angesehenen, reichen und mächtigen Adligen würden alle sie angemessen behandeln. Jetzt, wo sie mit ihm verlobt war, galt sie als zukünftige Herzogin von Portmaine. Es gab noch ein paar alte Klatschbasen, die diese Tatsache nicht anerkannten, aber wenn sie erst einmal verheiratet war, würde sie diese schon in ihre Schranken verweisen.

Ian Charles Curlew Carmichael, fünfter Herzog von Portmaine, betrachtete die zierliche, entzückende Vertreterin des weiblichen Geschlechts, die vor ihm saß und ihn aus dunklen Augen hingebungsvoll ansah. Es war unmöglich, sie nicht anzulächeln. Allein ihr Anblick erfreute ihn. Sie war sehr schön. Ihre Stimme war sanft wie es sich für eine Herzogin gehörte, und sie bewegte sich so graziös wie es von einer Herzogin erwartet wurde. Ja, er hatte die richtige Entscheidung getroffen.

»Du hast recht, Felicity«, sagte er schließlich. »Niemand würde ein solches Übermaß an Eifer von einem Grundbesitzer erwarten – niemand, außer mir selbst und natürlich meinem verstorbenen Onkel Richard. Er brachte mir bei, mich um die Dinge zu kümmern, die mir gehören. Wenn ich das nicht täte, würde es ein anderer in die Hand nehmen, und ich stünde da wie ein Narr. Ich muß fahren. Wenn ich noch in dieser Woche abreise, sollte ich innerhalb eines Monats wieder zurückkommen können. Ich weiß, du verstehst das, meine Liebe. Ich kann meine Pflichten nicht vernachlässigen, auch wenn sie in Konflikt mit anderen, weitaus interessanteren Beschäftigungen geraten.« Der Wahrheit entsprach allerdings eher, daß er jede beliebige Entschuldigung wahrgenommen hätte, um dem Trubel während der Saison zu entfliehen. Die endlosen Feste und Bälle langweilten ihn zu Tode und stumpften ihn völlig ab.

Natürlich wußte er, daß Ladies diese Dinge genossen, und er war schließlich ein Gentleman. Jetzt konnte er entkommen, ohne seinem Ruf als Kavalier zu schaden. Er war außerordentlich erleichtert und verspürte im Grunde genommen keinerlei Schuldgefühle.

Lady Felicity versteifte sich, als er ihre Einwände so brüsk zurückwies. Zum Teufel, er zog es tatsächlich vor, zu diesem rückständigen Ort am Ende der Welt zu reisen, anstatt mit ihr in London zu bleiben. Mühevoll unterdrückte sie eine scharfe Antwort und bemühte sich, einen angemessen humorvollen Ton anzuschlagen. »Aber Ian, du hast mir selbst gesagt, daß du diese Leute gar nicht kennst. Und du weißt doch, wie die Schotten sind – ausnahmslos ungehobelte Barbaren. Ich kann mir kaum vorstellen, daß sie einen Engländer willkommen heißen. Warum schickst du nicht einfach deinen Anwalt Jerkins dorthin, damit er sich um die Angelegenheit kümmert?«

Der Herzog sah in ihre dunkelgrünen, leicht schräg gestellten Augen, die ihn so sehr an seine erste Frau erinnerten. Nein, er wollte nicht an Marianne denken. Nicht jetzt. Das wäre nicht richtig. Er mußte Marianne vergessen. Wenn Felicity erst einmal seine Herzogin war, würde sie sicher Mariannes Platz einnehmen und ihm dabei helfen, von seiner vor langem verstorbenen Frau loszukommen.

»Du hast vielleicht recht, meine Liebe«, erwiderte er, »aber es ist trotzdem meine Pflicht, Schloß Penderleigh zumindest einen Besuch abzustatten und zu entscheiden, was damit geschehen soll. Diese rüden Barbaren, wie du sie nennst, sind immerhin meine Verwandten – auch wenn man den Stammbaum weit zurückverfolgen muß.«

»Ich bezeichnete sie als ungehobelt und nicht als rüde.«

»Verzeih mir, aber diese beiden Ausdrücke scheinen mir in ihrer Bedeutung sehr ähnlich zu sein. Der Titel geht durch meine Großtante an mich, die, soviel ich weiß, immer noch auf Penderleigh lebt. Das kam durch ein etwas merkwürdiges Gesetz zustande, das vor einigen Jahren in Schottland in Kraft trat. Es tut mir wirklich leid, daß ich dich während des gesellschaftlichen Höhepunkts dieser Saison allein lassen muß.« Er besaß den Anstand, sie bei diesen Worten nicht direkt anzusehen. »Aber du weißt, daß du dich jederzeit auf Giles verlassen kannst. Er wird dich begleiten, wo immer du auch hingehen möchtest. Du wirst ihn mögen. Er ist witzig und unbeschwert; er tanzt gut und weiß immer den neuesten Londoner Klatsch. Ich habe keine Ahnung, wie er das macht.«

Der Herzog schüttelte nachdenklich den Kopf und lächelte dann. »Wirst du es ertragen, wenn er sich in einer gelbgestreiften Weste mit einer Reihe riesiger Silberknöpfe präsentiert, über der er einen jagdgrünen Mantel trägt?«

Er stellte sich Giles vor, wie er sich mit diesem Ensemble herausputzte. Einmal hatte er seinem Cousin gesagt, er wirke wie ein Pfau mit gespreizten Federn, doch Giles hatte ihn nur in den Arm gekniffen und ihm erklärt, er sei viel zu eingefahren, was seine Garderobe betreffe. Ja, er kleide sich einfach langweilig.

Der Herzog wäre unangenehm überrascht gewesen, wenn er gewußt hätte, daß Lady Felicity Giles modischen Geschmack sehr zu schätzen wußte und seine Kleidung wesentlich eleganter fand als den schlichten Stil, den der Herzog bevorzugte. Wahrscheinlich würde der Herzog ungläubig lachen, wenn sie ihm sagte, daß der weitaus schmaler gebaute Giles sie viel weniger einschüchterte als er. Er wußte nicht, daß Lady Felicity in diesem Augenblick einen leichten Magenkrampf verspürte. Sie dachte daran, wie ihr Bruder, Lord Sayer, sie mit derben Worten geneckt hatte, nachdem ihr Vater ihm begeistert von der Verlobung mit dem Herzog erzählt hatte. Er hatte sie auf diese für ihn typische widerwärtige Art heftig ins Kinn gekniffen und dabei seinen Blick über ihren zierlichen Körper gleiten lassen.

»Tja, mein Kätzchen, der Herzog ist ein starker Mann. Ich habe vor kurzem den Mut aufgebracht, mich mit ihm auf einen Kampf im Ring einzulassen und sah ihn dabei nackt bis auf die Haut. Nur harte Muskeln, meine Liebe, kein Gramm Fett. Sehr stattliche Proportionen – überall, wenn du weißt, was ich damit meine. Obwohl ich das nicht hoffe, denn du bist ja ein kleines Dummerchen und noch Jungfrau. Ich verspreche dir, du wirst eine stürmische Hochzeitsnacht mit ihm erleben. Wahrscheinlich wirst du danach tagelang nicht aufrecht gehen können.«

Felicity wandte rasch den Blick ab, als ihr bewußt wurde, daß sie den Herzog mit einem Ausdruck des Entsetzens gemustert hatte. Sie sagte sich immer wieder, daß Ian schließlich ein Herzog war. Einen Herzog sah man nicht entsetzt an, sondern man bewunderte ihn. Ihre Stellung als Herzogin würde sie für alles entschädigen, was sie in seinem Schlafzimmer würde ertragen müssen. Sie würde ihm einen Erben schenken. Alle erwarteten das von ihr – einschließlich ihrer Mama, die es zutiefst bedauerte, daß ihr kleiner Liebling von einem Ehemann verletzt werden würde. Doch danach würde der Herzog sie sicher in Ruhe lassen und sich damit zufrieden geben, sich mit seinen Mätressen die Zeit zu vertreiben.

Lady Felicity zwang sich, ihn anzulächeln. Sie wußte, es wäre nicht klug, weiter gegen seine Entscheidung zu protestieren. Oft genug hatte sie beobachtet, wie er sich bei dem geringsten Anzeichen von Widerstand von ihr zurückzog. Zuversichtlich richtete sie sich auf. Wenn sie erst einmal die Herzogin von Portmaine war, würde sich alles ändern.

Es gelang ihr, ihn weiterhin lächelnd anzusehen. »Ich werde dich schrecklich vermissen, Ian.«

Der Herzog erhob sich von dem blaßblauen, mit Brokat bespannten Sofa und umschlang ihre zarten Finger mit seinen großen Händen. »Ich werde dich auch vermissen, mein Liebes. Dein Verständnis für meine Beweggründe freut mich sehr. Ich werde nicht lange wegbleiben, du wirst schon sehen.«

Lady Felicity verstand diese Gründe keineswegs, aber das behielt sie für sich. Sie gestattete dem Herzog, sie auf die Wange zu küssen. Seine Lippen waren warm, und der Kuß störte sie nicht. Wenn sich Ehemänner nur damit zufrieden geben würden, dann wäre alles vollkommen. Aber ihre Mama hatte ihr gesagt, daß sie weitaus mehr als Küsse würde ertragen müssen. Alle Frauen müßten das erdulden, auch ihr kleiner Liebling, hatte sie erklärt, und ihrer Tochter den Kopf gestreichelt.

»August scheint eine Ewigkeit entfernt, Ian«, sagte Felicity, während der Butler dem Herzog in den Mantel half. »Noch ganze sechs Wochen bis zu unserer Trauung. Es wird die größte Hochzeit in St. George's in diesem Jahr werden. Alle Leute von Rang und Namen werden dort sein.«

Gegen seinen Willen entstand plötzlich ein lebendiges Bild von seiner ersten Frau, Marianne, vor seinen Augen. Sie waren in St. George's getraut worden, und jeder, der zählte, war eingeladen worden. Es war der glücklichste Tag seines Lebens gewesen. Marianne, seine wunderschöne Marianne. Sie war jetzt tatsächlich eine Ewigkeit von ihm entfernt.

Er sah zu Felicity hinunter. In ihrer Gesellschaft hatte er Freuden wiederentdeckt, die er lange entbehrt hatte. Sie hatte eine verblüffende Ähnlichkeit mit Marianne, und als er sie näher kennengelernt hatte, war ihm die gleiche Sanftheit, Bescheidenheit, Zartheit und Freundlichkeit aufgefallen.

Er konnte nicht leugnen, daß es Zeit wurde, sich wieder zu verheiraten. Immerhin war er jetzt achtundzwanzig, das Leben war unberechenbar, und jeder erwartete von ihm, einen Erben in die Welt zu setzen. Er mußte sich glücklich schätzen, daß erst Marianne und nun Felicity in sein Leben getreten waren.

Er betrachtete sie noch einen Augenblick lang und verabschiedete sich dann.

Mr. Giles Braidston stand im Salon des Portmaine Stadthauses, drehte den feinen Stiel des Kognakschwenkers zwischen seinen schlanken Fingern und wandte sich an den Herzog von Portmaine.

»Felicity erzählte mir, du seist entschlossen, nach Schottland zu reisen. In meinen Augen ein recht mühsames, abenteuerliches Unternehmen, aber du magst anscheinend so etwas, nicht wahr? Diese endlosen hektischen Reisen, bei denen man nie weiß, ob sich in dem Bett des nächsten Gasthauses nicht sogar noch mehr Flöhe tummeln als auf dem Hund des Wirts. Du weißt natürlich, daß deine Entscheidung Felicity, nun, sagen wir, stark beunruhigt. Ich würde eher sagen, sie hat eine Riesenwut im Bauch, aber was weiß ich denn schon? Felicity versteht es sehr gut, ihren Zorn zu zeigen – sie reckt die Nase in die Luft, preßt die Lippen aufeinander, und ihre Augen verdunkeln sich gefährlich. Ja, diese Kunst beherrscht sie meisterhaft. Ich glaube, ihre Mutter hat sie ihr bereits beigebracht, als sie noch die Schulbank drückte.«

Ian beugte sich über einen großen Eichentisch und studierte eine Landkarte von Schottland. »Verflixt, Giles, soweit ich das hier sehe, werde ich mindestens fünf Tage brauchen, um Schloß Penderleigh zu erreichen. Und die Straßen bestehen hauptsächlich aus holprigen Pfaden, die eher für Schafe als für Kutschen geeignet sind. Das Schloß liegt bei Berwick-on-Tweed an der Ostküste. Tut mir leid, alter Knabe, was hast du gesagt?«

»Ich sprach über deine Verlobte und ihren Zorn.«

»Falls Felicity dich zu mir geschickt hat, um mich umzustimmen, kannst du dir die Mühe sparen«, erwiderte Ian bestimmt. »Ich muß fahren. Es ist meine Pflicht. Du wirst dich natürlich um sie kümmern.«

»Selbstverständlich werde ich gut auf sie aufpassen und mich dabei großartig amüsieren. Wenn ich deinen Platz einnehme, werde ich sicher sehr zuvorkommend behandelt. Es hat seine Vorteile, dein nominierter Erbe zu sein – ich genieße sie alle sehr und danke dir dafür, Cousin.«

Der Herzog dachte an den Stapel Rechnungen, den er Pabbson vor einem Monat mit der Anweisung übergeben hatte, Giles Schulden zu begleichen. Er mochte seinen modebewußten Cousin und hatte nichts dagegen, wenn Giles sich gelegentlich aus seiner eigenen, viel größeren Kasse bediente. Gottlob war Giles nicht dem Glücksspiel verfallen – seine Leidenschaft galt nur Silberknöpfen und ausgefallenen Westen.

»Du kannst alles tun, was dir gefällt, während du mich vertrittst. Ich bitte dich nur um einen Gefallen – kümmere dich um Felicitys Wohlergehen. Das wirst du doch tun, nicht wahr?«

»O ja, du kannst dich darauf verlassen, daß ich selbst ihre Stirn glätten werde, falls sie besorgt die Augenbrauen heben sollte. Obwohl sie das nicht tun wird, da ihre Mama ihr beigebracht hat, daß man dadurch frühzeitig Falten auf der Stirn bekommt. Ist dir eigentlich schon aufgefallen, wie sehr Felicity ihrer Mutter gleicht?«

Ohne darauf einzugehen, fuhr der Herzog fort: »Da du mein Cousin bist, wird es keine Gerüchte geben, wenn du sie begleitest. Felicity liebt das Leben in der Stadt, so wie auch Mari ... Verdammt.« Der Herzog wandte den Blick ab und atmete tief durch. »Wenn Felicity auf große Abendgesellschaften und Bälle gehen will, möchte ich sie nicht enttäuschen.«

Giles schwang seine Uhr, die an einem schwarzen Samtband hing, hin und her. »Mir scheint, deine Reise nach Schottland kommt dir sehr gelegen, Ian. Nur halte ich sie für eine recht drastische Methode, um sich dem fröhlichen Treiben der Saison zu entziehen.«

»Fröhliches Treiben? Das ist doch Unsinn. Die Saison ist entsetzlich langweilig, das weißt du doch. Nun, vielleicht siehst du das anders als ich.«

»Ich hoffe, du sagst deiner Verlobten deine Meinung nicht so offen wie mir. Sonst könntest du dir die vornehme Übersetzung einer Grafentochter von ›Du bist ein verdammter Mistkerl und wirst mir dafür büßen‹ anhören müssen.«

Der Herzog wollte abwinken, doch dann dachte er einen Moment darüber nach. Sorgfältig rollte er die Karte von Schottland zusammen und schlang ein kurzes Band darum. »Vielleicht weißt du zuviel, Giles. Zumindest redest du zuviel. Wenn du die Wahrheit wissen willst, werde ich sie dir sagen. Ich betrachte meine Reise nach Schloß Penderleigh nicht nur als meine Pflicht, sondern eher auch als Flucht. Ich bin neugierig auf meine Verwandten, die Robertsons, aber bei dem Gedanken, eine weitere Verlobte über die ganze Saison hinweg begleiten zu müssen, möchte ich mich am liebsten unter meiner Bettdecke verkriechen und heulen. Es wäre mir gleichgültig, wenn ich nie wieder während der Saison in London sein könnte. Eigentlich wäre ich dann der glücklichste Mann auf der ganzen Welt.«

»Wie klug von dir, daß du das Felicity nicht gesagt hast, Cousin. Wie ich schon sagte, bin ich sicher, daß dir ihre Erwiderung nicht gefallen würde. Meine Güte, es würde ihr schwerfallen, ihr unterwürfiges Gehabe aufrechtzuerhalten, das sie für dich inszeniert. Es ist nur eine Fassade, Ian, eine Maske. Ich kann nicht fassen, daß du das nicht erkennst.«

»Sie wäre enttäuscht, Giles, aber sie ist gütig, verständnisvoll und sehr entgegenkommend.«

Giles sah ihn ungläubig an. »Guter Gott, Ian, ich versichere dir, daß Felicitys verblüffende Ähnlichkeit mit Marianne nicht über ihr Äußeres hinausgeht. Felicity hat mir übrigens erzählt, daß du dich strikt weigerst, mit ihr über deine erste Frau zu sprechen. Für mich ist ihre Neugier nur allzu verständlich.«

»Felicity weiß genau, worüber ich mit ihr zu sprechen bereit bin, Giles. Ich habe ihr gesagt, daß sie den Typ von Frau verkörpert, der mir gefällt.«

»Ach, Ian, genügt es dir denn nicht, daß alle deine Mätressen in den vergangenen fünf Jahren schwarzes

Haar und grüne Augen hatten? Wenn Felicity das jemals erfährt, wirst du rasch die Grenzen ihrer sanften Natur entdecken.«

Giles hob abwehrend die Hände, als Ians Augen sich verdunkelten. »Ich will keine Zwietracht säen, Ian, deshalb werde ich kein Wort mehr darüber verlieren. Wenn du Felicity heiraten willst – aus welchen Gründen auch immer –, steht es mir nicht zu, dich davon abzubringen.«

2

»Ich danke dir für deine Offenheit. Was Felicitys Charakter betrifft, wage ich jedoch zu behaupten, daß sie sich so entwickeln wird, wie ich mir das wünsche – falls sie nicht jetzt schon genau die Eigenschaften besitzt, die ich von meiner Ehefrau erwarte.«

Diese Worte klangen wichtigtuerisch und arrogant, und er bedauerte sie sofort. Sie gaben nicht seine Meinung wieder, trotzdem hatte er sie ausgesprochen. Was sollte er jetzt tun? Sicher war es am besten, nicht mehr darüber zu sprechen. Geschickt wechselte er das Thema.

»Weißt du, daß der alte Mabley seine üblichen düsteren Vorhersagen immer noch nicht lassen kann? Ich sagte ihm, er müsse mich nicht begleiten – immerhin ist er schon ein älterer Mann, für den die Reise möglicherweise zu beschwerlich wird. Als ich ihm erklärte, ich werde an seiner Stelle Japper mitnehmen, schwieg er zuerst eine Weile und wies mich dann in seiner sauertöpfischen Art darauf hin, nicht zu vergessen, Weste und Krawatte anzulegen, da er mich ja dann nicht daran erinnern könne. Jetzt bin ich bereits achtundzwanzig, aber er kann immer noch nicht glauben, daß ich ein erwachsener Mann bin.«

Mr. Braidston rückte unbewußt seine tadellos gebundene Krawatte zurecht. Obwohl ihm die Natur weder die überdurchschnittliche Größe noch die breiten Schultern oder den muskulösen Körperbau seines Cousins mitgegeben hatte, war er davon überzeugt, eine wesentlich elegantere Figur abzugeben. Er war kultiviert und der Traum jeder Gastgeberin. In jeder Situation wußte er, was er zu sagen oder zu tun hatte. In seinen Augen war Ian ein Langweiler, viel zu ernst und festgefahren – allein seine Kleidung bewies das.

»Mabley ist ein alter Mann, Ian. Er war doch der Kammerdiener deines Vaters, nicht wahr? Es wird Zeit, ihn in den Ruhestand zu schicken.« Giles gähnte.

Das sah Giles ähnlich. Er sah nur die Vorzüge seines Titels und Wohlstands, ohne sich Gedanken über die damit verbundenen Pflichten zu machen.

»Nein, das glaube ich nicht«, erwiderte Ian. »Ich denke, ich wäre ohne ihn ebenso verloren wie er, wenn er nicht mehr Dutzende von Stiefeln zu polieren hätte. Aber genug von meinem bejahrten Kammerdiener. Hat Felicity dir erzählt, auf welch seltsame Weise ich zum Earl of Penderleigh geworden bin?«

»Sie erzählte mir etwas von einer Großtante, einer Engländerin, und den absurden schottischen Gesetzen. Ich bedauere sehr, dir sagen zu müssen, daß sie rasch das Interesse an diesem Thema verlor, als ein neues Ballkleid von Madame Flauquet eintraf. Natürlich wollte sie dann meine Meinung über das Kleid hören.«

»Verstehe. Nun, da ich keine Westen besitze, die du beurteilen könntest, wird dir nichts anderes übrig bleiben, als mir zuzuhören.«

Mr. Braidston schwenkte sein Monokel durch die Luft und setzte sich mit einem gespielt leidenden Gesichtsausdruck auf das Sofa. »Mein Herz klopft bereits heftig, so sehr sehne ich mich nach deiner Erzählung.«

Ian konnte gerade die Namen der Robertsons nennen, bevor sein Butler leise die Doppeltüren zur Bibliothek öffnete. »Verzeihen Sie, Euer Gnaden. Ein Dr. Edward Mulhouse wünscht Sie zu sehen.«

»Edward! Meine Güte, das ist ja schon Monate her!

Führen Sie ihn herein, James. Erinnerst du dich an Edward Mulhouse, Giles? Du hast ihn bei unserem letzten Besuch in Carmichael Hall kennengelernt. Ich glaube, in ihm finde ich einen aufmerksameren Zuhörer.«

Edward Mulhouse betrat die geschmackvoll möblierte Bibliothek des Herzogs. Auf seinem markanten, tief gebräunten Gesicht lag ein Ausdruck der Freude. Er war groß, hatte riesige Hände und Füße und war modisch gekleidet. Allerdings nicht ganz so elegant wie Mr. Braidston, wie dieser nach einem kurzen Blick feststellte. Edward und der Herzog waren bereits seit ihrer Kindheit eng befreundet.

Die beiden schüttelten sich die Hand, und Ian schlug seinem Freund leicht auf die Schulter. »Wie hast du es nur geschafft, all deinen Patienten in Suffolk zu entkommen?«

»Als ich abfuhr, hinterließ ich nur ein lahmendes Pferd, Ian. Kein Geschwür weit und breit. Nicht einmal einen verstauchten Knöchel gab es zu behandeln. Niedergeschlagen stellte ich fest, daß ich nicht gebraucht wurde – ich fühlte mich unnütz. Was blieb mir anderes übrig, als mich in das ausschweifende Leben Londons zu stürzen und dabei meinen Vater zu besuchen? Ich dachte, ich sollte dir eine freudige Überraschung bereiten, also kam ich zu dir.«

»Ausgezeichnet, Edward. Du erinnerst dich sicher noch an meinen Cousin Giles Braidston.«

»Natürlich. Es ist mir ein Vergnügen, Sie wiederzusehen.«

Giles ließ den schmerzhaften Händedruck des Mannes über sich ergehen, der gebaut war wie eine Eiche und wahrscheinlich ein ausgekugeltes Bein mit einem Handgriff wieder einrenken konnte, ohne dabei auch nur eine Miene zu verziehen.

»Setzen Sie sich, Edward. Jetzt hat Ian zwei Zuhörer, die er zu Tode langweilen kann«, meinte er seufzend.

»Du mußt wissen, daß ich gerade den Titel eines schottischen Earls erhalten habe. Ich wollte Giles soeben erzählen, wie es dazu gekommen ist.« Der Herzog reichte Edward ein Glas Sherry. »Aber sag mir zuerst, ob in Carmichael Hall alles in Ordnung ist, mein Freund. Gibt Danvers sich immer noch wie ein alter, steifer Arthritiker?«

Ohne jeglichen Anflug von Neid dachte Edward an Carmichael Hall, den Besitz des Herzogs in Suffolk, und seine vielen Bewohner. »Danvers ist genauso, wie du ihn immer beschreibst, Ian, das kann ich beschwören. Dein Butler gibt mir ständig das Gefühl, er sei der Herr im Haus. Sein würdevolles Auftreten ist überwältigend.«

»Ian beschäftigt ihn, um seine eigene Bedeutung herauszustellen.«

»Falsch, Giles. Du bist derjenige, der Wert darauf legt, bedeutend zu erscheinen.«

»Das tust du auch, Ian. Du bist allerdings daran gewöhnt und sprichst deshalb nie darüber.«

Der Herzog fragte sich, ob sein Cousin damit recht haben könnte. Sie sprachen noch einige Minuten über dieses Thema, bis Edward schließlich den Kopf zur Seite neigte und sagte: »Genug von Carmichael Hall, London, dem König und der Wichtigkeit anderer Leute. Wie war das mit dem schottischen Titel, Ian?«

»Oh«, stöhnte Giles. »Und ich dachte schon, wir hätten ihn abgelenkt.«

»Keine Chance, Giles. Es tut mir nur leid, daß ich sehr wenig Fakten habe – ich hätte die Geschichte für dich sehr gern etwas weitschweifiger erzählt.«

Giles verdrehte die Augen nach oben, aber der Herzog ignorierte ihn und strich sich gedankenverloren mit seinen langen Fingern über das markante Kinn.

»Es ist wirklich seltsam«, begann er schließlich. »Der Besitz und der Titel fielen mir durch meine Großtante zu, der einzigen Schwester meiner Großmutter. Sie heiratete Angus Robertson kurz nachdem Bonnie Prince Charlie zum letzten Mal Anspruch auf den Thron erhoben hatte. Es gab einen komplizierten Rechtsstreit – Gott allein weiß, worum es eigentlich ging –, und dann sprachen die Gerichte mir den Besitz und den Titel zu. Es gibt keine anderen männlichen Nachkommen.« Er schwieg einen Augenblick lang und zwinkerte seinem Cousin zu. »Die Robertsons aus dem schottischen Tiefland dürfen natürlich keinesfalls mit den Robertsons aus dem Hochland verwechselt werden.«

»Selbstverständlich nicht.« Giles nickte und gab sich so weise wie der Bischof von York. »Ich würde diese beiden Familien nie in einen Topf werfen. Nicht in diesem und auch nicht in meinem nächsten Leben.«

»Von meinem englischen Anwalt habe ich nur erfahren, daß es keine männlichen schottischen Verwandten gibt, die ein Anrecht auf das Erbe haben. Der einzige Sohn des Earls starb 1795 und hinterließ drei Töchter.«

Mr. Braidston hielt sich seine hellhäutige Hand vor den Mund und gähnte verhalten. »Alte Geschichten sind schrecklich langweilig, finden Sie nicht auch, Edward?« Als er Edwards Grinsen sah, fuhr er fort: »Ein Glück, daß du uns so rasch wieder in die Gegenwart geführt hast, Ian. Ich nehme an, du hast Felicity nichts von dieser geballten Weiblichkeit erzählt. Drei Frauen? Das würde sicher ein Stirnrunzeln erzeugen – sehr zum Ärger ihrer Mama.«

»Felicity hat keinen Grund zur Sorge, Giles. Soviel ich weiß, sind diese Damen alle noch Kinder. Zumindest entnehme ich das dem Brief meiner Großtante.«

Edward Mulhouse sah ihn überrascht an. »Die alte Dame ist noch am Leben? Meine Güte, sie muß ja bereits ein Relikt sein, alt genug, um die Sintflut miterlebt zu haben.«

»Sie ist noch sehr lebendig, obwohl sie mindestens siebzig Jahre alt sein muß. Vielleicht ist sie auch schon achtzig oder hundert. Wer weiß?«

Mr. Braidston erhob sich. Seine Miene zeigte Bedauern. »Armer Ian. Also mußt du Kindermädchen für eine alte Vettel und die schnatternde Schar ihrer Enkelinnen spielen. Nun, ich muß jetzt gehen, alter Knabe, und lasse den armen Edward bei dir zurück, um sich deine Schicksalsgeschichte weiter anzuhören.«

»Wartet eine neue Weste auf deine Inspektion, Giles?«

»In der Tat. Ich muß entscheiden, ob zu braunroten Streifen Gold- oder Silberknöpfe besser passen. Natürlich spielen dabei Form und Größe der Knöpfe auch eine wichtige Rolle. So etwas erfordert eine gewisse Zeit.«

Giles wandte sich an Edward. »Besuchen Sie mich doch einmal in der Brook Street. Ian fährt noch vor dem Wochenende nach Schottland. Ian, wir sehen uns noch vor deiner Abreise. Ich hoffe, man bereitet dir in Schottland keinen allzu unfreundlichen Empfang.«

Nachdem Giles den Salon verlassen hatte, meinte Edward: »Obwohl die Schlacht in Culloden bereits etwa fünfzig Jahre zurückliegt, kann ich verstehen, daß die Schotten im allgemeinen ihren englischen Nachbarn keine große Sympathie entgegenbringen.«

»Darüber habe ich auch schon nachgedacht«, erwiderte der Herzog leise. »Ich habe beschlossen, nur Mabley mitzunehmen. Unabhängig davon, was die Schotten von uns Engländern halten, möchte ich auf keinen Fall, daß sie mich verachten, nur weil ich mit zehn Bediensteten und etlichen Packeseln, beladen mit meinem Hab und Gut, dort auftauche. Es ist typisch für Giles, daß er dabei nur an die alte Dame und eine Schar kichernder Mädchen denkt.

Jetzt aber genug von meinen Angelegenheiten, Edward. Sag mir, welch sündige Lokale in London du während deines Aufenthaltes besuchen möchtest.«

Edward hatte bereits eine umfangreiche Liste erstellt, da er nur selten Gelegenheit hatte, nach London zu kommen.

»Meine Güte, Edward«, sagte der Herzog erstaunt, nachdem Edward seine Aufzählung beendet hatte. »Nach all dem Brandy werde ich wegen dir London mit einem gewaltigen Kater verlassen müssen – ich werde die ganze Reise dazu brauchen, mich wieder zu erholen.«

Edward lächelte. Das war genau, was er sich erhoffte. Suffolk war eine hübsche Gegend, aber jetzt sehnte er sich nach einigen Amüsierlokalen. »Den ganzen Weg nach Schottland – darauf trinken wir, Ian«, sagte er und stieß mit seinem Gastgeber an.

»Aber es wird Spaß machen – vielleicht ist das die Schmerzen wert. Du bist doch Arzt. Hast du keine Mittel, die die Tage danach erträglicher machen?«

»Kein einziges«, erwiderte Edward fröhlich. »Es ist schon beinahe vier Uhr. Sollten wir nicht allmählich Pläne für den Abend machen?«

Ian dachte an seine Mätresse, die bezaubernde Cherry Bright – er hoffte, das war nur ihr Künstlername – und seufzte. »Möchtest du vielleicht auch ein Haus wie Madame Trevalier's aufsuchen?«

»Aber ja. Ich bin bereit«, erklärte Edward. »Schließlich saß ich sechs Monate auf dem Land fest, und dort gibt es nur tugendhafte Gutsherrentöchter und verheiratete Frauen. Die Töchter kichern ständig, werfen mir schmachtende Blicke zu und machen mich nervös. Die Ehefrauen mustern mich mit dieser bestimmten Art von Interesse, die mich in Panik versetzt. Ansonsten gibt es nur noch Schafe. Was soll ein armer Arzt da tun?«

»In Ordnung«, sagte der Herzog. »Wir werden jedem Amüsierlokal einen Besuch abstatten, bis du genug hast.«

»Dann sieh dir meine Aufstellung an, Ian. Ja, lies sie gründlich durch. Habe ich vielleicht eines der besten Lokale vergessen?«

»Woher hast du diese verdammte Liste?«

»Von dem Stallknecht des Gasthauses Gaggle Goose Inn, wo ich abgestiegen bin. Er hat eine reizende Tochter, läßt mich aber nicht in ihre Nähe.«

Der Herzog seufzte. »Komm um sechs Uhr wieder und bring dein Gepäck mit. Ich kann den Gedanken nicht ertragen, daß du dort bleibst. Du kannst bei mir wohnen solange du willst. Wir werden zuerst in meinem Club essen und dann mit deiner Liste beginnen.«

Seine Freunde ließ man nicht im Stich, schon gar nicht, wenn man bereits ab dem zarten Alter von sechs Jahren miteinander gejagt, gefischt und allerhand Streiche ausgeheckt hatte.

3

Lady Adella Wycliff Robertson, die Witwe des Grafen von Penderleigh, hob ihren abgewetzten Elfenbeinstock und richtete das stumpfe Ende auf ihre Enkelin. »Du sollst nicht so krumm sitzen, Kind. So siehst du aus wie Morag, bevor sie sich kratzt. Obwohl du den Namen der Robertsons trägst, fließt englisches Blut in deinen Adern. Das macht dich zu einer Lady, und Ladies sitzen niemals so schlampig da. Hast du mich verstanden?«

»Jawohl, Großmama«, erwiderte Brandy und straffte ihre Schultern. Das große, kreisförmige Wohnzimmer der Witwe war so kalt und zugig, daß sie sich am liebsten zusammengerollt hätte, um sich zu wärmen.

Die Steinmauern waren mit alten, dicken Wollteppichen verkleidet, aber die feuchte Kälte der Nordsee war schon vor langer Zeit tief in alle Fasern eingedrungen. Hin und wieder sah Brandy, wie sich der verschlissene Stoff an den Seiten blähte, wenn der kräftige Wind vom Meer durch die bröckelnden Schloßmauern pfiff. Sie rückte ein wenig näher an das Feuer in dem alten, verrußten Kamin.

»Stimmt es, was Cousin Bertrand mir erzählt hat, Großmama? Ist der neue Earl tatsächlich ein englischer Herzog? Wird er jetzt hier der Herr sein?«

»So ist es, mein Kind. Wie ich dir schon gesagt habe, war seine Großmutter meine einzige Schwester.« Sie schnaubte verächtlich. »Sie war schwach. Statt Blut floß Matsch durch ihre Adern, und ihr Gehirn bestand hauptsächlich aus Wasser. Guter Gott, unsere Wege verliefen in völlig unterschiedliche Richtungen …«

Lady Adella verstummte, und Brandy wußte, daß sich ihre Großmutter in Gedanken von ihr entfernte und in eine längst vergangene Zeit zurückkehrte. Geduldig wartete sie eine Weile, dann beugte sie sich vor und zupfte ihre Großmutter am Ärmel ihres schwarzen Satinkleids.

»Glaubst du, dieser englische Herzog wird nach Penderleigh kommen, Großmama?«

»Wer?« Lady Adella setzte sich auf und richtete ihre blaßblauen Augen auf ihre Enkelin. »Ach so, der Herzog. Ob er hierherkommt?« Sie schürzte die schmalen Lippen, die seit dreißig Jahren von keinem Mann mehr geküßt worden waren. »Das ist unwahrscheinlich, Kind. Wenn überhaupt, wird er wohl einen dieser pferdegesichtigen Geschäftsleute in einem glänzenden schwarzen Anzug schicken, der dann hier herumschnüffelt. Wir werden einen englischen Herrn haben, der nie anwesend ist und sich nur um unsere Mieteinnahmen kümmert. Jawohl, er wird sich bedienen, bis nichts mehr übrig ist. Vielleicht nimmt er uns sogar die alte rostige Kanone weg.«

Brandys ausdrucksvolles Gesicht rötete sich. »Aber wir haben doch keine Mieteinnahmen. Wir besitzen kaum etwas. Ohne den Fischfang würden unsere Kleinbauern verhungern. Du mußt dich irren, Großmama – das Blut in meinen Adern, das mich zu einer Lady macht, kann unmöglich englisch sein. Eine englische Lady würde solche Dinge nicht in Betracht ziehen. Warum also würde ein englischer Gentleman so etwas tun?«

Lady Adella lehnte sich zurück und trommelte mit ihren arthritischen Fingern auf den gewölbten Griff ihres Stocks. Sie konnte die Engländer nicht hassen, denn sie war selbst eine von ihnen. Trotzdem konnte sie Culloden, die Jahre der grausamen Unterdrückung, die Verwüstung der kleinen Bauernhöfe wie auch der Herrenhäuser und die Zerstörung der früher so stolzen Clans nicht vergessen. Es war ihr gelungen, die Robertsons zu retten. Die

Familienangehörigen im Hochland waren jedoch dem Herzog von Cumberland zum Opfer gefallen, der seine Drohung wahrgemacht hatte, sie mit dem Absatz seines Stiefels zu zerquetschen. Sie waren abgeschlachtet worden – Männer, Frauen und auch Kinder. Im Hochland war nur verzweifelter Zorn und der tiefverwurzelte Wunsch nach Rache übrig geblieben.

Bis vor zehn Jahren war der harmlose Dudelsack verboten gewesen, da die englischen Herrscher befürchtet hatten, die traurigen, durchdringenden Klänge könnten die Clans wieder vereinen und sie an ihren Stolz aus längst vergangenen Tagen erinnern. Trotzdem fühlte sie sich immer noch durch und durch als Engländerin, auch wenn sie seit über fünfzig Jahren in diesem abgelegenen, schrecklichen Schloß an der Nordsee wohnte.

Sie seufzte tief. »Nein, Brandy, es war nicht richtig von mir, so von dem englischen Herzog zu sprechen«, sagte sie langsam. »Er ist mein Blutsverwandter und somit auch deiner. Die Zeit wird zeigen, was für ein Mann er ist. Vielleicht ist er gar nicht so schlimm.«

Sie beobachtete, wie Brandys seltsam bernsteinfarbene Augen sich verengten, und ihre Nasenflügel bebten. Sehr englisch, dachte Lady Adella. Das hatte niemand dem Mädchen beigebracht. Brandy besaß Stolz, und den hatte sie sicher nicht von den schwachen, arglistigen Robertsons geerbt, sondern von ihr. Wäre sie nur ein Junge, dann lägen die Dinge jetzt ganz anders. Dann gäbe es keinen Engländer, der den schottischen Titel und Besitz beanspruchen könnte.

Brandy breitete plötzlich ihre Arme aus, kniete sich, ohne die Balance zu verlieren, auf das kleine, viereckige Kissen, das zu Füßen ihrer Großmutter lag, und streckte sich ausgiebig. Sie hob die Arme hoch über den Kopf und bog ihren Rücken durch.

Lady Adella zwinkerte. Mit einemmal sah sie ihre Enkelin mit anderen Augen. Obwohl ihre Sehkraft nachgelassen hatte, schien es ihr, als würden die Brüste des

Mädchens sich deutlich durch das Oberteil ihres alten blauen Musselinkleids abzeichnen – Brüste, die außergewöhnlich gut geformt waren. Die Taille des Mädchens war sehr schlank und betonte die Rundungen ihrer Hüften. Die letzten Jahre waren zu rasch verflogen. Brandy mußte mittlerweile längst ihre Periode haben. Lady Adella runzelte die Stirn. »Wie alt bist du jetzt, mein Kind?«

Brandy drehte sich bei der Frage ihrer Großmutter so rasch um, daß ihre blonden Zöpfe den verblichenen Teppich berührten. »Ich werde neunzehn, Großmama, am Michaelstag. Hast du das vergessen?«

»Sei nicht so unverschämt, Mädchen. Du bist achtzehn, also laß das Gerede. Michaelstag hin oder her, du bist erst achtzehn Jahre alt. Ich erinnere mich selbstverständlich an die Geburtstage jedes Robertsons in dieser rückständigen Familie. Hältst du mich etwa für eine senile alte Frau?«

»Keineswegs, Großmama. Für dickköpfig und unnachgiebig schon, aber sicher nicht für senil. Manchmal bist du auch ein wenig herrisch, aber das muß wohl so sein.«

»Sei vorsichtig, Miß«, meinte Lady Adella, und Brandy fragte sich, was sie damit meinte. Lady Adella schloß die Augen und lehnte sich gegen die weichen Kissen auf ihrem Lieblingsstuhl. Achtzehn. Neunzehn am kommenden Michaelstag. Sie war im heiratsfähigen Alter. Beinahe schon darüber hinaus. Und da war auch noch Constance. Meine Güte, sie mußte mittlerweile schon sechzehn sein. Und auch Fiona war kein Kleinkind mehr. Lady Adella zählte stumm die Jahre. Die kleine Heulsuse Emely war bei Fionas Geburt gestorben – tatsächlich, das war bereits sechs Jahre her. Es war in dem Jahr geschehen, in dem diese lächerlichen Franzosen sich gegenseitig abgeschlachtet hatten. Der liebenswürdige, aber schwache Clive, ihr zweiter Sohn, war mit drei Töchtern zurückgeblieben. Bis zu seinem Tod war er untröstlich gewesen. Er ertrank, als sein Boot in einem Sturm nur hundert Meter vor der Küste kenterte.

Brandy schlang ihren karierten Schal enger um ihre Schultern und verknotete ihn fest vor ihrer Brust. Sie würde ihn ständig tragen, bis Ende April das Heidekraut purpurrot zu blühen begann. Was sie dann tun sollte, wußte sie noch nicht. Der Schal würde zu warm sein, also mußte sie sich etwas anderes einfallen lassen.

Brandy lächelte in Vorfreude auf das warme, heitere Frühlingswetter, obwohl auch zu dieser Jahreszeit manchmal eisige Winde über die Klippen fegten, die die Meeresströmungen mit sich brachten. Vielleicht würde es ihr in diesem Jahr gelingen, ein Büschel weißes Heidekraut zu finden, das hier als Glücksbringer galt.

Sie bewegte ihre verkrampften Zehen in den Schuhen, die ihr seit kurzem zu eng waren und setzte sich zurecht. Ihr war bewußt, daß sie ihre Großmutter nicht stören durfte, wenn diese in Erinnerungen schwelgte. Unwillkürlich dachte sie an ihren Großvater und spürte einen Anflug des Bedauerns, weil er nicht mehr lebte. Wenn sie jedoch ganz ehrlich war, mußte sie zugeben, daß sie ihn nicht besonders gemocht hatte. Er war noch barscher und unflätiger gewesen als der Rest der Familie, und er hatte sich oft einen Spaß daraus gemacht, sie mit seinen endlosen, rauhen Scherzen in Verlegenheit zu bringen. Wie schade, daß er sich geweigert hatte, Onkel Claudes Enterbung noch einmal zu überdenken. Wenn Onkel Claude der nächste Earl of Penderleigh geworden wäre, könnte ihnen jetzt kein englischer Fremder das Land nehmen.

Brandy warf einen Blick auf die alte Uhr, die in einem schiefen Winkel auf dem Kaminssims stand und sie an einen betrunkenen Seemann erinnerte. Beinahe vier Uhr. Zeit für den Nachmittagstee, eine Tradition, die Lady Adella gegen den Willen ihres Mannes vor fünfzig Jahren unbeirrt eingeführt hatte. Brandy lauschte Crabbes vertrauten schweren, hölzernen Schritten.

Es klopfte an der Tür. Der verschwommene Ausdruck verschwand aus Lady Adellas Augen. »Ah, Zeit für unseren Tee, nicht wahr?« Sie erhob die Stimme. »Komm rein, Crabbe. Verdammt, trödle nicht herum.«

Der hochgewachsene, stämmige Crabbe betrat mit einem Silbertablett in den großen Händen langsam den Salon. Hinter ihm wartete Cousin Percival.

»Master Percival wünscht Sie zu sehen, Mylady«, verkündete Crabbe überflüssigerweise.

Brandy beobachtete beklommen, wie sich Lady Adellas trockene Lippen zu einem breiten Lächeln verzogen. Das war immer so, wenn Percy kam. Brandy erschauerte, erhob sich langsam und zog sich hinter den hohen Lehnstuhl ihrer Großmutter zurück. Sie verabscheute Percy zutiefst – nicht nur, weil er sich schamlos bei ihrer Großmutter einschmeichelte, sondern weil sie ihn fürchtete.

An ihrem Geburtstag am letzten Michaelstag hatte er damit begonnen, sie seltsam zu mustern. Seine zusammengekniffenen grünen Augen hatten einen Ausdruck angenommen, den sie nicht benennen konnte, aber tief in ihrem Inneren erkannte. Während des Winters hatte sie herausgefunden, was dieser Blick bedeutete. Er machte ihr große Angst.

»Komm schon, Crabbe. Steh nicht da wie ein dummer Tölpel. Das Tablett kommt auf den Tisch, wie immer in den letzten fünfzig Jahren. So ist es richtig. Du kannst jetzt gehen. Sag Cook, daß ich heute abend nicht schon wieder eine Terrine voll Linsensuppe mit Reis sehen will. Ich habe genug von diesem Spülwasser – mir wird schon übel, wenn ich nur daran denke. Sag ihr, sie soll etwas Anständiges kochen. Mein Enkel ist hier.«

Lady Adella wandte sich Percival zu und deutete mit ihrem Stock auf das verblichene grüne Samtsofa gegenüber.

»Nun, mein Junge, es wurde auch Zeit, daß du mich besuchst. Nimm Platz, setz dich. Brandy, mein Kind, schenk den Tee ein. Meine Finger sind heute so steif wie mein Stock.«

Brandy schlüpfte befangen hinter dem Stuhl ihrer Großmutter hervor. Als sie nach dem silbernen Henkel des Teekessels griff, legte Percy seine Hand um ihr Armgelenk.

»Guten Tag, kleine Cousine. Du siehst bemerkenswert gut aus.« Seine Hand umschloß ihr Armgelenk fester, und Brandy spürte, wie er mit den Fingern ihre Handfläche streichelte.

Sie hätte ihm am liebsten den Kessel über den Kopf gezogen, aber das Ding war schon so alt und zerbrechlich, daß sie befürchtete, noch mehr Dellen hineinzuschlagen. Vielleicht würde der Kessel auch auseinanderbrechen. Wortlos entzog sie ihm ihre Hand. Sie wollte vor Lady Adella keine Szene verursachen. Rasch wischte sie ihre Handfläche an ihrem Rock ab.

Percy lachte leise. »Meine liebe Großmutter, wie schaffst du es nur, von Jahr zu Jahr schöner zu werden?« Er verbeugte sich und drückte einen sanften Kuß auf Lady Adellas blaugeäderte Hand.

»Du bist ein gerissener Hund, Percy, mein Junge, aber du gefällst mir. Warum bist du nicht gekommen, als ich dich darum gebeten habe? Du überbringst deine Beileidswünsche drei Monate zu spät. Ehrlich gesagt erstaunt es mich, daß du gerade jetzt auf dein ausschweifendes Leben in Edinburgh verzichtest.«

»Ich bin kein Heuchler, Mylady. Du weißt doch, daß Lord Angus' Tod alle seine trauernden Hinterbliebenen früher oder später hierher in diese feuchten Mauern ziehen wird. Alle werden dir ihre Aufwartung machen, nur dauert es bei einigen eben länger als bei anderen.«

»Dein Tee, Cousin Percy.«

»Ah, ein strahlendes Licht unter all diesen trostlosen Schatten. Vielen Dank, kleine Cousine. Du gleichst mehr und mehr den schönen Anemonen, die nur darauf warten, gepflückt zu werden.«

»Dieser Vergleich paßt nicht zu dem Kind«, warf Lady Adella scharf ein. Sie erkannte, daß Percy mit seinen geschulten Augen die Veränderungen an Brandy eher wahrgenommen hatte als sie.

»Würdest du mich entschuldigen, Großmama? Ich habe Constance und Fiona versprochen, mit ihnen einen Spaziergang zu machen.«

»Natürlich, mein Kind, aber kommt nicht zu spät zurück. Du weißt, daß ich es nicht leiden kann, wenn die Suppe kalt wird.«

Brandy deutete einen unbeholfenen Knicks an, raffte ihre Röcke und hastete zur Tür. Als sie aus dem Zimmer schlüpfte, glaubte sie Percy leise lachen zu hören.

»Sie ist eigentlich kein Kind mehr, Lady«, sagte Percy so laut, daß Brandy es im Korridor hören konnte.

»Laß das Mädchen in Ruhe, Percy. Sie ist noch viel zu jung und unerfahren für solche Spielchen.« Lady Adella legte ihre steifen Finger um den Henkel der Tasse und zog laut schlürfend einen Schluck heißen Tee durch die ihr noch verbliebenen Zähne. Sie bemerkte, daß sich seine grünen Augen verengten und lächelte in sich hinein. Ja, die Männer der Familie Robertson waren alle gleich. Überspannte Schwächlinge, die immer glaubten, sie wären Götter in den Augen aller Frauen. Brünftige Frettchen, die jammerten, wenn sie nicht bekamen, was sie wollten – und das war gewöhnlicherweise eine andere Frau.

»Auf deine Unsterblichkeit, Lady.« Percy hob seine Tasse.

Lady Adella stieß ein trockenes Lachen aus. »Ja, ich habe geschworen, mich länger als Angus an dieses Leben zu klammern. Er war vor Wut außer sich, als der Arzt ihm sagte, er müsse bald sterben. Hätte der arme alte gichtkranke Kerl noch Geld besessen, hätte er es lieber verbrannt, als es mir zu hinterlassen, das kann ich beschwören.«

»Wie mag er sich jetzt wohl fühlen, wo er in der Hölle schmort und weiß, daß ich hier bei dir bin?« Percy bemühte sich, den bitteren Sarkasmus in seiner Stimme zu unterdrücken und fügte hinzu: »Zumindest kann ich Penderleigh nun besuchen, wann immer ich will.«

Lady Adella starrte zuerst auf ihre Hände und dann auf die Teetasse, die sie auf einem kleinen Tisch neben sich abgestellt hatte. Plötzlich lächelte sie Percy an. »Was würdest du sagen, wenn ich dich zu meinem legitimen Enkel mache, mein Junge?«

Percy spürte, wie das Blut in seinen Schläfen zu pochen begann. »Willst du damit gutmachen, daß ich jahrelang beleidigt wurde, Lady?« fragte er vorsichtig. »Der alte Angus würde sich aus seinem Grab erheben und dich erwürgen.«

»Ich muß zugeben, es würde mir gefallen zuzusehen, wie er seine alten, in ein Leichentuch gehüllten Knochen aus dem tiefen Loch hieven würde, in dem ich ihn begraben habe. Du siehst sicher die Vorteile, die dir das bringen würde. Was sagst du dazu, Percy?«

»Vorteile? Es würde vielleicht meine Chancen erhöhen, eine reiche Erbin zu heiraten, aber hier würde ich nichts gewinnen. Der englische Herzog hätte immer noch ein Recht auf Penderleigh und den Titel, oder etwa nicht?«

»Wahrscheinlich, mein Junge, aber du wärst endlich ein anerkannter Robertson. Es gefällt mir nicht, daß man Davonans Sohn als Bastard der Robertsons bezeichnet – bei dem Gedanken daran dreht sich mir der Magen um. Komm schon, Percy, sieh mich nicht so böse an. Du weißt, daß ich noch nie ein Blatt vor den Mund genommen oder eine Tatsache geleugnet habe. Wer weiß, was geschehen wird, wenn du erst einmal einen legitimen Status hast? Also, willst du das, oder nicht?«

Percy dachte an die dickliche, kurzsichtige Joanna MacDonald, die Tochter und Erbin eines wohlhabenden Kaufmanns aus Edinburgh. Wenn ihn sein Gefühl nicht trog – und das war sehr unwahrscheinlich, wie er wußte –, hatte sie ein Auge auf ihn geworfen. Ihr selbstgefälliger Vater käme dann nicht umhin, ihn zu akzeptieren. Er lächelte Lady Adella an. Seine vollen, sinnlichen Lippen verzogen sich zu dem jungenhaften Grinsen, das schon viele anfänglich abweisende Damen umgestimmt und direkt in sein Bett geführt hatte. »Ja, Großmama, ich wäre sehr gern dein legitimer Enkel. Sogar meine Gläubiger wären wahrscheinlich höchst beeindruckt. Ich frage mich, wie sich die Legitimierung meines Namen auf meinen Anspruch auf Penderleigh auswirken würde.«

»Nun, du solltest dir überlegen, was wäre, wenn dem englischen Herzog ein Erbe versagt bleibt.«

»Oder wenn er eine schwere Krankheit bekäme, die er nicht überleben würde.«

Lady Adella warf ihrem Enkel einen hämischen Blick zu. »Der englische Herzog ist ein junger Mann – erst achtundzwanzig, soviel ich weiß. Viel zu jung, um diese Welt ohne äußere Gewalteinwirkung zu verlassen. Außerdem wäre es möglich, daß er bereits verheiratet ist und einen Stall voll hoffnungsvoller Kinder hat. Wenn nicht, gibt es sicher einen Onkel oder Cousin, der auf das Erbe spekuliert. Es taucht immer irgend jemand auf, der Ansprüche anmeldet.«

»Du wirst mir doch wohl keine Mordgelüste unterstellen, Mylady? Ich habe lediglich über die verschiedenen Möglichkeiten nachgedacht. Es ist nur ein Spiel, das wir spielen – und du hast damit angefangen.«

Lady Adella schnaubte verächtlich. »Ja, es geht um Fragen, die sich auch Bertrand, der Sohn unseres lieben Claude stellen würde, wäre er nicht so feige. Ein unehelicher Enkel und ein enterbter Großneffe! Angus sei verdammt. Er war ein Narr und störrisch wie ein Esel vor einem Heukarren. Hör zu, Percy, wenn ich dich zu meinem legitimen Enkel mache und Claude und Bertrand wieder als Erben einsetze, könnte ich damit dem englischen Herzog die Suppe gründlich versalzen – selbst wenn er nicht daran denkt, London zu verlassen.«

Percy war überrascht und entsetzt, die alte Frau so grausam und gehässig sprechen zu hören, obwohl er sich, weiß Gott, mittlerweile daran gewöhnt haben sollte. »Du redest Unsinn, Großmama. Angus hätte Claude und Bertrand niemals wieder als Erben eingesetzt. Du machst mich zu deinem legitimen Enkel – damit bin ich in der Erbfolge nach dem englischen Herzog der nächste.«

»Der Gedanke an Claude und Bertrand stößt dir wohl sauer auf, mein Junge? Dein Anspruch wäre nicht mehr als Staub im Wind, würde ich Douglas' Sohn wieder als Erben einsetzen.« Lady Adella hob die knochigen Schultern und musterte Percy scharf. »Die Zeit wird dir sagen, wie es sich mit deinem Recht verhält, Percy. Die Zeit – und ich natürlich.«

Einen Augenblick lang starrte Percy Lady Adella verblüfft an. Diese alte Frau ist wie eine gewaltige Spinne, dachte er. Sie spinnt ihr Netz und versucht, mich darin zu fangen. Will sie denn, daß wir uns alle gegenseitig an die Kehle springen? Nein, berichtigte er sich selbst in Gedanken, will sie, daß *ich* mich mit allen anderen anlege? Ganz bewußt nahm er davon Abstand. Im Moment konnte er nur hoffen, daß sie ihn zu seinem legitimen Enkel machen würde.

Er erhob sich und nahm Lady Adellas Hand in seine.

»Wenn du einverstanden bist, werde ich bleiben, bis die geschäftlichen Dinge erledigt sind. Ich möchte gerne mit meinem legitimen Namen nach Edinburgh zurückkehren.«

»Das wirst du, Percy«, erwiderte Lady Adella. »Sag Crabbe, er soll MacPherson morgen kommen lassen. Ich werde dem alten Gauner dann sagen, was er tun soll.«

»In Ordnung, Großmama.« Percy wandte sich zum Gehen.

»Percy.«

Er drehte sich um.

»Du wirst Brandy in Ruhe lassen. Sie ist noch ein Kind und weiß mit Männern nichts anzufangen.«

Sie sah das unterdrückte Glitzern in seinen Augen, als sie ihn mit einem Kopfnicken entließ und fragte sich, ob er wohl wußte, wie sehr er seinem ihm verhaßten Großvater ähnelte.

Als Lady Adella allein war, verzog sie die Lippen zu einem selbstgefälligen Lächeln, das ihre obere Zahnreihe entblößte. Sie kannte sich mit den Gesetzen ein wenig aus und war fest entschlossen, die Sache ins Rollen zu bringen, jetzt, wo Angus diese Welt verlassen hatte und zur Hölle gefahren war.

Der alte MacPherson würde tun, was sie von ihm verlangte, daran bestand kein Zweifel. Und die Gerichte würden ihrem Antrag stattgeben. Der Name Robertson bedeutete immer noch Macht. Sie würde Percy zu ihrem legitimen Enkel machen und vielleicht sogar Claude und Bertrand wieder als Erben einsetzen. Bei dem Gedanken daran, was der englische Herzog wohl zu ihren Machenschaften sagen würde, zuckte sie unbekümmert die mageren Schultern. Er befand sich schließlich im weit entfernten London, und sie war sicher, daß er dort auch bleiben würde.

Lady Adella betrachtete das schmale, viereckige Kissen zu ihren Füßen. Brandys Kissen. Ihre Enkelin hatte mittlerweile die Formen einer Frau. Verärgert klopfte sie mit ihrem Stock auf den Boden. Drei Enkelinnen, und keine von ihnen besaß eine Mitgift oder hatte Aussichten auf eine gute Partie. Es war unwahrscheinlich, daß der englische Herzog sich freiwillig für ein paar fremde schottische Verwandte von einem Teil seiner Guineen trennen würde, auch wenn er jetzt der offizielle Vormund der Mädchen war. Die Idee war absurd, aber Lady Adella ließ sie dennoch nicht ganz fallen. Die Zeit würde es zeigen – und sie würde dabei ein wenig nachhelfen.

Zumindest würde Percy für sich selbst sorgen können, wenn sie ihn zu ihrem rechtmäßigen Enkel gemacht hatte. Er sah gut aus und war ein unbekümmerter Mensch – so wie sie es selbst vor vielen Jahren gewesen war. Sie verfluchte Davonan, weil er Percys Mutter seinen Namen nicht gegeben hatte. Aber Davonan war schon immer ein wenig seltsam gewesen. Sie erinnerte sich daran, wie erfreut sie gewesen war, daß Davonan sich endlich mit einer Frau eingelassen hatte. Doch das Verhältnis hatte natürlich nicht lange gedauert. Bereits ein knappes Jahr später war er mit einem muskulösen Iren durchgebrannt und hatte sie mit seinem kleinen, hilflosen Sohn allein gelassen. Sie fragte sich beiläufig und ohne Schmerz dabei zu empfinden, ob Davonan wirklich bereitwillig seinem französischen Geliebten auf die Guillotine gefolgt war, einem zügellosen *Comte*, der es verdient hatte, daß sein wertloser Kopf von seinem dekadenten Körper abgetrennt wurde. Zumindest hatte Percy diese Neigung nicht von seinem Vater geerbt.

Lady Adella drehte den Kopf und sah auf die Uhr. Zeit, sich von der alten Marta beim Anziehen für das Abendessen helfen zu lassen. Sie lachte gackernd. Ja, die alte Marta – sie war einmal eine kesse Göre gewesen.

Gott sei Dank hatte Angus *sie* nicht geschwängert.

4

Bertrand Robertson kaute nachdenklich am Kiel seiner Feder und beugte sich wieder über das dicke Geschäftsbuch. Sein einziger Bediensteter, der hellhörige Fraser, hatte ihm gesagt, daß Percy zurückgekehrt war. Dieser verdammte Mistkerl. Was wollte er wohl dieses Mal? Dumme Frage – Geld natürlich. Nun, es gab kein Geld für ihn, nicht einen verdammten *Sou*, also sollte er sich ruhig bei Lady Adella mit Komplimenten über ihre hübschen Augenbrauen und ihren scharfen Verstand einschmeicheln. Das würde nichts ändern. Es würde Bertrand allerdings nicht überraschen, wenn die alte Dame Percy belügen und alle möglichen Versprechungen machen würde. Das würde er ihr durchaus zutrauen.

Er zwang sich dazu, sich wieder auf die Zahlen zu konzentrieren, die er Reihe für Reihe ordentlich in das Geschäftsbuch eingetragen hatte. Die nüchterne Summe verursachte ihm Magenbeschwerden.

Penderleigh mußte in diesem Jahr Einbußen verzeichnen. Nach Angus' Tod hatten seine Gläubiger auf die Begleichung der Schulden gedrängt, und die Wolle der Schafe mit den schwarzen Gesichtern hatte auf dem Markt einen viel geringeren Gewinn erzielt als erwartet. Das würde dem englischen Herzog ganz und gar nicht gefallen.

Bertrand fuhr sich mit den tintenbefleckten Fingern durch seinen dunkelroten Haarschopf, der ihm ständig in die Stirn fiel. Er mochte zwar nur ein enterbter Großneffe sein, aber der alte Angus hatte seine Arbeit zu schätzen gewußt und sich darauf verlassen, daß er jeden Penny aus dem Besitz heraus wirtschaftete. Mit brennenden Augen starrte er auf die mageren, deprimierenden Zahlenreihen und verspürte einen Stich in der Brust – er hatte Angst. Angus war tot. Es war gut möglich, daß er und sein gichtkranker Vater bald unsanft vor die Tür gesetzt wurden und Penderleigh verlassen mußten. Wie sollte er den Geschäftsmann, den der englische Herzog schicken würde, nur davon überzeugen, daß er sich sehr bemüht hatte, Gewinne zu erwirtschaften, und daß das Schloß und der Seitenflügel mit den Wohnräumen jederzeit zusammenbrechen konnte, weil er keine Mittel für Reparaturen genehmigt bekam? Nun, eigentlich war das beinahe ein guter Witz. Woher sollen die Mittel denn kommen?

Er hob den Blick, als Fraser sich trotz seiner stämmigen Gestalt mit leisen Schritten näherte, sein rundes Gesicht in den kleinen, sonnigen Raum streckte und diskret hüstelte. Bertrand sah ihn an und nickte.

»Ihr Vater hat gerade erfahren, daß Master Percival gekommen ist, Master Bertrand. Er ist ein wenig aufgeregt, wenn Sie wissen, was ich meine.«

»Ja, ich verstehe sehr gut, was Sie meinen. Sagen Sie

ihm, ich werde gleich zu ihm kommen. Er soll sich wegen Percy nicht aufregen – der Mann ist unser geringstes Problem. Warten Sie, ich werde es ihm selbst sagen. Machen Sie sich keine Sorgen, Fraser.«

»Was immer Sie auch sagen, es ist nicht gut, daß Master Percival hier ist.« Fraser schüttelte seinen ergrauten Kopf, und das Lächeln verschwand aus seinem Gesicht.

»Machen Sie sich keine Sorgen«, wiederholte Bertrand. »Pervical ist nur eine herumschwirrende, lästige Fliege. Das eigentliche Problem ist der englische Herzog, unser neuer Herr. Wir werden den Gürtel enger schnallen müssen. Vielleicht versetzt er uns sogar den Todesstoß. Dann wird uns nichts anderes übrigbleiben, als uns selbst zu ernähren. Können Sie fischen, Fraser?«

»Nicht sehr gut. Ich esse gerne Meeresfrüchte, aber ich habe keine Ahnung, wie man sie fängt. Sie haben recht, Master Bertrand. Wenn das eintrifft, was Sie befürchten, sind wir schlecht dran. Glauben Sie wirklich, der Herzog ist wie Cumberland?«

Bertrand lachte humorlos und stand auf. »Wir schreiben nicht mehr das Jahr 1746, Fraser. Damals war der englische Herzog noch nicht geboren. Aber er ist zweifellos ein stolzer Mann, der, wie alle Engländer, die Schotten verachtet. Wahrscheinlich wird er uns einen seiner Londoner Männer schicken, der dann hier herumschnüffeln und uns beschuldigen wird, den Herzog zu bestehlen.«

Fraser schwieg. Seine intelligenten, engstehenden Augen, die normalerweise so rund wie sein Gesicht waren, verengten sich. »Es gibt verdammt noch einmal nichts, was wir dagegen unternehmen können, Master. Sie sollten jetzt zu Ihrem Vater gehen. Ich bin nicht sicher, aber ich glaube zu hören, daß er mit seinem Stock auf den Boden klopft. Der Tee zieht bereits – ich werde ihn gleich bringen.«

Bertrand verließ zögernd seine Schreibstube. Während er die baufällige Treppe zu dem stickigen Schlafzimmer seines Vaters hinaufstieg, dachte er über seine Probleme nach. Mit jedem Schritt sank seine Stimmung.

»Steh nicht dort herum, Bertie. Komm herein, komm schon. Fraser hat solange gebraucht, um dich zu holen, daß ich beinahe vergessen habe, was ich dir sagen wollte. Komm näher, mein Junge. Was kannst du mir berichten? Haben wir jetzt mehr Geld als heute morgen?«

»Wie geht es dir, Vater? Du siehst gut aus. Nein, wir haben keinen Penny mehr als vorher. Es sieht jetzt am Nachmittag ebenso schlecht aus wie heute morgen.« Bertrand durchquerte das Zimmer mit dem nackten Boden und ging zu seinem Vater, Claude, der, von Kopf bis Fuß in eine karierte Decke gehüllt, neben dem lodernden Feuer saß. In dem Raum war es sicher heißer als in der Hölle. Betrand wischte sich über die Stirn. Nach zehn Minuten würde er den Wunsch verspüren, seinen Kopf in einen Eimer mit kaltem Wasser zu stecken. Nach zwanzig Minuten würde er Kopfschmerzen haben, rasch zu den Klippen laufen, auf das Meer hinaussehen und versuchen, sich in der steifen Brise wieder zu sammeln. Sein Vater war eine Plage. Bertrand konnte sich nicht erinnern, daß er ihm jemals nicht zur Last gefallen war.

»Sperr deine Augen auf und sieh mich an, Bertie. Mein Fuß ist so angeschwollen wie ein verottender Misthaufen. Und es ist so kalt in diesem verdammten Zimmer. Du mußt mit Fraser reden. Sag ihm, daß die Kälte meine Schmerzen unerträglich macht. Wir brauchen mehr Brennstoff. Er soll Torf besorgen.«

»Ich werde mit Fraser sprechen, Vater.« Bertrand setzte sich auf einen Stuhl, der nach muffiger Kleidung und Pfeifenrauch roch und wartete geduldig. Er hoffte, sein Vater würde bald zur Sache kommen und ihm sagen, was er von ihm wollte, bevor die Kopfschmerzen einsetzten.

»Dreh deinen Kopf etwas nach links, Bertie – so sitzt du vor der Sonne. Nicht, daß ich mir etwas aus Sonnenlicht mache, aber es wärmt meine Knochen. Gott weiß, daß

Knochen ohne Wärme brechen, und das bedeutet für einen Mann das Ende.«

Bertrand rutschte auf dem mit brüchigem Leder überzogenen Sessel hin und her und fuhr sich mit der Hand über die Stirn. Die Hitze des Feuers verursachte ihm Schweißausbrüche. Bald würden die Kopfschmerzen einsetzen. Ein Mann sollte keine Kopfschmerzen haben, aber was konnte er dagegen tun? Er haßte diesen verdammten Raum, in dem es so heiß wie in einem Hochofen war.

»Du weißt natürlich, daß Percy zurückgekommen ist«, sagte Claude. »Der Geier stürzt sich auf die Knochen, bevor die Würmer den alten Angus in seinem Grab auffressen können.«

Bertrand seufzte. »Es ist vollkommen unwichtig, was Percy tut, Vater. Es gibt nichts anderes als Knochen für ihn – ebenso wie für uns. Percy ist unser geringstes Problem, das kannst du mir glauben.«

»Behandle mich nicht wie einen dämlichen Schwätzer, junger Mann«, brüllte Claude. »Weißt du, daß Adella plant, deinen lieben Cousin, diesen Bastard, zu ihrem legitimen Enkel zu machen?«

»Das ist lächerlich, Vater. Du solltest aufhören, solche Geschichten zu erfinden. Wer hat dir denn diesen Blödsinn erzählt? Das ist nichts als Unsinn. Vergiß es.« Bertrand bemerkte, daß er unwillkürlich die Lehnen des Stuhls umklammerte. Verdammt, er mußte sich entspannen. Rasch streckte er die Finger aus.

Sein Vater beugte sich vor. Ein heftiger Schmerz durchfuhr ihn und vertiefte die unzähligen Falten auf seinen Wangen.

»Crabbe hat es mir gesagt, du Besserwisser.« Zufrieden beobachtete er, wie sein Sohn erblaßte. »Crabbe ist ein zuverlässiger Mann – er hält die Ohren offen. Er schuldet mir noch etwas – schon seit Jahren, aber das ist eine andere Geschichte. Du weißt, was das bedeutet, nicht wahr, Junge?«

Er würde die alte Frau töten. Ja, er würde sie umbringen. Bertrand zuckte gespielt gleichgültig die Schultern. »Es bedeutet nur, daß meine geschätzte Großtante immer exzentrischer wird.«

»Ha! Sie ist so bösartig wie dieser Mops, mit dem sie uns früher ständig schikaniert hat.«

»Du meinst den Hund, der dir einmal auf die Füße gepinkelt hat, Vater?«

»Jawohl, von diesem kleinen Mistvieh spreche ich. Lady Adella ist verrückt und wird mit jedem Tag irrsinniger. Sie ist boshaft und engstirnig – eine verdammte Hexe. Habe ich noch etwas vergessen?«

Daher hast du also diese Eigenschaften, dachte Bertrand bei sich und hob die Schultern. »Nun, in ihrem fortgeschrittenen Alter hat sie ein Recht darauf. Aber du hast sie sehr gut beschrieben.

Habe ich dir erzählt, daß Angus mich kurz vor seinem Tod dafür bezahlen wollte, daß ich sie umbringe? Sie sollte vor ihm sterben. Als ich ihm sagte, daß er ja gar kein Geld habe, meinte er, ich würde diese Hexe sicher auch ohne Bezahlung töten wollen. Ich muß zugeben, daß ich gelacht habe, Vater. Ich befürchtete schon, er würde seinen letzten Atemzug tun, aber er klammerte sich noch länger an sein Leben, als ich es für möglich gehalten hatte.«

»Verdammt, Bertie, das hast du mir nicht gesagt. Das ändert natürlich nichts daran, aber ein Sohn sollte seinem Vater alles erzählen, hörst du? Alles. Wollte er dich wirklich dazu überreden, die alte Hexe umzubringen? Ja, Bertie, ich weiß, du lügst niemals – leider. Aber das ist Vergangenheit, und jetzt sieht alles anders aus. Nimm deine Scheuklappen ab, Bertie. Dein Cousin wird als nächster Anspruch auf Penderleigh haben, falls der englische Herzog keine Erben hat. Du mußt doch wissen, was das bedeutet.«

Claude hatte sein Ziel erreicht. Hämisch bemerkte er, daß er seinen sonst so ruhigen, vernünftigen Sohn aus dem Gleichgewicht gebracht hatte.

Bertrand biß die Zähne zusammen. »Dieser verdammte Bastard«, stieß er verbittert hervor. »Er hat bereits schon einen großen Teil von Penderleighs Vermögen für seine frivolen Vergnügungen in Edinburgh durchgebracht. Der Teufel soll ihn holen, und Lady Adella mit ihm. Es ist so ungerecht. Vielleicht hätte ich die alte Hexe wirklich erwürgen sollen. Der alte Angus hatte recht. Diese Welt wäre ohne sie und ihre verdammten Machenschaften viel besser.«

Claude lehnte sich mit einem schiefen Lächeln zurück und legte die Fingerspitzen aneinander. »Schön zu sehen, daß auch in deinen Adern rotes Blut fließt, Bertie. Ich habe mich manchmal schon gefragt, ob deine Mutter nicht ein falsches Spiel mit mir gespielt hat.«

Bertrand starrte seinen Vater an, verblüfft über seine Denkweise und die nachlässige Grausamkeit seiner Worte.

»Und was würdest du sagen, wenn ich dir erzähle, daß Lady Adella ebenfalls plant, die Enterbung rückgängig zu machen, die mein Vater beschlossen hat?«

Einen Augenblick lang funkelten Bertrands Augen ebenso hell wie die seines Vaters. Penderleigh. O Gott, er liebte jeden zerbröckelnden, feuchten Turm, jeden modrigen Stein, der seit Jahrhunderten von der klammen Nordseeluft durchdrungen wurde. Er hätte seine Seele für Penderleigh verkauft. Zum Teufel, eigentlich hatte er das zum Teil schon getan. Er hatte alles gegeben, was er nur konnte, doch das war nicht genug. Wenn sein Vater jedoch wieder als Erbe eingesetzt würde, würde er, Bertrand Douglas Robertson, vielleicht eines Tages der Earl of Penderleigh sein. Er, Bertrand Robertson, wäre dann der Herr und könnte tun, was ihm gefiel. Dann würde er keine Spiele mit der alten Hexe mehr spielen müssen. Er würde sich der Verantwortung stellen, aber auch die Annehmlichkeiten genießen. Der Gedanke daran verschlug ihm vor Freude beinahe den Atem. Die Stimme seines Vaters brachte ihn unsanft in die rauhe Gegenwart zurück.

»Lady Adella ist eine grausame alte Hexe. Sie wird mit uns spielen, uns beide zappeln lassen und sich dabei ins Fäustchen lachen. Zum ersten Mal wünsche ich der alten Frau nicht den Tod. Ich bin froh, daß Angus dich nicht überreden konnte, sie umzubringen. Wenn sie stirbt, bevor sie uns wieder als Erben einsetzt, ist für uns alles vorbei, Bertie. Alles aus. Ich halte es allerdings für höchst wahrscheinlich, daß sie es tut. Wenn sie vorhat, einen der Robertsons von seiner Schmach zu erlösen, kann sie auch ebensogut uns rehabilitieren. Sicher schätzt sie uns mehr als diesen Schuft Percy.«

Meine Güte, manchmal war es wirklich schwer, logisch und praktisch zu denken! Bertrand gelang es jedoch, seiner Stimme einen ruhigen, gleichmäßigen Klang zu verleihen. »Mutmaßungen sind keine Grundlage für Pläne, Vater. Selbst wenn sie uns wieder zu ihren Erben macht, wird uns das wahrscheinlich nichts bringen. Der englische Herzog wird sicher selbst Erben haben.«

»Du sprichst wie ein wahrer Pessimist, Bertie. Zuerst müssen wir uns von diesem Fluch befreien, dann sehen wir weiter.« Der alte Mann lächelte und entblößte seinen fast zahnlosen Kiefer. Seltsamerweise besaß Lady Adella noch mehr Zähne als Claude, obwohl sie fünfundzwanzig Jahre älter war.

»Du weißt ebensogut wie ich, daß sie ihre Spielchen und Tricks liebt. Sie will Streit entfachen, wie MacBeths Hexen. Ich will nicht, daß du von etwas träumst, was nie geschehen wird, Vater.«

»Vielleicht hast du recht, und es ist dumm, ihr zu trauen. Aber sie hat große Schuld auf sich geladen. Ich glaube, daß sie einiges wiedergutmachen muß, bevor sie stirbt. Möglicherweise hat sie Angus auf seinem Weg in die Ewigkeit ein wenig geholfen, denn solange der alte Bastard noch am Leben war, konnte sie weder für Percy noch für uns etwas tun.«

Beschuldigte sein Vater jetzt tatsächlich seine eigene Tante des Mordes? »Ihre Schuld, Vater? Willst du mir nicht endlich sagen, warum man unseren Familienzweig verstoßen hat? Warum hat Urgroßvater Großvater Douglas enterbt?« Bertrand bemerkte, daß er den Atem anhielt und zwang sich, ganz langsam auszuatmen. Er stellte sich diese Fragen seit langer Zeit – wieder und wieder. Sein Vater hatte ihm jedoch immer gesagt, das ginge ihn nichts an. »Du bist ein neugieriger kleiner Kerl«, hatte Claude üblicherweise hinzugefügt.

Claude starrte eine Weile in die lodernden Flammen. »Nein, mein Junge, das kann ich dir nicht sagen. Vielleicht wirst du die Wahrheit erfahren, bevor ich sterbe.«

»Ich habe sie einmal gefragt«, erklärte Bertrand. Er verschränkte die Hände zwischen seinen Knien und beugte sich vor.

»Manchmal überraschst du mich, Bertie. Was hat Adella dir geantwortet?«

»Sie warf mit ihrem Stock nach mir und schrie mich an, ich solle verschwinden. Ich befürchtete schon, sie würde auf der Stelle tot umfallen, aber das geschah natürlich nicht.«

»Möglicherweise hast du doch nicht das Spatzengehirn deiner Mutter geerbt«, sagte Claude langsam. »Du hast Mut bewiesen, Bertie. Und jetzt hol diesen verdammten Fraser her. Ich glaube, wir werden heute im Schloß zu Abend essen. Es gibt noch einiges herauszufinden. Ich will diesen Mistkerl Percy nicht mit meiner Tante allein lassen. Wer weiß, was Lady Adella tut oder sagt, wenn man nicht in der Nähe ist und Augen und Ohren offenhält.«

5

»Cousin Percy sieht sehr gut aus, findest du nicht auch, Brandy? Hast du seine schöne gelbe Weste mit dem hübschen Blumenmuster gesehen? Und erst diese enganliegende Strickhose … Er hat so wohlgeformte Beine. Wenn er geht, kann ich kaum meinen Blick abwenden. Er ist so männlich, einfach köstlich.«

Connie hatte Percys Beine bemerkt? Sie beobachtete ihn beim Gehen? Er war männlich? Guter Gott, damit hatte Brandy nicht gerechnet. Was wußte Connie mit ihren sechzehn Jahren von Männerbeinen? Brandy gab sich selbst die Antwort darauf. Sie hatte ihre Schwester beobachtet, wie sie vor dem Spiegel übte – sie lächelte, runzelte leicht die Stirn und machte einen Schmollmund. Alles, um einen Mann zu verführen – einen Schürzenjäger wie Percy. Meine Güte!

Brandy zuckte lächelnd die Schultern. »Nein, ich finde nicht, daß Percy gut aussieht Er ist auch kein guter Mensch, Connie. Wir bedeuten ihm nichts – er ist nur an sich selbst interessiert. Er ist kein netter Mann, Connie, bitte glaub mir das.« Brandy schwieg einen Augenblick, als ihr bewußt wurde, daß sie noch nie so offen gesprochen hatte. Bitte, lieber Gott, laß Connie erkennen, wie er wirklich ist. »Versprich mir, daß du dich von Percy fernhältst, Connie. Er ist kein ehrenwerter Mann. Außerdem ist er unser Cousin. Gib ihm die Hand, aber vergiß die Gedanken an seine Strickhosen oder daran, daß er dir männlich erscheint. Schau ihn nur an und denk daran, daß er leicht zu haben ist.« Warum sah Connie denn nicht, daß man Percy nicht trauen konnte, daß er ein elender Wüstling war, der sich nicht um andere Menschen scherte, sondern nur an sich selbst dachte?

Constance klimperte mit ihren dichten dunklen Wimpern. So schöne Wimpern waren für dieses sechzehnjährige Mädchen verhängnisvoll. Sie hatte sogar gelernt, ihre Wimpern für einen kunstvollen, äußerst wirkungsvollen Augenaufschlag einzusetzen. Wer hatte ihr das nur beigebracht?

»Aber warum, Brandy? Warum soll ich mich von Cousin Percy fernhalten? Er ist entzückend – viel attraktiver, als jeder andere Mann, den wir in dieser Gegend jemals kennenlernen werden. Willst du ihn für dich selbst? Ist das der Grund? Ja, so ist es, das weiß ich jetzt.«

Brandy juckte es in den Fingern. Am liebsten hätte sie ihrer Schwester eine Ohrfeige verpaßt. Nein, sie mußte vernünftig mit ihr reden und sie überzeugen, ihren Worten Glauben zu schenken.

»Connie«, begann sie langsam. »Ich würde Percy nicht wollen, selbst wenn er außer dem Teufel der einzige verfügbare Mann wäre.« Brandy bemerkte, daß Connie ihr nicht glaubte. Ihre Schwester hörte ihr anscheinend gar nicht zu. »Percy ist schon recht alt, weißt du. Er ist beinahe dreißig.« Sie schüttelte sich und versuchte, dabei möglichst überzeugend zu wirken. »Und er trinkt so viel – wahrscheinlich wird er ebenso wie Onkel Claude an Gicht erkranken und auch eine rot geäderte Nase bekommen. Wie Onkel Claude wird er fast alle Zähne verlieren. Mit einem solchen Mann möchte ich nicht verheiratet sein.«

»So ein Unsinn. Ich glaube, deine langen, schweren Zöpfe haben dir das Gehirn zusammengedrückt. Percy, ein alter Mann? Das ist lächerlich. Er ist perfekt, und so wird er auch bleiben.«

Niedergeschlagen ging Brandy zum Rand der grasbewachsenen Klippe und sah auf das Meer hinaus. Die großen weißen Schaumkronen auf den Wellen, der hohe Wasserstand und die dunklen Wolken am Himmel kündigten einen heftigen Frühjahrssturm an. Sie versuchte, sich zu erinnern, ob sie ihr kleines Boot fest vertäut hatte, denn bei dem Sturm, der sich zusammenbraute, würden selbst in der schmalen Bucht gewaltige Wellen gegen das Ufer schlagen.

»Heute nacht wird es heftig stürmen«, sagte sie mehr zu sich selbst als zu ihrer Schwester. Sie stieß mit dem Fuß einen Kieselstein über die Kante und sah zu, wie er über den steilen, felsigen Pfad auf den Sandstrand tief unter ihr rollte.

Dann drehte sie sich um und kniete sich langsam auf

den dichten Grasteppich zwischen die Glockenblumen und Wildanemonen, die bis zum Rand der Klippe wucherten. Sie atmete den süßen Duft der purpurroten und blauen Blumen ein und vergaß für einen Augenblick Percy und ihre kleine Schwester, die schon viel zu erwachsen war.

»Es wird Zeit zurückzugehen, Brandy. Du machst deinen Rock schmutzig, und die alte Marta wird sich bei Großmama beklagen.«

Brandy seufzte und stand zögernd auf. Der Wind frischte auf und wehte ihr den Rock um die Knöchel. Rasch zog sie den dicken karierten Schal fester um die Schultern. »Da Percy hier ist, werden wir uns wohl zum Abendessen umziehen müssen.«

Sie wünschte, sie hätte Percys Namen nicht laut ausgesprochen, denn Constances hübsche Augen nahmen sofort einen sinnlichen Ausdruck an. Lieber Himmel, wo hatte sie das nur gelernt?

Brandy versuchte eine andere Strategie. »Nun, du magst ihn ja attraktiv finden, aber du bist erst sechzehn Jahre alt, also in seinen Augen nur ein Kind. Ich habe gehört, wie Großmama sagte, er begehre nur erfahrene Frauen mit ausgeprägten Formen, die sich auf die Kunst der Liebe verstehen. Als ich sie fragte, was damit gemeint sei, warf sie ein Kissen nach mir und verschluckte sich beinahe. Aber das ist nicht wichtig. Entscheidend ist, daß Percy nicht nur dein Cousin, sondern auch zu alt für dich ist. Er ist auch zu alt für mich, obwohl ich zwei Jahre älter bin als du. Vergiß ihn, Connie.« Sie schwieg eine Weile und lachte dann. »Denk daran, daß er keinen Penny besitzt. Was würdest du mit einem Mann anfangen, der völlig mittellos ist?«

Nun, sie hatte es zumindest versucht. Constance blies wütend ihre Backen auf. »Ich, ein Kind? Du bist nur eifersüchtig, das ist alles. *Du* bist doch diejenige, die immer noch in Kinderkleidern herumläuft. Mit deinen Rattenschwänzen und diesem schrecklichen alten Schal siehst du einfach lächerlich aus. Nun, ich habe nicht vor, eine alte verschrumpelte Jungfer zu werden, die allein und verarmt an diesem gräßlichen Ort leben muß. Bleib du nur in diesem verfallenen Steinhaufen und pflück wildwachsende Blumen, wenn du willst. Ich werde eine reiche, vornehme Lady werden. Vielleicht kommt Percy zu einem Vermögen. Er ist sehr klug. Du wirst sehen, er wird bald reich sein.«

Constance wirbelte herum. Ihre dunklen Locken flogen, als sie zum Schloß zurückstolzierte. Selbst ihr Gang ist verführerisch, dachte Brandy. Wo hat sie das nur alles gelernt? Sie hätte ihrer Schwester gern gesagt, daß auch sie nicht hier verrotten wollte. Auch sie wünschte sich einen Ehemann und eine Familie, und auch sie wollte eine Lady werden.

Sie öffnete den Mund, um ihrer Schwester nachzurufen, aber Connies steifer Rücken zeigte, wie zornig sie war, also sparte sie sich die Mühe. Sie würden eben noch eine Weile weiterstreiten. In letzter Zeit lagen sie sich ständig in den Haaren. Vor zwei Jahren war das noch ganz anders gewesen. Wie konnte Connie nur glauben, daß Percy jemals aus eigenem Antrieb zu Geld kommen würde?

»Connie«, rief sie schließlich laut, um den Wind zu übertönen. »Warte am Weg auf mich. Ich muß Fiona suchen.«

Brandy sah, daß ihre Schwester stehenblieb und ungeduldig mit dem Fuß auf den Boden klopfte.

Rasch lief sie zum Rand der Klippe zurück und stieg den gewundenen, steilen Pfad hinunter. Vorsichtig tastete sie sich mit den Füßen über die glatten Felsen, die stellenweise von gefährlichem Geröll bedeckt waren. »Fiona!« Sie legte die Hände um ihren Mund und rief ihre Schwester dreimal. »Fiona!« Mit den Augen suchte sie den verlassenen Strand ab und hielt Ausschau nach Fionas hellrotem Haarschopf. In dem harten Schilfgras, das am Strand zwischen den Felsen üppig wucherte, war nichts zu sehen. Das einzige Geräusch, das das Rauschen der

Wellen übertönte, war der heisere Ruf der Ringelgänse und Kraniche, die nach Nahrung suchten. Für einen Augenblick richtete Brandy ihre Aufmerksamkeit auf einen großen Tümmler, der immer wieder aus den schaumbedeckten Wellen auftauchte. Dicht über ihm flog ein Schwarm Austernfischer.

»Brandy, Brandy, hier bin ich! Sieh nur!«

Als sie sich umdrehte, sah sie Fiona den Pfad herauflaufen. Ihr rotes Haar, vorher ordentlich zu Zöpfen geflochten, hatte sich gelöst und fiel nun völlig zerzaust über ihre schmalen Schultern. Ihr Wollkleid klebte feucht an ihren dünnen Beinen. Brandy zweifelte nicht daran, daß der Stoff überall mit Sand bedeckt war.

Bevor sie Fiona schelten konnte, weil sie sich so schmutzig gemacht hatte, packte die Kleine sie am Arm und rief: »Hast du ihn gesehen, Brandy? Den Tümmler? Er schwamm eine Zeitlang auf dem Rücken. Ich habe ihn gerufen, und ich schwöre, daß er mir mit der Nase ein Zeichen gegeben hat. Ist er nicht wunderschön?«

Wie konnte sie ihrer Schwester da böse sein? »Ja, Liebes, ich habe ihn gesehen. Aber jetzt ist er verschwunden und sucht sich sicher sein Abendessen. Und das müssen wir auch tun, mein kleines Püppchen. Es ist schon spät. Wir müssen zurückgehen.« Brandy strich ihrer Schwester durch das wirre rote Haar und wies ihr dann bestimmt den Weg.

Constance hatte sich zum Schutz gegen den Wind hinter eine Buchenhecke gestellt und versuchte, mit den Fingern ihr schwarzes Haar zu kämmen. Als sie Fiona sah, stöhnte sie angewidert. »Du siehst aus wie eine Bauerngöre, Fiona. Du brauchst mich gar nicht so anzusehen – ich habe keine Lust, dir diese Rattennester aus dem Haar zu bürsten.«

»Ich kann mich noch gut daran erinnern, daß wir beide einmal genauso aussahen wie Fiona jetzt«, meinte Brandy. »Weißt du noch, Connie, wie wir schwimmen gingen, Treibholz sammelten und Sandburgen bauten? Und dabei die alten Lieder sangen?«

Constance sah Brandy an, als hätte sie den Verstand verloren. »Damals waren wir noch Kinder«, erwiderte sie entschieden. »Jetzt sind wir erwachsen – zumindest gilt das für mich. Ich will mich nie mehr so schmutzig machen.«

Fiona lächelte Brandy verschwörerisch zu und dachte an den wunderschönen grauen Tümmler. Brandy bezweifelte, daß Connie ihr überhaupt zugehört hatte.

»Mach dir keine Sorgen um Fiona, Connie. Ich werde dafür sorgen, daß sie sich wieder sehen lassen kann. Komm jetzt, es wird spät.«

Sie folgten dem Pfad, der eine Kurve beschrieb und dann auf die von Rhododendron gesäumte Allee führte. Vor ihnen erhob sich Schloß Penderleigh wie ein riesiger grauer Monolith. Die alten Steinmauern glänzten in der schwachen goldenen Abendsonne. Constance blieb stehen, pflückte eine samtene rote Blüte und steckte sie sich hinter ihr linkes Ohr. »Ich würde dir auch eine geben, Brandy, aber sie würde in deinen dünnen Zöpfen nicht halten.«

Das mochte zutreffen. Brandy betrachtete schweigend den gerieften Turm, in dem sich früher die Kanonen befunden hatten. Jetzt lagen sie verrostet und vergessen in dem mit dichtem Gras bewachsenen Burggraben. Brandy konnte beinahe den durchdringenden Klang eines Dudelsacks hören, der das Herannahen der Feinde verkündete. Sie erinnerte sich an die Ballade des Earl of Huntly, die Marta oft mit ihrer undeutlichen, eintönigen Stimme flüsternd vorgetragen hatte:

Was habt Ihr getan, Huntly
Und wo seid Ihr gewesen?
Sie haben den Earl O'Moray ermordet
Und ihn auf den Rasen geworfen.

Sie summte leise vor sich hin und hielt sich in Gedanken eine Weile in der auf seltsame Weise romantischen Vergangenheit auf, die nach Bonnie Prince Charlies blutiger

Niederlage für immer verloren war. Brandy dachte an die Geschichten über den verhaßten Herzog von Cumberland, den Racheengel der Engländer. Sie starrte auf das stolze alte Schloß und spürte, wie sich ihr Magen vor Zorn zusammenkrampfte. Schloß Penderleigh, ihr Geburtsort, ihr Heim, gehörte jetzt auch einem Herzog – einem Engländer.

»Hörst du das Tosen der Wellen, die hinter dem Schloß an die Felsen schlagen, Connie? Anscheinend nicht, auch gut. Hast du etwas gesagt?«

»Ich sagte, ich sah Bertrand und Onkel Claude vom Gesindehaus zum Schloß hinübergehen. Bertrand ist so schrecklich steif. Seltsam, daß er sich verhält wie eine alte Gouvernante, während Onkel Claude in seiner Jugend ständig den Weiberröcken hinterhergejagt haben soll.«

Brandy konnte sich nicht vorstellen, daß Onkel Claude irgend etwas oder irgend jemandem hinterherjagen konnte – schon gar nicht einem jungen Mädchen. Sie sollte ihrer jüngeren Schwester verbieten, so zu reden, aber sie wußte, das wäre zwecklos.

»Du brauchst nichts zu sagen, Brandy – ich weiß, was du denkst. Du bist genauso kleinkariert wie Bertrand. Ihr würdet ein ideales Paar abgeben – beide alt und stocksteif. Im Winter würdet ihr euch gegenseitig zu Tode langweilen.«

Das konnte Brandy nicht auf sich sitzen lassen. Sie lächelte ihre Schwester an und war sich bewußt, daß ihre Stimme einen boshaften Klang annahm. »Bertrand alt? Er ist mindestens vier Jahre jünger als Percy. Weißt du das nicht, Connie?«

Constance zwinkerte verblüfft und schwieg eine Weile. »Man ist so alt wie man sich fühlt«, erklärte sie dann und warf ihr schönes dunkles Haar schwungvoll über die Schultern.

»Jetzt hast du es mir und Bertrand aber richtig gegeben«, erwiderte Brandy, senkte den Kopf und betrachtete Fionas schmutzigen kleinen Finger, die ihre Hand festhielten. Sie versuchte, Verständnis für ihre Schwester aufzubringen. Es hatte den Anschein, als wollte Constance mit aller Macht zur Frau werden. Offensichtlich hielt sie es daher für nötig, über alles zu spotten, was Brandy lieb und teuer war. Sie weigerte sich, in Brandys Boot zum Fischen zu fahren, rümpfte die Nase über den strengen Fischgeruch und beklagte sich über die salzige Gischt auf ihrem Kleid. Wenn man sich den ganzen Tag Gedanken über sein Aussehen machen und offen mit Männern wie Percy flirten mußte, um eine Frau zu werden, legte sie keinen Wert darauf. Und es gefiel ihr auch nicht, daß Connie sich so verhielt. Vielleicht machte sie ja nur eine bestimmte Phase durch. Möglicherweise hatte Brandy diese Entwicklungsstufe bereits hinter sich gebracht, und sie war so kurz gewesen, daß sie sich nicht mehr daran erinnern konnte.

Brandy schob ihre Schultern vor und zog den Schal enger um ihre Brust. Zumindest mußte Constance nicht mit solch einem entstellenden Auswuchs durchs Leben gehen wie sie. In letzter Zeit wagte sie kaum mehr, tief einzuatmen, aus Angst, die Knöpfe ihres Kleids zu sprengen. Die Natur hatte ihr einen bösen Streich gespielt und sie mit einem mageren Körper, aber einer Brust ausgestattet, die beinahe so groß war wie das Euter einer Kuh.

Brandy dachte wieder an Percy und fragte sich, warum er sie immer mit zusammengekniffenen Augen auf diese widerwärtige, wissende Art musterte. Sie war sich sicher, daß sie ihn weder durch ihr Aussehen noch durch ihr Verhalten ermutigte. Wahrscheinlich langweilte er sich hier und fand keine andere Zerstreuung, als sie auf diese verabscheuungswürdige Weise zu quälen.

Als Brandy den Kopf hob, sah sie Fiona rittlings auf einer der alten Kanonen sitzen. »Hü! Hott! Los, du alte Mähre, sonst bekommst du die Peitsche zu spüren!« schrie sie aus vollem Hals.

Brandy hatte nicht bemerkt, daß das kleine Mädchen

sich von ihr losgerissen hatte. »O Fiona, sieh nur, wie dein Kleid jetzt aussieht!« Fionas Gesicht und ihre Hände waren mit Rost verschmiert. Rasch lief Brandy zu ihr und hob sie mit festem Griff herunter. »Meine Güte, wenn die alte Marta dich so sieht! Sie wird es sicher Großmama erzählen. Hör auf zu zappeln und halt still, damit ich versuchen kann, dich sauberzumachen.«

»Schau, Brandy, da kommt jemand die Auffahrt herauf. Sieht aus, wie eine dieser sportlichen Kutschen, die nur Gentlemen fahren.«

Constance hob die Hand, um ihre Augen vor der untergehenden Sonne zu schützen, die noch einmal hinter den Sturmwolken hervorgekommen war.

Brandy erhob sich und nahm Fionas schmutzige Hand. Mittlerweile war auch ihr eigenes Gesicht mit Rost verschmiert. Mit verhaltener Neugierde betrachtete sie das sich nähernde Fahrzeug. Der Mann fuhr eindeutig zu schnell, wie sie an den riesigen Staubwolken um die Räder erkennen konnte.

»Große Pferde!« rief Fiona und hüpfte aufgeregt auf und ab.

»Ja, mein Püppchen, sehr große Pferde, und der Mann, der sie lenkt, ist ein Dummkopf.«

»Sie sind viel besser als diese dummen alten Kanonen.« Fiona riß sich von ihrer Schwester los und lief auf die Kutsche zu, so schnell ihre dünnen Beinchen sie trugen.

6

»Meine Güte! Fiona, komm sofort zurück, sonst versohle ich dir mit meiner Haarbürste den Hintern!«

Brandy raffte ihre Röcke und lief dem Kind nach. »Fiona!« rief sie. Ihre Kehle war vor Angst wie zugeschnürt. Sie sah, wie die schweißglänzenden Hengste nervös tänzelten und sich aufbäumten. Dann hörte sie einen Mann rufen. Mit einem heiseren Schrei sprang Brandy vorwärts, packte Fiona am Arm und riß sie mit aller Kraft zurück. Beide landeten auf einem Feld gelber Anemonen. Brandy rollte sich auf den Rücken und hörte das ängstliche Wiehern und Schnauben der Pferde. Sie atmete zweimal tief durch und musterte ihre Schwester besorgt.

»Alles in Ordnung, mein Püppchen?« Sie tastete Arme und Beine ihrer kleinen Schwester ab und fuhr ihr über das zerzauste Haar.

»Natürlich, Brandy, aber du hast mir am Arm wehgetan. Ich wollte doch nur mit den großen Pferden spielen.«

Brandy fluchte, ohne dabei allzu obszöne Worte zu benützen. Großmama hatte der alten Marta einmal befohlen, ihr den Mund mit Kernseife auszuwaschen, als sie einen Ausdruck wiederholte, den der Stallbursche Tommy gebraucht hatte, nachdem er von Onkel Claudes altem Maultier getreten worden war. Am liebsten hätte sie Fiona für ihr dummes Benehmen kräftig geschüttelt.

Sie bemerkte, daß Constance neben ihnen stand und mit großen Augen den Gentleman ansah, der schwungvoll aus der Kutsche sprang.

»Zieh deinen Rock herunter«, zischte Constance, ohne ihren Blick von dem Gesicht des Manns abzuwenden.

Brandy zog ihren Rock über die alten Strickstrümpfe und sprang auf. Der Gentleman kam auf sie zu. Seine dunklen Augen verengten sich, und sein gebräuntes Gesicht rötete sich vor Zorn. Er trug den elegantesten Mantel, den sie jemals gesehen hatte. Was berechtigte ihn dazu, seine Pferde so anzutreiben, als wäre der Teufel hinter ihm her? Woher nahm er das Recht, jetzt wütend zu sein? Er hatte Schuld an allem – dieser Idiot war einfach zu schnell gefahren.

Sie vergaß seine elegante Erscheinung, als seine eiskalte, schneidende Stimme an ihr Ohr drang. »Was zum Teufel fällt Ihnen ein, das Kind vor meine Pferde laufen zu lassen?«

Fiona sah erschrocken zu dem großen Herrn auf. »Sie sind so riesig – ich wollte sie nur aus der Nähe sehen. Ich hoffte, sie würden stehenbleiben, und ich könnte sie streicheln.«

»Sie hätten dir alle Knochen im Leib brechen können«, erwiderte er und wandte sich an Brandy. »Und nun zu Ihnen. Ihr mutiges Eingreifen war vollkommen unnötig. Ich habe meine Pferde immer unter Kontrolle. Sie hätten bei diesem unüberlegten Flugkunststück ums Leben kommen können.«

Connie war vor Schreck blaß geworden, doch das paßte ausgezeichnet zu ihren dichten schwarzen Locken, die ihr über die Schultern fielen. Sie brachte ein bezauberndes weibliches Lächeln zustande. »Sir, Sie müssen meiner Schwester verzeihen. Manchmal handelt sie, ohne vorher zu denken. Ich muß allerdings gestehen, daß auch ich Angst um Fiona hatte.« Dann knickste sie förmlich. »Ein Knicks?« dachte Brandy. Das war absurd. Nun gut, er sah elegant aus. Wen kümmerte das? Er benahm sich unhöflich, und er war im Unrecht.

Brandy sah ihm direkt ins Gesicht. Er sah wirklich gut aus, doch daran wollte sie jetzt nicht denken – jetzt zählte nur, daß er sich verdammt dumm verhalten hatte.

»Sie sind gefahren wie ein Verrückter, Sir. Wie hätte ich erraten sollen, daß Sie Ihre Pferde so großartig unter Kontrolle haben, wie Sie sagen? Hätte ich vielleicht abwarten sollen, ob es diesem Wahnsinnigen gelingt, meine Schwester davor zu bewahren, niedergetrampelt zu werden? Verschwinden Sie, Sir, und nehmen Sie Ihre hübschen Pferde mit. Hätte ich ein Gewehr, wäre ich versucht, Sie zu erschießen. Sie sind eine verdammte Bedrohung. Und Sie haben kein Recht, wütend auf uns zu sein. Dies ist unser Land, nicht Ihres. Sie sind rücksichtslos gefahren und dürften sich eigentlich gar nicht hier aufhalten.«

Er sprach mit einem ausgeprägten englischen Akzent, und seine Stimme klang kalt und zornig. »Wie ich sehe, sind Sie unverletzt. Ich habe keine Lust, mich mit einer

Horde flegelhafter, gedankenloser Kinder herumzustreiten. Ich schlage vor, daß ihr euch schnell aus dem Staub macht, bevor ich der Versuchung nicht mehr widerstehen kann, euch den Hintern zu versohlen. Ich soll keine Kontrolle über meine Pferde haben? Das ist lächerlich!«

Der Fremde hielt sie offensichtlich für arme Bauernkinder – das war an seinem übertrieben gestelzten Tonfall deutlich zu erkennen.

Brandy verlor allmählich die Geduld. »Und ich rate Ihnen, den Besitz Penderleigh schnellstens zu verlassen, Sie aufgeblasener Wichtigtuer! Wie ich höre, sind Sie Engländer. Nun, da hätte ich mir gleich denken können, daß Sie keine Manieren haben. Fahren Sie zum Teufel, Sir. Ich bezweifle allerdings, daß er Sie in seine Nähe lassen wird, wenn Sie weiterhin so durch die Gegend rasen.«

Die Geduld und die Nerven des Herzogs von Portmaine waren durch die lange Reise bereits stark strapaziert. Mit großen Schritten ging er auf die freche Göre zu, die es gewagt hatte, ihn zu kritisieren. Er starrte in die riesigen bernsteinfarbenen Augen, die ihn zornig anfunkelten. Verdammt, das Mädchen zuckte nicht einmal mit der Wimper.

Er seufzte müde. »Es tut mir leid, daß ich euch erschreckt habe, Kinder«, sagte er mit fester Stimme. »Ich habe mich nicht richtig verhalten. Ihr habt recht – wie hättet ihr wissen können, daß ich meine Pferde unter Kontrolle habe?«

Er betrachtete die beiden schmutzverschmierten Gesichter und ignorierte das andere junge Mädchen, das sich bereits auf der Schwelle zu einer erwachsenen Frau befand und offensichtlich begeistert war, einen Mann vor sich zu haben, an dem sie ihre weiblichen Tricks ausprobieren konnte. Sicher konnte er den Kindern und deren wahrscheinlich sehr armen Eltern mit ein paar Münzen eine große Freude bereiten. Rasch holte er einige Guineen aus seiner Westentasche und warf sie dem kleinen Mädchen zu. »Hier, ein Trostpflaster für deine Wunden und deine Gefühle. Und Sie sollten in Zukunft besser auf die Kleine aufpassen«, sagte er dann zu Brandy. »Seien Sie nicht so leichtsinnig, was ihre Sicherheit betrifft.«

Brandy öffnete verblüfft den Mund und sah sprachlos zu, wie er sich umdrehte und geschickt auf die Kutsche kletterte.

Während sie noch verzweifelt nach Verwünschungen suchte, um ihn zurechtzuweisen, trieb er bereits die Pferde an und war kurz darauf verschwunden.

»Du siehst aus wie ein Fisch«, bemerkte Connie. »Und ziemlich dumm, wenn du deinen Mund aufreißt wie eine Tür.«

»Sagtest du nicht wie ein Fisch?«

»Brandy, sieh nur, das sind Goldmünzen. Große Goldstücke. Der Mann hat uns Gold geschenkt!« Fiona hielt zwei Guineen in ihren schmutzigen Händen und zeigte stolz ihren Reichtum vor.

»Gib sie mir.« Brandy nahm ihr die Münzen aus der Hand. »Ich kann kaum glauben, daß er uns tatsächlich Geld gegeben hat.«

Fiona begann zu schluchzen und Constance kniff Brandy in den Arm. »Wie konntest du nur so unverschämt zu dem Gentleman sein? Noch nie in meinem Leben habe ich mich so geschämt. Er war nett und jung, und du hast ihn wütend gemacht. Und dir, Fiona, sollte ich eine Tracht Prügel verpassen.« Bevor sie sich umdrehte, fügte sie noch eine letzte boshafte Bemerkung hinzu. »Erwarte nicht, daß ich für dich eintrete, wenn Großmama das herausfindet – und das wird sie sicher, denn sie hat mehr Spione als ganz England. Wenn Papa oder Großvater Angus noch leben würden, bekämst du ein paar Hiebe mit der Peitsche.«

Brandy hob hinter Constances Rücken wütend die Faust, ließ sie aber rasch wieder sinken. Dann wandte sie sich ihrer kleinen Schwester zu. »Hör auf zu schniefen, Fiona. Deine Nase läuft. Hier, wisch sie dir ab. So ist es schon besser. Jetzt laß die Heulerei. Du klingst wie eine verzogene Göre. Der Mann hat uns die Guineen gegeben, weil er uns für arme Bauernkinder hielt. Es wäre falsch, sie zu behalten, verstehst du das?«

Fiona fing herzzerreißend zu schluchzen an, und Brandy, mit ihrer Geduld am Ende, packte sie am Arm und zog sie zu der schmalen Holztür an der Seite des Schlosses. Sie verbannte den Mann aus ihren Gedanken und überlegte, wie sie den scharfen Augen der alten Marta entgehen konnten. O Gott, sie mußten sich beeilen.

»Bitte sei ruhig, Püppchen«, bat sie mit sanfter Stimme. »Ich werde dich saubermachen, und niemand wird etwas erfahren. Ich verspreche dir sogar, mich vor dich zu stellen, wenn Großmama mit ihrem Stock auf dich losgeht.«

Eine Stunde später lag Fiona frisch geschrubbt in ihrem Bett und rieb sich zufrieden ihren kleinen, mit kaltem Hühnchen und Butterbroten gefüllten Magen. Glücklicherweise hatte Morag Fionas Abendessen auf ihr Zimmer gebracht.

»Ich kann nicht lange bleiben, Kleines«, erklärte Morag. »Die Köchin ist völlig überfordert, weil sie so viele Mäuler zu stopfen hat.« Ihre feuchten Augen richteten sich gelangweilt auf Brandy. »Sie sollten sich besser umziehen, Mädchen. Ihre Großmama wartet schon unten mit der Familie.«

Brandy trug eine Kerze zu ihrem eigenen kleinen Schlafzimmer. Zu dieser Jahreszeit brannte bei ihr kein Feuer im Kamin. Der liebe Cousin Percy hatte es natürlich warm in seinem Zimmer. So wie er die alte Marta umschmeichelte, hatte er wahrscheinlich zudem noch genügend heißes Wasser für ein Bad.

Sie zog das schmutzige Kleid und das Unterhemd aus und zerrte mit klammen Fingern an den straffen Bändern ihres Mieders. Dann biß sie die Zähne zusammen und spritzte kaltes Wasser auf ihren Körper. Die vielen Rostflecken erwiesen sich als äußerst hartnäckig, und bevor es ihr gelang, sie mit der scharfen Kernseife zu entfernen, war sie von Kopf bis Fuß mit einer Gänsehaut bedeckt.

Rasch trocknete sie sich ab und holte sich frische Unterwäsche. Sie dachte an Percy und die widerwärtige Art, wie er sie an diesem Nachmittag angestarrt hatte. Mit einem Blick auf ihre üppige Oberweite fragte sie sich, ob er wohl darauf geschielt hatte. Sie zog das Mieder fest zusammen, bis ihre Brüste schmerzten, doch als sie sich im Spiegel betrachtete, stellte sie fest, daß das Ergebnis nicht ihren Hoffnungen entsprach. Nun, mehr konnte sie dagegen nicht unternehmen. Sie holte ein blaßblaues Musselinkleid aus dem alten Schrank. Es war ein typisches Jungmädchenkleid, hochgeschlossen und an der Taille mit einer Schärpe versehen. Das geknöpfte Oberteil klaffte über Brandys Brust auseinander. Verzweifelt suchte Brandy sich aus der Kommode ihrer Mutter einen grüngelben Schal heraus. Dann bürstete sie rasch ihr langes dichtes Haar, das sie stets geflochten trug. Jetzt fiel es ihr in weichen Wellen bis zur Taille. Ihr Haar war das einzige, was ihr selbst an ihr gefiel. Bei dem Gedanken an Percys gierige Blicke flocht sie es jedoch noch fester als gewöhnlich und wand den langen Zopf zu einem Knoten im Nacken zusammen. So, nun sah sie aus wie ein langweiliges junges Mädchen, das nicht den geringsten Geschmack hatte.

Sie zog den Schal vor der Brust zusammen, löschte die Kerze und verließ ihr Zimmer.

In dem langen Gang brannte nur eine rauchende Fackel. Der beißende Geruch trieb Brandy Tränen in die Augen. Vorsichtig tastete sie sich die breite Eichenholztreppe hinunter. Der Teppich war auf einigen Stufen bereits stark verschlissen und konnte gefährlich sein, wenn man sich nicht vorsah.

Crabbe war nirgendwo zu sehen. Brandy dachte wieder an Percy. Seine Gegenwart war eine zusätzliche Belastung für die Bediensteten. Aus dem Salon hörte sie Stimmen, und ihr wurde bewußt, daß sie zu spät kam – meine Güte, viel zu spät sogar. Hastig durchquerte sie die geflieste Eingangshalle, öffnete vorsichtig die Tür zum Salon und schlüpfte leise hinein, in der Hoffnung, keine Aufmerksamkeit auf sich zu lenken.

Der Schwall heißer Luft von dem lodernden Feuer im gegenüberliegenden Kamin raubte ihr den Atem. Mit Mühe unterdrückte sie den aufsteigenden Hustenreiz. Ihre Großmutter saß in ihrem abgewetzten, in vielen Jahren vom Feuer rauchgeschwärzten Lehnstuhl und hielt als Oberhaupt der Familie Hof. Die vielen Kerzen in den Leuchtern schufen eine heimelige Atmosphäre.

Brandy hörte ein tiefes, volles Lachen und sah sich rasch um. Als sie den Gentleman aus der Kutsche entdeckte, öffnete sie überrascht den Mund. Sie spürte, wie sich ihr Gesicht rötete. Wie angewurzelt blieb sie stehen und starrte den Mann an. O mein Gott, dachte sie. O mein Gott, was hatte sie nur getan?

Er lachte wieder über eine Bemerkung ihrer Großmutter. Obwohl er sich am anderen Ende des Zimmers befand, konnte Brandy seine kräftigen weißen Zähne blitzen sehen. Er war noch größer, als sie ihn in Erinnerung hatte. Sein gebräuntes Gesicht hob sich gegen das strahlend weiße Rüschenhemd ab, das sie unwillkürlich an ein unberührtes Schneefeld denken ließ. In dem sanften Schein der Kerzen schimmerten seine Augen so dunkel wie sein schwarzer Frack aus Satin. Er wirkte sehr elegant und viel vornehmer als Großmamas Freunde aus Edinburgh.

O mein Gott.

»Brandy, da bist du ja, mein Kind. Komm sofort hierher und mach einen Knicks. Du wirst nicht glauben, was uns England beschert hat.«

Brandys Augen suchten das Gesicht ihrer Großmutter. Dann senkte sie den Kopf und ging so langsam und zögernd vorwärts wie ein Verurteilter zur Guillotine. Der Weg durch das Zimmer erschien ihr endlos lang, und am Ende hatte sie sicher eine Strafe zu erwarten.

»Du kommst zu spät, Fräulein, aber das spielt keine Rolle. Ich habe Verständnis dafür. Seine Hoheit hat uns gerade von eurem interessanten Treffen erzählt und mir berichtet, wie deutlich du ihm die Meinung gesagt hast. Ich erklärte ihm, daß du meine Enkelin seist und daher alles von mir gelernt hättest.«

Meine Güte, was ging hier vor?

Brandy hatte erwartet, daß ihre Großmutter sämtliche Geschütze auffahren würde, um sie zurechtzuweisen, aber sie klang belustigt und erfreut. Irgend etwas stimmte hier nicht. Sie musterte die Miene ihrer Großmutter und sah, daß sie sich tatsächlich amüsierte. *Seine Hoheit.* Die Erkenntnis traf sie mit solcher Wucht, daß sie beinahe vor Schreck gestolpert wäre. Er war der englische Herzog – der neue Gutsherr.

»Miß Brandella«, sagte er langsam.

»Brandy«, erwiderte sie, ohne nachzudenken. »Mein Name ist Brandy.«

»Also gut, Brandy.«

»Mach einen Knicks, Kindchen.«

Verlegen beugte Brandy ihr Knie. Sie wollte ihn nicht ansehen. Am liebsten hätte sie sich rasch umgedreht und wäre aus dem Zimmer geflohen. Kalter Haferbrei hätte ihr zum Abendessen gereicht. Vielleicht würde sich ja der Boden auftun, und sie könnte in das Reich des Teufels versinken, wo Großpapa Angus sich wahrscheinlich jetzt befand. Sicher wäre er froh über ihre Ankunft – es hatte ihm schon immer Spaß gemacht, sie anzubrüllen.

»So sprachlos habe ich dich noch nie erlebt, mein Fräulein!« rief Lady Adella. »Was ist denn los mit dir? Siehst du ihn nicht an, weil er dir zu schön ist? Er sieht gut aus, das kann ich bestätigen, aber ich habe keine Angst, ihn mir anzusehen. Und wenn ich das kann, sollte dir das auch keine Probleme bereiten – du verstehst sowieso noch nichts von Männern. Jetzt laß den Unfug und begrüße unseren Verwandten, den Herzog von Portmaine.«

Brandy hatte zwar ihre Abreibung erhalten, aber zumindest nicht die Peitsche zu spüren bekommen. »Guten Abend Si … Eure Hoheit.«

»Ian. Mein Name ist Ian.« Er kam auf sie zu, griff mit

einer Geste, die Erfahrung verriet, nach ihrer in den Rockfalten verborgenen Hand und drückte leicht seine Lippen darauf. »Ich freue mich sehr, dich wiederzusehen, Cousine. Deine ältere Schwester Constance hat der Familie bereits von dem kleinen Mißverständnis heute nachmittag berichtet. Ich trage dir nichts nach, mein Kind. Hoffentlich akzeptierst du meine aufrichtige Entschuldigung.«

Er lächelte sie an. »Ich bin tatsächlich gefahren wie ein Verrückter, nicht wahr?«

»Nein, aber als ich Fiona auf dich zulaufen sah, erschien es mir so, und ich bekam große Angst um sie. Ich hätte erkennen müssen, wer du bist, als du den Mund aufgemacht und gesprochen hast wie ein ...«

»Wie ein Engländer?«

»Genau.«

Onkel Claude lachte gackernd. Er saß neben Lady Adellas Stuhl. »Euer Gnaden verwechselt da etwas. Brandy ist die Älteste. Sie ist schon fast neunzehn.«

»Der Schein trügt manchmal, nicht wahr, Brandy?« warf Percy ein.

Brandy verspürte den Wunsch, ihn zu treten, aber vor ihrer Großmutter und dem englischen Grafen, der mit der Familie verwandt war, konnte sie das nicht wagen. Sie hob das Kinn und starrte ihn zornig an.

»Laß das Mädchen in Ruhe«, befahl Lady Adella und versetzte ihm mit ihrem Fächer einen Schlag auf den Arm. »Ich habe dir schon einmal gesagt, daß sie mit Männern von deiner Sorte noch nichts anfangen kann. Gib ihr ein wenig Zeit – ich versuche, ihr jeden Tag etwas beizubringen.«

»Nun, ich muß Percy zustimmen«, meldete sich Constance zu Wort. »Die meisten Gentlemen denken, ich wäre die Älteste.« Sie rückte ihre schwarzen Locken zurecht und schenkte dem Herzog den schmachtenden Blick, den sie vor dem Spiegel geübt hatte. Er sah sie ein wenig verwirrt an, also hatte sie anscheinend noch einiges zu lernen.

»Wo bleibt nur Crabbe, dieser alte Säufer?« fragte Lady Adella lautstark. »Wenn es nach ihm ginge, würden wir alle verhungern, das schwöre ich. Von Jahr zu Jahr wird er fauler. Ich frage mich, was er jetzt in der Küche gerade trinkt.«

»Guten Abend, Brandy«, sagte Bertrand mit seiner ruhigen, kultivierten Stimme. »Du siehst gut aus – wie immer.«

»Guten Abend, Cousin Bertrand. Onkel Claude. Wie geht es dir?«

»So gut, wie es einem gehen kann, wenn man von dieser verdammten Gicht geplagt wird. Mein Bertrand hat kein Mitgefühl für mich. Er starrt immer nur in seine Geschäftsbücher – das ist alles, was er tut.«

Er richtete seinen Blick auf den Herzog, der sich mit Lady Adella unterhielt, und fügte boshaft hinzu: »Der Herzog ist von einem ganz anderen Kaliber als der arme Bertrand. So wie ich das beurteile, ist er ein Mann, der offen seine Meinung vertritt. Unser Bertie hat natürlich viel zu viel Angst davor, uns zu sagen, wie er sich jetzt fühlt.«

»Vater, bitte«, sagte Bertrand leise.

»Seht euch Percy an«, fuhr Claude fort, ohne auf die Bemerkung seines Sohns zu achten. »Er spricht mit der öligen, gespaltenen Zunge einer Viper, aber zumindest sitzt er nicht da wie eine dumme Kuh beim Wiederkäuen.«

»Er wäre dann ein Bulle«, sagte Brandy laut. »Wenn du schon unbedingt diesen Vergleich anbringen mußt.«

Dann flüsterte sie Bertrand rasch zu: »Warum ist der Herzog hierher gekommen? Großmama meinte, er hätte kein Interesse an uns. Sie sagte, er würde einen Geschäftsmann schicken. Ich verstehe das nicht. Ist er nicht reich und jetzt der Herr hier? Warum zum Teufel ist er gekommen?«

»Soviel ich weiß, trifft das alles zu. Ich habe keine Ahnung, warum er hier ist. Vielleicht hat er Freunde in Schottland besucht und sich dann dazu herabgelassen, seine armen Verwandten aufzusuchen. Wir werden das wohl im Lauf der Zeit noch erfahren.«

Brandy runzelte die Stirn und dachte an die Kleinbauern. Sie straffte ihr Kinn. Die Engländer dachten nur daran, sich zu bereichern. Er war nur hier, um zu sehen, wieviel Geld dieses Land ihm bringen könnte. Trotz seiner eleganten Erscheinung und seines guten Aussehens war er nur ein besitzgieriger Mensch.

Crabbe öffnete die Flügeltüren und verkündete mit seiner asthmatischen Stimme: »Dinner ist fertig.«

Brandy war zum ersten Mal in ihrem Leben peinlich berührt. Der Herzog würde sie sicher für rückständig und unzivilisiert halten. Warum konnte Crabbe nicht sagen, das Abendessen sei zubereitet, wie ein vornehmer englischer Butler?

»Wird aber auch Zeit, du alter Blödmann!« Lady Adella zog sich langsam an ihrem Stock hoch, und Percy schob rasch seine Hand stützend unter ihren Arm.

»Brandy, du bist die Älteste. Laß dich von Ihrer Gnaden zu Tisch führen, aber langweile ihn nicht mit der Geschichte, wie du letzten Monat den größten Seebarsch gefangen hast.«

»Aber Großmama,« wandte Constance ein. »Ich bin zwar nicht die Älteste, aber ich sehe älter aus als Brandy. Denkst du nicht, ich sollte den Herzog zu Tisch begleiten?«

»Nein, mein Liebling. Du nimmst Bertrands Arm – einen starken, verläßlichen Arm. Sei ein braves Mädchen und beklag dich nicht, sonst müßte ich einige Dinge sagen, die dir nicht gefallen würden.«

Brandy zog verlegen den Schal enger um ihre Brust. Ohne aufzusehen, streckte sie den Arm aus. Als sie den weichen Satinstoff zwischen ihren Fingern spürte, warf sie dem Herzog einen raschen Blick zu.

7

Wie ein gütiger Onkel schenkte er ihr ein mildes Lächeln und führte sie durch die Eingangshalle zum Speisezimmer. Brandy hörte, wie die zwei Guineen in ihrer Tasche klimperten. Sie hatte sie eigentlich Lady Adella geben wollen, doch jetzt wußte sie nicht recht, was sie mit den Münzen tun sollte.

»Die Vergangenheit scheint hier auf beängstigende Weise lebendig zu sein«, meinte der Herzog nachdenklich und betrachtete die vielen Dudelsäcke, die mit Nägeln an den Wänden befestigt waren. Er hatte das Gefühl, eine fremde Welt in einer anderen Zeit betreten zu haben, als er die Rüstung sah, deren Hand eine riesige Streitaxt hielt. Über dem höhlenartigen, leeren Kamin war ein staubiges Tuch um ein rotes Wappenschild drapiert, das, wie er vermutete, in den Farben der Robertsons gehalten war: rot, gelb und grün.

»Ja«, stimmte Brandy zu. »Vor allem im Winter, wenn die Stürme über das Meer fegen. Der Wind pfeift dann durch den Kamin und bläst die Tartans so stark auf, daß man manchmal denken könnte, sie seien lebendig.« Sie verstummte abrupt. Es wäre besser, ihn mit der Geschichte von dem Heilbutt zu langweilen, an dem sie zwei Tage gegessen hatten. Das würde ihn mit Sicherheit rasch einschläfern.

Ian sah auf das Mädchen an seiner Seite hinunter. Die Kleine hob ihre geschwungenen Augenbrauen und runzelte die Stirn. Er bemühte sich, aufrichtiges Bedauern in seine Stimme zu legen, was ihm allerdings nicht sehr gut gelang. »Sicher denkst du an mein Verhalten heute nachmittag, Brandy. Ich möchte dich noch einmal bitten, mir zu verzeihen. Ich war müde und erschöpft von der Reise, die sich bereits zwei Tage verzögert hatte. Aber diese Entschuldigung überzeugt dich nicht, oder? Ich kann dir versichern, daß ich vor Angst beinahe verrückt geworden bin, als Fiona auf meine Pferde zulief und du ihr nachgestürzt bist. Das hat mich mindestens zehn Jahre meines Lebens gekostet. Morgen früh werde ich mit Sicherheit meine ersten grauen Haare entdecken. Verzeihst du mir?«

Brandy fühlte sich kindisch, dumm und schwerfällig. Er verhielt sich großartig und hatte alle Eigenschaften, die man von einem Herzog erwartete – er war freundlich, aufrichtig und wahrscheinlich auch großmütig. Aber er hielt sie für ein kleines Mädchen. Verdammt. »Natürlich vergebe ich dir. Schreist du auch manchmal?«

»Ob ich schreie?«

»Ja. Du warst sehr zornig, dein Gesicht rötete sich, und an deinem Hals traten die Adern hervor, aber du hast nicht geschrien. Deine Stimme klang hart und kalt, aber beherrscht.«

»Doch, manchmal schreie ich schon jemanden an, aber ...« Er stockte. Aber keine Kinder, hatte er sagen wollen, doch das war nicht richtig. Sie war achtzehn – eine junge Frau. Es war erstaunlich – er fragte sich, ob sie keine Kopfschmerzen bekam, wenn sie ihr Haar so straff nach hinten gebunden trug. Woher hatte sie nur diesen lächerlichen Schal? Er sah älter aus als Lady Adella, und das hieß schon etwas. Mit einemmal bekam er Schuldgefühle. Sie hatte kein Geld – das war wohl der Grund. Diese Familie konnte es sich nicht leisten, Kleider für eine junge Dame zu kaufen. Er kam sich vor wie ein Trottel.

Rasch zwang er sich zu einem gelassenen Lächeln und lenkte ihre Aufmerksamkeit auf den Kamin. »Auf eurem Wappen sehe ich drei Wolfsköpfe. Hast du dir als Kind manchmal vorgestellt, wie sie bei dem Gedanken an Eindringlinge böse knurrten?«

»Das tue ich sogar jetzt noch manchmal. Ich stelle mir dann vor, daß sie früher einmal tatsächlich gelebt haben, stolze, wilde Tiere, die das Schloß verteidigten. Mir kommt es vor, als stünden sie unter einem bösen Zauber, der sie für alle Zeiten bewegungslos macht – eine schöne und romantische Vorstellung.«

Er sah den Glanz in Brandys bernsteinfarbenen Augen,

als sie an Schottlands großartige, fantasiereiche Vergangenheit dachte – eine solche Farbe hatte er noch nie zuvor gesehen. Ein seltsames, warmes Gefühl stieg in ihm auf, das ihm völlig unbekannt war. »Sind das die Farben der Robertsons?« fragte er.

»Ja. Früher leuchteten sie karmesinrot, gelb und grün. Die alte Marta kümmert sich jetzt nicht mehr darum.«

»Die alte Marta?«

»Großmamas Zofe. Sie muß wohl ebenso alt sein wie dieses Schloß und genauso stark. Ich hörte einmal, wie Großmama sie anschrie, sie würde ihr nur erlauben, bei uns zu bleiben, weil Großvater das wolle. Meine Güte, das hätte ich wohl nicht sagen dürfen.«

»Schon in Ordnung«, erwiderte der Herzog fasziniert. Dann bemerkte er plötzlich, daß sich bereits alle im Speisesaal befanden. »Komm, Brandy, wir sollten die anderen nicht warten lassen«, meinte er, obwohl ihm das eigentlich egal war. Er spürte, wie das warme Gefühl verschwand und die kalte Wirklichkeit ihn einholte, bis sie mit ihrer klangvollen Stimme freimütig sagte: »Ich habe mich schon gewundert, warum ich kein heißes Wasser für ein Bad bekommen habe. Dann dachte ich, es wäre wegen Percy – er hält unser Personal immer auf Trab, wenn er hier ist.«

Der Herzog hob die Augenbrauen. Das warme Gefühl kehrte zurück – wie süßer Honig.

Sie klopfte ihm leicht auf den Arm. »Es ist nicht deine Schuld, Hoheit. Seltsam, daß Morag mir nichts von deiner Ankunft gesagt hat.«

»Ist das die schlampige Frau, die sich ständig am Kopf kratzt?«

»Das tut sie nicht immer – nur manchmal, weil sie zu selten badet.«

»Das erklärt natürlich alles.« Er betrachtete Brandys stolze, gerade Nase und ihr festes, eigenwilliges Kinn. Ein frühreifes Mädchen, dachte er. Sie war intelligent und hatte einen gewissen Charme. Wenn ihr eine angemessene Erziehung zuteil wurde, würde sie sich eines Tages wahrscheinlich zu einer bezaubernden Frau entwickeln. Verdammt, sie war bereits eine Frau, auch wenn sie die Schwelle zur Weiblichkeit erst kürzlich überschritten hatte. Er zuckte unwillkürlich zusammen, als er sich ins Gedächtnis rief, daß er nun ihr offizieller Vormund war.

»Zu Tisch, Hoheit!« rief Lady Adella. »Der Stuhl des Grafen ist für dich reserviert. Aber wir müssen ihn jetzt wohl den Stuhl des Herzogs nennen. Brandy, du setzt dich an deinen üblichen Platz.«

Der Herzog sah sich in dem langgestreckten Speisesaal um. Er fühlte sich ins Mittelalter zurückversetzt, als er den langen Tisch mit den geschnitzten, steifen Stühlen betrachtete. Die Wandtäfelung war ebenso dunkel wie die schweren Möbelstücke. Trotz des Kaminfeuers und der vielen Kerzen wirkten die Ecken des Saals düster. Es fehlten nur noch Binsen auf dem Boden und riesige Bulldoggen, die vor dem Kamin an Knochen kauten, um die Szene perfekt zu machen. Er rückte den Stuhl für Brandy zurecht und ging dann zur Kopfseite des Tisches. Der mit aufwendigen Schnitzereien verzierte Stuhl des Grafen reichte ihm fast bis zur Schulter und strahlte eine gewisse, beinahe barbarische Macht aus. Die drei Wolfsköpfe, das Symbol der Robertsons, waren in die Rückenlehne geschnitzt und schnitten ihm hart in die Schulterblätter, als er sich setzte.

Er dachte an die unaufdringliche Eleganz von Carmichael Hall und versuchte, eine bequemere Position zu finden.

»Komm schon, du alter Blödmann! Schenk endlich den Wein ein. Ich hoffe, du hast beim Silberpolieren nicht alle Flaschen ausgetrunken.« Der Herzog zuckte bei Lady Adellas schneidender Stimme zusammen, die vom anderen Ende des Saals an sein Ohr drang, und er fragte sich, ob alle Bedienstete auf Schloß Penderleigh solche Beleidigungen über sich ergehen lassen mußten. Crabbe füllte mit unbewegter Miene seinen Kelch.

Lady Adella klopfte mit ihrem Glas heftig auf den Holztisch. »Jetzt werden wir alle auf den neuen Earl of Penderleigh anstoßen.« In ihrer Stimme lag ein leichter Anflug von Spott, und Ian bemerkte, daß sie zuerst Percival, dann Claude und Bertrand zuprostete, bevor sie sich an ihn wandte.

Kein sehr freundlicher Empfang. Die alte Frau versuchte, die Männer aufzuhetzen. »Ich danke euch allen«, sagte er so ruhig, wie es sich für einen Herzog gehörte und nippte an dem schweren Wein.

Morag stellte ihm eine dampfende Schüssel hin. Er nahm an, es handelte sich um Suppe, obwohl er so etwas noch nie gesehen hatte. Diese Zutaten kannte er nicht – und er war auch nicht sicher, ob er überhaupt wissen wollte, was sich in der Brühe befand.

Claude lachte gackernd. »Du bist in Schottland, Hoheit. Das nennt sich ›Partan Bree‹ und ist schon etwas anderes als die englische Hausmannskost, die du gewöhnt bist.«

»Es ist eine Krabbensuppe«, erklärte Bertrand freundlich. »Ich hoffe, sie schmeckt dir.«

»Wir Schotten haben das Glück, am Meer zu leben«, meinte Percy. »Das konnten selbst die Engländer nicht zerstören.«

»Und auch den Dänen, den Wikingern, den Kelten, den Britanniern oder anderen kriegerischen schottischen Clans ist das nicht gelungen«, erwiderte Ian und hob bekräftigend seinen Löffel.

»Du solltest mit deinen Äußerungen vorsichtig sein, Percy«, warf Lady Adella ein. »Ian scheint durchaus fähig, es mit dir aufzunehmen. Du bist sehr schlagfertig, Hoheit – das gefällt mir. Heutzutage findet man kaum noch so aufgeweckte Menschen.«

Ian senkte den Blick und betrachtete die Suppe vor ihm. Percy war ihm als Lady Adellas Enkel vorgestellt worden. Warum zum Teufel war dieser Kerl dann nicht der Erbe des Grafen? Vielleicht erklärte dieser Umstand seine bissigen Kommentare über die Engländer im allgemeinen und seine spitzen Bemerkungen, die sich speziell gegen ihn richteten. Er kostete einen Löffel von der Suppe. Das Fleisch schmeckte kräftig, war aber dennoch zart, und die cremige Flüssigkeit war gut gewürzt. Zumindest konnte er sich nicht über das schottische Essen beklagen.

»Wo sind deine Bediensteten, Cousin Ian?« fragte Constance mit ihrer sanften, weiblichen Stimme. »Ich habe mir immer vorgestellt, daß englische Gentlemen ein paar hundert Diener haben, und da du ein Herzog bist, erscheint es mir seltsam, daß du ohne Begleitung auch nur von einem Raum in einen anderen gehst.«

»Leider ist auf der Fahrt eine Achse gebrochen. Mein Kammerdiener Mabley verhandelt derzeit hoffentlich erfolgreich mit einem Schmied in Galashiels. Wie du weißt, bin ich allein in der Kutsche gekommen.«

»Du hast nur einen Diener mitgebracht?«

Offensichtlich war das Mädchen, das sich an der Schwelle zur Frau befand, sehr enttäuscht. Er grinste. »Ich bin allein gereist und habe keinen kompletten Haushalt mitgebracht.« Bei dem Gedanken an seinen stets verhalten seufzenden Kammerdiener lächelte er in sich hinein. Was würde Mabley wohl von der sich ständig kratzenden Morag halten?

»Du kommst aus London, Hoheit?« fragte Brandy.

»Ja. Es war eine lange Reise. Sie dauerte beinahe sechs Tage. Wir mußten in einigen ärmlichen Gasthäusern übernachten und uns überall vor lauernden Dieben schützen.«

»Und warum das alles?«

Ian schob sich den letzten Löffel Suppe in den Mund und legte dann den Kopf zur Seite. »Du meinst, warum ich hierhergekommen bin?«

Brandy straffte die Schultern und sah ihn offen an. »Jawohl, Hoheit. Wir rechneten nicht damit, daß uns ein englischer Herzog in Penderleigh besuchen würde. Eigentlich gingen wir davon aus, daß du einen deiner Angestellten schicken würdest, um die Miete einzutreiben. Aber nun bist du hier. Warum?«

Sie erkannte nicht, daß ihre Worte sehr unhöflich klangen. Der Herzog war sich dessen bewußt, bewunderte aber ihre Offenheit.

»Du mischst dich in Dinge ein, die dich nichts angehen, mein Kind«, warf Lady Adella ein. Ian bemerkte jedoch, daß in ihren wässrigen Augen ein Ausdruck der Neugierde lag, den sie nicht verbergen konnte. Auch die anderen an dem langen, mittelalterlichen Tisch sahen interessiert auf.

»Es ist verständlich, daß ihr euch darüber wundert. Aber habt ihr tatsächlich angenommen, daß ich meine schottischen Verwandten einfach ignorieren würde?«

Percy verzog seine geschwungenen Lippen zu einem verächtlichen Lächeln. »Meine kleine Cousine wollte damit sagen, daß es uns in keinster Weise etwas ausmachen würde, von dir ignoriert zu werden, Hoheit. Wir fürchteten nur, daß deine ungeteilte Aufmerksamkeit dem Land und den Mieteinnahmen gelten würde.«

»Das wollte ich damit keineswegs sagen, Percy. Ich wäre dir dankbar, wenn du mir nicht die Worte im Mund verdrehen würdest. Nun gut, vielleicht habe ich auch daran gedacht, aber so habe ich es nicht gemeint.«

Der Herzog mußte unwillkürlich lachen. »Soweit ich das jetzt beurteilen kann, werde ich mich um das Gut und das Schloß kümmern müssen. Die Mieten sind dafür im Moment sicher schon unangemessen hoch.«

»Du bist der Enkel meiner Schwester und daher mein Blutsverwandter, Ian«, sagte Lady Adella. »Ich freue mich sehr über deinen Besuch. Zumindest bis jetzt – die Dinge können sich auch ändern.«

Der Herzog hätte sich über diese freundlichen Worte gefreut, wäre da nicht Lady Adellas hämisches Lächeln gewesen, das sie Percy schenkte.

Bertrand beugte sich vor. Obwohl seine Stimme ruhig klang, war ihm seine Erregung anzumerken. »Ich kümmere mich nun schon seit vielen Jahren um das Gut, Hoheit, und es ist mir sehr ans Herz gewachsen. Wenn du möchtest, zeige ich dir die Bücher und erkläre dir, was ich alles unternommen habe. Wir besitzen Rohstoffe im Überfluß, haben aber nicht das Kapital für einen Neubeginn zur Verfügung.«

»Ich verstehe, Bertrand. Morgen stehe ich dir zur Verfügung.« Der Graf hob den Blick, als Morag die leere Suppenschüssel abräumte und eine Platte auf den Tisch stellte, auf der sich eine große Portion eines Gerichts befand, das er nicht kannte und dessen Zutaten er auch gar nicht wissen wollte.

»Haggis«, erklärte Claude und leckte sich die Lippen.

»Haggis?« wiederholte der Herzog und musterte mißtrauisch die abscheuliche Masse, die auf dem riesigen, verbeulten Silbertablett neben seinem Teller aufgehäuft war.

Constance beugte sich vor und wandte sich dem Herzog zu. »Eine Mischung aus Hafergrütze, Leber, Nierenfett vom Rind und ähnlichen Zutaten«, sagte sie fröhlich. »Cook serviert dazu immer Kartoffeln und Kohlrüben. Es schmeckt sehr lecker. Versuch es, Hoheit.«

Ian führte zögernd seine Gabel zum Mund.

»Dieser Brei wird in einem Schafsmagen gekocht«, warf Percy ein.

Der Herzog schluckte heftig und hoffte, er würde sich nicht übergeben müssen. In einem verdammten Schafsmagen? Meine Güte, was waren das für Menschen? Er schob sich einen weiteren Bissen in den Mund und schmeckte das starke Aroma von schwarzem Pfeffer. Rasch trank er einen Schluck von dem schweren süßen Wein und unterdrückte den Drang zu niesen.

Während er wieder seine Gabel zum Mund führte, kaute und schluckte, versuchte er, nicht an den Schafsmagen zu denken. Er bemerkte, daß sich alle Augen erwartungsvoll auf ihn richteten. Einige am Tisch sahen ihn lächelnd, andere hämisch und manche nur neugierig an.

»Köstlich«, erklärte er. »Mein Kompliment an Cook und an das Schaf.« O verdammt, das hätte er nicht sagen sollen. Wieder verspürte er einen Würgereiz.

Brandy lächelte verstohlen, als sie Percys Enttäuschung bemerkte. Es war ihr bisher noch nicht aufgefallen, daß er sich nicht sehr geschickt verhielt, wenn er seine Gefühle verbergen wollte. Er blickte finster drein und verzog mürrisch die Lippen. Immerhin war er ihr Cousin, und für einen flüchtigen Moment tat er ihr sogar ein wenig leid.

Ian sah sich um, als alle mit ihrem Essen beschäftigt waren. Lady Adella, seine Großtante, thronte wie eine Königin am Fußende des Tisches und stürzte sich auf das Haggis, als hätte sie seit einem Monat nichts mehr gegessen. Sie mußte mindestens siebzig sein – vielleicht war sie auch bereits hundert. Er versuchte, sich an seine Großmutter, also Lady Adellas Schwester, zu erinnern, hatte aber nur noch eine vage Vorstellung von der schmächtigen, geisterhaften Gestalt einer gebückten, alten Lady, die den größten Teil ihrer letzten Lebensjahre auf einem bequemen Sofa verbrachte, während seine eigene Mutter ihr Gesellschaft leistete. Anscheinend hatte sie nicht die eiserne Persönlichkeit gehabt, die Lady Adella auszeichnete. Lady Adella hatte ihn freundlich begrüßt, empfand aber offensichtlich auch Vergnügen daran, ihn gegen Percy und Bertrand auszuspielen.

Der Herzog musterte Claude, der links neben Lady Adella saß und genüßlich schmatzend mit den wenigen ihm verbliebenen Zähnen kaute. Er war ihm als Neffe vorgestellt worden, und sein Sohn Bertrand als Großneffe. Warum zum Teufel hatte nicht einer der beiden Penderleigh geerbt? Geheimniskrämerei konnte er nicht leiden – er war fest entschlossen, gleich am nächsten Tag alles über diese verwirrenden Verwandtschaftsbeziehungen herauszufinden.

Ian sah Constance an, das hübsche Mädchen, das sich so sehr um Aufmerksamkeit und Bewunderung bemühte. Rasch ließ er seinen Blick zwischen Brandy und ihr hin-

und hergleiten. Es war schwer zu glauben, daß die beiden Mädchen Schwestern waren. Die eine hatte ihr Haar auf eine wenig anziehende Weise geflochten, der anderen fielen dichte schwarze Locken aufreizend über die wohlgeformten Schultern. Brandy trug ein unförmiges, unmodernes Musselinkleid mit einem blaßgelben Schal und Constance ein violettes Seidenkleid, dessen gewagter Ausschnitt die Ansätze ihrer schwellenden Brüste erkennen ließ. Fiona, die kleine rothaarige Göre, die sich beinahe vor die Hufe seiner Pferde geworfen hatte, unterschied sich im Äußeren sehr von ihren beiden Schwestern. Als er über den langen Tisch hinweg wieder Lady Adella musterte, wurde ihm klar, daß er noch nie eine derart zusammengewürfelte Gesellschaft des Landadels gesehen hatte.

Lady Adella bemerkte seinen Blick. »Wir servieren hier keine Unzahl von verschiedenen Gängen, Hoheit. Wenn du mit dem Haggis fertig bist, lasse ich den Nachtisch kommen – Trifle.«

Der Herzog lächelte erfreut. »Trifle mochte ich schon immer sehr gern.«

»Aber möglicherweise nicht auf die Art, wie Cook es zubereitet.« Claudes gackerndes Lachen weckte in ihm den Wunsch, ihn mit einem Schlag zum Schweigen zu bringen, doch dann hörte er auch einen Anflug von Schmerz heraus. Lady Adella hatte ihm erzählt, Claude leide an Gicht.

»Ich nehme an, es wird zumindest nicht in einem Schafsmagen gekocht«, erwiderte Ian und wandte sich dann an Brandy. »Oder etwa doch?«

»Nein, bei der Zubereitung wird nichts vom Schaf verwendet«, erwiderte Brandy, grinste aber schelmisch wie ein Dieb, der zufällig in der Kirche den Teller für die Kollekte in die Hand bekommen hatte.

Nach den ersten Bissen wußte der Herzog, was Claude gemeint hatte. Der Sherry war bitter und der Teig durchweicht. Seine guten Manieren zwangen ihn dazu, die großzügige Portion aufzuessen, die Morag ihm auf den Teller gehäuft hatte. Dann spülte er den Geschmack mit einem großen Schluck Wein hinunter, um seinen gereizten Gaumen zu beruhigen. Nach einer Weile warf er Lady Adella einen verstohlenen Blick zu und fragte sich, ob auch in Schottland die Damen sich nach dem Abendessen in den Salon zurückzogen, während die Herren ihren Portwein tranken, wie es in England der Brauch war.

»Wir trinken den Portwein im Salon«, verkündete sie prompt, als hätte sie seine Gedanken gelesen. Ian runzelte leicht die Stirn und erhob sich mit den anderen.

Als er an Brandy vorüberging, flüsterte sie ihm rasch zu: »Das war sehr höflich von dir. Ich habe mich geirrt – du hast sogar so gute Manieren, daß du selbst ein Dinner mit uns durchstehst, ohne aus der Rolle zu fallen. Das Trifle war schrecklich, aber Cook versuchte nur, dich damit zu beeindrucken.« Sie hielt sich die Hand vor den Mund und kicherte.

Ian war entzückt, konnte sich eine Bemerkung aber trotzdem nicht verkneifen. »Es hat mich große Mühe gekostet, aber ich hielt es für meine Pflicht, alle elf Bissen hinunterzuwürgen.« Er senkte seine Stimme. »Stört es den armen Crabbe nicht, als alter Blödmann bezeichnet zu werden?«

Brandy biß sich auf die Unterlippe. »Nein, Hoheit. Ich kann dir versichern, daß diese Anrede einer der harmlosesten ist, die Lady Adella gebraucht. Ich hoffte, daß sie sich in deiner Gegenwart etwas gepflegter ausdrücken würde, aber das hätte ich eigentlich besser wissen sollen.« Sie atmete tief ein. »Percy solltest du keine Aufmerksamkeit schenken. Er benimmt sich immer so abscheulich. Außerdem glaube ich, daß er sehr eifersüchtig auf deine Stellung als neuer Gutsherr ist.«

Lady Adellas scharfer Blick hinderte ihn daran, Brandy weiter zu befragen.

»Brandy, Constance, kommt her. Wir müssen dem Herzog zeigen, daß Schottland kein unzivilisiertes Land ist. Ihre Hoheit braucht jetzt ein wenig Unterhaltung.«

Sie wandte sich an den Herzog, der sich im Augenblick nichts sehnlicher wünschte als ein Bett und erholsamen Schlaf. »Du wirst sehen, daß die Mädchen sehr kultiviert sind. Constance, da du die jüngere bist und es schon spät wird, darfst du zuerst dem Herzog etwas vortragen.«

Obwohl Constance an dem alten Flügel ein reizendes Bild bot, hoffte der Herzog verzweifelt, daß die französische Ballade, die sie in ihrer leisen, tonlosen Stimme sang, nicht allzu viele Strophen hatte. Als sie sich erhob und geziert knickste, zwang er sich, laut zu applaudieren.

»Du hörst dich immer noch an wie eine rostige Trompete, Mädchen«, sagte Lady Adella. »Obwohl ich mir soviel Mühe mit dir gegeben habe, klingt deine Stimme immer noch grauenhaft. Ich habe dir sogar immer wieder etwas vorgesungen, um dir zu zeigen, wie man es macht. Nun, zumindest hast du ein hübsches Bild abgegeben, während du die Ohren des Herzogs gequält hast.«

»Dein Vortrag hat mir sehr gut gefallen«, log der Herzog, ohne zu zögern.

Der verdrießliche Ausdruck im Gesicht des Mädchens wich einem beinahe überzeugenden sinnlichen Lächeln. Constance warf Percy einen Blick zu, in der Hoffnung auf ein weiteres Lob. Verärgert stellte sie fest, daß er anscheinend nur Augen für Brandy hatte.

»Der Herzog ist sehr freundlich. Jetzt ist es aber Zeit für dich, schlafen zu gehen. Sag gute Nacht. Danach ist deine Schwester an der Reihe.«

Constance begriff, daß es keinen Sinn hatte, ihrer Großmutter zu widersprechen, also bemühte sie sich um einen besonders eleganten Knicks und verließ dann zögernd den Salon.

»Es ist schon ziemlich spät, Großmama«, meinte Brandy. »Der Herzog ist sicher müde von der langen Reise. Vielleicht würde er lieber darauf verzichten …«

Lady Adella schnaubte ungehalten und deutete mit ihrem knochigen Zeigefinger auf das Klavier.

»Ich würde mir sehr gern ein Lied von dir anhören«, sagte Ian rasch und wünschte sich gleichzeitig, in seinem Haus in London zu sein und tun zu können, was ihm gefiel.

»Ich werde dir die Seiten umblättern, Brandy.« Percy erhob sich und trat dicht neben sie. Brandy änderte rasch ihre Wahl. »Mach dir keine Mühe, Percy – ich brauche keine Notenblätter.«

»Dann werde ich mich neben das Klavier stellen, so daß du für mich singen kannst.«

Brandy ließ ihre Hände im Schoß liegen, bis er ihr schließlich ein anzügliches, spöttisches Lächeln schenkte, eine leichte Verbeugung andeutete und sich neben Lady Adella setzte.

Ian beobachtete diese Szene irritiert. Dann hörte er, wie Lady Adella Percy zuflüsterte: »Ich habe dir doch gesagt, du sollst das Kind in Ruhe lassen. Sie begreift noch nicht, was du von ihr willst.«

Von wegen! dachte der Herzog. Percivals Antwort konnte er nicht verstehen, denn Brandy begann zu spielen. Drei sanfte, traurige Töne erfüllten den Raum. Mit leiser, klangvoller Stimme sang sie:

Mein Lieb das ist ein Röslein rund,
Ein Röslein roth im Mai,
Und jedes Wort aus ihrem Mund
Ist süße Melodei.

So schön du bist, mein Lieb', so sehr,
So sehr bin ich verliebt,
Will lieben dich, bis es im Meer
Kein Tröpflein Wasser giebt;

Bis alle Felsen an dem Strand
Wie Eis zerflossen sind;
In meiner Lebensuhr der Sand,
Mein Leben, nicht mehr rinnt.

Und nun ade, du liebes Aug',
Ade für eine Zeit.
Ich komme wieder, wär ich auch
Zehntausend Meilen weit.

Der Herzog schwieg eine Weile, gefangen von den bewegenden Versen und den tiefen Molltönen, die ihre Schönheit unterstrichen. Er hatte nicht alles verstanden, da Brandy das Lied in schottischem Dialekt gesungen hatte.

Er hörte Lady Adella prusten – offensichtlich zollte sie damit Brandy ihren Beifall. »Das ist eine wunderschöne Ballade, Brandy«, sagte er. »Wer hat sie geschrieben?«

Sie drehte sich auf dem Hocker um. »Robert Burns. Wir nennen ihn Rabbie Burns. Er starb vor knapp vier Jahren hier in der Nähe – in Dumfries.«

»Du solltest nicht vergessen zu sagen, daß dein geliebter Rabbie ein Trinker und Weiberheld war. In dieser Gegend wimmelt es von seinen Bastarden.« Percys höhnisches Grinsen löste in Ian den Wunsch aus, ihm einen Faustschlag auf den Mund zu verpassen.

Lady Adella übertraf mit ihrem hinterhältigen Blick sogar noch das bösartige Funkeln in den Augen ihres Enkels. »Ich persönlich würde mir wünschen, unser geschätzter Rabbie wäre vierzig Jahre früher zur Welt gekommen. Mit ihm wäre ich gern mal in die Federn gesprungen. Ich frage dich, Percy: ›*Wie kannst du etwas tun, wenn du nichts besitzt, womit du es tun kannst?*‹ Da verschlägt es dir wohl die Sprache?«

Percy verzog wütend das Gesicht. Hatte die alte Frau tatsächlich seine Männlichkeit in Frage gestellt? Das war eine Beleidigung.

Ian drehte sich um, als Brandy sich rasch von dem Klavierhocker erhob. »Wenn es dir recht ist, werde ich jetzt ins Bett gehen, Großmama.« Offensichtlich hatte Lady Adella das Interesse verloren und entließ ihre Enkelin mit einer Handbewegung. Mit gesenktem Kopf verließ Brandy rasch den Salon. Warum um alles in der Welt drückte ihre Großmutter sich so ungehobelt aus? Es schien, als würde sie sich in der Gegenwart des Herzogs absichtlich so ordinär benehmen.

Der Herzog stand langsam auf. »Ich fürchte, auch ich muß mich jetzt entschuldigen und ins Bett gehen. Gute Nacht allerseits.«

»Wenn du nicht alles zu deiner Zufriedenheit vorfindest, laß Morag holen. Man muß diese faule Schlampe immer antreiben«, sagte Lady Adella.

Der Herzog nickte. Als er das Zimmer verließ, hörte er Claudes gackerndes Lachen.

Vor der Tür wartete Crabbe, um ihn in sein Schlafzimmer zu bringen. Der Herzog hätte sich allein wohl kaum verlaufen, denn man hatte ihm das Zimmer des alten Earls zugewiesen. Es lag am Ende des langen, zugigen Gangs im Westflügel in herrlicher Abgeschiedenheit.

Crabbe öffnete schwungvoll die dunklen Türen, verbeugte sich leicht und ließ den Herzog eintreten. Der Raum war mit ebenso dunklen und klobigen Möbeln eingerichtet wie das Speisezimmer. Auch die Ecken waren genauso düster. Der Herzog wünschte, er hätte mehr als nur den einen Kerzenleuchter zur Verfügung, um das Zimmer ein wenig gemütlicher zu machen.

Crabbe betrachtete mit ausdrucksloser Miene das klägliche Feuer, das im Kamin schwelte. »Offensichtlich hat Morag den Torf besorgt«, meinte er. »Ich habe mir die Freiheit genommen, Ihre Sachen auszupacken, Hoheit.«

Nachdem der alte Mann gegangen war, kniete Ian sich vor den Kamin und versuchte, das schwache Feuer in Gang zu bringen. Einige der Torfklumpen waren feucht – anscheinend waren sie erst vor kurzem während des Sturms hereingebracht worden. Kein Wunder, daß grauer Rauch aufstieg.

Hastig zog er sich aus und schlüpfte zwischen die kalten Laken. Die Bettdecke strömte einen leicht modrigen

Geruch aus. Bis er einschlief, lauschte er den Regentropfen, die gegen die Fensterscheiben trommelten, und dem Rauschen der Wellen, die hinter dem Schloß heftig gegen die Felsen am Fuß der Klippe schlugen.

8

»Erzähl mir mehr über den neuen Earl, Brandy«, bat Fiona, ohne zu bemerken, daß der Haferbrei von ihrem Löffel tropfte.

»Paß auf, Püppchen. Du weißt, wie sehr die alte Marta es haßt, Porridge aus deinen Kleidern zu schrubben. Sie beklagt sich darüber so sehr, daß ich es dann meistens selbst mache, aber mir macht das auch keinen Spaß.«

Fiona rieb sich mit der Hand über das Kinn und wischte dann, ihre blauen Augen auf ihre Schwester geheftet, sorgfältig mit ihrer Serviette die Handfläche sauber.

»Gut gemacht«, sagte Brandy und unterdrückte ein Lachen. »Nun, ich weiß auch nicht viel mehr über den Earl als du. Er ist ein Herzog – zumindest in England –, also bedeutender als ein Graf.«

»Ja.« Fiona nickte. »Wahrscheinlich riecht er deshalb so gut und trägt saubere Kleidung. Wenn Großpapa Angus mich manchmal umarmte, sah ich Essensreste auf seinem Hemd. Und sein Atem roch schrecklich, Brandy.«

»Das ist wahr«, stimmte Brandy ihr zu. »Du darfst nicht vergessen, ihn mit ›Hoheit‹ anzusprechen. Die Anrede ›Mylord‹ genügt nicht.«

»Aber er ist doch keine Frau.«

Brandy lachte. »Natürlich nicht, aber das ist die formelle Anrede für einen Herzog. Wir in Schottland benützen sie ebenso.«

»Vielleicht läßt er mich seine wunderschönen Pferde streicheln.«

Brandy lächelte, obwohl sie das stark bezweifelte. »Du mußt mir versprechen, dich anständig zu benehmen, mein Schatz. Der Herzog ist wahrscheinlich nicht an Kinder gewöhnt. Er wird wohl auch nicht lange hierbleiben. Was sollte ihn an uns schon interessieren?«

»Aber warum ist er dann überhaupt gekommen, wenn er uns gleich wieder verlassen will?«

»Das weiß ich nicht, Fiona. Komm, mein Püppchen, iß auf. Es wird schon spät.« Es war keineswegs spät, aber Brandy wollte vermeiden, Percy zu treffen. Sie sah aus dem Fenster auf den mit Gras überwucherten Graben, während Fiona geräuschvoll ihre Schüssel auskratzte. Der Sturm vom Vorabend hatte sich gelegt, und es schien ein herrlicher Frühlingstag zu werden. Eine leichte, kühle Brise strich über die Glockenblumen.

»Das ist ja eine angenehme Überraschung.«

Brandy drehte sich rasch um und erwartete, Percys verhaßtes Gesicht zu sehen. »Oh, du bist es, Hoheit.« Die Erleichterung war ihr so deutlich anzuhören, daß der Herzog überrascht die Augenbrauen hob.

»Dir gehören die großen Pferde.« Fiona kletterte von ihrem Stuhl und sah zu dem hochgewachsenen Mann auf. »Bist du wirklich eine Hoheit und nicht nur ein Lord wie Großpapa Angus?«

Ian betrachtete das magere kleine Mädchen, das vor ihm stand und ihm – die Arme in die Seite gestemmt – ihr Gesichtchen entgegenreckte. Ihr Haar war dicht und schimmerte wie karmesinroter Samt. Wunderschönes Haar, und Augen so blau wie der Himmel an einem Sommertag. »Ja«, erwiderte er. »Man spricht mich tatsächlich mit Hoheit an. Und du bist wohl Fiona, meine jüngste Cousine.«

»Ja, aber Brandy nennt mich immer Püppchen. Muß ich dich mit diesem Frauennamen anreden?«

Kinder sprachen oft einfach aus, was ihnen durch den Kopf ging. Er strich über die schimmernden roten Locken. »Hoheit sagt man nicht nur zu Frauen, Fiona. Laß mich nachdenken. Jetzt weiß ich es. Ich möchte natürlich, daß du mich mit einem richtigen Männernamen ansprichst. Wie wäre es mit Ian?«

»Ian«, wiederholte sie. »Das gefällt mir besser als Hoheit. Möchtest du Porridge, Ian? Heute morgen ist er nicht sehr wässrig. Trotzdem lief mir etwas davon über das Kinn. Aber ich habe mein Kleid nicht schmutzig gemacht.«

»Das kommt eben manchmal vor«, meinte er. »Mittlerweile ist der Haferbrei sicher schön fest geworden. Wie lange steht die Schale schon hier?«

»Nicht länger als zehn Minuten«, sagte Brandy und rührte den Brei um. »Nun ja, ein wenig dünn ist er immer noch, aber nicht schlecht«, fügte sie hinzu.

»Er ist sicher perfekt. Komm zurück an den Tisch, Fiona. Es tut mir leid, daß ich dich gestört habe.«

»Hast du in Großpapa Angus' Bett geschlafen, Ian? Er starb in diesem Bett, weißt du. Über einen Monat mußten wir auf Zehenspitzen durch die Gänge schleichen. Ich hörte Großpapa husten und Großmama verfluchen.«

»Fiona, das reicht. Großpapa Angus hat jeden beschimpft. Und du weißt sehr gut, daß jeder Earl of Penderleigh in diesem Bett gestorben ist. Hier, nimm dir ein Hörnchen. Ja, streich ein wenig Butter darauf. So ist es richtig.«

»Ich wurde von keinem Geist aus der Vergangenheit belästigt«, meinte der Herzog. Er beäugte den Haferbrei und nahm sich dann eine großzügige Portion. Nach dem ersten Löffel war er erleichtert. Der Haferbrei schmeckte ausgezeichnet und war kaum verwässert. Als er den Blick hob, sah er, daß Fiona ihn stirnrunzelnd betrachtete.

»Tropft Porridge auf mein Hemd?«

»O nein, Ian. Ich habe Brandy vorhin gefragt, warum du gekommen bist, wenn du uns gleich wieder verlassen willst. Sie erklärte mir, daß du kein Interesse an uns hättest und deshalb sicher bald wieder fahren würdest.«

Brandy starrte auf ihr Hörnchen, von dem Butter troff.

Wäre Fiona in Reichweite gewesen, hätte sie ihr eine Ohrfeige verpaßt.

»Und was glaubt Brandy, warum ich gekommen bin?« fragte der Herzog und betrachtete einen Augenblick lang Brandys Profil. Sie hat eine hübsche Nase, dachte er. Die schön geschwungenen Augenbrauen waren so dunkelblond wie ihr Haar. Ihr Kinn war wohlgeformt und energisch. Ob sie wohl eigensinnig war? Wieder hatte sie ihr Haar zu festen Zöpfen geflochten und denselben verschlissenen Schal mit dem Karomuster um ihre Schultern geschlungen.

»Sie sagte, sie wisse es nicht. Sagst du es mir?«

Er konnte einem kleinen Mädchen wohl kaum erklären, daß er, ein erwachsener Mann, sich eingeengt gefühlt hatte – ja, bei dem Gedanken an eine weitere Saison in London sogar befürchtet hatte, vor Langeweile umzukommen, und daß ihm jede Ausrede recht gewesen war, um zu entfliehen. Ob ihn seine Reise in die Türkei oder nach Schottland führte, war ihm vollkommen gleichgültig gewesen. Nein, das konnte er ihr nicht sagen. »Ich bin gekommen, weil ihr meine Cousinen seid und ich euch kennenlernen wollte«, erklärte er, ohne zu zögern.

Brandy warf ihm einen kurzen Blick zu. Sie wußte, daß er log – so sicher, wie sie ihren eigenen Namen kannte.

Der Herzog runzelte leicht die Stirn und versuchte, so unschuldig auszusehen wie Fiona, die gerade eine Puppe aus ihrer Serviette formte.

»Nun, Fiona, ist deine Frage damit beantwortet?«

»Ja, aber wann darf ich die großen Pferde sehen, Ian?«

»Erst wenn du mir fest versprochen hast, dich nicht wieder auf sie zu stürzen. Ich bin noch zu jung, um graue Haare zu bekommen.«

»Oh, das verspreche ich. Wirklich.«

Der Herzog stellte fest, daß sie noch geschickter schwindelte als er.

»Hör zu, mein Püppchen«, sagte Brandy. Ihre Stimme klang so mütterlich wie die von Ians Großtante, die mehrere Kinder hatte. »Du mußt verstehen, daß der Herzog sehr viel zu tun hat. Wir dürfen ihn nicht belästigen.«

In ihrer Mutterrolle wirkte sie nicht sehr überzeugend, wie Ian feststellte. Er lächelte ihr zu. Brandy versuchte vergeblich, eine strenge Miene aufzusetzen.

Mit einemmal empfand er Zuneigung für sie. Nun, warum auch nicht? Schließlich war sie eine weitläufige Verwandte und noch sehr jung – zumindest, was ihre Erfahrung und ihre Persönlichkeit betraf.

»Es ist nicht dein Fehler, daß du Penderleigh geerbt hast«, meinte sie. »Du kannst auch nichts dafür, daß du kein Schotte bist. Ich denke, es muß auch Engländer geben, und du hast es dir nicht aussuchen können.« Sie schenkte ihm Tee ein.

»Vielen Dank«, sagte Ian und prostete ihr mit der Teetasse zu. »Das stimmt. Ich hatte keinerlei Mitspracherecht.«

Er wandte sich wieder Fiona zu, und Brandy nützte die Gelegenheit, um ihn genauer zu betrachten. Er war sehr groß – größer als jeder Mann, den sie bisher kennengelernt hatte. Das gefiel ihr. Und er kleidete sich sehr elegant. Sicher hielt er sie alle für primitiv. Ihr eigenes Kleid war mindestens fünf Jahre alt. Seine Kniebundhose aus feinem Strick betonte seine Beine und stand ihm ausgezeichnet. Das Hemd war so weiß wie der Schnee, der im vergangenen Februar einmal nachts gefallen und geschmolzen war, bevor er schmutzig werden konnte. Sein Rock saß perfekt. Alles an ihm wirkte elegant, einschließlich seiner schönen schwarzen Stiefel. Sie zupfte an ihrem Kleid. Er war alles, was sie nicht war – alles, was keiner von ihnen war. Sie waren nur arme Verwandte – und sonst nichts.

Der Herzog bemerkte die Veränderung ihres Gesichtsausdrucks. Überrascht stellte er fest, daß sie sich anscheinend plötzlich unbehaglich fühlte. Er hatte doch nichts Falsches getan. »An meinem ersten Tag würde ich mich am liebsten hier ein wenig umsehen. Der Sturm hat sich gelegt, und ich würde gern an der Küste spazierengehen, auf das Meer hinaussehen und mir alles anschauen, was ihr mir zeigen möchtet.«

»Das hatten Brandy und ich auch vor«, erklärte Fiona und glättete ihre Serviette. »Baust du gern Sandburgen, Ian?«

Er dachte an seine braune Reitkleidung, die letzten sauberen Kleidungsstücke, die er für tagsüber noch bei sich hatte. Er wußte nicht, ob Mabley noch heute mit seinem übrigen Gepäck eintreffen würde. »Wenn es dir nichts ausmacht, Fiona, würde ich mich von dem nassen Sand lieber fernhalten«, erwiderte er. »Sonst muß ich meine Kleidung anschließend selbst waschen. Und das wäre nicht gut, denn ich habe nicht die geringste Ahnung, wie man das macht.«

»Ich auch nicht«, erklärte Fiona.

Wie unglaublich höflich er ist, dachte Brandy und schenkte ihm ein strahlendes Lächeln. »Los, mein Püppchen, hol deinen Schal.«

Fiona lief zur Tür des Speisesaals und rief lachend: »Ich bin zurück, bevor die Maus in die Falle geht.«

»Wird dir nicht zu warm, wenn du diesen Schal ständig trägst?« fragte der Herzog Brandy.

Zu seiner Überraschung sah sie so betreten drein, als hätte er ihr eröffnet, daß sie etliche Pickel im Gesicht habe. »Nein«, erwiderte sie. »Ich friere leicht. Ja, mir ist immer kalt. Ich trage meinen Schal bis zum August. Manchmal sogar auch den ganzen Sommer lang. Dann wird es schon bald wieder Winter, also brauche ich den Schal beinahe das ganze Jahr über.« Sie krümmte den Rücken. Einer ihrer langen Zöpfe fiel ihr über die Schulter und tauchte mit der Spitze in die Schale mit dem warmen Haferbrei ein.

»Dein Zopf, Brandy.« Der Herzog beugte sich vor und griff nach den geflochtenen Haaren.

Sie erschrak und wich so rasch zurück, daß ihm keine Zeit blieb, ihre Haare loszulassen. Brandy biß die Zähne zusammen, als sie den scharfen Schmerz in ihrer Kopfhaut spürte.

Ian reichte ihr ein Glas Wasser. »Hier, tauch deinen Zopf ein. Ich wollte dir nicht wehtun oder dich erschrecken.«

»Das weiß ich«, sagte Brandy, ohne ihn anzusehen. Sie spülte den Brei mit Wasser ab und trocknete dann ihren Zopf mit einer Serviette. »Ich höre Fiona kommen. Bist du fertig, Hoheit?«

»Aye«, erwiderte er in dem starken schottischen Akzent, der sich für ihn fremdartig, aber auch faszinierend anhörte.

»Du machst dich doch nicht etwa lustig über mich, Hoheit?«

»Ihre Hoheit würde seine Cousinen niemals verspotten – dazu ist er viel zu höflich. Außerdem mag er seine Cousinen sehr. Sollen wir gehen?«

Die drei verließen das Schloß, überquerten den mit Unkraut überwucherten Graben auf dem schmalen Kiesweg und spazierten dann auf dem mit Rhododendron gesäumten Pfad zur Küste.

Schon bald erreichten sie den Rand der grasbewachsenen Klippen. Ian sah auf das Meer hinaus, das jetzt ruhig vor ihm lag. An der Küste war das Wasser seicht, klar und türkisfarben. Weiter draußen schimmerte es in verschiedenen dunkleren Blautönen. Er betrachtete den blauen Himmel mit den vorüberziehenden Wolken, genoß die erfrischende Brise, die sein Gesicht kühlte und sein Haar zerzauste und atmete tief ein.

»Sei vorsichtig, mein Püppchen, und mach dich nicht allzu schmutzig.« Brandys Stimme riß ihn aus seinen Tagträumen. Er sah, wie Fiona den ausgetretenen Pfad zum Strand hinunterlief, so schnell ihre dünnen Beinchen sie trugen.

»Hoffentlich bricht Fiona sich kein Bein. Dieser Pfad sieht gefährlich aus.«

»Sie klettert wie eine Bergziege. Mach dir keine Sorgen.«

»Du hast ein wunderschönes Zuhause, Brandy.«

»Es ist jetzt auch dein Heim, Ian«, erwiderte sie, während sie Fiona beobachtete, bis sie sicher den Strand erreicht hatte.

»Stört dich das?« fragte er leise.

Sie schwieg einen Moment lang. »Nein«, erklärte sie schließlich. Ihre Stimme klang ein wenig traurig. »Das steht mir nicht zu. Viele Jahre sind vergangen. Jetzt muß eine Veränderung kommen, auch wenn die meisten Schotten das nicht gern zugeben. Durch dich kann sich sehr viel ändern. Du kannst nichts dafür, daß du kein Schotte bist – das habe ich dir bereits gesagt. Vergiß nicht, daß ich nur eine Frau und daher von geringem Wert bin. Meine Meinung interessiert niemanden, und ich habe keinen Einfluß darauf, wie du hier behandelt und angenommen wirst.«

»Für mich bist du durchaus wertvoll, und deine Meinung interessiert mich sehr. Ich möchte nicht, daß du jemals wieder so über dich sprichst.«

Sie legte ihre Hände auf den Knoten in ihrem Schal und lachte über den strengen Tonfall, in dem er seine kleine Rede vorgetragen hatte. »Du solltest hören, wie Großmama mit mir spricht. Crabbe ist nur ein alter Blödmann, aber ich bin eine nichtsnutzige Idiotin, die weniger wert ist als ein Keller voll Salz. Sie spricht oft davon, mich endlich zu verheiraten und rollt dabei ihre wässrigen alten Augen.« Brandy zuckte die Schultern. »Mich stört es nicht, daß du Penderleigh geerbt hast. Einer unserer männlichen Verwandten mußte das Erbe antreten, sonst würde unsere Linie aussterben.«

Der Herzog hatte noch nie ein junges Mädchen so offen und realitätsbewußt sprechen gehört. Er selbst glaubte auch, daß Frauen in der Gesellschaft nicht viel zählten, und das fand er ungerecht. Andererseits war er eben ein Mann, und deshalb war es seine Aufgabe, sie zu beschützen, sich um sie zu kümmern und dafür zu sorgen, daß sie keine Not litt. Trotzdem ärgerte er sich über ihre Einstellung, sie sei nichts wert.

Der Wind frischte auf, zog einige dichte honigfarbene Strähnen aus Brandys streng geflochtenem Zopf und blies sie ihr in das Gesicht.

»Also ist es wohl meine Pflicht, bald zu heiraten und viele zukünftige Erben zu zeugen. Sollte ich keinen Sohn haben und mir bei einem Sturz vom Pferd das Genick brechen, wäre mein Cousin Giles der Earl of Penderleigh, auch wenn er mit dir nicht blutsverwandt ist.«

»Nein, bitte brich dir nicht den Hals.«

»Das habe ich auch nicht vor. Aber das Leben läßt sich nicht vorherbestimmen – man kann nie wissen. Und ich bin jetzt in dem Alter, wo ich einen Erben in die Welt setzen sollte.«

»Oh, ich wußte nicht, daß du noch nicht verheiratet bist. Ich glaube kaum, daß Großmama es weiß, sonst hätte sie es sicher überall in Penderleigh herumposaunt. Darüber solltest du dir im klaren sein.«

»Ich bin achtundzwanzig – sicher furchtbar alt für jemanden, der noch so jung ist wie du.«

»Ganz und gar nicht. Am kommenden Michaelstag werde ich neunzehn – für mich bist du also nicht alt.«

Sie hatte recht. Felicity, das Mädchen, das er im August heiraten würde, war nur ein wenig älter als sie. Aber sie unterschied sich sehr von ihr. Und von Marianne. Dieses Mal begrüßte er den vertrauten Schmerz, denn er machte das bereits verblassende Bild von Marianne wieder lebendig. Sie wäre jetzt sechsundzwanzig und wahrscheinlich Mutter mehrerer Kinder. Wieder einmal fragte er sich, wie ihre gemeinsamen Kinder wohl ausgesehen hätten. Ihre Töchter hätten sicher von Marianne die grazile Gestalt und die leuchtenden grünen Augen geerbt. Ah, und ihre Söhne – seine Söhne – wären stolz und stark geworden und so groß wie er selbst. Er lächelte Brandy wortlos an und richtete seine Aufmerksamkeit dann auf die Möwen, die schrill kreischend über ihnen kreisten.

»Sieh nur, Ian«, sagte Brandy. »Fiona versucht ständig, eine Sandburg zu bauen, die aussieht wie Schloß Penderleigh. Das arme Kind – die gerieften Türme brechen immer wieder zusammen.«

Der Herzog verdrängte Marianne aus seinen Gedanken und sah zu Fiona hinunter. Ihr feuerrotes Haar war mittlerweile sicher überall von dem nassen Sand verklebt. »Ihr gleicht euch alle nicht. Wem sieht Fiona ähnlich, Brandy?«

»Großmama behauptet, Fiona sei die einzige, die überhaupt jemandem nachschlägt. Sie hat die gleiche Haar- und Augenfarbe wie die Schwester meiner Mutter, Tante Antonia. Constance gleicht ein wenig unserer Mutter. Mich nennt Großmama ein mißglücktes Abbild ihrer selbst.«

»Hauptsache, sie bezeichnet dich nicht als alten Blödmann.«

»Der arme Crabbe. Früher hat sie sich auf grausame Weise über seinen Namen lustig gemacht und ihn auf eine Art beleidigt, die ich nicht verstand. Glücklicherweise ist er nicht mit uns verwandt, sonst gäbe es keine Gnade für ihn.«

»Du meinst, sie würde ihn dann auch einen wertlosen Idioten schimpfen?«

»Genau.«

»Um beim Thema zu bleiben – wer genau ist eigentlich Percival?«

»Er ist ein Bastard.«

»Ich fragte nicht nach seinem Charakter, sondern nach seinem Verwandtschaftsgrad.«

»Er ist ein Bastard«, wiederholte Brandy.

Ian sah, daß sie es ernst meinte, aber ihre Augen funkelten belustigt. Er erwiderte ihr Lächeln. »Für einen Bastard scheint er aber im Schloß einiges zu sagen zu haben.«

»Ja. Großmama hat einen Narren an ihm gefressen – leider. Er umschmeichelt sie, und ich muß zugeben, daß er das sehr geschickt anstellt.«

Sie bemerkte seinen prüfenden Blick nicht, denn sie

hatte sich hingekniet und begann, gelbe Anemonen in ihrem ausgebreiteten Rock zu sammeln.

Ohne an seine letzte saubere Hose zu denken, ließ der Herzog sich neben ihr nieder und half ihr gedankenverloren, Blumen zu pflücken. »Aber wer genau sind seine Vorfahren?«

Brandy hob den Blick. »Sein Vater, Davonan, war mein Onkel, einer von Großmamas Söhnen«, erklärte sie nüchtern. »Als Onkel Davonan noch jung war, verführte er die Tochter eines reichen Kaufmanns in Edinburgh. Als sie feststellte, daß sie schwanger war, weigerte er sich, sie zu heiraten. Soweit ich aus dem Klatsch der alten Marta und Großmamas gelegentlichen Wutausbrüchen schließen konnte, verließ Onkel Davonan Penderleigh und ging nach Paris. Dort starb er etwa zehn Jahre später mit jemandem, mit dem er eine Affäre hatte.«

»Eine Liebesaffäre? Hatte er viele Geliebte?«

»Ja, aber es ist nicht so, wie du denkst. Onkel Davonan fühlte sich nicht zu Frauen hingezogen, verstehst du?« Mit unverhohlener Verbitterung fügte sie hinzu: »Aber Percy bemüht sich ständig, diese Tatsache wiedergutzumachen.«

»Auf eine Weise, durch die du dich belästigt fühlst, Brandy?«

»Ja.«

Ian dachte darüber nach, wie gelassen sie die Neigung ihres Onkels Davonan für Männer akzeptierte. Keine junge englische Lady würde darüber sprechen, sondern höchstens zugeben zu wissen, daß solche Dinge existierten. Brandys Offenheit zeigte, wie kindlich, unbefangen und unschuldig sie noch war. Ohne darüber nachzudenken, stieß er hervor: »Ich finde, Percy sollte seine Aufmerksamkeit Frauen und nicht Kindern schenken. Vielleicht hat auch er unnatürliche Neigungen.«

9

Sie warf ihm die Anemonen vor die Füße und sprang auf. »Ich habe dir schon einmal gesagt, daß ich achtzehn bin – beinahe neunzehn. Wohl kaum ein Kind mehr. Sehe ich etwa aus wie ein Kind? Tue ich das?«

»Nein, keineswegs. Ich habe mich falsch ausgedrückt. Ich meinte nur, er sollte seine Aufmerksamkeit besser Frauen mit Erfahrung schenken und seine unschuldige Cousine in Ruhe lassen. Du bist doch noch unschuldig, oder nicht, Brandy?«

»Du willst also wissen, ob ich noch Jungfrau bin, nicht wahr?«

»Nun ja, das bezeichnet man auch als Unschuld.«

»Selbstverständlich bin ich noch Jungfrau. Wer in dieser Gegend sollte mich wohl von diesem Schicksal erlösen? Außer Percy natürlich, und ich kann dir versichern, daß ich ihm aus dem Weg gehe, wenn er hier ist.«

»Gut. Vielleicht sollte ich das auch tun. Sein höhnisches Grinsen gefällt mir nicht. Es erweckt in mir das Verlangen, ihm einen Kinnhaken zu versetzen. Was hältst du davon?«

»Schlag zu«, meinte sie und bückte sich, um die Anemonen wieder aufzusammeln, mit denen sie den Herzog beworfen hatte.

»Kein schlechter Vorschlag. Aber erklär mir bitte, warum er mir eine so heftige Abneigung entgegenbringt. Vielleicht haßt er alle Engländer – das könnte ich verstehen. Ist es das? Er weiß sicher, daß ein Bastard niemals Anspruch auf den Titel des Earls oder Schloß Penderleigh erheben könnte.«

Brandy schwieg eine Zeitlang. Percy war in ihren Augen ein Taugenichts, aber er war Schotte – und der Herzog war Engländer. Schließlich überwog ihre Sympathie für Ian. »Es geht auch um etwas anderes. Constance hörte Großmama zu Percy sagen, daß sie plane, ihn zu ihrem legitimen Enkel zu machen. Sie möchte, daß er eine reiche Erbin heiratet und zu Vermögen kommt.«

»Aha.«

»Was bedeutet ›aha‹?«

»Wenn er erst einmal ein legitimes Familienmitglied ist, könnte er versuchen, mir das Erbe streitig zu machen. Glaubst du das nicht auch?«

Brandy nickte. »Er ist ein Lump. Ich traue ihm nicht – ich mache mir Sorgen, was er tun könnte, wenn Lady Adella ihren Plan in die Tat umsetzt. Ihm ist nicht zu trauen.«

»Da hast du sicher recht. Welche Rolle spielen Claude und Bertrand? Meine Anwälte wußten nichts von den interessanten Verwandtschaftsbeziehungen in dieser Familie. Alle diese männlichen Verwandten waren eine große Überraschung für mich.«

»Weißt du denn nicht, daß Onkel Claude und Bertrand enterbt wurden?«

Er starrte sie an. »Enterbt? Meine Güte, das ist ja noch verwirrender als ein Melodrama an der Drury Lane.«

»Was ist die Drury Lane?«

»Die Straße in London, wo sich alle Theater befinden.«

Sie dachte eine Weile darüber nach. »Ich kenne den wahren Grund nicht, warum mein Großonkel Douglas enterbt wurde«, sagte sie dann zu seiner Überraschung. »Er war Großpapa Angus' älterer Bruder und Erbe des Titels. Die alte Marta hat mir erzählt, daß Großpapa Angus' Vater, der alte Earl, ihn hinauswarf und Angus zu seinem Erben machte. Nach Douglas' Tod, erlaubte Großpapa Angus Onkel Claude und Bertrand hierherzukommen und im Gesindehaus zu wohnen. Bertrand leitet seit sechs oder sieben Jahre die Geschäfte des Guts.« Ihre Augen leuchteten plötzlich auf. »Er ist ein guter Mann«, fügte sie hinzu. »Gleichgültig, was du von Penderleigh hältst – es ist nicht einfach, uns alle satt zu machen und gleichzeitig Großmamas Launen zu ertragen. Bertrand hat keinen großen Spielraum zur Verfügung.«

Befürchtete sie etwa, er würde Bertrand hinauswerfen? Oder war sie in ihn verliebt? Seltsamerweise störte ihn dieser Gedanke. Sie war noch zu jung – nein, zu unerfahren für den scheinbar weltfremden Bertrand. Ian hielt sie für sehr vielseitig. Sie brauchte einen Mann, der ihre wunderbare Unerfahrenheit zu schätzen wußte und gleichzeitig verstand, daß sie sehr offen über die Neigung ihres Großonkels Davonan sprechen konnte, ohne dabei etwas von dieser Unschuld einzubüßen. »Ich verstehe«, erwiderte er.

»Ich habe ebenfalls gehört, daß Lady Adella nicht nur plant, Percy zu ihrem legitimen Enkel zu machen, sondern auch Claude und Bertrand wieder als Erben einzusetzen.«

»Deine Großmutter ist eine arglistige alte Frau. Will sie denn, daß sich alle gegenseitig an die Kehle gehen? Möchte sie etwa, daß vor ihren Augen ein abscheulicher Mord geschieht?«

»Sie fände das amüsant. Ich liebe sie, aber sie kann sehr bösartig sein. Allerdings glaube ich, daß sie mit Percys Legitimierung und der Wiedereinsetzung von Onkel Claude und Bertrand als Erben Fehler der Vergangenheit gutmachen will. Was vor langer Zeit geschehen ist, weiß ich nicht, aber es muß etwas Schreckliches gewesen sein, sonst wäre Onkel Douglas nicht enterbt worden. Außerdem ist sie stolz auf ihre Verschrobenheit – das hast du sicher schon bemerkt.«

Das klang interessant. »Und du, Brandy? Worauf bist du stolz?«

Sie schenkte ihm ein reizendes Lächeln und zuckte die Schultern. »Ich, Hoheit? Ich nehme an, daß ich in deinen Augen nur eine Frau aus der Provinz bin, die keine Mitgift vorzuweisen hat – eben nur eine arme Verwandte.«

Dieses Mal brachte ihn ihre Sachlichkeit aus der Fassung und machte ihn wütend. Er erkannte, daß er als ihr Vormund nun die Macht besaß, ihre Zukunft zu verändern, die ihm im Moment recht düster erschien. In Gedanken sah er sie in einem modischen Kleid vor sich. Sie wurde bald neunzehn, war also im heiratsfähigen Alter. Plötzlich kam ihm die Idee, daß Felicity Brandy unter ihre Fittiche nehmen und sie in die Gesellschaft einführen könnte. »Ich bin jetzt dein Vormund, Brandy, und ich halte dich keineswegs für provinziell. Im August werde ich eine reizende Lady heiraten, die dich sicher mit Vergnügen in die Gesellschaft einführen wird. Möchtest du nach London fahren?«

Nach London? Sollte sie dort etwa bei ihm und seiner Braut wohnen? Sich von seiner Verlobten zeigen lassen, wie man sich in der steifen englischen Gesellschaft richtig benahm? Sie spürte, wie ihr Gesicht sich vor Zorn rötete, und bewarf ihn wieder mit den Anemonen. »Nein, das möchte ich nicht«, rief sie erbost. »Wie kannst du es wagen, mich als einen Bauerntrampel hinzustellen? Möchtest du mich vielleicht an einer Leine herumführen und deinen feinen Freunden vorstellen? Würdest du mich schelten, wenn ich vor einem deiner vornehmen Bekannten meinen Knicks nicht tief genug machte? Du kannst dir deine Vormundschaft an den Hut stecken, Hoheit!«

Er war so verblüfft, daß er kein Wort hervorbrachte.

Nun, damit hatte sie den mächtigen englischen Herzog zum Schweigen gebracht. »Ich werde mich jetzt um Fiona kümmern. Du findest den Weg zurück sicher allein, Hoheit.« Brandy rannte zu dem Felspfad und verschwand hinter den Klippen.

Der Herzog war immer noch sprachlos. Vor Zorn schien seine Zunge wie gelähmt. Dieser verdammte Fratz. Wie konnte sie es nur wagen, sein großzügiges Angebot so geringschätzig abzulehnen? Was fiel ihr ein, ihn absichtlich mißzuverstehen? Hatte sie gesagt, er würde sie an die Leine legen? Zum Teufel mit ihr, er sollte sie kräftig schütteln oder sie vielleicht sogar übers Knie legen und ihr eine Tracht Prügel verpassen.

Verflixt. Er ging zum Rand der Klippe und sah, wie Brandy unten am Strand zu Fiona lief.

Felicity und Giles hatten recht – die Schotten waren unzivilisiert.

Er legte die Hände um die Lippen und rief: »Deine Manieren lassen zu wünschen übrig. Du hast eine Tracht Prügel verdient. Komm sofort zurück, damit ich dir genau erklären kann, warum.«

Zu seiner Überraschung drehte sie sich um und machte sich auf den Rückweg. Sein Zorn legte sich nur ein wenig, während sie über die Felsen kletterte. Als sie die oberste Klippe erreicht hatte, marschierte sie schnurstracks auf ihn zu, faßte in ihre Rocktasche und warf ihm etwas vor die Füße.

Er starrte auf zwei Guineen, die in der Sonne glitzerten. Das waren die Münzen, die er Fiona gegeben hatte, nachdem sie am Tag seiner Ankunft in Penderleigh beinahe unter die Hufe seiner Pferde geraten war.

»Du denkst also, ich hätte keine Manieren, Hoheit? Ha!« Sie wandte sich ab und lief rasch wieder zum Strand hinunter.

»Verdammt, Brandy, das war ungerecht. Es war nicht mein, sondern dein Fehler.« Er schloß den Mund. Sie war längst verschwunden. Außerdem klangen seine Worte lächerlich. Sie hatte ihm gründlich die Meinung gesagt und ihn so außer Gefecht gesetzt, wie es dem Gentleman Jackson manchmal im Boxring gelang. Verdammt.

Mit der Stiefelspitze trat er nach den Münzen, dann bückte er sich und hob sie auf. Zornig warf er sie in die Luft, fing sie auf und warf sie noch einmal hoch. Er konnte sich nicht daran erinnern, wann er zum letzten Mal eine Sache so verpatzt hatte. Dieses verdammte Mädchen hatte es fertig gebracht, daß er sich fühlte wie ein Narr. Er beobachtete Brandy und Fiona, die beide am Strand knieten und nassen Sand auf ein Gebilde häuften, das wohl Schloß Penderleigh darstellen sollte. Rasch klopfte er seine Hose ab und drehte sich um. Warum hatte der Vorschlag, nach London zu kommen, sie so aufgebracht? Er überlegte, was er gesagt haben könnte, um sie so wütend zu machen. Nein, er hatte offen und ehrlich gesprochen. Er würde sie an die Leine legen? Unsinn.

Ian ging zum Schloß zurück. Sein erster Vormittag bei den Robertsons war nicht sehr angenehm verlaufen.

»Hoheit.«

Der Herzog sah Bertrand auf sich zukommen. Sein rotes Haar schimmerte in der Morgensonne.

»Guten Morgen, Bertrand«, rief er und zwang sich zu einem freundlichen Lächeln, während er dieses verflixte Mädchen rasch aus seinen Gedanken verbannte.

»Wie ich sehe, genießt du den herrlichen Frühlingsmorgen«, sagte Bertrand.

Die beiden Männer schüttelten sich die Hand, und der Herzog sah auf seine grasbefleckten Hosenbeine hinunter. »Ich hoffe, mein Gepäck trifft bald ein, sonst muß ich mir von dir eine Hose leihen.«

»Oder vielleicht einen Kilt von meinem Vater.«

Der Herzog versuchte vergeblich sich vorzustellen, wie er in einem der traditionellen kurzen Schottenröcke aussehen würde.

»Ich weiß – der Gedanke ist ein wenig beängstigend, aber du hast die geeigneten Beine für einen Kilt. Ich selbst kann mir nicht vorstellen, mit einem Schottenrock herumzuspazieren, durch den der Wind bläst. Ja, du hast schon richtig verstanden. Man trägt nichts unter dem Kilt. Es soll gesund sein, wenn alle Körperteile der frischen Luft ausgesetzt sind.« Bertrand lachte über den entsetzten Gesichtsausdruck des Herzogs. »Also gut, kein Kilt für dich im Moment.«

»Nein, da behalte ich lieber die Hose mit den Grasflecken an. Danke für das Kompliment über meine Beine.«

Bertrand lächelte über die Antwort des Herzogs. »Ich nehme an, du möchtest gern einen Blick in die Bücher werfen und vielleicht einige unserer Kleinbauern besuchen, um dir ein Bild von dem Leben hier zu machen.«

»Sehr gern«, erwiderte Ian. Bertrand schien offen und

intelligent zu sein und nicht zu befürchten, daß er, der verhaßte englische Herzog, über ihn herfallen würde. »Brandy hat mir erzählt, daß du das Gut nun schon seit vielen Jahren führst.«

»Ja. Ich erledige meine Arbeit im Gesindehaus. Möchtest du mich begleiten? Wir sind ungestört – mein Vater ist bei Lady Adella im Schloß.«

Wahrscheinlich würden sie über seine Aufgaben als Earl sprechen. Nun, das mußte eben sein. »Laß uns gehen, Bertrand. Und bitte nenn mich Ian. Wir sind schließlich Cousins«, meinte der Herzog.

Das Gesindehaus von Penderleigh erwies sich als zweistöckiges, verwittertes Häuschen. Aus den Mauerritzen wuchsen ineinander verschlungene, dichte grüne Kletterpflanzen. An der Ostseite der Hütte war ein kleiner gepflegter Garten angelegt, der in krassem Gegensatz zu dem verwilderten Rasen stand, der das Schloß umgab. »Ihr scheint hier gut zurechtzukommen.«

»Fraser kümmert sich ausgezeichnet um uns. Mit dem Gemüse, das er auf diesem eigentlich unfruchtbaren Boden anbaut, sind wir beinahe unabhängig. Glücklicherweise sind wir durch die Buchenhecken vor der See geschützt.« Bertrand schloß die schmale Vordertür auf und bedeutete dem Herzog, den Kopf einzuziehen.

»Bitte erwähne Morag nicht in Frasers Gegenwart«, sagte er leise. »Sie sind miteinander verheiratet, können sich aber nicht leiden. Ich glaube, sie lebten nur eine Woche zusammen.«

»Morag ist die Frau, die sich ständig kratzt.«

»Ja, das kommt daher, weil sie nie badet – diese schlechte Angewohnheit hat das Verhältnis der beiden rasch beeinträchtigt. Ich frage mich oft, warum Fraser diesen Fehler an seiner Braut nicht vor der Hochzeit bemerkte. Vielleicht hat sie damals noch gebadet. Wer weiß? Vater und ich vermeiden es möglichst, in Frasers Gegenwart über sie zu sprechen.«

Der Herzog sah einen untersetzten Mann mit schütterem Haar auf sich zukommen, der ein Gartenwerkzeug in der Hand hielt.

»Oh, Master Bertrand, Ihr Vater ist oben im Schloß. Vor einer Stunde kam einer der Jungs und sagte ihm, daß Lady Adella ihn sprechen wolle. Er ist dann gleich gegangen.«

»Ja, Fraser, ich weiß. Das ist mein Verwandter, Ihre Hoheit der Herzog von Portmaine und jetzt auch der Earl of Penderleigh.«

»Eure Hoheit.« Fraser verbeugte sich lächelnd.

»Wären Sie so freundlich, uns Tee zu bringen, Fraser? Ihre Hoheit und ich sind im Arbeitszimmer.«

»Natürlich, Master Bertrand.« Fraser salutierte dem Herzog mit dem Handtuch, das er in der Hand hielt und entfernte sich mit federnden Schritten in die Richtung, aus der er gekommen war.

»Ein guter Mann«, bemerkte Bertrand und führte den Herzog in einen kleinen, sonnenbeschienenen Raum. Die Möbel darin waren zwar alt und ein wenig schäbig, aber durchaus ansehnlich. Auf einem großen Schreibtisch aus Eichenholz lagen ordentlich aufgereiht einige Stapel mit Akten und Geschäftsbüchern.

Bertrand sah auf die Bücher, senkte dann den Blick und zupfte nervös an der dichten roten Locke, die ihm über die linke Schläfe fiel. »Verdammt, ich weiß nicht, wie ich es ausdrücken soll. Du hast nicht gerade einen Palast geerbt.«

»Das spielt keine Rolle«, erwiderte der Herzog ruhig. »Laß uns anfangen.«

Bertrand setzte sich neben den Herzog und schlug die letzte Seite des Geschäftsbuchs auf. Dann begann er, gewissenhaft die Einträge vorzulesen.

Nach einigen Minuten grinste Ian und schüttelte den Kopf. »Worte verstehe ich besser als Zahlen, Bertrand. Sag mir, kann Penderleigh sich selbst unterhalten?«

Bertrand klappte das Buch zu. »Das wäre möglich, wenn wir unsere Kleinbauern in dieses Jahrhundert versetzen könnten. Im Osten und Süden des Tieflands besitzen wir fruchtbares Land, das sich ausgezeichnet für den Getreideanbau eignet. Aber unsere Kleinbauern haben weder Werkzeuge, noch genügend Erfahrung, um die Felder zu bestellen. Also schließen sie sich meistens den Fischern aus den kleinen Dörfern im Norden an, während ihre Frauen und Kinder ein paar Schafe hüten.«

Es klopfte an der Tür, und Fraser trug ein glänzendes Silbertablett herein. »Der Tee für Sie, Master Bertrand und Eure Hoheit«, sagte er. Er nickte den beiden zu, zog ein Geschirrtuch aus der Tasche und verließ pfeifend das Zimmer.

»Milch, Ian?«

»Ja, bitte.« Der Herzog runzelte nachdenklich die Stirn. »Könnte das Land noch mehr Schafe ernähren?« Er trank einen großen Schluck. Chinesischer Tee. Köstlich. Fraser hatte zweifellos gewisse Qualitäten.

»Ja, aber es ist sehr kostspielig, weitere Schafe anzuschaffen. Außerdem sind die Schafe mit den schwarzen Gesichtern für ihre grobe Wolle bekannt, die sich nur zur Herstellung von dicken Teppichen oder ähnlichem verwenden läßt. Daher dauert es sehr lange, bis sich ihre Anschaffung auszahlt. Kleidung wird hauptsächlich aus der feinen Wolle der Cheviot-Schafe hergestellt.«

»Schafe müssen geschoren werden. Haben wir genug Männer, die davon etwas verstehen?«

»Nein, aber wir könnten einige Wanderarbeiter dafür anheuern. Die meisten Besitzer der großen Schaffarmen tun das.«

»Und dann würde die Wolle nach Glasgow gebracht? In die Fabriken?«

»Nicht nach Glasgow. Im vergangenen Jahrzehnt wurden hier in der Nähe einige neue Fabriken eröffnet.«

Der Herzog schwieg. Betrand beugte sich vor und ließ seine Hände zwischen den Beinen baumeln. Unsicher musterte er den neuen Earl of Penderleigh und fragte sich besorgt, ob dieser ihn nun für einen miserablen Verwalter hielt.

Ian stellte seine Teetasse auf den Tisch und stand auf. Er ging eine Weile im Zimmer auf und ab und setzte sich dann Bertrand gegenüber. »Ich glaube, du und ich sollten einigen Fabrikanten in Stirlingshire einen Besuch abstatten, Bertrand. Schafe oder Getreide – wir müssen herausfinden, wovon Penderleigh in Zukunft mehr profitieren kann.«

Bertrand zwinkerte. »Du kennst Stirlingshire?«

»Ja, und Clackmannanshire ebenfalls«, erwiderte der Herzog lächelnd. »Ich bin nicht ganz unwissend hierhergekommen. Was ich über die schottische Industrie herausfinden konnte, ist allerdings nur ein Bruchteil von dem, was du darüber weißt. Du mußt mir die grundlegenden Dinge beibringen, Bertrand. Ich habe mich immer gut um meine Ländereien in England gekümmert, und so will ich es auch hier halten. Ah, ich sehe, daß du nicht recht weißt, was du dazu sagen sollst. Du hast wohl nicht damit gerechnet, daß ein englischer Herzog sich mit einem schottischen Gut beschäftigen will, nicht wahr?«

»Du hast recht«, gab Bertrand zu.

»Ich habe dir bereits gesagt, daß ich nicht vorhabe, mich wie einer dieser englischen Gutsherren zu verhalten, die ständig mit Abwesenheit glänzen. Mit ein wenig Kapital und unter deiner Verwaltung wird Penderleigh sich bald selbst tragen können, ohne daß die Früchte deiner Arbeit aus Schottland verschwinden. Wenn du einverstanden bist, würde ich nachmittags gern die Kleinbauern besuchen und eine Liste von den Dingen erstellen, die sie brauchen. Außerdem sollten wir feststellen, was im Schloß repariert werden muß.«

Bertrand konnte das einfach nicht fassen. Selbst in seinen kühnsten Träumen hatte er sich nicht vorstellen können, daß der Herzog tatsächlich Interesse an Penderleigh zeigen würde und sogar Geld in das Gut investieren und die Profite in Schottland lassen würde. Er war so überwältigt, daß ihm die Worte fehlten. »Ich fühle mich wie ein Narr«, brachte er schließlich hervor. »Du kannst dich auf mich verlassen, Ian. Ich werde dich nicht enttäuschen. Penderleigh war einmal ein großes Gut, aber die Zeit, die Politik und gierige, dumme Männer, zu denen auch mein Onkel Angus gehörte, haben es in den Ruin getrieben.«

»Das ist Vergangenheit, Bertrand, und wir können nichts mehr daran ändern. Aber die Zukunft liegt in unseren Händen. Brandy hat mir erzählt, daß du ein sehr guter Verwalter bist. Du brauchst dich nicht vor der Zukunft zu fürchten. Ich hoffe, du vertraust mir in dieser Angelegenheit.«

Im Augenblick hätte Bertrand sich sogar mit verbundenen Augen von dem Herzog durch die Hölle führen lassen.

»Ich verstehe, daß du dich dazu im Moment nicht äußern willst. Das braucht Zeit. Vielleicht wirst du mir eines Tages glauben.«

Bertrand schluckte. »Ich dachte, die Zeit wäre mein größter Feind«, erklärte er. »Die Zeit und die Zukunft. Ich werde alles tun, was in meiner Macht steht.«

Ians Gedanken wanderten zu Brandy und ihren Schwestern. Für sie war die Zukunft viel ungewisser als für Bertrand. »Ich habe mich heute morgen mit Brandy über verschiedene Dinge unterhalten«, sagte er. »Unter anderem auch über ihre Zukunft. Brandy ist im heiratsfähigen Alter, und Constance wird es in ein paar Jahren ebenfalls sein. Penderleigh ist sehr abgelegen – ich nehme an, daß hier nur selten gesellschaftliche Kontakte gepflegt werden. Als Vormund werde ich natürlich für eine Mitgift der Mädchen sorgen. Das wird ihnen ein wenig helfen.«

»Das ist sehr großzügig, Ian – zumindest was Brandy betrifft. Constance ist noch viel zu jung. Sie braucht keine Aussteuer oder gesellschaftlichen Kontakte. Aber für Brandy solltest du tun, was du für richtig hältst.«

Aha, Bertrand fühlte sich anscheinend stark zu der Kindfrau mit den langen schwarzen Haaren hingezogen, deren Blick aus den dunklen Augen so aufreizend wirkte – die Schwester, die eigentlich die älteste sein sollte. Interessant. Der Herzog unterdrückte mit Mühe ein amüsiertes Lächeln. »Ich stimme dir zu, Bertrand. Wir sollten Constance aus dem Spiel lassen. Ich werde mich also um Brandy kümmern.« Trotz ihres lächerlichen Zornausbruchs, fügte er in Gedanken hinzu.

»Fraser ist ein ausgezeichneter Koch«, meinte Bertrand und erhob sich. »Wenn du mit mir zu Mittag essen möchtest, könnten wir unsere Unterhaltung fortsetzen.«

»Eine ausgezeichnete Idee. Du kommst doch heute abend zum Dinner ins Schloß?«

»Es wäre mir ein Vergnügen«, erwiderte Bertrand.

Am späten Nachmittag kehrte der Herzog ins Schloß zurück. Er hatte den Besuch bei den Kleinbauern verschoben, da er rasch festgestellt hatte, daß er noch viel darüber lernen mußte, was man mit Schafen und Getreide erwirtschaften konnte. Bertrands Begeisterung hatte ihn angesteckt. Ian war sehr zufrieden mit den Fortschritten, die sie erzielt hatten. Brandy hatte recht – Bertrand war ein guter Mann, dem Penderleigh sehr am Herzen lag. Außerdem besaß er einen scharfen Verstand und die Fähigkeit, sich auf Details zu konzentrieren.

Der Herzog betrat die vordere Eingangshalle, die jetzt am späten Nachmittag bereits düster wirkte, und überlegte, ob ein großer Kronleuchter zu den mittelalterlichen Wandteppichen und den rostigen Rüstungen passen würde. Als er niemanden entdecken konnte, ging er zu seinem Schlafzimmer. Ein heißes Bad würde ihm jetzt guttun. Er glaubte bereits, sich ganz allein im Schloß zu befinden, doch als er die Tür zu seinem Zimmer öffnete, sah er eine ältere Frau, die damit beschäftigt war, seine Kleidung für den Abend herauszulegen. Ihr graues Haar war ordentlich unter eine Morgenhaube gesteckt, und ihre dürre Gestalt verbarg sich unter einem weiten schwarzen Wollkleid. Als sie seine Schritte hörte, richtete sie sich auf und drehte sich um.

»Eure Hoheit?« fragte sie mit tiefer Stimme und knickste.

»Ja. Und wer sind Sie?«

»Marta, Eure Hoheit. Die Zofe Ihrer Ladyschaft. Sie meinte, Sie wären wohl nicht begeistert, wenn die Schlampe Morag, die sich ständig kratzt, in Ihren Sachen herumwühlt. Wünschen Sie noch etwas, Eure Hoheit?«

»Ja, ein Bad. Ist jemand hier, der das Wasser heraufbringen kann?«

»Ja. Ich werde Wee Albie aus der Küche holen. Er ist recht stark, aber etwas wirr im Kopf, wenn Sie wissen, was ich meine.«

»Ich verstehe«, sagte der Herzog.

Sobald Marta das große Schlafzimmer verlassen hatte, zog sich der Herzog aus und band sich ein Handtuch um die Hüften.

Wee Albie war ein riesiger, grobknochiger Kerl, der aussah wie ein Preisboxer, wie der Herzog feststellte. Seine großen blauen Augen trugen einen Ausdruck der Leere. Er grinste breit und entblößte dabei eine Zahnlücke.

»Ihr Wasser, Sir«, sagte er. Die Anrede Hoheit und der Brauch, eine Verbeugung zu machen, wären ihm längst entfallen.

»Danke, Albie.«

Albie kramte eine benützte Seife hervor und schüttete dann unbeholfen einige Eimer Wasser in eine riesige Holzwanne. Kleine Rinnsale sickerten aus der Wanne und liefen über den Fußboden. Fasziniert starrte der Herzog auf die Pfützen, aber Albie schien sich wenig aus dieser unbedeutenden Tatsache zu machen. Er richtete sich auf und lächelte den Herzog strahlend an. »Rufen Sie mich, wenn Sie noch etwas brauchen, Sir?«

»Das werde ich selbstverständlich tun«, erwiderte der Herzog und unterdrückte ein Lachen. Er wollte nicht, daß der Junge glaubte, er würde sich über ihn lustig machen. Lächelnd schloß er die Tür, nachdem Albie mit schwerfälligen Schritten hinausgegangen war.

Er ließ sich in die hölzerne Wanne sinken und fragte sich, ob er sich möglicherweise einige Schiefer einziehen würde. Als er sich einseifte, bemerkte er, daß die Seife parfümiert war. Verdammt, er würde riechen wie ein Straßenmädchen in Soho. Nein, die Seife hatte keinen billigen Geruch – er würde duften wie eine Pariser Mätresse. Vielleicht hatte Marta die Seife von Lady Adella stibitzt.

Er ließ sich Zeit und stieg erst aus der Wanne, als das Wasser unangenehm kalt wurde. Dann stellte er sich nackt und tropfend vor den Kamin.

Als er hörte, wie die Tür geöffnet wurde, drehte er sich um. Brandy stand da und keuchte, als wäre sie gelaufen.

Er sah sie an und überlegte fieberhaft, wo zum Teufel er das verflixte Handtuch hingelegt hatte.

Brandy musterte ihn ungeniert. Dann sagte sie vollkommen verblüfft: »Du siehst ganz anders aus als ich – du bist wunderschön.«

10

Er starrte sie an. Sie zeigte weder mädchenhafte Verschämtheit, noch schrie sie peinlich berührt auf. Der Anblick eines nackten Mannes schien für sie kein Grund zu sein, die Flucht zu ergreifen. Sie wandte den Blick nicht von ihm ab, und er konnte sich nicht bewegen.

»Bitte verzeih die Störung, Hoheit«, sagte sie gelassen. »Ich wußte nicht, daß du schon wieder hier bist. Fiona und ich spielen Verstecken. Sie liebt es, wenn ich sie suchen muß – vor allem, wenn es Zeit für sie wird, ins Bett zu gehen.«

»Hier ist sie nicht«, erklärte er. Er hatte das Gefühl, sich in der Mitte eines Theaterstücks zu befinden und seinen Text vergessen zu haben. Nun stand er da wie ein Idiot – ein nackter Idiot.

Brandy nickte höflich, betrachtete ihn noch einmal gründlich von oben bis unten und verließ dann das Schlafzimmer.

Erst jetzt konnte der Herzog sich schnell das Handtuch nehmen und es sich um die Hüften schlingen. Dann erkannte er, wie dumm das war, denn Brandy würde sicher nicht zurückkommen.

Brandy hatte Fiona vollkommen vergessen. Sie lief die Treppe zum Flur hinunter und lehnte sich mit geschlossenen Augen gegen die Wand. Der Anblick von dem nackten Körper des Herzogs ging ihr nicht mehr aus dem Kopf. Sie fuhr sich mit der Zunge über ihre trockenen Lippen. Bisher hatte sie noch keinen Mann nackt gesehen. Er war ganz anders, als sie sich das vorgestellt hatte. Sie verbrachte zwar nicht viel Zeit damit, sich zu überlegen, wie nackte Männer aussahen, aber hin und wieder hatte sie sich schon Gedanken darüber gemacht. Taten das nicht alle jungen Mädchen? Der Herzog war unglaublich schön. Meine Güte, sie war in sein Schlafzimmer gelaufen und hatte ihn angestarrt. Was würde er jetzt von ihr denken? Sicher hielt er sie nicht mehr für unschuldig, nachdem sie, steif wie ein Stock, stehengeblieben war und ihn gemustert hatte. Sie hatte ihn unverschämt angestarrt. Unwillkürlich preßte sie ihre Hände auf den Bauch. Ein warmes, sanftes Gefühl stieg in ihr auf. Sie spürte ein Kribbeln – eine seltsame und sehr angenehme Empfindung. O Gott, was bedeutete das?

»Brandy, hier bin ich. Du hast mich nicht gefunden. Ich habe gewonnen, also darf ich eine Viertelstunde länger aufbleiben.« Fiona tauchte plötzlich auf. Sie kam aus dem kleinen Nähzimmer am anderen Ende der Vorhalle. Als Brandy ihr nicht antwortete und sie gar nicht wahrzunehmen schien, lief Fiona zu ihr hinüber. »Ich habe mich die ganze Zeit in dem alten blauen Zimmer versteckt, wo Marta immer näht. Brandy?« Fiona schmiegte sich an ihre Schwester. »Geht es dir gut? Habe ich dich erschreckt?«

Brandy wußte, daß sie sich zusammenreißen mußte,

aber das fiel ihr sehr schwer. Sie zwinkerte und versuchte das faszinierende Bild von dem nackten, nassen Körper des Herzogs aus ihren Gedanken zu verdrängen.

»Nein, mein Püppchen, du hast mich nicht erschreckt.« Verflixt, war das wirklich ihre Stimme? So hoch und so dünn wie die Laken in ihrem Bett? Wie dumm von ihr. »Komm, Püppchen, es ist Zeit für dein Bad. Du darfst fünfzehn Minuten länger aufbleiben, bevor ich dich ins Bett stecke.«

Ian zog sich rasch an und schlang einen schiefen, unansehnlichen Knoten in sein Halstuch. Anscheinend hatte seine Konzentrationsfähigkeit gelitten. Zuerst hatte er die Angelegenheit mit einem Schulterzucken abgetan. In England würde es nie vorkommen, daß eine junge Lady in das Schlafzimmer eines Gentlemans eindrang. Nun, er befand sich eben in Schottland, hatte er geringschätzig festgestellt. Fluchend riß er das zerknitterte Tuch von seinem Hals und versuchte es mit einem anderem – seinem letzten. Offensichtlich mußte man sich hier mit tropfenden Badewannen aus Holz, Dienern ohne Manieren und einem jungen Mädchen mit bernsteinfarbenen Augen abfinden, von dem man ehrfürchtig und verblüfft angestarrt wurde. *Du siehst ganz anders aus als ich – du bist wunderschön.* Brandy war wirklich ein seltsames Mädchen.

Er dachte an Marianne, seine stets sittsame, scheue Frau, und fragte sich, ob auch sie ihn schön gefunden hatte. Ein absurder Gedanke, denn während des einen Jahres, das sie miteinander verbracht hatten, hatte sie immer die Kerze auf ihrem Nachttisch gelöscht, sobald er ihr Schlafzimmer betrat. Er war immer zärtlich und liebevoll mit ihr umgegangen, aber sie hatte trotzdem manchmal an seiner Schulter geweint, nachdem er sie geliebt hatte.

Angewidert betrachtete er sein Halstuch. Es mußte einfach genügen, denn er hatte kein frisches mehr bei sich. Er hoffte sehr, daß Mabley morgen mit dem Gepäck eintreffen würde.

Der Herzog nahm den Kerzenleuchter in die Hand und verließ sein Schlafzimmer. Der schimmernde gelbe Schein warf dünne Schatten an die Wand des düsteren Gangs. Ich bin also schön, Brandy? dachte er lächelnd.

Als er sich dem Salon näherte, hörte er Lady Adellas kräftige, herrische Stimme und Claudes vertrautes gackerndes Gelächter. Brandy war sicher auch da. Er mußte mit ihr sprechen – schon allein, um sich davon zu überzeugen, daß sie sich über ihr Verhalten keine Sorgen machte.

Er drückte die Türklinken nach unten – große geschwungene Griffe aus Messing, die die Köpfe von Greifvögeln darstellten – und betrat den Salon. Lady Adella hielt wieder in ihrem Stuhl mit der hohen Lehne Hof. Wie immer waren alle Augen auf sie gerichtet. Eine stolze alte Frau, dachte der Herzog. Ihr verschrobenes Verhalten amüsierte ihn – zumindest im Augenblick. Sollte sich das einmal ändern, würde er sich eben mit ihr auseinandersetzen müssen. Er verzog das Gesicht, als er sah, daß sie ihr dichtes schneeweißes Haar zu einem hohen Knoten zusammengesteckt hatte, und einige dünne Ringellöckchen ihr schmales Gesicht einrahmten. Diese Frisur war eher für eine Frau geeignet, die mindestens vierzig Jahre jünger war als sie.

Claude saß ihr gegenüber und gab sich wie ein vornehmer Lebemann. Er wirkte älter als er war. Das lag sicher an seiner Krankheit. Schmerzen konnten einen Menschen zu einem Wrack machen. Bertrand und Constance hatten auf einem langen Sofa Platz genommen, und Percy lehnte mit einem Glas Sherry in der Hand lässig am Kaminsims. Ian hielt Ausschau nach Brandy und entdeckte sie auf einem kleinen Hocker hinter Lady Adellas Stuhl. Sie trug dasselbe Kleid wie am Abend zuvor und hatte sich wieder den karierten Schal eng um die Schultern geschlungen und vor der Brust verknotet. Als sie den Blick hob, wirkte sie wie ein Kaninchen vor der Flinte eines Jägers. Er schenkte ihr ein freundliches, onkelhaftes Lächeln und fand, daß ihm das gut gelungen war.

Lady Adella rief ihn zu sich. »Unser Bertie hat uns bereits von den berauschenden Freuden des Tages berichtet, Ian. Du hast dich lange mit ihm über Schafe und Getreide unterhalten. Ein wichtiges Thema war wohl die Schafschur, wie ich höre.«

Höhnisches altes Weib, dachte Ian. Er bemerkte, daß Bertrand verlegen auf seine großen Hände starrte, und wünschte, er könnte ihm sagen, er solle der lästigen alten Frau keine Beachtung schenken. Ohne auf ihre Bemerkung einzugehen, schlenderte er zu ihrem Stuhl. »Guten Abend, Lady. Ich kann nur hoffen, daß dein Tag zu einem Zehntel so interessant war wie meiner«, sagte er ruhig und drückte seine Lippen leicht auf ihre mit Altersflecken übersäte Hand.

Percy trank einen großen Schluck Sherry und stellte sein Glas auf den Kaminsims. »Ist es wahr, daß du uns alle zu Bauern und Schafhirten machen willst, Hoheit? Sollen wir Ställe ausmisten und danach versuchen, höflich zu sein und in der Gesellschaft eine gute Figur abzugeben?«

Der Herzog lächelte ihm freundlich zu. »Bertrand und ich haben noch keine Entscheidung getroffen, Percy. Du mußt noch ein wenig Geduld aufbringen. Es dauert eine gewisse Zeit, bis Getreideanbau Profite bringt, obwohl es in Penderleigh anscheinend genügend Schafmist gibt, mit dem man düngen könnte.«

Bertrand konnte ein triumphierendes Grinsen nicht unterdrücken, und Claude schlug sich gackernd mit den Händen auf die Knie.

»Du solltest wohl besser auf deine Worte achten, Percy.« Lady Adella gluckste vergnügt und pochte mit ihrem Stock auf den Boden.

»Ich sage alles, was mir beliebt, Mylady«, entgegnete Percy, kniff die Augen zusammen und richtete seinen Blick auf die unbewegte Miene des Herzogs.

»Ja, ja.« Lady Adella sah Percival gehässig an. »Der Herzog versteht es, mit Worten umzugehen. Mir gefällt es, wenn ein Mann sich gut ausdrücken kann. Ja, unser neuer Earl of Penderleigh ist ein geistreicher Mann.«

Wie demütigend, dachte der Herzog und beobachtete, wie Percys Gesicht sich vor Zorn rötete. Er konnte der alten Dame schlecht sagen, sie möge sich doch von einem der Türme stürzen, wenn er wollte, daß sie ihn zu seinem legitimen Enkel machte. Einen Augenblick lang empfand der Herzog Mitleid für Percy.

»Guten Abend, Hoheit«, sagte Constance sanft und brachte einen gekonnten Augenaufschlag zustande. Dann reichte sie ihm ihre Hand, wie Lady Adella es getan hatte.

Der Herzog rief sich ins Gedächtnis, daß sie lediglich übte. »Guten Abend, Cousine. Du siehst heute bezaubernd aus.« Das war die Wahrheit. Ihre Garderobe unterschied sich sehr von der ihrer Schwester. Er nahm ihre weiche Hand und drückte seine Lippen darauf.

Constance schien es sehr zu bedauern, als er ihre Hand losließ, aber sie lächelte ihn trotzdem an. Dann drehte sie sich zu Percy um.

Verdammt, das Mädchen will den falschen Mann, dachte der Herzog.

Er nickte Brandy zu, bevor er sich an Claude wandte. »Kann ich davon ausgehen, daß du mit Bertrands und meinen Plänen einverstanden bist?«

»Das ist schwer zu beantworten, junger Mann.« Claude atmete keuchend ein und entblößte dabei eine Reihe dunkel verfärbter Zähne. Dann sah er Percy an und lachte schallend. »Was du über Schafmist gesagt hast, erinnert mich an die Moral einiger Männer.«

»O Onkel«, sagte Percy mit beherrschter, kalter Stimme. »Du hast etliche Bauernmädchen verführt, bevor deine Männlichkeit ebenso geschrumpft ist wie dein Gehirn. Deine Worte über Moral klingen so hohl wie dein Kopf.«

Lady Adella warf den Kopf in den Nacken und lachte lauthals. Constance kicherte. Ian war verblüfft über diesen rohen Umgang miteinander. Das war sicher auch der Grund, warum Brandy so nüchtern über Dinge sprach, über die ein junges Mädchen nicht einmal etwas wissen sollte. Wahrscheinlich sollte er sich einmischen und etwas sagen – aber was?

»Wie kannst du es wagen, so zu sprechen, Percy?« Brandys Stimme zitterte vor Wut. »Solche Äußerungen gehören in den Stall und nicht in einen Salon. Du bist kein Gentleman. Laß diese abscheulichen Bemerkungen, hast du verstanden?«

Ian lächelte ihr zu. Das hatte sie gut gemacht.

»Ah, meine kleine Cousine macht sich anscheinend Gedanken über die körperliche Liebe. Keine Sorge – sie wird kommen, und es wird dir gefallen. Du wirst schon sehen.«

»Zweifellos ist Brandy beunruhigt, weil du den Salon in einen Stall verwandelt hast, Percy«, warf der Herzog ein.

Percy knurrte ungehalten, doch Lady Adella lenkte seine Aufmerksamkeit rasch auf sich. »Laß das Mädchen in Frieden, Percy. Sie ist noch jung und unschuldig, und ich werde nicht zulassen, daß sie wegen dir rote Ohren bekommt.«

»Natürlich, Lady«, erwiderte Percy ruhig, ohne dem Herzog weitere Beachtung zu schenken. »Aber eigentlich ist Constance unsere kleine Unschuld. Brandy ist achtzehn und bereits eine Frau.«

»Das stimmt nicht, Percy«, protestierte Constance und sah ihn aufreizend an. »Ich bin bereits eine erwachsene Frau.«

»Das wirst du bald sein, mein Mädchen. Bald«, erwiderte Percy und nahm sich eine Prise Schnupftabak.

Crabbe betrat den Salon und verkündete: »Dinner ist serviert, Hoheit.«

»Ich wette, du hast deine häßlichen Ohren wieder an die Tür gepreßt«, sagte Lady Adella säuerlich. »Du hast ja keine Ahnung von … ach, vergiß es.« Sie zupfte an einem ihrer vielen Schals. Ian sah, daß Percy sich aufrichtete und schnurstracks auf Brandy zusteuerte. Er schnitt ihm rasch den Weg ab und bot Brandy seinen Arm an.

»Würdest du mich zu Tisch führen, Brandy?«

Mit einem dankbaren Blick erhob sie sich und hakte sich bei ihm ein.

Auf dem Weg zum Speisesaal flüsterte er ihr zu: »Ich würde später gern mit dir sprechen.«

Sie nickte. Als sie bemerkte, daß Percy sich hinter ihnen befand, beschleunigte sie ihren Schritt und zog Ian mit sich.

Der Herzog rückte den Stuhl neben Constance für Brandy zurecht, doch Lady Adella befahl lautstark: »Du sitzt hier, mein Kind.« Gebieterisch deutete sie auf den Stuhl neben Percy. »Es wird Zeit, daß du dich mit deinem Cousin vertraut machst. Er wird deinen Horizont erweitern. Und was sollte er dir vor all den Verwandten wohl antun können?«

Was zum Teufel hatte die alte Hexe jetzt vor? Ian runzelte die Stirn. Ihre Augen funkelten spöttisch, und ihre Lippen waren fest aufeinander gepreßt. Es empörte ihn, daß sie ihre Enkelin dazu benützte, um Feindschaft zwischen ihn und Percy zu säen. Seiner Meinung nach war sie nicht nur verschroben, sondern auch abartig veranlagt.

Brandy warf Lady Adella einen erschrockenen, verwirrten Blick zu, dann wandte sie sich wieder an Percy und starrte ihn trotzig an. Er lachte – er wußte, daß er gewonnen hatte, daß Lady Adella sie wie eine Blume gepflückt und ihm zugeworfen hatte. »Komm, kleine Cousine. Lady Adella meint, wir sollten uns besser kennenlernen«, sagte er leise, während Brandy sich zögernd setzte. »Und ich muß dabei natürlich auf meine Manieren achten, nicht wahr?«

»Ich habe kein Verlangen danach, dich zu sehen, Percy, und es gefällt mir noch weniger, dazu gezwungen zu sein, in deiner Gegenwart zu Abend zu essen. Wenn du dich nicht benimmst, werde ich dir mein Messer in die Rippen jagen.«

Ungerührt sprach Percy in dem leisen, zärtlichen Tonfall weiter, der nur für ihre Ohren bestimmt war. »Möchtest du nicht endlich eine richtige Frau werden, liebe Cousine? Ich sehe dich bereits vor mir mit langem, dichtem Haar, das dir über die Schultern fällt, und einem Ausdruck der Leidenschaft in deinen unschuldigen Augen.«

»Hör auf damit, du Schwein. Laß das.« Sie zielte mit der Gabel auf sein Bein, da er ihr das Messer abgenommen und neben seinen Teller gelegt hatte.

Lady Adella lachte gehässig. »Mir scheint, du hast eine Niederlage erlitten, mein Junge. Sprich mit ihr lieber über Edinburgh und deine Reisen als über deine fleischlichen Gelüste.«

»Ich bin sicher, daß wir alle gern etwas über deine Reisen erfahren würden, Percy«, sagte der Herzog. »Vielleicht könntest du uns auch erzählen, wie du den Gewinn bei der Haltung von Cheviot-Schafen einschätzt.«

»Ein Schaf spricht über andere Schafe – davon kann man nicht viel erwarten«, sagte Claude und lachte laut.

»Vater, bitte. Wir sollten lieber essen, anstatt uns gegenseitig zu beleidigen.« Bertrand hoffte nur, dieses schreckliche Dinner würde vorübergehen, ohne daß es zu Gewalttätigkeiten kam. Der Herzog sah aus, als hätte er gute Lust, Percy niederzuschlagen. Was mochte er wohl über diese Familie denken? Sicher glaubte er, in eine Horde unzivilisierter Dummköpfe geraten zu sein. Bertrand hatte dem neuen Earl of Penderleigh zuerst Abneigung entgegengebracht, doch bereits nach der kurzen Zeit, die er mit ihm verbracht hatte, mußte er zugeben, daß der Herzog ganz und gar nicht so war, wie er es erwartet hatte – wie sie alle es erwartet hatten. Einen Augenblick lang wünschte er sich inständig, ein Gewehr zur Hand zu haben, mit dem er diesen verdammten Mistkerl Percy erschießen könnte.

»Ah, Bertrand versucht wieder einmal, den Friedensstifter zu spielen«, bemerkte Percy und schob sich mit der Gabel ein Stück Fisch in den Mund.

Als endlich Schweigen herrschte, fragte Ian Bertrand nach der Fischerei an der Küste. Brandy hätte gern etwas zu dieser entspannten Unterhaltung beigetragen, aber alles, was ihr dazu einfiel, war ihr kleines Boot, das in der ruhigen, geschützten Bucht lag. Als sie den Mund öffnete, beugte Percy sich zu ihr herüber. Sie wich rasch zurück und vergaß sofort ihre Gedanken über Boote und Fischerei. Dann bemerkte sie, daß Constance sie mit ihren grünen funkelnden Augen böse anstarrte.

Brandy senkte den Kopf und blickte betrübt auf ihren Teller. Nein, Conny, hätte sie ihrer Schwester gern zugerufen, Percy ist ein Schuft – ein Schürzenjäger, der deine Zuneigung nicht verdient.

Das scheinbar endlose Abendessen verlief dann doch noch relativ ruhig. Als Lady Adella Anstalten machte, sich zu erheben, schob Brandy rasch ihren Stuhl zurück und stand bereits neben ihrer Großmutter, noch bevor diese ihren Stock auf den Boden stellen konnte.

»Heute abend werden wir Damen die Gentlemen mit ihrem Glas Portwein allein lassen«, verkündete sie würdevoll und verließ mit majestätischen Schritten den Speisesaal. Brandy folgte ihr dicht auf den Fersen, und Constance ging ihnen zögernd nach, ohne den Blick von Percy abzuwenden.

Ian fragte sich, ob Lady Adella beschlossen hatte, die Gentlemen an diesem Abend allein zu lassen, weil sie hoffte, dadurch weitere Zwietracht zu säen. Er beschloß, sich nicht reizen zu lassen.

Brandy half ihrer Großmutter, neben dem Kamin Platz zu nehmen, in dem ein gewaltiges Feuer loderte.

»Du bist ein Feigling, mein Kind, und hast keine Ahnung, wie man einen Gentleman behandelt«, sagte Lady Adella leise.

»Ich würde Percy nicht als Gentleman bezeichnen«, erwiderte Brandy flüsternd, da sie wußte, daß Constance in der Nähe war.

»Das wird er aber bald sein, mein Kind. Der gerissene alte Adler MacPherson hat heute die Unterlagen vorbereitet. Vielleicht denkst du anders über deinen Cousin, wenn er kein Bastard mehr ist. Er wird dann begehrenswerter, denkst du nicht auch?«

»Nein«, erwiderte Brandy. »Ein Stück Papier macht aus ihm keinen Gentleman.«

Lady Adella musterte ihre Enkelin scharf. »Vielleicht kann ich dafür sorgen, daß der Herzog ihm ein Einkommen verschafft, wenn er erst einmal ein anerkannter Robertson in Penderleigh ist. Würdest du ihn dann wollen, mein Kind? Die Robertsons sind schwache Ehemänner, mein Mädchen. Percy wird wohl keine Ausnahme sein, aber es kommt nur darauf an, wie fest man die Zügel in der Hand hält.«

In diesem Moment begriff Brandy, daß ihre Großmutter das nicht nur sagte, um sie zu necken. Ihr Hauptziel war es, den Herzog aufzustacheln und ihm zu zeigen, wer die Kontrolle über Penderleigh besaß. Das war nicht sehr klug von ihr. In der kurzen Zeit, die Brandy mit dem Herzog verbracht hatte, war ihr klar geworden, daß er ein Gentleman war – freundlich, aber dickköpfiger als ein Ziegenbock. Er würde sich von niemandem herumkommandieren lassen. Als geborener Herrscher würde er sich nicht dazu drängen lassen, etwas zu tun, was ihm mißfiel.

»Constance ist diejenige, die Percy heiraten will – nicht ich«, sagte sie und überlegte dabei, daß der Herzog keinerlei Hilfe von ihr brauchen würde.

»Die Älteste heiratet zuerst«, erklärte Lady Adella bestimmt und schob ihr spitzes Kinn vor. »Unsere Constance paßt gut zu Bertrand.«

Brandy war so überrascht, daß es ihr die Sprache verschlug. Sie sah zu ihrer Schwester hinüber, die sich offensichtlich langweilte und zum Fenster hinüberging, um ihr Spiegelbild in der Scheibe zu betrachten. Begriff Lady Adella nicht, daß Bertrand für Constance nur eine Art Bruder war und nicht mehr? Sie beschloß, sich dazu nicht zu äußern, weil sie fürchtete, Lady Adella würde wütend werden, wenn sie es wagte, ihr zu widersprechen.

Lady Adella prustete, als die Gentlemen hereinkamen.

Ihre wässrigen Augen leuchteten belustigt auf. »Wie ich sehe, habt ihr euch für den Portwein nicht viel Zeit gelassen. Seltsam, nicht wahr? Der alte Angus hat sehr guten Portwein im Keller gelagert. Habt ihr etwa eure Gesellschaft nicht genossen?«

»Percy hat uns von Edinburgh erzählt«, erklärte Ian. Seine Geschichten waren amüsant gewesen. Nur schade, daß er sich Brandy gegenüber nicht angemessen benehmen konnte.

»Ja«, bestätigte Bertrand. »Mir hat vor allem die Geschichte von dem Metzger gefallen, der seiner Frau einen Blumenstrauß mit einem Schweinsohr darin schickte, nachdem sie ihn verärgert hatte.«

»Das finde ich nicht sehr lustig.« Lady Adella gelang es nicht, ihre Enttäuschung zu verbergen. Sie wandte sich an Constance und bedeutete ihr, sich an das Klavier zu setzen.

Brandy sah Percy auf sich zukommen und flüsterte Lady Adella eindringlich zu: »Bitte entschuldige mich, Großmama. Ich möchte nach Fiona sehen. Sie fühlte sich vorher nicht sehr gut. Ich mache mir Sorgen um sie.«

Lady Adella musterte sie nachdenklich. »Du bist ein Feigling, Mädchen, und du lügst auch nicht sehr überzeugend. Aber ich will heute nicht zu streng mit dir sein – also verschwinde.«

Brandy seufzte erleichtert und machte rasch einen Knicks vor den Gentlemen. »Ich wünsche euch allen eine gute Nacht.«

»Einen Moment, bitte, Brandy. Ich würde gern mit dir sprechen, wenn es dir recht ist«, sagte der Herzog.

Percy lachte leise. »Vielleicht unterhältst du dich dann auch mit mir, kleine Cousine, wenn deine Unterhaltung mit dem Herzog beendet ist.«

»Erst im nächsten Jahrhundert, Percy«, entgegnete sie und sah ihn so wütend an, als würde sie am liebsten nach ihm treten.

Percy zuckte die Schultern und wandte sich Constance

zu, die an seinem Ärmel zupfte. »Komm, Percy. Ich möchte, daß du die Noten für mich umblätterst.«

»Ich werde dich zur Treppe begleiten«, sagte Ian zu Brandy. »Ich komme gleich zurück, Lady Adella.« Er drehte sich um und folgte Brandy zur Tür.

Im Flur blieb Brandy stehen und sah ihn an. »Was wolltest du mit mir besprechen, Hoheit?«

Der Herzog streckte sich und richtete seinen onkelhaften, freundlichen Blick auf sie. »Ich wollte dir nur sagen, daß mir die Angelegenheit mit Percy sehr leid tut, meine Liebe. Er sollte seine lose Zunge im Zaum halten. Ich werde alles tun, damit er dich in Zukunft nicht mehr belästigt.« Er wußte allerdings nicht recht, wie er das anstellen sollte, vor allem, da Lady Adella ein unnatürliches Vergnügen dabei empfand, Percy zu ermutigen.

»Es ist wirklich seltsam – ein Rätsel«, sagte Brandy, in Gedanken immer noch bei dem unerklärlichen Verhalten ihrer Großmutter.

»Was ist ein Rätsel?«

Brandy lächelte zaghaft. »Großmama plant, Constance mit Bertrand zu verheiraten, aber das wird Constance nicht gefallen.«

Die alte Vettel konnte anscheinend nicht aufhören zu intrigieren. In dieser Angelegenheit unterschieden sich ihre Pläne allerdings nicht sehr von seinen Absichten. »Ich verstehe«, erwiderte er ruhig.

Dann rief er sich den Zweck ihrer Unterhaltung ins Gedächtnis zurück. »Ich wollte mit dir sprechen, weil ich mich dafür entschuldigen wollte, daß ich dich aus der Fassung gebracht habe«, sagte er sanft.

Brandy sah ihn stirnrunzelnd an und erinnerte sich dann an ihren Wutausbruch am Morgen. Er wollte nur freundlich zu ihr sein, als er ihr anbot, nach London zu kommen und ihr einiges beizubringen, und sie hatte so unfreundlich reagiert.

»Nein, Hoheit … Ian. Ich sollte mich bei dir entschuldigen. Mein Verhalten war nicht angemessen.« Zuerst hatte sie geglaubt, sie wäre wütend auf ihn, weil er sie für ein linkisches Bauernmädchen aus Schottland hielt, das in seinen Augen keine Manieren hatte. Doch nachdem sie davongelaufen war, hatte sie sich eingestehen müssen, daß ihr Zorn eher von der Vorstellung herrührte, mit ihm und der zukünftigen Herzogin zusammenzuleben. Der Gedanke hatte sie verärgert, obwohl sie nicht genau wußte, warum. Nein, eigentlich wußte sie es schon, aber sie weigerte sich, darüber nachzudenken. Es hatte keinen Sinn. Die Zukunft war bereits festgelegt.

Ian war der Meinung, daß sie sich tatsächlich nicht angemessen verhalten hatte, trotzdem erwiderte er bestimmt: »Nein, dein Verhalten war nicht ungehörig – obwohl es mich überrascht hat. Aber wie hättest du das wissen sollen?«

Er konnte immer noch keinen Ausdruck der Scheu oder Verlegenheit in ihrem Gesicht entdecken, brachte es aber dennoch nicht fertig hinzuzufügen, daß sie schließlich nicht damit rechnen konnte, ihn naß und nackt in seinem Schlafzimmer vorzufinden.

»Ja, aber ich hätte es mir denken können. Ich hätte wissen müssen, daß du bereits verlobt bist.«

Der Herzog zwinkerte. »Was hat das damit zu tun? Glaubst du, Lady Felicity wäre so gekränkt, daß sie mich wegen meiner Unachtsamkeit ausschelten würde?«

»Möglicherweise, Ian. Ich glaube nicht, daß sie mit mir einverstanden wäre.«

»Ich versichere dir, Brandy, daß meine zukünftige Frau in dieser Angelegenheit nichts zu sagen hat. Außerdem gibt es keinen Grund, warum ich ihr davon erzählen sollte.«

Brandy war verwirrt und verletzt. »Ich habe dich beleidigt. Jetzt willst du mich nicht mehr.«

Ian blinzelte. Irgend etwas stimmte hier nicht. Verdammt, das war lächerlich. Sie war einfach zu unerfahren und wußte gar nicht, was sie sagte.

»Dich zu begehren wäre sehr unschicklich von mir,

Brandy. Ich wollte nur mit dir darüber sprechen, damit du dich in meiner Gegenwart nicht peinlich berührt fühlst.«

Brandy richtete sich stolz auf. »Wenn du mich nicht willst, warum hast du dann …« Sie stockte und wandte sich ab. »Ich nehme es dir nicht übel, Ian – ich werde es nie wieder erwähnen.«

Er war vollkommen verwirrt. »Meine Güte, ich wollte dir doch nur begreiflich machen, daß ich keine unlauteren Absichten hegte. Du kannst sicher sein, daß ich in Zukunft darauf achten werde, meine Schlafzimmertür abzuschließen.«

Brandy hatte das unvermeidliche Gefühl, daß sich die schottische Sprache sehr von dem Englisch unterschied, das in besseren Kreisen gesprochen wurde. »Was hat die Tür zu deinem Schlafzimmer damit zu tun?«

»Verdammt, wenn ich sie abschließe, kann ich vermeiden, daß du noch einmal hereinplatzt, Brandy. Normalerweise präsentiere ich mich jungen Mädchen nicht vollkommen nackt.«

»Nackt. Oh, das meinst du. Du lieber Himmel.«

Ian hatte noch nie gesehen, wie jemand vom Hals aufwärts bis zum Haaransatz errötete. »Meine Güte«, sagte sie mit leiser Stimme, die klang, als käme sie aus weiter Entfernung. »Ich dachte, du wolltest dich für den Vorfall am Vormittag entschuldigen, wo ich so wütend geworden bin, weil du mich zu deiner Frau nach London eingeladen hast.«

Das war ein harter Schlag, mit dem er nicht gerechnet hatte. Guter Gott, er war wirklich ein höchst eingebildeter Mann! Ian warf den Kopf zurück und lachte schallend. Sie hatten offensichtlich aneinander vorbeigeredet. »Nein, liebe Cousine, ich habe nicht von dem heutigen Morgen gesprochen. Du hast meinem männlichen Ego einen kräftigen Schlag versetzt. Sicher hast du dir keine weiteren Gedanken über den Vorfall in meinem Schlafzimmer gemacht.«

Brandy spürte ein beklemmendes Gefühl in ihrer Brust. Sie zwang sich, ihn anzusehen und sagte: »Nein, Ian, du täuschst dich.«

Bevor er sich überlegen konnte, was sie damit meinte, raffte sie ihre Röcke und lief die Treppe hinauf. Ian sah ihr verblüfft nach.

11

Am nächsten Morgen schreckte Ian plötzlich hoch. Verschlafen warf er einen Blick auf die Fensterscheiben, an denen graue Regentropfen hinabliefen, und sah dann auf die Uhr. Es war erst kurz nach fünf. Er schloß die Augen, drückte seinen Kopf in das Kissen und dachte an Cheviot-Schafe. Es half nichts – er konnte nicht wieder einschlafen. Leise fluchend schlug er die dicken Bettdecken zurück.

Er achtete darauf, sich auf dem Holzboden keinen Schiefer einzuziehen und ging zum Kamin hinüber. Nach einigen herzhaften Flüchen gelang es ihm, mit den Holzscheiten und dem Torf ein Feuer zu entfachen. Er schlüpfte in seinen Morgenmantel und beschloß freudlos, die Zeit bis zum Frühstück damit zu verbringen, Felicity einen Brief zu schreiben.

Nachdem er Papier, Tinte und eine Feder hervorgekramt hatte, ließ er sich in einem großen Ohrensessel neben dem Kamin nieder. Eine Weile kaute er gedankenverloren an dem Federkiel und legte sich wie immer einige Sätze zurecht, bevor er zu schreiben begann.

»Meine liebe Felicity«, schrieb er. Dann runzelte er die Stirn, starrte einen Augenblick ins Leere und zerknüllte dann die Seite.

Er begann noch einmal. »Liebe Felicity …« Das unbeschriebene Papier schien endlos zu sein. Er strich sich über das Kinn und setzte dann die Feder an. Schließlich war er seiner Verlobten einen Bericht über seine Reise und Schloß Penderleigh schuldig.

Vor drei Tagen bin ich heil in Penderleigh angekommen. Leider hatte mein armer Kammerdiener Mabley, der die Kutsche mit dem Gepäck begleitete, einen Unfall bei Galashiels (einer Stadt, die südwestlich von hier liegt). Ich hoffe, daß er heute ankommt – wahrscheinlich werde ich den alten Knaben sofort in die Arme schließen. Wenn er nicht kommt, werde ich mir wohl einige Kleidungsstücke von Bertrand Robertson leihen müssen, einem meiner Cousins. Er und sein Vater Claude (ein Brummbär ersten Ranges) wohnen im Gesindehaus. Soweit ich das beurteilen kann, haben sie sich dort gut eingerichtet, und Bertrand wird weiterhin die Geschäfte des Guts führen.

Aus irgendeinem Grund, den man mir bisher nicht verraten hat, wurde Claudes Vater Douglas, der ältere Bruder des Earls, vor vielen Jahren enterbt. Dadurch wurde die Erbfolge verändert. Es ist wirklich bedauerlich, denn Penderleigh liegt Bertrand sehr am Herzen – er wäre ein hervorragender Gutsherr. Lady Adella, die Witwe des verstorbenen Earls, ist eine seltsame alte Dame, die durch ihre geheimnisvollen Pläne die eigentlichen Erben wieder einsetzen könnte. Ich sollte vielleicht hinzufügen, daß sie bereits vorhat, Percival Robertson zu ihrem legitimen Enkel zu machen. Er ist ein großspuriger junger Draufgänger, der alle Engländer haßt – und mich natürlich ganz besonders. Wenn du diese Familienbeziehungen verwirrend findest, kannst du sicher verstehen, wie es mir ergangen ist, bis ich mir einen Überblick verschaffen konnte.

Die ›Schar der kichernden Mädchen‹, wie Giles meine drei Cousinen genannt hat, sind alle auf ihre eigene Weise bezaubernd. Fiona, die Jüngste, ist ein kleiner rothaariger Teufel und hält ihre Schwester Brandy (der seltsame Name ist eine Abkürzung für Brandella) ständig auf Trab. Constance ist sechzehn Jahre alt und glaubt, bereits erwachsen zu sein. Sie flirtet unverhohlen mit Percy. Brandy, die Älteste, ist jedoch ganz anders als sie.

Ian machte eine Pause, strich sich mit den Fingern über das Kinn und lehnte sich zurück. Er stellte fest, daß ihm bei dem Gedanken an Brandy sehr viel einfiel.

Es ist seltsam, daß ihre Augen ihrem Spitznamen absolut gerecht werden – sie sehen aus wie Bernstein. Brandy ist ein ungewöhnliches Mädchen und im Augenblick sehr verletzlich. Percy macht keinen Hehl daraus, daß er in sie verliebt ist, aber sie will nichts mit ihm zu tun haben. Am Michaelstag wird sie neunzehn Jahre alt. Sie ist also im heiratsfähigen Alter, und das ist ein Problem.

Im Grunde ist sie die Schönheit in dieser Familie, dachte er lächelnd. Er beschloß, nicht zu erwähnen, daß er Brandy nach London eingeladen hatte. Das hatte noch Zeit.

Jeder hier spricht in dem weichen, verschliffenen schottischen Akzent, der, im Gegensatz zu der Sprache unserer Snobs in England, in meinen Ohren sehr angenehm klingt. Ich habe bemerkt, daß ich bereits einige der hier üblichen Formulierungen übernommen habe.

Erstaunt stellte er fest, daß er bereits eine ganze Seite beschrieben hatte. Das tat er normalerweise nicht – Felicity würde sich über seinen plötzlichen Wortreichtum wundern. Rasch kritzelte er die letzten Zeilen auf das Blatt.

Bertrand und ich haben vor, uns heute einige Cheviot-Schafe anzusehen und vielleicht zu kaufen, wenn der verflixte Regen endlich aufhört. Er hat mir gesagt, daß man mit diesen Schafen in Schottland den größten Profit erzielen kann. Danach fahren wir in einige größere Städte, um uns mit den Besitzern der örtlichen Fabriken zu unterhalten. Es tut mir leid, meine Liebe, aber mein Aufenthalt hier wird sich wohl länger gestalten, als ich ursprünglich plante. In Penderleigh gibt es viel zu tun. Ich vertraue darauf, daß Giles sich bestens um dich kümmert. Dein Ian.

Nachdem er Felicitys Adresse auf ein Kuvert geschrieben hatte, stand er auf, streckte sich ausgiebig und warf dann einen zweifelnden Blick aus dem Fenster. Es regnete immer noch in Strömen. Er zog rasch seine Reithose, ein weißes Rüschenhemd und seine Stiefel an und pfiff dabei die Ballade von Robert Burns, die Brandy vorgetragen hatte.

Alle schienen noch zu schlafen. Nur Crabbe war bereits unten und wünschte ihm einen guten Morgen. Ian öffnete die Tür zum Frühstückszimmer. Unwillkürlich lächelte er, als er Brandy sah, die sich lustlos über einen Teller mit Porridge beugte.

»Guten Morgen, Brandy.« Er stellte fest, daß ihr Anblick ihn fröhlich stimmte.

»Hoheit – Ian. Es ist noch sehr früh. Warum bist du schon aufgestanden?«

Er ging auf sie zu und bemerkte, daß ihre Wangen sich röteten. Warum wurde sie jetzt rot? Es war erst sieben Uhr morgens. Na gut, er hatte sich ihr nackt gezeigt, aber es hatte ihr anscheinend nichts ausgemacht – und das freute ihn ungemein. Er hüstelte leise und räusperte sich. »Hältst du mich etwa für einen faulen Langschläfer, Brandy? Aber ich will ehrlich sein – der Regen hat mich aufgeweckt, und dann konnte ich nicht mehr einschlafen.«

Sie betrachtete sein schneeweißes Hemd mit den Rüschen am Hals und den Handgelenken. Er trug dasselbe wie am Tag zuvor, aber das spielte keine Rolle – er sah einfach großartig aus. Brandy senkte den Blick. Sie war nur eine verwahrloste, arme Verwandte, eine bedauernswerte Gestalt.

Warum musterte sie ihn von Kopf bis Fuß? Ian grinste. »Findet mein Aussehen deine Zustimmung?«

»Ja. Ich dachte gerade, daß du auch ohne deinen Kammerdiener sehr gut zurechtkommst.«

»Danke, Brandy, aber wenn ich noch einen einzigen Tag ohne Mabley auskommen muß, wird mir nichts anderes übrigbleiben, als mir einige Kleidungsstücke von Bertrand auszuleihen. Ah, ich sehe, es gibt Haferbrei.« Verdammt, im Augenblick hätte er alles für ein Sirloin-Steak mit Eiern und gebratenen Nieren gegeben.

»Er ist heute ein wenig klumpig. Wahrscheinlich ist Cook wieder einmal verliebt.«

»Verliebt? Cook?«

»Ja, sie hat ein weiches Herz. Jeder Mann im Umkreis von fünfzig Meilen kann an ihre Tür klopfen, wenn er Hunger hat. Manchmal verliebt sie sich dann, und darunter leidet die Zubereitung unserer Mahlzeiten.«

Brandy gab mit einem Löffel eine großzügige Portion in eine Schüssel und stellte sie an das Kopfende des Tisches.

Ian setzte sich und häufte Cooks köstliche Sahne und Zucker auf den bräunlichen Haferbrei. »Wo steckt denn unsere kleine Fiona heute?«

»Sie hat Schnupfen, deshalb habe ich ihr befohlen, im Bett zu bleiben. Das haßt sie, also muß ich in der Nähe bleiben, um zu verhindern, daß sie sich davonschleicht.«

»Wenn Mabley heute morgen eintrifft, werde ich ihn bitten, nach ihr zu sehen. Er hat immer eine beeindruckende Sammlung von Arzneien, Salben und dergleichen bei sich. Sollte er erst nach meiner Abreise kommen, darfst du nicht zögern, ihn um Hilfe zu bitten, Brandy.«

»Du reist ab?« Warum hatte ihr das niemand gesagt? Sie schluckte. »Aber warum? Du bist doch erst vor kurzem gekommen, und es ist viel zu früh …«

»Ich fahre nicht nach England zurück, sondern unternehme mit Bertrand eine Reise. Wir haben uns dazu entschieden, nachdem du gestern zu Bett gegangen bist. Zuerst werden wir uns die Cheviot-Schafe ansehen und dann zu einigen Fabriken fahren. Ich denke, wir werden nicht sehr lange unterwegs sein.«

»Wie lange?«

»Vielleicht eine Woche. Ich weiß es nicht genau.« Er fragte sich, was ihr jetzt durch den Kopf ging, und rief sich ihre mißverständliche Unterhaltung und Brandys knappe Bemerkung ins Gedächtnis zurück, die sie gemacht hatte, bevor sie geflohen war. Ian wünschte, sie würde ihm erklären, was genau sie gemeint hatte, als sie sagte, er täusche sich. Worüber sollte er sich irren? Verflixt, er brachte es nicht über sich, dieses Thema noch einmal zur Sprache zu bringen. Wahrscheinlich würde sie dann wieder von Kopf bis Fuß erröten. »Ich hoffe, du hast über meinen Vorschlag nachgedacht und kommst im Herbst nach London. Es wird dir dann genügend Zeit bleiben, dich bis zum Frühjahr auf deine Einführung in die Gesellschaft vorzubereiten.«

Sie sah ihn wortlos an. Zweifellos war er ein Mann, der nicht locker ließ, wenn er sich etwas in den Kopf gesetzt hatte. Begriff er denn nicht, wie sehr seine Worte sie verletzten? Nein, natürlich nicht. Woher sollte er wissen, daß der Gedanke, bei ihm und seiner zukünftigen Frau zu leben, in ihr den Wunsch auslöste, zusammenzuschrumpfen wie einer von Cooks Winteräpfel? Ohne den Blick abzuwenden, zuckte sie leicht die Schultern. »Schottland ist meine Heimat, Hoheit. Ich verstehe nicht, warum du darauf bestehst, dich mit einem reizlosen schottischen Mädchen vor deinen eleganten Freunden und deiner verflixten Frau zu blamieren.« Sie räusperte sich und hoffte, er hätte das vielleicht nicht gehört. »Du solltest allein zurückreisen und mich in Ruhe lassen, Hoheit.«

»Mit fällt auf, daß du mich immer ›Hoheit‹ nennst, wenn du wütend auf mich bist, Brandy.« Er bemerkte, daß sie ihr Kinn trotzig vorschob. »Wir werden uns nach meiner Rückkehr weiter darüber unterhalten.

Lady Adella benimmt sich abscheulich – vor allem, was dich und Percy betrifft. Deshalb möchte ich, daß du während meiner Abwesenheit sehr vorsichtig bist. Percy scheint nicht vorzuhaben, Penderleigh zu verlassen.«

Ian machte sich Sorgen. Er mußte etwas unternehmen – aber was? Vielleicht sollte er Percy die Beine brechen. Das würde den Mistkerl aufhalten. Er lächelte grimmig.

»Ich versichere dir, Hoheit – Ian –, daß ich durchaus in

der Lage bin, auf mich aufzupassen. Percy ist nur ein Schaumschläger. Er genießt es, zu prahlen und mich in Verlegenheit zu bringen, aber ich glaube nicht, daß er es wagen wird, mich zu küssen.«

Ian befürchtete jedoch eher, daß Percy über sie herfallen könnte. Ja, es wäre am besten, ihm die Beine zu brechen. Allerdings würde er sich dann mit etlichen Fragen, hochgezogenen Augenbrauen und dem Zorn der gesamten Familie Robertson auseinandersetzen müssen. Plötzlich kam ihm der Gedanke, daß er Brandy beschützen konnte, ohne daß sie es bemerkte, und ohne Percy irgendwelche Gliedmaßen zu brechen, obwohl ihm die Aussicht darauf verlockend erschien. Schweigend dachte er eine Weile nach, beugte sich dann über seine Schüssel und nickte zufrieden. Er würde für ihren Schutz sorgen, ohne sie wütend zu machen. Glaubte sie denn wirklich, sie könne sich gegen Percy zur Wehr setzen, wenn dieser beschloß, sich zu nehmen, was ihm gefiel? Sie war eben unerfahren, unschuldig und glaubte an sich selbst. Aber in diesem Fall täuschte sie sich – gegen Percy hatte sie keine Chance.

Ihre Stimme riß ihn aus seinen Gedanken. »Wie sieht deine zukünftige Frau aus?« fragte sie unvermittelt. »Sicher ist sie eine sehr elegante Lady, schlank, schön und anmutig, nicht wahr?« *Und sie ist sich bewußt, welches Glück es ist, dich zu haben. Sie betet dich sicher an und berührt und küßt dich ständig.*

Ian wollte nicht über Felicity sprechen – im Augenblick wollte er sich nicht einmal an ihren Namen erinnern. »Das stimmt wohl«, erwiderte er knapp.

Das war seltsam. Wollte er nicht über die Frau reden, die er bald heiraten würde? »Wie sieht sie aus?«

Warum zum Teufel interessierte sie das so sehr? »Sie hat dunkles Haar, grüne Augen und ist klein. Befriedigt das deine Neugier, Fräulein?«

Eigentlich nicht. »Ja«, erwiderte sie und rührte mit ihrem Löffel den Haferbrei um. »Was hältst du von Schottland, Ian? Und von den Schotten?«

»Meiner Meinung nach unterscheiden sich die Menschen nicht sehr voneinander – egal, wo sie leben. Und über Schottland werde ich mir ein besseres Bild machen können, wenn ich von meiner Reise zurückgekehrt bin.«

»Du verachtest uns nicht?«

»Meine Güte, Brandy, das ist eine lächerliche Frage. Warum um alles in der Welt sollte ich euch verachten?«

»Du bist sehr höflich. Meistens sogar zu höflich. Und du bist freundlich. Bertrand hält dich für einen Gott. Ich glaube, wir alle haben damit gerechnet, daß ein weiterer arroganter Engländer unser Land ausbeuten und uns unterdrücken und wie Dreck behandeln wird.«

»Und wie denkst du über mich, Brandy?« fragte er ruhig.

»Du bist nicht nur höflich und freundlich, sondern auch sehr zuverlässig – und vielleicht auch aufregend.« Sie sprang auf und hastete zur Tür. »Ich wünsche dir viel Glück auf deiner Reise.«

»Es würde mir gefallen, wenn du mich auch schön nennen würdest, so wie du es gestern getan hast«, rief er ihr nach. »Natürlich freut es mich, daß du mich für freundlich und höflich hältst. Auch gegen Zuverlässigkeit habe ich nichts einzuwenden. Aber was meinst du, wenn du mich als aufregend bezeichnest?«

Eigentlich erwartete er, daß sie jetzt wütend werden oder davonlaufen würde, doch zu seiner Überraschung sagte sie ruhig: »Ich glaube einfach, daß du alle diese Eigenschaften besitzt – mehr kann ich dazu nicht sagen.«

Sie verließ den Raum und schloß leise die Tür hinter sich.

Ian war erleichtert, als Mabley eine Stunde später eintraf. Obwohl der Diener sich offensichtlich freute, wieder bei seinem Herrn zu sein, verbarg er geschickt seine Gefühle.

»Sie bieten ja einen schönen Anblick, Eure Hoheit«, sagte er mißbilligend und verzog säuerlich das Gesicht, während er dem Earl in sein Schlafzimmer folgte.

»Beschwer dich, solange du willst, Mabley, aber pack mir einen Handkoffer, denn ich werde für einige Tage verreisen. Meine Stiefel brauchst du nicht zu putzen«, fügte er hinzu, als er den entsetzten Blick bemerkte, mit dem Mabley seine Schuhe musterte. Ian hoffte, daß sein Kammerdiener Morag noch nicht so schnell kennenlernen würde, denn er konnte sich gut vorstellen, wie Mabley bei ihrem Geruch angewidert seine geäderte Nase rümpfen würde. Mabley hantierte leise vor sich hinschimpfend im Zimmer herum, während der Herzog sich auf die Suche nach Lady Adella machte. Er hatte beschlossen, sich mit ihr zu unterhalten, bevor es aufklarte, und er sich mit Bertrand auf den Weg machen konnte. Jetzt werde ich jemandem einen Strich durch die Rechnung machen, Brandy, dachte er, als er sich in die dem Meer zugewandte Seite des Schlosses begab, wo Lady Adellas Gemächer lagen. Und ich werde Percy nicht die Beine brechen müssen, obwohl mir dieser Gedanke immer noch gefällt.

Die Tür stand offen, und als Ian näher kam, hörte er die lauten, zornigen Stimmen von zwei Frauen. Eine gehörte Lady Adella und die andere der alten Marta, wie er einen Augenblick später erkannte.

»Du bist eine kalte und herzlose Hexe.«

»Eine alte Hexe mag ich ja sein, aber zumindest war ich nie ein so jämmerliches Knochengestell wie du. Du hast es nie geschafft, das Bett des Herrn des Hauses zu wärmen. Er mußte sich mit dir abgeben, aber das hat ihm keinen Spaß gemacht, das kannst du mir glauben. Immer wieder kam er zurück zu mir, bis ich schließlich meine Tür absperren mußte.«

»Verdammt, das ist nicht wahr. Der Herr kam in mein Bett, nachdem du ihn beschimpft und erniedrigt hast. Er hat mich nie wieder verlassen, niemals.«

»Du bist eine Närrin, Marta. Ich war immer die Herrin auf Penderleigh. Als er dir unter den Rock faßte, festigte er dadurch nur meine Stellung im Haus.«

»Ich habe ihn geliebt, hörst du?« Martas Stimme zitterte.

Lady Adella lachte derb. »Liebe. Du bist eine dumme Schlampe. Außer seinem verdammten Geschlechtsteil hast du von dem Earl nichts bekommen. Und du solltest wissen, Marta, daß mir das nichts ausgemacht hat. Er war wie ein Tier und suchte nur seine Befriedigung. Danach schnarchte der alte Dummkopf und träumte davon, was für ein guter Liebhaber er sei. Spar dir deine Lügen darüber, wie sehr dich das Zusammensein mit ihm erfüllt hat. Er hätte nicht einmal eine Ziege befriedigen können.«

»Aber jetzt bist du nicht mehr die Herrin von Penderleigh, Lady. Der Herzog ist nicht so schwach wie die Männer der Robertsons. Er ist stark, jawohl, und daran gewöhnt, daß seine Befehle befolgt werden. Da er ein wahrer Gentleman ist, drückt er sich sehr höflich aus, aber er besitzt den Stolz und die Würde eines Königs. Er wird nicht zulassen, daß du etwas tust, was er nicht will. Bei ihm wirst du mit deinen Intrigen keinen Erfolg haben.«

Der Herzog blieb wie angewurzelt stehen und vergaß jegliche moralischen Grundsätze. Er freute sich darüber, daß er im Gegensatz zu den schwachen Männern der Familie Robertson gut abschnitt. Es gefiel ihm auch, daß Marta ihm das stolze und würdevolle Auftreten eines Königs bescheinigte, obwohl George III. verrückt geworden war, und diese Tatsache mittlerweile nur noch von einigen wenigen geleugnet wurde.

»Von welchen Intrigen sprichst du, du altes Weibsbild?« fragte Lady Adella hinterlistig. »Ich versuche nur, die Fehler des brünstigen alten Ziegenbocks auszubügeln. Dein hochgeschätzter Herzog wird Penderleigh verlassen und nach London zurückkehren, bevor du es überhaupt bemerkst. Du solltest besser deine bösartige Zunge im Zaum halten, du zahnlückige Hexe, sonst werde ich …«

»Sonst was? Willst du mich die Küchenböden scheuern lassen?«

Lady Adella senkte ihre Stimme, und der Herzog mußte sich anstrengen, um sie zu verstehen. »Weißt du, ich habe mir überlegt, daß unser Percy keine reiche Erbin braucht. Wenn der alte MacPherson ihn auf die richtige Seite gebracht hat, wäre er eine gute Partie für unsere Brandy.«

»Das hast du also vor, du Hexe. Das Mädchen haßt ihn, diesen gierigen Schurken. Er würde ihr nur die Syphilis anhängen. Wenn du noch einen Funken Verstand in deinem geschrumpften Gehirn hättest, wäre dir klar, daß Percy nicht auf Penderleigh bleiben will. Er liebt Brandy nicht. Was ihn an ihr reizt, ist ihre Unschuld und ihre Abneigung gegen ihn.«

»Du bist eine romantische Närrin«, entgegnete Lady Adella zornig. »Percy leidet nicht an Syphilis. Ich habe ihn gefragt, und er hat mir versichert, daß er immer vorsichtig ist. Er würde mich nicht belügen. Vielleicht werde ich ihn ermutigen, Brandy zu verführen und ihr ein Kind zu machen. Dann wird er sie heiraten, dafür werde ich sorgen. Er wird nach meiner Pfeife tanzen, auch wenn er dabei denkt, er hätte die Fäden in der Hand. Du wirst schon sehen.«

»Das ist nicht recht, Lady. Brandy haßt ihn. Willst du, daß das Kind ebenso unglücklich wird wie du?«

»Halt den Mund. Das Mädchen ist noch zu jung, um eigene Entscheidungen zu treffen. Brandy wird tun, was ich ihr sage. Und hör endlich auf mit deinem Gefasel über Liebe. Für dich ist Liebe doch nur ein grunzender, schwitzender Mann zwischen deinen Beinen, du Luder.«

»Du bist ein böses Weib, Lady – böser, als der arme Angus es sich jemals vorstellen konnte.«

Der Herzog hörte das Geräusch schwerer Holzschuhe auf dem Boden und versteckte sich rasch im Flur. Verdammt, die alte Frau war verrückt und pervers. Er würde Brandy nicht bei Lady Adella lassen, und wenn er sie mit Gewalt aus dem Schloß zerren mußte.

Er wartete einige Minuten und ging dann wieder zu

Lady Adellas Salon. Es wurde Zeit, ihr klarzumachen, wer der Herr auf Penderleigh war. Sie saß kerzengerade auf einem Stuhl mit hoher Lehne neben dem Kamin. Zu ihren Füßen lag Brandys Kissen. Ian sah sich in dem Zimmer um und stellte fest, daß er sich noch nie in einem so kalten, ungemütlichen Raum befunden hatte.

Er setzte sich ihr gegenüber. »Ich habe ein kleines Problem, liebe Tante, und suche deinen Rat«, begann er freundlich.

Sie richtete ihre blaßblauen Augen argwöhnisch auf ihn. »Ja, mein Junge?«

»Es handelt sich um die Mädchen – vor allem um Brandy, da sie die Älteste ist. Da ich jetzt ihr gesetzlicher Vormund bin, möchte ich sie mit einer angemessenen Mitgift ausstatten und sie in London in die Gesellschaft einführen.«

»Welchen Sinn sollte das haben?«

»Nun, ich dachte, du würdest dich freuen, wenn die Mädchen gut versorgt sind«, erwiderte er kühl.

»Ich kann nicht leugnen, daß eine Mitgift der Haushaltskasse von Penderleigh nicht schaden würde, aber ich halte es für unnötig, die Mädchen für eine Saison nach London zu schicken. Ich habe bereits andere Pläne für sie. Mach dir keine Sorgen um die Mädchen – ich habe ihre Zukunft unter Kontrolle.«

»Verzeih mir, Tante, aber ich habe nicht vor, die Aussteuer in die Kasse von Penderleigh fließen zu lassen. Ich werde das Geld erst zur Verfügung stellen, wenn ich mit den zukünftigen Ehegatten einverstanden bin.«

»Die Zukunft der Mädchen ist allein meine Angelegenheit, das habe ich dir bereits gesagt, mein Junge. Ich wäre dir dankbar, wenn du dich nicht in Dinge einmischen würdest, die dich nichts angehen. Natürlich habe ich nichts gegen eine Mitgift einzuwenden, aber ich werde die Männer für die Mädchen aussuchen. Du bist Engländer und noch viel zu jung, um zu wissen, was du willst.«

»Hör gut zu, Lady Adella. Ich werde dir niemals die

Kontrolle darüber überlassen, vor allem weil ich weiß, daß du sie mißbrauchen wirst. Du solltest dir klar machen, daß du nicht mehr die Herrin hier bist. Ich bin jetzt der Herr auf Penderleigh. Kurz gesagt, du hast hier nur noch die Stellung, die ich dir zugestehe.«

Lady Adella atmete tief ein. Sie war nicht dumm und begriff, daß sie zu weit gegangen war. Rasch lenkte sie ein. »Was meinst du damit, mein Junge?«

»Ich will damit sagen, daß Percy Brandy nicht heiraten wird – gleichgültig, welchen Stand du ihm mit deinen Machenschaften verschaffst. Als ihr Vormund werde ich es nicht länger zulassen, daß er sie belästigt.«

»Befürchtest du etwa, er könnte dir deine Ansprüche auf Penderleigh oder Brandy streitig machen?«

Ian schwieg, und Lady Adella sah, wie zornig er war. Sie wartete eine Weile, bis er sich wieder unter Kontrolle hatte und fügte dann beschwichtigend hinzu: »Du hast dem Jungen noch keine Chance gegeben, sich zu beweisen. Percy ist kein schlechter Mensch, nur ein wenig unbeherrscht. Er braucht eine gute Ehefrau, die seine verborgenen Qualitäten zum Vorschein bringt. Wenn du Brandy eine Mitgift gibst, und sie Percy heiratet, wird das Geld in Penderleigh bleiben, Hoheit. Das Mädchen weiß noch nicht, was es will und reizt Percy nur. Ich werde dafür sorgen, daß er Brandy richtig behandelt, wenn sie mit ihm verheiratet ist.«

Der Herzog beugte sich vor. Er sprach langsam, ruhig und beherrscht. »Hör mir gut zu, Lady. Percy wird weder Brandy noch Constance anrühren. Solltest du ihn weiterhin ermutigen und Brandy unter Druck setzen, werde ich folgendes veranlassen. Du wirst Penderleigh verlassen müssen, nur eine geringe Witwenrente bekommen und dich nie mehr in die Familienangelegenheiten einmischen dürfen. Habe ich mich klar genug ausgedrückt, Lady?«

Sie fuhr zurück und preßte ihren Rücken gegen die Stuhllehne. »Das würdest du nicht wagen.«

»Du weißt, daß ich das würde. Laß es also nicht darauf

ankommen.« Er sah ihr unbeirrt in die wässrigen Augen. »Ich kenne deine betrügerischen Pläne, die Percy und Claude betreffen. Vergiß nicht, daß du Percy nur legitimieren und Claude und Bertrand wieder als Erben einsetzen kannst, wenn ich damit einverstanden bin.«

Lady Adella holte tief Luft. Am liebsten hätte sie ihn geschlagen. Ja, sie wünschte, sie könnte ihm ein Messer in die Rippen stoßen. »Du wagst es, mir zu drohen, Herzog? Ich hasse Drohungen – vor allem von Engländern.«

»Ich mache keine leeren Drohungen, Lady. Wenn du dich in Bezug auf Brandy meinen Wünschen widersetzt, werde ich genau das tun, was ich dir gesagt habe. Vielleicht würde ich dich nach Glasgow schicken, auf jeden Fall weit weg von hier. Du könntest natürlich Morag mitnehmen. Denk gut darüber nach. Ich bin dafür bekannt, immer mein Wort zu halten.«

Obwohl sie rasch den Blick senkte und auf ihre knochigen Finger starrte, sah er, daß sie ihm jetzt glaubte. Gut so. Sie zeigte wenigstens ein wenig Verstand. »Wie du weißt, werden Bertrand und ich heute nachmittag verreisen und erst in einigen Tagen wieder nach Penderleigh zurückkehren«, sagte er nach einer Weile. »Du wirst ab sofort dafür sorgen, daß Percy Brandy in Ruhe läßt. Außerdem erwarte ich, daß du deinen gewaltigen Einfluß auf sie nützt und sie davon überzeugst, nach meiner Hochzeit nach London zu kommen.«

Lady Adella konnte ihr Erstaunen nicht verbergen. »Willst du damit sagen, sie kennt deine Pläne und hat dich zurückgewiesen?« fragte sie ungläubig.

»Ja, aber ich rechne damit, daß sie bei meiner Rückkehr ihre Meinung geändert hat.« Ian erhob sich. »Nun, Lady, kann ich davon ausgehen, daß du tust, worum ich dich gebeten habe?«

Sie warf ihm aus halbgeschlossenen Augen einen haßerfüllten Blick zu und fuhr mit ihrer geäderten Hand durch die Luft. »Ja, im Moment schon.«

»Du meinst wohl, solange bis du dir einen neuen Plan

zurechtgelegt hast? Versuch, was du willst und freu dich dabei auf Glasgow.« Er deutete eine Verbeugung an, drehte sich auf dem Absatz um und ging hinaus, während sie ihm mordgierig nachsah.

Kurz nach dem Mittagessen klarte es auf. Ian und Bertrand beschlossen, ihre Reise anzutreten, bevor das Wetter wieder schlechter wurde. Mabley reichte seinem Herrn besorgt die Reisetasche. »Seien Sie vorsichtig, Eure Hoheit.«

»Natürlich. Ich werde nicht lange ausbleiben, Mabley. Ich möchte dir noch einen Rat geben – halte dich fern von einer Frau namens Morag. Das ist alles. Geh ihr einfach aus dem Weg, dann wird es dir hier sicher gutgehen.« Er grinste seinen Kammerdiener an, klopfte ihm auf die Schulter und ging.

12

»Paß auf, daß du nicht naß wirst, Püppchen«, rief Brandy Fiona hinterher, aber sie wußte, daß ihre Worte ihre kleine rothaarige Schwester vollkommen ungerührt ließen. Lächelnd schüttelte sie den Kopf und sah Fiona nach, wie sie den Pfad zum Strand hinunterlief.

Seufzend drehte sie sich um. Ihr war bewußt, warum sie plötzlich so traurig war. Ian war vor einer Stunde mit Bertrand abgereist. Sie hatte ihm nachgesehen, bis sie das Klappern der Pferdehufe nicht mehr hören konnte. Die Sonne heizte die Luft auf. Brandy zog ihren Schal von den Schultern und krempelte die Ärmel ihres Musselinkleids nach oben. Gedankenverloren setzte sie sich in ein Anemonenfeld, pflückte ein paar der gelben Blumen und flocht einen Kranz daraus.

Plötzlich spürte sie, daß sie nicht allein war. Sie drehte sich um und entdeckte Percy. Er stand mit gespreizten

Beinen nur wenige Schritte von ihr entfernt und stemmte die Hände in die Hüften. Dann bückte er sich, hob ihren zerknüllten Schal auf und schleuderte ihn zur Seite.

Brandy warf ihm einen kühlen Blick zu. »Aha, der nichtsnutzige Säufer hat sich in die Sonne gewagt. Solltest du dir nicht ein dunkles Zimmer suchen, in dem du dich betrinken kannst? Oder dich mit einer Hure vergnügen? Oder bei deinen Saufkumpanen prahlen, wie großartig du bist? Ich finde dein Verhalten nicht witzig, also gib mir meinen Schal zurück und laß mich in Frieden.«

»Du beleidigst mich, Brandy. Mädchen sollten mit solchen Beleidigungen vorsichtig sein – man kann nie wissen, wie ein Mann darauf reagiert. Und warum willst du deinen Schal haben? Die Sonne scheint, und es ist sehr warm heute.« Er kniff seine grünen Augen zusammen und ließ seinen Blick über ihr Gesicht zu ihren Brüsten und dann zu ihrer Taille wandern. »Du solltest deine weiblichen Reize nicht verstecken, Brandy. Das überrascht dich anscheinend. Du hast wohl nicht damit gerechnet, daß jemand deine Tarnung durchschauen könnte. Ich bin ein Mann, der sich mit Frauen gut auskennt. Unter deinem Kleid verbergen sich Brüste, die ich gerne sehen, berühren und streicheln möchte. Das wird dir gefallen, glaub mir.«

Brandy hob das Kinn. Sie hatte Angst, aber das würde sie ihm nicht zeigen. »Du bist derjenige, der sich beleidigend verhält. Ich kann dich nicht leiden. Du bist unverschämt und abstoßend. Ich warne dich zum letzten Mal – laß mich in Ruhe. In der Gesellschaft von Schweinen und Bastarden fühle ich mich nicht wohl.«

Als sie das gefährliche Glitzern in seinen Augen sah, wich sie unwillkürlich zurück. Sie war zu weit gegangen.

»Es ist dir wohl zu Kopf gestiegen, daß der Herzog dich nach London eingeladen hat, Mädchen. Sieh mich nicht so überrascht an – Lady Adella hat mir von deinen ›wunderbaren Zukunftsaussichten‹ erzählt.«

Percy verschwieg ihr, daß Lady Adella, die alte Hexe,

ihm ebenfalls ausdrückliche Anweisungen gegeben hatte, wie er sich verhalten sollte.

»Sag mir, kleine Cousine, was mußtest du für den Herzog tun, um dir diese Reise und eine Mitgift zu verdienen?«

»Nun, der Herzog ist genau wie du, Percy. Er verlangte, daß ich meine Kleider ausziehe und nackt vor ihm tanze. Natürlich habe ich das für ein wenig Geld und die Aussicht auf einen Aufenthalt in diesem barbarischen London gern getan. Du bist ein Idiot. Verschwinde.«

Brandy stand langsam auf und wich zögernd einige Schritte zurück. Percy stand immer noch mit breit gespreizten Beinen vor ihr und starrte sie an – nein, er hatte seinen Blick auf ihre Brüste geheftet. Er sah aus wie ein Raubtier, und sie wußte, sie hätte keine Chance, wenn er über sie herfallen würde. In diesem Moment begriff sie, daß Ian hinter ihrem Rücken mit Lady Adella gesprochen hatte. Verdammt. Dafür würde er nach seiner Rückkehr büßen müssen.

Sie versuchte, ihre Stimme so sanft wie die einer Nonne klingen zu lassen. »Du hast dir das nicht gründlich überlegt, Percy. Ich bin deine Cousine. Du sollst mich beschützen und nicht angreifen.« Brandy hatte wenig Hoffnung, damit Erfolg zu haben, aber sie mußte es einfach versuchen. Besaß er überhaupt so etwas wie Ehrgefühl? Er starrte sie nur schweigend an.

»Hör zu, Percy. Ich habe nicht vor, nach London zu gehen. Du weißt doch, daß Großmama ständig irgendwelche Komplotte schmiedet. Über eine Mitgift vom Herzog weiß ich nichts.« Sie zuckte die Schultern und wich einen weiteren Schritt zurück.

»Du bist ein seltsames Mädchen, Brandy«, sagte Percy schließlich. »Was willst du eigentlich?«

»Was ich will?« wiederholte sie langsam und runzelte die Stirn. Sie wußte genau, was sie wollte, aber auch, daß das unmöglich war. Brandy sah auf das Meer hinaus und entdeckte einige der Kleinbauern, die aus einem kaum seetüchtigen kleinen Boot ihre zerrissenen Netze ins Wasser warfen.

»Ich werde nicht meinen Träumen hinterherjagen und dafür irgend etwas tun, was mich nicht glücklich macht, Percy. Also wünsche ich mir nur zu behalten, was ich bereits habe – Großmama, Fiona und Penderleigh.« Sie sah ihn offen an. »Willst du hier bleiben oder nach Edinburgh zurückkehren?«

Percy rief sich Lady Adellas spöttische Stimme ins Gedächtnis: ›Du wirst deine Hände von dem Mädchen lassen, du Lüstling. Vielleicht wäre es besser, dich nicht in Versuchung zu führen. Deine reiche Erbin wartet doch bereits auf dich, nicht wahr?‹

»Edinburgh«, sagte er. »Ich denke, ich werde morgen abreisen, um dort einer Erbin den Hof zu machen. Ihr Vater weiß noch nichts davon – er wird es erst erfahren, wenn ich durch einen gerichtlichen Beschluß einen anderen Status erlangt habe.«

»Ist es das, was du wirklich willst, Percy?« fragte Brandy. Ihr Mißtrauen schwand. Seine Stimme klang so verbittert, daß sie in diesem Augenblick sogar ein wenig Mitleid für ihn empfand.

Er betrachtete die weichen Haarsträhnen, die ihr ins Gesicht fielen und ließ seinen Blick über ihre volle Brust gleiten, die sie anscheinend unter ihrem Kleid zusammengeschnürt hatte. »Nein, Mädchen, das ist nicht, was ich will, aber ich denke, ich werde es wohl tun müssen. Nein, eigentlich will ich nur dich, Kleines.«

Bevor sie seine Absicht durchschauen konnte, packte er sie an den Schultern und zog sie fest an sich. Überrascht und verängstigt schrie sie auf, doch er preßte seine Lippen hart auf ihre und versuchte, seine Zunge in ihren Mund zu schieben. Sein nasser Mund und seine Brutalität stießen sie ab. Sie wehrte sich, stieß ihn von sich und versuchte, ihm das Gesicht zu zerkratzen.

»Wehr dich nicht, Brandy«, keuchte er und erstickte mit seinen Lippen ihre Schreie. »Du weißt doch, wie lange ich dich schon begehre.« Rasch legte er seine Hände um ihre Hüften, hob sie hoch und drückte sie dann zwischen den gelben Blumen zu Boden.

Brandy schrie noch einmal laut auf, bevor er ihr die Hand auf den Mund preßte. Sie spürte, wie er sich auf sie warf. Sein Gewicht lastete so schwer auf ihr, daß sie einen Moment lang nicht atmen konnte.

Dann riß er an den Knöpfen ihres Kleids und faßte gierig nach ihren Brüsten. O Gott, er würde sie vergewaltigen! Verzweifelt wand sie sich unter ihm, trommelte mit ihren Fäusten auf seine Schultern und riß an seinen Haaren. Sie spürte seinen heißen Atem an ihren Lippen und sein steifes Glied an ihrem Bauch. Schon oft hatte sie Tieren bei der Paarung zugesehen und wußte daher, daß er versuchen würde, in sie einzudringen. Ihre Hilflosigkeit löste Panik in ihr aus.

»Brandy! Cousin Percy! Ihr spielt ja ohne mich. Darf ich bei diesem Spiel mitmachen?«

Percys Gesicht erstarrte vor Schreck zu einer grotesken Maske.

»Fiona!« rief Brandy und schloß rasch die Knöpfe ihres Kleids. »Verschwinde, du elender Mistkerl. Du hast doch nicht etwa vor, mich in Fionas Gegenwart zu vergewaltigen, oder? Nein, so niederträchtig kannst nicht einmal du sein.«

Sie schob Percy von sich und stand mühsam auf. Percys Gesicht rötete sich vor Zorn, als er sich aufsetzte. Brandy hörte ihn leise fluchen.

»Darf ich jetzt mitspielen? Du hast auf Percy eingeschlagen, und er hat so getan, als täte ihm das weh, nicht wahr? Er hat gestöhnt und gekeucht, als hättest du auf ihn geschossen.« Fiona ließ den Blick von ihrer Schwester zu Percy wandern.

Meine Güte! Brandy schüttelte den Kopf, um wieder einen klaren Gedanken fassen zu können. »Das Spiel ist schon vorbei, mein Püppchen. Percy hat verloren. Wir hören jetzt damit auf.« Als sie den Ausdruck der Verwirrung auf dem Gesicht der Kleinen sah, bemühte sie sich, diesen Alptraum so harmlos darzustellen wie eine Teegesellschaft. »Ja, Cousin Percy hat mir eine neue Art des Ringkampfs gezeigt. Wie du gesehen hast, ist es mir mit Leichtigkeit gelungen, ihn zu schlagen.«

Brandy wäre am liebsten auf Percy losgegangen. In Fionas Gegenwart wagte sie das nicht, aber er konnte sie auch nicht angreifen. Er sah aus, als würde er sie töten wollen. Brandy wünschte, sie könnte Fiona umarmen und ihr dafür danken, daß sie sie gerettet hatte, aber das war unmöglich – sie mußte sich bemühen, die Sache vor ihr herunterzuspielen und ihr weiszumachen, daß alles nur ein Spiel gewesen war. Nur ein dummes Spiel.

Sie hätte ihn umbringen können.

»Es wird sich eine andere Gelegenheit ergeben, kleine Cousine«, sagte Percy und stand auf. »Beim nächsten Mal wird uns deine kleine Schwester nicht stören. Du begehrst mich, Brandy, gesteh es dir und mir endlich ein. Wie viele Mädchen zierst du dich etwas. Aber wir werden sehen, was sich noch ergibt, nicht wahr?«

Sie trat einen Schritt zurück. Es war nicht klug, diesen Teufel noch weiter herauszufordern. »Es wird kein nächstes Mal geben, Percy«, erklärte sie und umklammerte mit den Fingern Fionas kleine Hand. »Niemals.«

Brandy brachte Fiona zu Marta und vermied den neugierigen Blick der alten Frau. Dann machte sie sich auf den Weg zu Lady Adellas Salon.

Rasch raffte sie ihr Kleid mit den losen Knöpfen vor der Brust zusammen, atmete tief durch und betrat Lady Adellas Zimmer.

»Wie schlampig du aussiehst! Dein Haar ist zerzaust und dein Kleid zerknittert und nicht ordentlich zugeknöpft.« Lady Adella schnaubte verärgert und musterte Brandy von Kopf bis Fuß. »Verdammt, warum kannst du dir mit deinem Aussehen nicht ein wenig mehr Mühe geben – so wie deine Schwester es tut?«

Brandy verlor die Beherrschung. »Hör gut zu, Großmama. Ich würde aussehen wie eine Maikönigin, wenn Percy nicht gerade versucht hätte, mich zu vergewaltigen.«

Lady Adellas dünne Augenbrauen schossen in die Höhe. »Er hat versucht, dich zu vergewaltigen? Percy?«

»Er hat versucht, mich zu vergewaltigen«, wiederholte Brandy. Der Gedanke an seinen Körper, der sie auf den Boden drückte, machte sie so wütend, daß sie am liebsten um sich geschlagen hätte. »Fiona hat mich gerettet«, fügte sie schweratmend hinzu. »Sie dachte, es wäre nur ein Spiel. Zumindest hat Percy in ihrer Gegenwart von mir abgelassen. O Gott, ich könnte ihn umbringen.«

»Aha, Fiona hat dich also gerettet? Nun, das freut mich.«

Brandy sah, daß die dünnen Lippen ihrer Großmutter sich zu einem Lächeln verzogen, das ihre Falten vertiefte. Fand sie das etwa lustig? »Was wirst du jetzt unternehmen, Großmama?«

»Ich hätte wissen sollen, daß er seine Hände nicht von dir lassen kann, mein Mädchen. Du hast ihn gereizt, und er ist nur ein schwacher Robertson – das habe ich dir schon oft gesagt. Du willst also, daß ich etwas gegen Percy unternehme? Was soll ich denn jetzt tun, nachdem er seine Leidenschaft nicht abreagieren konnte, du dummes junges Ding? Mädchen, du bist zimperlich und prüde. Du weißt doch sicher, was Männer von Frauen wollen. Es ist nur natürlich, vor allem für Percy. Er hatte kein Glück bei dir, also sprich nicht mehr darüber. Und wage es nicht, ihn umzubringen.«

Brandy starrte sie entsetzt an. »Würde es dir denn nichts ausmachen, wenn er sein Ziel erreicht hätte?«

»Aber natürlich. Das würde alles ändern. Dir wurde kein Schaden zugefügt, also vergiß deinen Zorn, auch wenn er berechtigt ist. Deine Beschwerden langweilen mich – du kommst mir vor wie eine Methodistin. Ich werde dafür sorgen, daß unser zügelloser Percy morgen abreist. Er wird dich nicht mehr belästigen, mein Kind.«

»Bevor Percy über mich herfiel, sagte er, du hättest ihm erzählt, daß ich nach London gehen würde. Hat Ian mit dir gesprochen, Großmama?«

Lady Adella konnte die Wut förmlich spüren, die ihre Enkelin ihr entgegenbrachte. Sie wußte, daß dieses mal nicht Percy der Grund dafür war. Brandy war anscheinend ein leidenschaftlicher Mensch. Lady Adella beschloß, ihre Worte sorgfältig zu wählen, obwohl sie bezweifelte, daß der Herzog seine Drohungen wahrmachen und den Mut aufbringen würde, sie tatsächlich zu verbannen. So hochmütig wie die längst verstorbene Queen Mary sagte sie: »Natürlich hat der Herzog mit mir gesprochen, du dummes Mädchen. Du magst dir vielleicht keine Gedanken über deine Zukunft machen, aber er als dein Vormund hat ein Recht darauf, sich um deine Belange zu kümmern.«

»Ich werde nicht von hier weggehen, Großmama, und das habe ich ihm auch gesagt. Wie konnte er es nur wagen, sich an dich zu wenden?«

Lady Adella ließ sich nicht ablenken. Interessant. Sie lächelte und hob scheinbar beschwichtigend ihre verknöcherten Hände. »Schon gut, mein Kind. Ich werde dich nicht zwingen, nach London zu fahren, obwohl ich nicht verstehen kann, warum du dich so stur wie ein Maulesel verhältst. Du gleichst allmählich dem alten Angus, und das ist, weiß Gott, abscheulich.«

Brandy seufzte erleichtert auf. »Danke, Großmama. Ich will Penderleigh nicht verlassen, egal, wie der Herzog darüber denkt.«

»Wie du meinst, Kindchen. Ich dachte, du würdest es vorziehen, einige Männer zur Auswahl zu haben. Ian hat mir versichert, daß er dich mit etlichen feinen Gentlemen bekannt machen würde. Aber da du das nicht willst, werde ich dafür sorgen, daß du auf Penderleigh bleiben kannst.«

»O danke, Großmama.«

»Nachdem Percy dir das angetan hat, wirst du ihn wahrscheinlich nicht mehr wollen, aber …«

Brandy fuhr entsetzt zurück. »Percy? Wovon sprichst du? Was hat das alles mit Percy zu tun? O nein. Großmama, du weißt, daß ich ihn hasse. Ich würde ihn nicht heiraten – niemals.«

»Du willst also nicht nur den Kuchen, sondern auch noch die Schlagsahne dazu, Mädchen? Nun, so läuft es in dieser Welt aber nicht. Ich werde keine nutzlose Jungfer in Penderleigh dulden. Du wirst Percy heiraten oder nach London gehen. Die Wahl bleibt dir überlassen.«

Das konnte einfach nicht wahr sein. Brandy schluckte. Angst und Abscheu schnürten ihr die Kehle zu. Sie lief eine Zeitlang vor Lady Adella auf und ab und wandte sich ihr dann abrupt zu. »Willst du mich unglücklich machen, Großmama? Warum haßt du mich? Was habe ich getan, um eine solche Behandlung zu verdienen?«

»Ich hasse dich nicht, Dummerchen. Verdammt, Kind, ich möchte dich nur gut versorgt wissen, bevor ich deinem Großvater in die Hölle folge. Der alte lüsterne Bock hatte immer eine Vorliebe für dich, und ich will nicht, daß er mir in der Ewigkeit mit Vorwürfen zusetzt, weil ich meine Pflichten dir gegenüber nicht erfüllt habe.«

Brandy zwang sich, ruhig zu sprechen. »Wenn das so ist, kann ich mir nicht vorstellen, daß Großvater mich unglücklich sehen wollte. Er mochte Percy nicht – das weißt du.«

Lady Adella erkannte, daß sie sich in ein aussichtsloses Gespräch verstrickt hatte und ihre drohenden Worte hohl klangen. Der Herzog würde das Mädchen niemals Percy überlassen. Rasch änderte sie ihre Taktik und knirschte bei dem Gedanken an Ians Anweisungen hilflos mit den Zähnen. Sie flüchtete sich in einen gut gespielten Zornausbruch und schlug mit ihrem Stock so fest gegen den kleinen Tisch, daß er krachend umfiel.

Es funktionierte nicht. Brandy ballte ihre Hand zu einer Faust und schüttelte sie. »Ich werde weglaufen. Hörst du mich, Großmama? Ich schwöre, daß ich davonlaufe.«

Lady Adella richtete sich auf und atmete tief ein. Ihre

Lippen verzogen sich zu einem listigen Lächeln. »Wenn du uns verläßt, werde ich dir Fiona wegnehmen.« Sie hatte keine Ahnung, wie sie das anstellen würde, aber ihr wurde klar, daß sie jetzt die Schlacht gewonnen hatte. Die Rebellion war blitzartig vorüber. Brandy gab sich geschlagen und ließ die Schultern fallen.

»So ist es schon viel besser, mein Mädchen. Fiona ist wie ein Kind für dich, nicht wahr? Wenn du erst einmal verheiratet bist – nach einer Saison in London mit dem Herzog und der Herzogin –, wird sie dir allein gehören. Das verspreche ich dir.«

»Du bist bösartig, Großmama. Bösartig und niederträchtig.«

»Das mag stimmen, aber es spielt keine Rolle, Dummerchen. Und jetzt verschwinde. Ich möchte mit deinem Onkel Claude sprechen. Er wartet bereits im Gesindehaus auf mich.«

Brandy wirbelte herum und lief aus dem Zimmer. Rasch verließ sie das Schloß und machte sich auf den Weg zu einem abgelegenen Küstenabschnitt, wo sie vor neugierigen Augen sicher war. Es war ihr gleichgültig, daß Percy sich womöglich noch in der Nähe aufhielt. Sie rannte am Strand bis zu den Wellen und sog die salzige Luft in die Lungen. Ihre Augen richteten sich blicklos auf den endlosen Horizont. Brandy fragte sich, ob es dahinter jemanden geben mochte, der sich noch elender fühlte als sie. Die Flut ließ das Wasser steigen. Als die Wellen über ihre Sandalen schwappten, rettete sie sich auf einen großen vorspringenden Felsen.

Dann raffte sie ihre Röcke, setzte sich und ließ ihr Kinn auf die Knie sinken. Tränen brannten in ihren Augen. Sie würde Fiona niemals aufgeben. Um ihre kleine Schwester nicht zu verlieren, würde sie alles tun – sogar Percy heiraten. Ihre Gedanken wanderten zu der anderen Möglichkeit: London – mit Ian und seiner Braut. Verzweifelt preßte sie ihre Fäuste auf die Augen, um die verflixten Tränen zurückzuhalten. Sie müßte dann jeden Tag in seiner Gesellschaft verbringen, während diese gesichtslose, verhaßte Frau seine Zuwendung und Liebe genießen dürfte. Unwillkürlich fiel ihr ein, was sie zu Percy gesagt hatte: ›Ich werde nicht meinen Träumen hinterherjagen.‹

Sie war eine verdammte Närrin. Den Herzog konnte sie nicht haben – diese bittere Pille mußte sie eben schlucken. Brandy zwang sich, an London zu denken. Sie wußte nicht genau, was sie dort während einer Saison erwarten würde. So wie Großmama darüber sprach, trafen sich anscheinend etliche unverheiratete Damen und Herren, um zu entscheiden, wer sich mit wem vermählen sollte. Sie versuchte, sich diese Gentlemen vorzustellen, sah aber nur Ians Gesicht vor sich. Rasch sprang sie auf und stieß mit der Spitze ihrer Sandale gegen einen Stein. Vielleicht bin ich wirklich eine verdammte Närrin, dachte sie, aber ich will ihn und keinen anderen. Sie richtete sich auf und sah auf das Meer hinaus.

Es war ihr gleichgültig, daß sie nur einem Traum nachjagte. Manchmal waren Träume alles, was es im Leben gab.

Lady Adella stützte sich mühsam auf ihren Stock und folgte Fraser in den kleinen Salon im Gesindehaus. »Bleib sitzen, Claude«, befahl sie mürrisch. »Es gibt keinen Grund, warum wir uns beide abplagen sollten.«

Fraser half ihr, sich zu setzen und bot ihr eine seiner frischgebackenen Waffeln an.

»Erdbeermarmelade, Mylady?«

»Nein, Fraser. Ich mag sie so, wie sie sind – nur mit geschmolzener Butter.« Ihre wässrigen Augen leuchteten auf. »Morag wäre sicher bereits eine fette Schlampe, wenn ihr noch zusammenleben würdet. Claude, du hast den besseren Teil erwischt. Möchtest du Fraser gegen Morag tauschen?«

Claude lachte gackernd und entblößte seine dunkel verfärbten Vorderzähne, zwischen denen Krümel einer gebutterten Waffel hingen. »Fraser bleibt, wo er ist, Lady.

Wenn du ihn zwingst, in Morags Nähe zu sein, wird er sich nach Edinburgh absetzen. Habe ich recht, Fraser?«

Fraser preßte schweigend die Lippen aufeinander und nickte höflich.

Lady Adella stieß mit der Spitze ihres Stocks gegen sein Bein. »Fehlt dir nicht ein Frauenzimmer in deinem Bett, Fraser? Morag wird jeden Tag unleidlicher, weil sie keinen Mann hat, der unter ihre Bettdecke schlüpft.«

Fraser rümpfte die Nase. »Erlauben Sie mir zu bemerken, Mylady, daß Morag keinen Mann braucht, sondern zweimal täglich ein gründliches Bad mit Kernseife.«

Lady Adella verschluckte sich beinahe an ihrer Waffel, und Fraser klopfte ihr leicht auf den Rücken. »Ich mag Männer, die unverblümt ihre Meinung sagen, Fraser. Und jetzt verschwinde. Ich muß ein langweiliges Gespräch mit deinem Herrn führen.«

Nachdem Fraser sich gemächlich verbeugt und den Raum verlassen hatte, leckte Lady Adella sich die Krümel von den Lippen und wandte sich an Claude.

»Jetzt, mein Neffe, können wir offen sprechen. Hör mir gut zu, denn ab morgen werden wir dieses Thema nicht mehr erwähnen.«

Claude beugte sich vor. Seine Augen funkelten. Für einen Augenblick vergaß er seine Gicht.

»Du weißt, daß die Zeit gekommen ist, um Vergeltung zu üben. Ich nehme an, daß der alte MacPherson sich im Moment den Kopf zerbricht, wie er die Aufgaben bewältigen soll, die ich ihm gestellt habe. Aber er wird es schaffen. Du wirst deinen Anspruch auf Penderleigh wiedererlangen, und nach dir ist Bertrand an der Reihe. Was sich daraus ergeben wird, wissen nur Gott und der Teufel.«

»Du willst aber diesen Schurken Percy legitimieren lassen, bevor du mich wieder als Erben einsetzt, und das schafft Probleme«, erwiderte Claude barsch. »Und was ist mit dem englischen Herzog? Was hast du mit ihm vor, wenn ich mir anmaßen darf, das zu fragen?«

Lady Adella hob eine ihrer nachgezogenen Augenbrauen. »Was schlägst du vor? Soll ich ihn vergiften, wie die Borgias es tun würden? Komm schon, Junge – du weißt genau, daß mir die Hände gebunden waren, solange Angus mit seiner Gegenwart diese Welt belästigt hat. Auch nach seinem Tod konnte ich nicht sofort etwas unternehmen, weil der Herzog mir mit seinen Rechten den Weg blockiert. Jetzt steckt er sogar sein englisches Geld in dieses Gut. Ich habe nicht vor, den Hahn abzudrehen, bevor die Quelle versiegt ist. Danach werden wir sehen, wie es weitergeht. Du, Bertrand und Percy – ihr werdet euch einen guten Kampf liefern, falls in euren Adern noch ein wenig Blut fließt.«

Claude stieß ein tiefes Knurren aus. »Durch dich sind mir die Hände gebunden, Lady. Aber ich sehe, daß du nicht sehr weit denkst. Wenn der Herzog seinen Anspruch behält, wird keiner von uns einen Nutzen daraus ziehen. Penderleigh wird an die Engländer fallen und für uns für immer verloren sein. Kannst du dir vorstellen, wie ich mich fühle, wenn Bertie Loblieder auf den verdammten englischen Herzog singt? Ich glaube, der Junge begreift nicht, daß zuerst ich und dann er die wahren Erben von Penderleigh sind. Und du, Lady, stehst ebenso unter der Fuchtel des Herzogs wie ich. Du solltest also deine Krallen einziehen.«

Lady Adella lehnte sich vor und sagte leise: »Du hast natürlich recht, Claude. Aber vergiß nicht, daß der Herzog bisher noch keine direkten Erben hat. Im Augenblick gibt es nur einen Cousin – einen Engländer –, der seine Nachfolge antreten könnte. Du glaubst doch wohl nicht, daß ein schottisches Gericht zu Gunsten eines englischen Cousins entscheiden würde, der mit den Robertsons nicht blutsverwandt ist.« Mit einer Handbewegung erstickte sie Claudes Protest. »Genug davon, mein Junge. Ich habe alles getan, was ich konnte – für dich, Bertrand und auch für Percy. Jetzt liegt es an euch. Mehr werde ich zu diesem Thema nicht sagen.«

»Ich will nur haben, was mir zusteht«, erklärte Claude

zornig. »Du bietest mir den Sattel an, aber nicht das Pferd.« Seine kleinen Augen nahmen einen verschlagenen Ausdruck an. »Was wäre, wenn in der Öffentlichkeit der Grund für die Enterbung meines Vaters bekannt würde, Lady? Was, wenn du …«

Lady Adella warf ihren Kopf zurück und lachte schallend. »Douglas benahm sich nie so tölpelhaft wie du, Claude. Ich würde dich als elenden Lügner bezeichnen und dich in die Highlands jagen. Dein Vater hielt den Mund, bis er auf dem Sterbebett lag. Er machte nur einen Fehler – er vertraute sich dir an, mein Junge. Wenn du noch einen Funken Verstand besitzt, wirst du Bertrand nichts davon erzählen. Wenn ich sehe, wie er um den Herzog herumschwänzelt, muß ich annehmen, daß er kein Rückgrat besitzt.«

»Ich kann nicht zulassen, daß du so über Bertie sprichst. Anscheinend ziehst du solche Gauner wie Percy vor. Mein Bertie ist ein Gentleman.«

Lady Adella hob beschwichtigend ihre Hand. »Beruhige dich, Claude. Du könntest einen Herzinfarkt bekommen.« Sie schlürfte lautstark einen Schluck Tee aus ihrer Tasse und wechselte das Thema. »Ich habe dir noch nicht gesagt, daß ich unsere Constance für die geeignete Frau für Bertrand halte. Ich dachte, uns blieben noch einige Jahre Zeit, aber das Mädchen ist früher gereift, als ich dachte. Wenn ich mich nicht täusche, ist dein Sohn ganz verrückt nach ihr.«

Claude wich zurück und sah sie ungläubig an. »Die kleine Connie? Bertie hat sein ganzes Leben lang noch keinen Gedanken an eine Frau verschwendet und sich leider nicht einmal für diese Hure im Dorf interessiert.«

»Ich bin offensichtlich von lauter beschränkten Idioten umgeben. Mach deine Augen auf, mein Junge. Connie ist nicht wie Brandy – sie hält sich bereits für eine erwachsene Frau. Wenn Bertrand ihr gegenüber weiterhin den Gentleman herauskehrt, wird er bald im Bach landen – und dafür könnte er nur sich selbst die Schuld geben.«

Claude fuhr sich mit der Hand nachdenklich über die Bartstoppeln auf seinem Kinn. »Bertie hat mir erzählt, daß der Herzog die Mädchen mit einer Mitgift ausstatten will.«

»Richtig, aber du brauchst dir keine Sorgen zu machen, daß Constance nach London fährt, so wie der Herzog es für Brandy geplant hat. Meine Güte, wir müßten noch zwei Jahre warten, und ich kann dir jetzt schon sagen, daß sie bis dahin ihre Jungfräulichkeit längst verloren haben wird.«

Mit schmerzverzerrtem Gesicht suchte Claude eine andere Position auf seinem Stuhl. Verdammt, die Gicht in seinem Fuß plagte ihn heute besonders stark. »Also gut, Lady, ich werde mit Bertie sprechen. Aber erwarte nicht, daß er sich dann voll Begeisterung auf das junge Ding stürzt.«

Lady Adella versuchte vergeblich, sich diesen Vorgang vor Augen zu führen. »Ich kann mir Bertie nicht einmal ohne Hose vorstellen. Ich glaube, wenn wir etwas erreichen wollen, wird es wohl in Connies Hand liegen – sie muß Bertie verführen.«

13

In den folgenden zwei Wochen stellte Brandy fest, daß das idyllische Leben, an das sie sich klammerte, ihr immer weniger Freude bereitete. Ihre Gedanken kreisten mehr und mehr um den Herzog. Sie fragte sich, was er gerade tat, und ob er jemals an sie dachte. Manchmal stellte sie sich sogar vor, eine elegante junge Lady zu sein, deren schottischer Akzent wie durch ein Wunder plötzlich verschwunden war. Ihre Brust wäre viel kleiner, und etliche Gentlemen aus London würden sich um sie scharen, während Ian eifersüchtig daneben stand. Nein, der Herzog wäre wohl nicht eifersüchtig.

Worauf auch? Er war selbstsicher und wußte genau, wer er war und was er darstellte.

Sie stellte sich gerade vor, wie sie gelangweilt einen Fächer hin- und herschwenkte, als das Rumpeln einer Kutsche sie abrupt in die Gegenwart zurückholte.

Langsam ging sie zum Schloß zurück und fragte sich, wer wohl der Besucher war. Wahrscheinlich MacPherson. Großmama hatte ihr erzählt, daß er bald kommen würde. Als sie um die Rhododendronbüsche an der Kurve zur Auffahrt vorüberging, blieb sie wie erstarrt stehen. Vor den Stufen, die zum Schloß hinaufführten, stand die Kutsche des Herzogs.

Ihr wurde mit einemmal bewußt, daß sie furchtbar aussah – keinesfalls wie eine Lady. An ihrer Stirn klebten feuchte, salzige Haarsträhnen, und ihr altes Kleid ließ sie aussehen wie eine Bauersfrau. Einen Augenblick lang dachte sie daran, sich rasch an dem Hauptportal vorbeizuschleichen, durch den Dienstboteneingang in das Schloß zu schlüpfen und die Treppe hinaufzulaufen, doch dann hörte sie jemanden ihren Namen rufen.

»Brandy!«

Der Herzog und Bertrand standen neben der Kutsche und sahen zu ihr herüber. Sie biß die Zähne zusammen und zwang sich dazu, ihnen zuzuwinken. Auf keinen Fall würde sie zu ihnen hinübergehen, sondern gebührenden Abstand halten.

»Sie sieht wieder einmal aus wie eine kleine Meerjungfrau«, sagte Bertrand laut zu Ian.

Eher wie ein Tümmler, dachte Brandy und überwand sich dazu, einige Schritte auf Ian zuzugehen, obwohl ihr das sehr schwer fiel.

»Ja«, erwiderte der Herzog lächelnd. Er atmete tief ein, genoß die frische Seeluft und stellte fest, daß er froh war, wieder in Penderleigh zu sein. Das riesige graue verwinkelte Schloß war mit einemmal nicht mehr nur eine alte Ruine, die seinen Geldbeutel belasten würde. Es war ein stolzes Symbol der prächtigen Vergangenheit Schottlands.

»Komm, Brandy!« rief Bertrand. »Trödle nicht herum. Wir haben soviel zu erzählen, und wenn man eine Geschichte wiederholen muß, ist sie nur noch halb so interessant.«

Es gab kein Entrinnen. »Guten Nachmittag, Bertrand, Ian. Ich hoffe, eure Reise war erfolgreich.« Das hörte sich nett und höflich an – sogar elegant. Vielleicht würden sie beim Zuhören nicht auf ihr Aussehen achten.

»Ja, das war sie. Meine Güte, Mädchen, du riechst so salzig wie die See.«

In diesem Moment haßte Brandy das Meer. Als sie den Kopf hob, sah sie, daß die Augen des Earl belustigt funkelten. Sie verspürte den Wunsch, ihn anzuschreien und ihm klarzumachen, daß er nicht ihr verdammter Onkel war. Ihr Herz klopfte so heftig, daß sie ihren Puls sogar in den Zehen spürte. Er hielt sie offensichtlich für ein schlampiges Bauernmädchen, nur ein Kind. Verdammt. »Ich werde mich jetzt umziehen. Wenn ihr mich also entschuldigen würdet …«

»Benimm dich nicht wie ein dummes Gänschen«, meinte Bertrand und tätschelte ihre Schulter. »Es stört uns nicht, eine Meerjungfrau im Schloß zu haben.«

Brandy hatte keinen Zweifel mehr, daß Ian sich für ihren Onkel hielt, als er in diesem gräßlich höflichen Tonfall hinzufügte: »Das stimmt, Brandy. Komm schon, ich habe dir aus Edinburgh ein Geschenk mitgebracht, das ich dir gleich geben möchte.«

Ein Geschenk? Hatte er ihr etwa eine Puppe gekauft? Sie nickte und verdrängte den Gedanken daran, eine elegante junge Dame zu sein, die sich gelassen mit einem Fächer Luft zufächelte.

Als sie an ihm vorüberging, hatte Ian plötzlich das Verlangen, die von der salzigen Luft feuchten Locken zu berühren, die ihr in die Stirn fielen. Reglos blieb er stehen – er konnte sich nicht erklären, woher dieses Begehren kam. Eigentlich war er ein Mensch, der nicht willkürlich seinen Wünschen nachgab – vor allem nicht, wenn er nicht wußte, wie er sie sich erklären sollte.

Zu dritt betraten sie den Salon, und Ian fragte sich, wie Lady Adella sich wohl verhalten würde – schließlich hatten sie sich nicht in bestem Einvernehmen getrennt. Er schmunzelte bei dem Gedanken daran.

Lady Adella, Claude und Constance saßen gerade beim Nachmittagstee – das einzige Zugeständnis, das Lady Adella an ihre englische Herkunft machte, wie Ian bemerkt hatte.

»Aha, ihr habt also aufgehört, euch mit Schafmist zu beschäftigen«, bemerkte Lady Adella und stellte geräuschvoll ihre Teetasse auf die Untertasse.

»Das stimmt, Lady«, erwiderte Ian. Er stellte fest, daß er ihren derben Sinn für Humor sogar ein wenig vermißt hatte. »Wie ich sehe, geht es dir gut.«

»O ja, aber das ist nicht dein Verdienst. Bertie, ich bin froh, daß du wieder hier bist. Claude hat sich während deiner Abwesenheit zu einem weinerlichen Langweiler entwickelt. Ich bin erleichtert, daß ich mich jetzt nicht mehr um ihn kümmern muß.«

Sie bemerkte, daß Bertrand sich mit Constance unterhielt und fügte laut hinzu: »Du hast deine Cousine anscheinend mehr vermißt als deinen Vater. Da ich deinen Vater gut kenne, kann ich dir das nicht übelnehmen.«

»Das ist nicht wahr«, erwiderte Bertrand ruhig und verbeugte sich vor Claude. »Ich habe Connie nur erzählt, daß Ian und ich einige Tage in Edinburgh verbracht haben, uns dort ein wenig umgesehen und dann den Geschäftsführer in der Bank des Herzogs besucht haben.«

»Was habt ihr euch denn angesehen?«

»Nun, zum Beispiel das Schloß. Und noch viele andere Dinge«, antwortete Bertrand.

»Ich wußte nicht, daß du dich für Bordelle interessierst, Bertie«, meinte Lady Adella boshaft und trommelte mit ihren Fingerspitzen auf die Stuhllehne.

Ian lachte. »Ich kann dir versichern, daß es sich nicht

um so dekadente Orte gehandelt hat, Lady Adella. Edinburgh ist in der Tat eine wunderschöne Stadt und kann es hier im Norden unbestritten mit London aufnehmen. Die Geschäfte sind hervorragend.«

»Das stimmt, und ihr könnt euch wohl vorstellen, daß Ian auf einen ausgedehnten Einkaufsbummel bestanden hat«, fügte Bertrand hinzu, ohne seinen Blick von Constances Gesicht abzuwenden. Dann richtete er sich auf und deutete auf Crabbe, der mit etlichen Päckchen in den Armen an der Türschwelle stand.

»Du hast mir ein Geschenk mitgebracht«, jubelte Constance und sprang auf.

»Wir haben für alle Ladies etwas besorgt«, sagte Ian und warf Lady Adella einen Blick zu, um ihre Reaktion zu sehen. Er wurde nicht enttäuscht.

Sie schnaubte verächtlich, streckte aber rasch die Hände aus, als Ian ihr eine hübsch verpackte Schachtel reichte.

»Was ist das? Ein Totenhemd für meine alten Knochen?« fragte sie betont gleichgültig.

»Nein, Lady. Ich habe das zwar vorgeschlagen, aber Bertrand brachte es nicht über sich, einen entsprechenden Laden zu betreten. Also war ich gezwungen, mir etwas anderes einfallen zu lassen.«

»Schlauberger«, erwiderte Lady Adella säuerlich und riß das Silberpapier von dem Päckchen. »Oh!« Sie zog einen Schal aus feinster Norwich-Seide hervor, der in den verschiedenen Blautönen des Himmels schimmerte. »Der paßt nicht zu einer alten Frau. Er wird meine Falten im Gesicht betonen und mich vollkommen verrunzelt aussehen lassen. Beinahe so, als wäre ich schon tot«, meinte sie, aber der Ausdruck in ihren Augen zeigte, daß sie ganz anders darüber dachte.

»Ja, das habe ich dem Verkäufer auch gesagt«, erklärte Ian. »Ich bat ihn um einen einfachen schwarzen Schal ohne jegliche Verzierung.« Er seufzte. »Anscheinend hat er sich meinem Wunsch widersetzt. Ich werde das Ding gegen ein schwarzes Tuch eintauschen.«

Lady Adella warf ihm einen bösen Blick zu und drückte den Schal an ihre magere Brust.

Der Herzog reichte Brandy sein Geschenk für sie, während Bertrand Constance ein Päckchen in die Hand drückte. Er war gespannt, wie sie auf ein Geschenk reagieren würde, das eher zu einer erwachsenen Frau als zu einem Mädchen paßte – sie war zwar alt genug dafür, aber eben noch sehr unerfahren.

Mit zitternden Händen zog Brandy etwas hervor, was aus meterlangem blauem Samt zu bestehen schien. Vorsichtig schüttelte sie das Kleid aus und hielt es hoch. Sie konnte weder eine Schärpe noch einen Gürtel entdecken und fragte sich, wo die Taille saß. Zweifelnd sah sie den Herzog an.

»Der Stil nennt sich ›Empire‹. Napoleons Josephine hat ihn berühmt gemacht«, erklärte Ian lächelnd. Er verkniff sich die Bemerkung, daß ein solches Kleid die Brüste einer Frau besonders hervorhob und damit bei den Männern begehrliche Blicke auslöste. Hoffentlich war ihr Busen groß genug, um das Mieder auszufüllen. Er wollte sie auf keinen Fall beschämen.

»Es ist wirklich wunderschön. Noch nie hatte ich einen so weichen, warmen Stoff in der Hand. Aber ich verstehe nicht, warum das Kleid keine Taille hat, Ian. Ich befürchte, daß ich darin sehr seltsam aussehen werde.«

»Auf keinen Fall.« Er sah ihr fest in die Augen. »Es ist so geschnitten, daß es schon oberhalb deiner Taille gerade nach unten fällt. Dieser Stil ist in London groß in Mode.«

Brandy betrachtete das Oberteil näher und stellte fest, daß ein winziges Stück blauen Samts ihre Brust bedecken sollte. Bei diesem Gedanken wurde sie blaß und hätte beinahe laut aufgeschrien. Das war ungerecht! Warum hatte die Natur sie nur ausgestattet wie eine Kuh? Und warum hatte jemand in der Modewelt beschlossen, daß fünf Zentimeter Stoff ausreichten, um die Brüste einer Frau zu verhüllen?

Ian beobachtete ihren rasch wechselnden Gesichtsausdruck. Anscheinend war sie peinlich berührt. Das Kleid gefiel ihr nicht. Zum Teufel, er hätte es nicht für sie kaufen sollen.

»Brandy, wenn dir dieser Stil nicht gefällt, können wir dir von einer Näherin ein anderes Kleid anfertigen lassen. Das ist wirklich kein Problem.«

Sie drückte das herrliche Kleid an die Brust. »O nein, es ist das schönste Geschenk, das ich jemals bekommen habe. Ich danke dir für deine Großzügigkeit.«

»Nichts zu danken. Ich wollte dir damit nur eine Freude bereiten.« Seine Stimme klang ungewöhnlich schroff. Bei Constances entzücktem Aufschrei drehte er sich rasch um und lächelte in sich hinein. Er hatte darauf bestanden, daß Bertrand das Kleid aus dunkelgrünem Musselin für Constance aussuchte. Mehrere Lagen feinster Spitze bedeckten das Mieder – für ein sechzehnjähriges Mädchen wäre es höchst unschicklich, ihren Busen zu zeigen.

Brandy legte ihr Kleid vorsichtig in die Schachtel zurück und sah zu Ian auf. »Und Fiona, Hoheit?«

»Ich würde doch niemals deinen kleinen Liebling vergessen«, erwiderte er lächelnd und deutete auf eine große Holzkiste neben der Tür.

Sie sah ihn liebevoll an. Er schüttelte den Kopf. Nein, die Zuneigung, die sich in ihren Augen widerspiegelte, galt natürlich Fiona, und nicht ihm. Verflixt, warum machte er sich darüber überhaupt Gedanken?

»Ich werde sie holen.« Brandy deutete eine Verbeugung an und lief aus dem Zimmer.

Bertrand wandte sich an Constance. »Der Grünton paßt zu deinen Augen, Connie, obwohl der Stoff natürlich keineswegs so warm und leuchtend ist.«

Lady Adella warf Claude einen bedeutungsvollen Blick zu. »Wie ich höre, bist du inzwischen Dichter geworden, Bertie«, warf Claude ein. Plötzlich sah er seinen Sohn mit anderen Augen. »Für deinen alten Vater hast du wohl nichts mitgebracht, oder?«

»Nein, Vater, nur für die Ladies«, erwiderte Bertrand und wandte rasch den Blick von Constance ab, die ihren Onkel Claude anstarrte, als hätte er in einer fremden Sprache gesprochen.

An der Türschwelle erschien ein leuchtendroter Haarschopf, dann ertönte begeistertes Quieken. Fiona betrachtete die riesige Holzkiste. Vor Überraschung stand ihr der Mund offen.

»Komm, mein Püppchen, ich helfe dir, die Kiste zu öffnen«, sagte Brandy. »Möchtest du raten, was darin ist? Ian hat es für dich den weiten Weg aus Edinburgh mitgebracht.«

»Warte, ich werde das machen.« Ian zog Fionas kleine Hände von der Kiste und öffnete dann gemeinsam mit Brandy den Deckel. Brandy setzte sich auf ihre Fersen. »Meine Güte.«

»Das ist ein Pferd!« schrie Fiona und zupfte heftig an der Mähne, die sehr echt wirkte.

»Einen Augenblick, Liebes.« Ian lachte. »Ich werde es für dich herausholen. Warte. Laß die Mähne für einen Moment los.« Er hob das Pferd aus der Kiste. »Es hat sogar einen Sattel und Zügel. Und es schaukelt, siehst du?«

»O meine Güte«, wiederholte Brandy und kniete sich neben ihre Schwester. Dann blickte sie Ian an. »Das ist das großartigste Geschenk, das sie jemals bekommen hat, Ian.« Ihre sanfte Stimme hätte einen Stein zum Erweichen bringen können. »Eigentlich solltest du das Kind nicht so verwöhnen, aber ich freue mich sehr darüber. Fiona bekommt nicht viele Geschenke. Für solche Dinge fehlt uns das Geld. Danke.«

Mein Gott, sie sah wunderschön aus und ihre Stimme war so weich wie warmer Honig. Er mußte plötzlich an Felicity denken und zuckte schuldbewußt zusammen. »Es war mir ein Vergnügen«, hörte er sich selbst sagen, doch es war als spräche ein anderer Mann – ein Mann, der Brandy rein verwandtschaftliche Gefühle entgegenbrachte.

»Glaubst du nicht, es ist an der Zeit, allen von unseren weiteren Einkäufen zu berichten, Ian?« fragte Bertrand.

»Natürlich. Es handelt sich um große, wollige Geschenke für Penderleigh. Wir haben einem recht mürrischen alten Mann in Cheviot bei Fort David einige Schafe abgekauft.«

»Der Mann heißt Hesketh«, fügte Bertrand hinzu. »Hast du jemals von ihm gehört, Lady Adella? Er besitzt ein großes altes Herrenhaus, das ebenso altehrwürdig aussieht wie Penderleigh. Seine Nase ist riesig, und er kratzt sich ständig am Ohr.«

»Hesketh«, wiederholte sie langsam und schüttelte den Kopf. Dann warf sie Fiona einen säuerlichen Blick zu, deren Begeisterungsstürme immer lauter wurden. »Brandy, bring das Kind und das Pferd hinaus, bevor mir bei diesem Lärm der Kopf platzt.«

»Komm, mein Püppchen, wir stellen uns jetzt vor, das hier wäre das große hölzerne Pferd vor den Toren der Stadt Troja.«

Brandy ging mit Fiona in ihr Schlafzimmer und stellte das Pferd in der Nähe des Kamins ab. Dann wickelte sie das wunderschöne Samtkleid aus dem Silberpapier und streifte rasch ihre Kleidung ab. Sie ließ nicht einmal ihr Hemd an, weil sie sich danach sehnte, den sanften, schimmernden Stoff auf ihrer Haut zu fühlen. Vorsichtig zog sie sich das Kleid über den Kopf und ließ es über ihren Körper gleiten. Es bereitete ihr einige Schwierigkeiten, die meisten der kleinen Häkchen am Rücken zu schließen. Sie spürte die Fältchen, die in ein steifes Stoffband eingenäht waren und ihre Brüste nach oben und nach vorne schoben. Zögernd ging sie zu dem kleinen Spiegel in der Zimmerecke und starrte sich an – sprachlos, zornig und rot vor Scham.

Ihre Brüste erhoben sich weiß und rund aus dem Mieder und formten ihr Dekolleté auf eine Weise, so daß der Brustansatz bereits unterhalb ihrer Kehle zu beginnen schien. O mein Gott, sie sah aus wie eine Kuh – abscheulich und mißgestaltet.

»O Brandy, du siehst ganz anders aus – wie eine Königin, eine wunderschöne Königin. Und deine Haut ist so weiß.«

Brandy versuchte vergeblich, ihre Brüste mit den Händen zu bedecken.

»Jawohl, wie eine Königin. So wie diese Helena, die in Troja gefangengehalten und dann von den Soldaten befreit wurde. Ian wird dich für die schönste Frau auf der ganzen Welt halten.«

»Das glaube ich nicht«, sagte Brandy. »Nein, mein Püppchen, das bin nur ich. Ian hat dir das Pferd und mir dieses Kleid mitgebracht. Es ist hübsch, nicht wahr?«

Fiona vergewisserte sich, daß ihre Finger sauber waren und befühlte dann den Stoff. »So weich wie das Fell eines Kaninchens. Aber mir gefällt mein Pferd besser.«

»Denkst du, es wäre schicklich, dieses Kleid zum Dinner zu tragen?« fragte Brandy unsinnigerweise.

»Cousin Percy würde es sicher sehr gefallen«, erwiderte Fiona unschuldig. Brandy zuckte bei ihren offenen Worten zusammen. Sie sagte die Wahrheit, aber woher sollte sie das wissen? Fiona hatte zwar gesehen, wie Percy über Brandy hergefallen war, aber sie dachte, sie hätten nur einen Ringkampf ausgetragen. Oder etwa nicht? Nein, sie war zu jung, um die Wahrheit zu erraten.

»Ich finde es blöd, wie er dich immer anstarrt. Und ebenso, daß Connie ihm ständig Blicke zuwirft«, fügte Fiona hinzu.

Dieses altkluge Kind hatte den Nagel genau auf den Kopf getroffen. Brandy ging zum Fenster hinüber und genoß das herrliche Gefühl des Kleides auf ihrem Bauch und ihren Beinen. Ihr Blick fiel auf eine schmale Kutsche, die Staubwolken aufwirbelte, als sie vor dem Schloß anhielt. Als sie Percy aussteigen sah, holte sie tief Luft und wich rasch vom Fenster zurück. Was zum Teufel tat er hier?

Sie ging wieder zum Spiegel und betrachtete sich eine Weile. Dann zog sie das Samtkleid langsam aus und legte es vorsichtig in die Schachtel zurück.

Bei dem Gedanken an Ian wurde ihr klar, daß sie etwas an ihrem Äußeren verändern mußte, wenn sie nicht wollte, daß er in ihr nur ein schlampiges Kind sah. Rasch zog sie sich ihr altes Musselinkleid über. Während sie die Schleifen vor der Brust zusammenzog, traf sie eine Entscheidung. Energisch löste sie ihre langen Zöpfe und bürstete sie aus. Dann befestigte sie eine kleine geflochtene Krone hoch oben an ihrem Kopf und zog ihr langes, dichtes Haar durch die Mitte, wobei sie die Haarspitzen mit den Fingern zurechtzupfte. Sie betrachtete sich im Spiegel und war mit ihrer Erscheinung zufrieden – zumindest vom Nacken aufwärts.

Brandy betrat den Salon an diesem Abend später als gewöhnlich, weil Fiona, immer noch aufgeregt wegen des Holzpferds, nicht ins Bett gehen wollte. Sie bestand darauf, daß das Pferd neben ihr schlafen sollte. Brandy hatte mit ihr schimpfen müssen. Jetzt hoffte sie inständig, keine Aufmerksamkeit zu erregen, doch das war ihr offensichtlich nicht vergönnt. Ihr erster Blick fiel auf Constance, die in ihrem neuen Kleid wunderschön und sehr erwachsen aussah. Rasch verdrängte sie einen Anflug von Neid.

Lady Adella sah sie eine Weile an und brüllte dann: »Du dummes Mädchen, ich hatte schon gedacht, das häßliche Entlein wäre endlich verschwunden. Neben deiner Schwester siehst du aus wie kümmerliches Unkraut. Nun, zumindest hast du dich von diesen Kinderzöpfen getrennt. Das ist schon eine kleine Verbesserung, aber ich hatte mit mehr gerechnet.«

»Du hast recht, Lady«, sagte Percy, ohne den Blick von Brandy abzuwenden. »Unser häßliches Entlein hat ihr Federkleid ein wenig geändert, aber das genügt noch nicht. Wenn sie es mir erlaubte, würde ich ihr zeigen, wie sie sich auf … nun, sagen wir, eindeutigere Weise präsentieren könnte.«

»Was meinst du mit eindeutig, Percy?« wollte Constance wissen.

»Deine Schwester ist eine Frau, Connie, aber sie will

sich nicht so darstellen. Ich könnte ihr helfen, es ihr zeigen und sie sogar ermutigen.«

»Das glaube ich nicht, Percy«, warf Brandy ein.

Ian fand ihre Frisur bezaubernd. Verdammt, er hatte wirklich geglaubt, das Kleid wäre perfekt für sie.

»Das Kleid ist herrlich, Ian«, erklärte Brandy. »Wirklich wunderschön. Leider sitzt es nicht richtig, und ich muß einige Änderungen vornehmen, bevor ich es tragen kann.«

Rasch wandte sie sich an ihre Schwester. »Du siehst entzückend aus, Connie. Wie Bertrand sagte, paßt das Grün genau zu deinen Augen, und das Kleid sitzt perfekt.«

Constance nickte hoheitsvoll. In ihren grünen Augen lag ein Ausdruck des Triumphs. Ja, dachte sie, Großmama hat recht – neben mir sieht Brandy wirklich wie kümmerliches Unkraut aus. Heute würde sie ihr Ziel erreichen. Percy würde sie begehren, und nicht ihre Schwester. Constance war überaus zufrieden damit, sie selbst und nicht Brandy zu sein. Sie schürzte die Lippen und schenkte Bertrand ein Lächeln, weil er sie wirklich zu bewundern schien. Und außerdem hatte er ihr schließlich dieses Kleid gekauft. Ihre Augen verdunkelten sich leicht. Sie hatte lange geübt, um das zu beherrschen. Der Erfolg gab ihr recht. Vielleicht sollte sie ihre weiblichen Tricks weiter ausspielen und Bertrand mehr Aufmerksamkeit schenken, damit dann auch Percy Interesse an ihr zeigte. Sie wandte sich Bertrand zu und fuhr sich mit der Zungenspitze über die Lippen. »Findest du wirklich, daß das Kleid mir steht, Bertie?«

Betrand war fasziniert von der rosa Zungenspitze und ließ sich nur allzu gern verführen. »Ja, Connie.« Er hörte selbst das Verlangen, das in seiner Stimme mitschwang. »Du bist das schönste Mädchen in ganz Schottland.«

Verdammt, Percy ließ seinen Blick immer noch auf Brandy ruhen. Was sollte sie jetzt tun? Bertrand starrte sie an wie ein liebeskrankes Maultier, aber das war ihr völlig gleichgültig. Warum interessierte Percy sich nur so sehr für Brandy? Und das bei ihrem Aussehen.

»Es scheint dich nicht zu stören, mich wiederzusehen, kleine Cousine«, flüsterte Percy Brandy zu. »Hast du möglicherweise deine Meinung geändert? Vielleicht können wir morgen einen kleinen Spaziergang machen? Dann könnte ich dir alle Dinge beibringen, die du noch lernen mußt.«

»Vielleicht kommt der Teufel über das ganze Land – so wie es in der Bibel steht. Möglicherweise würde er gern nach Edinburgh zurückkehren und die Ladies dort wie Huren behandeln. Ist es nicht genau das, was der Teufel tut?«

Percy warf den Kopf zurück und lachte schallend.

»Dinner ist fertig, Hoheit«, rief Crabbe an der Türschwelle.

»Schleich nicht herum wie eine Schnecke, Crabbe«, schrie Lady Adella zurück, doch der Diener verzog keine Miene. Sie lachte laut krächzend über ihren eigenen Witz. »Komm her, Brandy, und mach dich nützlich. Wenn du schon nicht aussehen willst wie eine Lady, brauchst du auch nicht so vornehm zu tun. Hilf mir mit meinem Schal.«

Percy flüsterte ihr zu: »Du hast also ein neues Kleid von dem Master geschenkt bekommen, Mädchen. Ich frage mich, warum du es ändern mußt.« Er warf einen Blick auf ihre fest verschnürten Brüste und dachte daran, wie sie unter seinem Körper gestrampelt hatte. Lange hätte sie sich nicht gewehrt – das hatte er sich immer und immer wieder gesagt, nachdem er gezwungen gewesen war, sie loszulassen.

Brandy legte Lady Adella sorgfältig den neuen Norwich Schal über die dünnen Schultern. »Warum bist du nach Penderleigh zurückgekommen?« fragte sie dann kalt. »Hat deine reiche Erbin dein wahres Wesen entdeckt und dich zur Hölle geschickt?«

»Du hast wirklich eine scharfe Zunge, Cousine. Nein,

sie hat mich angefleht, bei ihr zu bleiben, wenn du es genau wissen willst.«

»Es ist sehr schade, daß du ihren Wunsch nicht erfüllt hast. Sicher wüßte sie deine Gesellschaft mehr zu schätzen als wir.«

»Wenn du dich nicht anständig benimmst, muß ich dem Kind zustimmen, Percy«, warf Lady Adella ein. »Wenn du dich weiterhin so aufführst wie die meisten Männer in der Familie Robertson, wird es dir leid tun.« Sie hob die Augenbrauen und warf ihm einen bösen Blick zu. Erschrocken begriff er, daß sie von seinem Überfall auf Brandy wußte.

Ein Gefühl der Angst durchzuckte ihn. Er nahm an, daß die alte Frau seine Legitimierung immer noch verhindern konnte. Trotzdem – das Mädchen hatte es gewollt, das wußte er genau. Sie war nur ein wenig spröde und wollte ihn zappeln lassen. »Ich werde mich so lammfromm benehmen wie die Cheviot Schafe, die unser guter Herzog gekauft hat, Lady«, sagte er leichthin.

»Percy hält sich für sehr begehrt«, sagte Bertrand und bereute sofort, daß ihm diese Bemerkung entschlüpft war. Seine Abneigung war nicht zu überhören. Ian sah ihn erstaunt an.

»Was? Percy begehrt?« schnaubte Lady Adella. »Die einzigen, die hinter dir her sind, mein Junge, sind deine Schuldner, die dich hinter Gitter bringen wollen, und diese liederlichen Frauenzimmer in der East Side von Edinburgh.«

»Aber nicht mehr lange, wie du weißt, Lady. Nicht mehr lange. Ihr werdet sehen – alles wird sich ändern, sobald ich erst einmal ein wahrer Robertson bin.« Er klang sehr überzeugt von sich, und das war er tatsächlich. Auf dem Weg zu dem großen Speisesaal pfiff er leise vor sich hin.

14

Brandy hastete zu den Ställen. Sie hatte sich um etwa zehn Minuten verspätet, weil sie einen erschöpfenden Kampf mit einem alten und sehr enganliegenden Reitkleid führen mußte, das ihrer Mutter gehört hatte. Jetzt konnte sie nur noch flach atmen – das Mieder war so eng geschnürt, daß es schmerzte.

Sie verlangsamte ihren Schritt, als sie sich dem verfallenen Stallgebäude näherte. Wie dumm von ihr, daß sie Ian angelächelt und ihm gesagt hatte, daß sie liebend gern reite – und das nur, weil sie ihn einen ganzen Morgen für sich haben wollte. Jetzt hielt er sie sicher für eine großartige Reiterin, die ihr Pferd mühelos im Griff hatte und dabei noch eine elegante Figur abgab. O Gott, sie würde sicher abgeworfen werden, und das hatte sie auch verdient.

Vielleicht hatte sie eine kleine Chance, diesen Morgen zu überstehen, ohne Ians Vorstellung von ihren Reitkünsten zunichte zu machen. Sie würde die alte Martha reiten, die schon seit unzähligen Jahren faul und zufrieden im Stall stand. Sicher hatte die alte Martha nichts dagegen, Brandy für ein paar Stunden auf ihrem Rücken zu tragen – sie ließ sich eigentlich alles gefallen. Brandy würde die alte Martha die Richtung bestimmen lassen, und wenn sie das Pferd so langsam trotten ließ, wie es wollte, würde sie es sicher schaffen. Sie betrachtete die Stallungen und sah sie zum ersten Mal durch Ians Augen. Seit Wochen waren sie nicht mehr ausgemistet worden, weil Wee Albie sich vor dieser Aufgabe drückte, bis irgend jemand ihn schließlich anschrie und er sich fügte. Die wackeligen, ungestrichenen Holzwände ächzten bei jeder Brise, und in dem Dach befanden sich mehrere Löcher.

»Da bist du ja endlich, Brandy. Ich hatte die Hoffnung schon beinahe aufgegeben.« Ian lächelte. Ihr Gesicht war gerötet – wahrscheinlich war sie den ganzen Weg vom

Schloß hierher gerannt. »Du siehst zauberhaft aus. Der grüne Samt steht dir gut. Sehr elegant.« Insgeheim dachte er, daß alles andere als ihre eigenen Kleider mit dem karierten Schal eine Verbesserung darstellte. Sie hatte ihr Haar wie am Vorabend geflochten und zu einer Krone hochgesteckt und trug einen kleinen Hut mit einer Feder.

Brandy atmete einige Male vorsichtig ein und befürchtete, daß die Knöpfe ihres Oberteils jeden Moment aufplatzen würden. »Danke, Ian«, erwiderte sie und richtete ihren Blick auf einen seiner großen grauen Hengste. »Du siehst auch sehr elegant aus«, fügte sie hinzu. Das war nicht übertrieben. Seine braune Reithose paßte farblich genau zu seinem Jackett und den Schaftstiefeln, die ihm bis zu den Knien reichten und sein männliches Aussehen unterstrichen.

»Ich danke dir. Wie ich sehe, gefällt dir Cantor, eines meiner Lieblingspferde. Er stammt von Madras aus dem Kensington Gestüt in Westerford ab. Ich erzähle dir das, weil du ihn heute morgen reiten sollst. Ich habe mir die traurige alte Mähre im Stall angesehen – sie starrte mich an, als würde ich einen schlechten Scherz machen, als ich ihr sagte, sie müsse ausreiten. Ich glaube nicht, daß sie sich von der Stelle bewegen wird, auch wenn ich ihr noch so viele Karotten anbiete. Also wirst du Cantor reiten, Brandy. Da du eine erfahrene Reiterin bist, ist er deiner würdig. Er ist recht lebhaft, aber gut erzogen. Bei deinen Reitkünsten wirst du ihn mühelos unter Kontrolle halten können.«

Brandy hatte bereits Mühe, Cantor anzusehen. Seine Augen funkelten gerissen und bösartig. Er würde sie umbringen, weil sie eine Aufschneiderin war. Sie hatte nicht nur geprahlt, sondern ohne Zögern und Bedauern gelogen – dafür würde sie jetzt bezahlen müssen. Sicher würde sie sterben, und das hatte sie sich selbst zuzuschreiben. Cantor ließ sich zwar jetzt von dem Herzog willig am Zügel halten, aber Brandy wußte, daß er nur darauf wartete, bis er ihre ungeschickten Hände spürte. Sie schluckte heftig.

»Er wirkt sehr feurig, Ian. Vielleicht zu feurig für mich. Ich bin schon lange nicht mehr auf einem so großartigen Pferd geritten – eigentlich noch nie in meinem Leben. Möglicherweise wäre es besser, wenn ich der alten Martha noch ein paar Karotten gäbe. Sie ist ziemlich verfressen und würde sich damit sicher aus dem Stall locken lassen.«

»Nein, ich verspreche dir, Cantor ist nicht zu temperamentvoll für dich. Natürlich sehnt er sich nach einem Galopp – ebenso wie mein Hengst Hercules. Aber du wirst sehen, Cantor ist ein richtiger Gentleman. Ich habe dir einen Damensattel besorgt.« Als Brandy zögerte, fügte Ian hinzu: »Ich habe hier in Schottland oft genug ein Pferd gesattelt, also denke nicht, daß ich das nicht kann. Komm, laß mich dir beim Aufsteigen helfen.«

Brandy schluckte wieder und nickte. Nun, mein Mädchen, dachte sie, jetzt mußt du beweisen, was du kannst. Wenn du nicht vorher stirbst. Sie stützte sich mit einem Stiefel an Ians überkreuzten Händen ab. Cantor wich ein Stück zur Seite, als Ian sie in den Sattel hob. Sie war noch keinen Schritt geritten, und schon war alles vorüber. Aber nein, es gelang ihr, oben zu bleiben. Und Cantor hielt still.

»Sei höflich, Cantor, du hast eine begabte Lady auf deinem Rücken. Zeig dich ihr heute morgen von deiner besten Seite.« Der Herzog streichelte Cantors Nüstern. Dann legte er die Zügel in Brandys behandschuhte Hände und ging zu seinem eigenen Pferd.

O bitte, lieber Gott, hab Mitleid mit einer armen Närrin, dachte Brandy und sagte dann laut: »Bitte, Cantor, wirf mich nicht in einen Graben. Und wenn du mich auf einer Wiese abwirfst, dann trample bitte nicht auf mir herum. Ich verspreche dir Dutzende Karotten, wenn du mir hilfst, mich nicht zu blamieren.« Neidvoll sah sie, wie Ian sein Pferd elegant tänzeln ließ.

»Wohin möchtest du reiten, Brandy?«

Einer plötzlichen Eingebung folgend sagte sie mit einem strahlenden Lächeln: »Du reitest voraus, Ian, und ich werde dir folgen. Ich kenne diese Landschaft sehr gut und möchte gern einmal jemand anderem die Führung überlassen. Wer weiß, wohin du gehen willst? Das macht sicher Spaß.«

»Wie du möchtest. Wir werden zuerst langsam reiten, doch dann verspreche ich dir etwas Besonderes. Als ich mit Bertrand einige Kleinbauern besuchte, entdeckte ich eine weite, flache Grasfläche, die für einen Galopp geradezu perfekt ist.« Er lächelte sie an, und Brandy bewunderte einen Augenblick lang seine schönen weißen Zähne und sein energisches Kinn, das zeigte, daß er wahrscheinlich dickköpfiger war als jeder Ziegenbock.

Dann begriff sie, was er gesagt hatte und stellte sich ein weites Feld vor. Sie sah sich selbst über die Wiese galoppieren und hätte beinahe die Knöpfe am Kleid ihrer Mutter gesprengt.

Der Herzog drückte Hercules sanft die Fersen in die Flanken, und der Hengst fiel in einen leichten Trab. Brandy hatte nicht einmal Zeit, leise zu schnalzen, denn Cantor paßte sich sofort Hercules' langsamem, gleichmäßigem Tritt an. Er schien ihre Unerfahrenheit sofort zu spüren, schnaubte, warf den Kopf nach oben und riß ihr beinahe die Zügel aus der Hand.

Brandy hielt sich am Sattelknauf fest und konzentrierte sich darauf, nicht herunterzufallen. Sie wagte einen Blick nach unten und wurde beinahe ohnmächtig. Das Pferd war mindestens zwei Stockwerke hoch. Wenigstens hatte Ian die Führung übernommen, und sie würde dafür sorgen, daß das so blieb. Auf keinen Fall sollte er sehen, daß sie sich nur mühsam im Sattel halten konnte.

Angestrengt zwang sie sich zu einem kläglichen Lächeln, als Ian Hercules zügelte und auf sie wartete.

»Die Wälder um Penderleigh erinnern mich ein wenig an die Gegend, in der Carmichael Hall liegt – das ist mein Landhaus in Suffolk. Es ist ein riesiges altes Anwesen in der Mitte eines großen Parks. Ich glaube, es würde dir gefallen. Wir haben dort einen eigenen Wald mit vielen Ulmen, Ahornbäumen, Eichen und mehr Vögeln als du dir vorstellen kannst. Allerdings gibt es kein Heidekraut, und das Meer ist ein Stück entfernt.«

Sie machte eine Bemerkung darüber, wie großartig sich das anhörte, konzentrierte ihre Aufmerksamkeit aber auf Cantor und seine tänzelnden Bewegungen. Ein eigener Wald? Was meinte er damit? Natürlich, wenn man dort lebte, betrachtete man die Bäume in der Umgebung wahrscheinlich irgendwie als Eigentum. Zumindest hatte sie noch etwas dazugelernt, bevor sie sterben mußte.

Der Herzog sah sich um und atmete tief die süße Morgenluft ein. »Nein, so etwas Beeindruckendes wie das Meer habe ich dort nicht in meiner Nähe, aber es gibt einen langgestreckten See, der wie ein wunderschöner blauer Edelstein inmitten des Ahornwaldes liegt.«

Cantor legte seine Ohren zurück. »Das würde ich sehr gern einmal sehen«, sagte Brandy und starrte auf die Ohren des Pferdes, die so flach am Kopf anlagen, daß sie wie angenäht wirkten. Warum war Cantor jetzt so gereizt? Sie hatte nichts von ihm gefordert.

»Schwimmst du gern, Brandy?«

Das lenkte sie für einen Moment ab. Sie lächelte strahlend. »O ja. Ich glaube, es würde dir schwerfallen, mich zu schlagen, Ian. Durch die Strömung des Meeres wird man ein kräftiger Schwimmer. Als ich letztes Mal mit Bertrand um die Wette schwamm, schluckte er Wasser und schlug wild um sich. Ich dachte schon, ich müßte ihn retten.«

Ian hob eine seiner schwarzen Augenbrauen und versuchte sich vorzustellen, wie dieses zartgebaute Mädchen neben ihm durch die rauhen Wellen schwamm. Sie hatte Bertrand geschlagen? Einen Mann?

»Lachst du mich etwa aus? Anscheinend glaubst du mir nicht. Wenn du mit mir schwimmen gehst, wirst du deine Meinung rasch ändern, Hoheit. Ich bin sehr kräftig, das wirst du sehen. Es besteht kein Grund, deine Augenbraue so sarkastisch hochzuziehen.«

Ian grinste. »Bertrand nannte dich eine Meerjungfrau, aber ich glaube nicht, daß sich das auf deine hervorragenden Fähigkeiten als Schwimmerin bezog.«

»Nein, er sagte das, weil meine Haare und Kleidung oft feucht sind und ich nach Salz rieche. Er neckt mich gern deswegen. Das hat er schon immer getan.« Sie reckte ihr Kinn in die Höhe. »Ich glaube allerdings nicht, daß er Connie so sehen möchte«, fügte sie hinzu.

»Aha, du hast also auch bemerkt, woher der Wind weht. Bertrand ist vernarrt in deine Schwester. Auf unserer Reise schilderte er Constance in den leuchtendsten Farben. Es war kaum zu ertragen. Ich wäre beinahe eingeschlafen, als er immer wieder von ihrem schönen Haar, ihren bezaubernden Augen und ihrer geraden Nase schwärmte – er konnte einfach kein Ende finden. Es ist bedauerlich, daß Constance seine Zuneigung nicht erwidert. Sie ist eben noch zu jung. Die Zeit wird es lehren.«

»Ist das nicht eine Platitüde, Hoheit? Die Zeit hat damit nichts zu tun. Du weißt genau, daß es um diesen verdammten Schurken Percy geht.«

Ian lachte laut.

»Meine Güte, ich habe vergessen, daß ich in Gegenwart von feinen Leuten nicht fluchen soll.«

»Im Augenblick zähle ich mich eigentlich nicht zur sogenannten feinen Gesellschaft, Brandy. Und du hast recht – du hast mich dabei ertappt, wie ich eine Platitüde verwendet habe. Das hätte ich nicht tun sollen.«

Sie seufzte. »Wenn Connie nur sehen würde, was er in Wirklichkeit ist – ein eitler, großspuriger Schuft. Diese Erbin tut mir sehr leid.«

Der Herzog sah sie offen an. »Vielleicht wird er alles vergessen, was er nicht besitzen kann, wenn er erst einmal ein Robertson ist und ein Recht auf das Erbe hat«, sagte er leise.

»Das spielt keine Rolle – es ist nicht wichtig. Großmama hat ihn erst ermutigt, ihm aber wenig später die Meinung gesagt und ihm befohlen, sich von mir fernzuhalten. Ich hatte gehofft, ihn loszusein. Es ist seltsam, daß er gleich nach deiner Rückkehr wieder hier erschienen ist. Hat er dir gesagt, warum er nach Penderleigh zurückgekommen ist?«

Ian schüttelte den Kopf. »Zerbrich dir darüber nicht den Kopf. Solange ich hier bin, wird er dich in Ruhe lassen. Vergiß nicht, daß Percy Lady Adella ähnelt. Er sät gern Zwietracht und liebt es, andere zu verspotten und zu verhöhnen. Ich denke, er hat sich das angewöhnt, um sich vor Beleidigungen zu schützen. Wenn man von den Leuten als Bastard angesehen wird, ist das Leben sicher nicht leicht. Wahrscheinlich hat er gehört, daß ich mit Bertrand in Edinburgh bin, und dachte, er könne unbehelligt zurückkommen. Wer weiß? Ehrlich gesagt ist mir das im Moment völlig gleichgültig.«

Brandy war sich plötzlich wieder bewußt, daß sie auf Cantors Rücken saß. Wie hatte sie nur vergessen können, daß sie der Tod wahrscheinlich bereits in fünf Minuten ereilen würde? Sie hatte über Schwimmen gesprochen. Und über Percy. Was war sie nur für eine Närrin!

Ian richtete sich auf. »Hier sind wir, Madame. Vor uns liegt die Wiese. Du wartest sicher schon darauf, mir deine Reitkünste zu zeigen und mich bei unserem Rennen zu schlagen, nicht wahr? Gut, also werden wir jetzt unseren ersten Wettkampf auf dem Land austragen. Wenn du dann noch dazu bereit bist – und das halte ich für sehr wahrscheinlich –, wird der zweite im Meer stattfinden.«

»Männer riskieren immer eine große Lippe. Was wirst du sagen, wenn du verlierst? ›Ja, Lady Adella, ich gebe es ungern zu, aber ich wurde von einer schwachen Frau besiegt.‹ Sie wird noch lauter lachen als Onkel Claude und sich auf die Schenkel schlagen. Du wirst dich so gedemütigt fühlen, daß du dich rasch in dein Schlafzimmer verkriechen und dich dort eine ganze Woche lang verstecken wirst.«

»Tatsächlich? Ist das nicht ein wenig großspurig? Cantor läuft ebenso schnell wie Hercules, also bekommst du keinen Vorsprung, Brandy. Wer als letzter bei den Bäumen ankommt, muß eine Strafe bezahlen.«

Brandy betrachtete die große Wiese. Sie war eine Närrin und würde sterben, und das sehr schnell, obwohl die Bäume am anderen Ende des Feldes mindestens fünf Meilen entfernt schienen. Rasch öffnete sie den Mund, um zu gestehen, daß sie eine einfallslose Lügnerin war, doch sie brachte kein Wort hervor. Sie blickte den Herzog an, sah sein wunderschönes Lächeln und die Herausforderung in seinen Augen und nickte gegen ihren Willen. »Ich brauche keinen Vorsprung«, hörte sie sich selbst sagen. »Mach dich auf eine Niederlage gefaßt, Hoheit. Eine Strafe, sagst du?« Sie drückte Cantor ihre Fersen in die Flanken und schlug ihm die Zügel gegen den Hals.

Hinter sich hörte sie Ian laut lachen.

Einen Augenblick lang vergaß sie ihre Angst. Cantor galoppierte leichtfüßig über die Wiese. Brandy spürte, wie ihr Hut sich im Wind löste und legte rasch eine Hand darauf, während sie sich eng an Cantors Nacken preßte. Dann bemerkte sie, daß Ian sie beinahe eingeholt hatte und vergaß ihren Selbsterhaltungstrieb. Sie feuerte Cantor an. Schneller sollte er laufen, so schnell wie der Wind.

Die Bäume, die eben noch meilenweit entfernt lagen, schienen mit einer beängstigenden Geschwindigkeit auf sie zuzukommen. Sie würde direkt hineinrasen und dabei nicht nur sich selbst, sondern auch Ians Pferd töten. Jetzt mußte sie etwas unternehmen, aber wie zum Teufel bremste man dieses Muskelpaket unter ihr, das sicher eine Tonne wog? Brandy hörte Ians tiefes Lachen und sah, wie er an ihr vorbeiritt. Am Rand der Baumgruppe zügelte er Hercules geschickt und drehte sich zu ihr um.

Sie ließ ihren Hut los und zog mit beiden behandschuhten Händen an Cantors Zügeln. Obwohl sie all ihre Kraft aufwand, verlangsamte Cantor seine Geschwindigkeit nicht – er ignorierte sie einfach. Brandy riß noch einmal mit aller Macht an den Zügeln, dann gab sie auf und schloß die Augen, während Cantor in vollem Galopp Kurs auf Ian nahm.

15

Sie hörte lautes Lachen. Wie schön das klang! Es würde das letzte sein, was sie zu hören bekam, bevor sie starb.

Cantor bäumte sich auf, und Brandy ließ die Zügel fallen und klammerte sich mit aller Kraft an den Sattelknauf. Dann war mit einemmal alles vorüber. Cantor blieb schnaufend stehen, Brandy saß wie durch ein Wunder immer noch im Sattel, und Ian ergriff die Zügel ihres Pferds. Seine schönen dunklen Augen funkelten belustigt.

Sie war so erleichtert, immer noch auf dem Rücken des Pferdes zu sitzen, daß sie seine Stimme kaum wahrnahm.

»Was soll das, Brandy? Hast du etwa gedacht, du könntest mich zur Seite drängen und dann behaupten, du hättest gewonnen? Hast du das etwa mit dem armen Bertrand beim Wettschwimmen so gemacht? Ihn einfach untergetaucht? Du hast mich zu Tode erschreckt. Angst ist dir anscheinend völlig fremd.«

»Cantor ist schneller, Ian, da helfen dir auch deine Reitkünste nichts. Ich verlange ein weiteres Rennen«, rief Brandy. »Aber nicht heute. Vielleicht morgen oder nächstes Jahr. Oder zu Beginn des nächsten Jahrhunderts.«

Er lachte so laut, daß er ihre letzten Worte nicht verstand. »Du bist keine gute Verliererin, Brandy. Du weißt, daß ich besser reite als du. Komm, gib es zu. Du weigerst dich? Was für ein eigensinniges Mädchen du bist! Nun gut, wir werden noch einmal ein Wettrennen veranstalten. Du kannst dir den Tag aussuchen.«

Ja, den Nimmerleinstag, dachte Brandy.

»Nächste Woche«, sagte sie. »Am Mittwoch.«

»In Ordnung, am Mittwoch. Also, welchen Preis bekomme ich nun?«

Diese Abmachung hatte sie vollkommen vergessen. Wenn er dann nicht mehr an das Rennen am kommenden Mittwoch dachte, würde sie alles für ihn tun. Sie zog ihren Fuß aus dem Steigbügel und glitt vom Pferd. Ah, fester Boden unter den Füßen, der sich weder bewegte noch schnaubte. »Was immer du willst, Ian«, sagte sie, ihren Blick auf sein Gesicht gerichtet. »Alles.«

Er stieg ab und band die Pferde an einer Eibe fest. »Alles, was ich will?« Lächelnd ging er auf sie zu.

Sie sah zu ihm auf und ließ ihren Blick über seinen wohlgeformten Mund wandern.

»Brandy«, sagte er.

Sie trat einen Schritt vor und öffnete leicht die Lippen.

Ian blieb mit hängenden Armen bewegungslos stehen. Bevor er sich selbst zu seiner Charakterstärke gratulieren konnte, stellte Brandy sich auf die Zehenspitzen, legte ihre Hände um seinen Nacken und zog ihn zu sich herab. Sie wußte nicht genau, was sie tun sollte, aber das spielte keine Rolle. Ihr Herz befahl ihr, ihn zu küssen. Sie spürte seinen festen, warmen Mund auf ihren Lippen, seufzte leise und wünschte, dieser Moment würde nie vorübergehen. Für immer und ewig könnte sie so auf Zehenspitzen stehenbleiben, ihn schmecken, ihn riechen und seinen Körper spüren.

Zum ersten Mal in seinem Erwachsenenleben war Ian nahe daran, die Kontrolle über sich zu verlieren. Nein, das durfte er nicht tun. Sie war noch unschuldig und hatte keine Ahnung, was sie mit ihm anstellte – mit ihm, einem Mann, der bereits stark erregt war. Er öffnete seine Lippen nicht, obwohl er sich nichts mehr wünschte, als Brandy zu schmecken und mit seiner Zunge ihren Mund zu erforschen. Er sehnte sich danach, seine Hände über ihren Rücken gleiten zu lassen, auf ihren Po zu legen, sie hochzuheben, sie zu streicheln und dann seine Finger ... Nein, das durfte er nicht – das würde er nicht tun. Bei diesem Gedanken erschauerte er, und ein heftiges Verlangen überfiel ihn. Nein, das war unmöglich. Noch nie war ihm etwas so schwer gefallen, aber er zog ihre Hände von seinem Nacken.

»Nein, Brandy, das können wir nicht tun. Wir dürfen es nicht tun.«

Brandy trat einen Schritt zurück, überrascht, daß ihre Beine sie noch trugen, obwohl sie sich nur danach sehnte, sich auf dem Boden auszustrecken. Er sollte sie umarmen, sie küssen, sich auf sie legen ... »Das war dein Preis, Ian.« Ihre rauhe Stimme verriet die starken Gefühle, die sie so sehr aufwühlten.

Sie war so verdammt verletzlich. Und unschuldig. Er mußte sie vor sich selbst beschützen. »Daran habe ich eigentlich nicht gedacht«, erwiderte er und hielt sich dabei selbst für einen Tölpel. Wie konnte er nur so etwas Dummes sagen!

»Aber das war der Preis, den ich dir geben wollte. Schließlich habe ich das Rennen verloren, auch wenn ich besser reiten kann als du. Das wirst du am kommenden Mittwoch ja sehen.«

Sie sprach sehr offen. Ian sehnte sich danach, sie zu umarmen und zu küssen, bis sie beide so großes Verlangen verspürten, daß sie nicht mehr aufhören konnten. Dann würde er ihr zeigen, wie ...

Er stöhnte und fuhr sich mit der Hand durch das Haar. Das mußte aufhören – er hatte keine andere Wahl. »Brandy, hör mir zu. Verdammt, ich bin dein Vormund. Ich bin mit einer anderen Frau verlobt. Du bist noch ein unschuldiges Kind – nein, ein Mädchen – also gut, eine Frau. Es wäre verabscheuungswürdig, dich auszunützen. Verstehst du ...«

»Ein Kind? Ein Mädchen? Als Frau hast du mich nur bezeichnet, um mich zu beschwichtigen, nicht wahr? Verdammt, du Idiot, ich bin eine Frau. Bald werde ich neunzehn. Du bezeichnest mich als Kind und als Mädchen, damit du nicht darüber nachdenken mußt, daß ich jemand bin, der dir mehr bedeuten könnte ... Ach, vergiß es.«

Er richtete sich auf und starrte sie an.

Brandy war so wütend, daß sie nicht darauf wartete, ob er dazu etwas zu sagen hatte, sondern hastig weitersprach. »Ich wußte genau, was ich tat. Du kannst mir mit deinen dummen Bemerkungen nicht einreden, daß du befürchtest, mich auszunützen. Zum Teufel mit dieser anderen Frau. Ich werde nicht nach London gehen und mit ihr unter einem Dach leben. Hast du mich verstanden? Ich werde nicht zulassen, daß sie dich vor meinen Augen küßt und streichelt und mich dann ansieht, als wäre ich nur eine Kanalratte. Ich weiß, daß sie das tun wird. Sie ist eine feine Lady, nicht wahr? Anständig und vornehm. Und sie kennt ihren Wert. Sie wird mich hassen, aber nicht so sehr wie ich sie. Ich kenne sie noch gar nicht, hasse sie aber bereits aus tiefstem Herzen.

Du kannst mich nicht zwingen zu gehen. Ich werde nicht in einem Haus mit dieser verhaßten Lady leben. Lieber nehme ich Percy. Hast du mich verstanden?«

Blindlings rannte sie auf Cantor zu und riß seine Zügel vom Baum. Ohne einen Gedanken an ihre Angst vor ihm zu verschwenden, schwang sie sich in den Sattel.

»Brandy, warte, ich muß mit dir darüber sprechen. Ich möchte dir das erklären ...«

»Nein. Geh zum Teufel, Hoheit«, schrie sie und stieß dem Pferd die Fersen in die Flanken. Cantor spürte, daß diese Gestalt, die sich so unelegant auf seinen Rücken geworfen hatte, weder über sich selbst noch über ihn Kontrolle hatte. Mit einem zufriedenen Schnauben galoppierte er los und preschte über die Wiese zurück.

Ian starrte Brandy einen Augenblick lang hinterher. Er war wütend. Verdammt, warum hatte sie ihm nicht die Möglichkeit gegeben, ihr alles zu erklären? Alles war so einfach gewesen, bevor er in diese rückständige Gegend gekommen war. Bevor er sie getroffen hatte. Bevor er ihr wunderschönes Haar gesehen und begriffen hatte, daß er sich danach sehnte, mit ihr zusammenzusein, ihre Stimme zu hören und die Welt mit ihren Augen zu sehen. Verflixt.

Er sprang auf Hercules' Rücken, trieb das Pferd an und galoppierte hinter ihr her. Kurz bevor Cantor durch den Hain auf die Hauptstraße laufen konnte, war er neben ihm und griff nach seinen Zügeln. In diesem Moment versuchte Brandy ruckartig, Cantor zur Seite zu treiben. Cantor sah seinen Herrn, bäumte sich auf und riß Brandy die Zügel aus der Hand. Dann blieb er abrupt stehen.

»Du gemeines Biest.« Brandy beugte sich vor, um die Zügel zu packen, doch Ian zog sie rasch außer Reichweite. Einen Augenblick lang starrten sie sich schweigend an. Brandys Zorn war verraucht – sie wünschte sich nur, das alles vergessen zu können. Ian stellte sich vor, wie sie wohl aussehen würde, wenn ihr offenes Haar auf einem Kissen ausgebreitet war, und er sich über sie beugte und …

»Wir sollten jetzt weiterreiten, Brandy«, sagte er schließlich langsam und bestimmt, obwohl ihn jedes Wort große Mühe kostete. »Ich möchte nicht, daß du zum Stall zurückgaloppierst, als wäre der Teufel hinter dir her. Deine Familie soll nicht den Eindruck bekommen, es hätte sich etwas Unschickliches ereignet.«

Sie war verblüfft über den ruhigen, beherrschten Ton seiner Stimme und nickte wortlos. Ian legte ihr Cantors Zügel in die Hände, und sie folgten dem Pfad, der vom Schloß wegführte. In Gedanken verfluchte Ian sich selbst. Er hatte gesprochen wie ein wichtigtuerischer, aufgeblasener Engländer – überkorrekt und steif.

Er wählte einen vielbefahrenen Weg, der von der Straße abzweigte und an einigen kleinen Bauernhöfen vorbei landeinwärts führte. Plötzlich bemerkte er, daß der Himmel sich bedrohlich verdunkelte, aber er ritt weiter und redete sich ein, es würde ihm nichts ausmachen, wenn Brandy bis auf die Haut naß würde. Nach einer Weile hatte er sich in Gedanken einige passende, schickliche

Worte zurechtgelegt, die er ihr sagen wollte. Er blieb in einem ruhigen Waldstück etwas abseits des Wegs stehen.

»Möchtest du hier absteigen, Brandy?« Während er sich von seinem Pferd schwang, erhellte ein zuckender Blitz den düsteren Himmel. Kurz darauf ertönte ein krachender Donnerschlag.

Brandy schrie auf, als Cantor, verängstigt und geblendet von dem grellen Blitz, wieherte und sich auf die Hinterbeine stellte. Er machte einen Satz vorwärts und riß ihr die Zügel aus der Hand. Verzweifelt versuchte Brandy, sich festzuhalten. »Ian, hilf mir. Ich kann die Zügel nicht erreichen – ich kann ihn nicht aufhalten!« Sie war vor Angst wie erstarrt. Eigentlich hatte sie gedacht, sie würde durch ihre eigene Dummheit sterben und nicht durch einen lächerlichen Unfall, mit dem niemand gerechnet hatte. Ein tiefhängender Ast riß ihr den Hut vom Kopf. Jeden Moment konnte sie abgeworfen und von Cantors Hufen zertrampelt werden.

Es blitzte und donnerte wieder, und der Geruch von brennendem Holz stieg Brandy in die Nase. Cantor galoppierte noch schneller durch das dichte Unterholz. Als Brandy Ian dicht hinter sich hörte, schöpfte sie Hoffnung. Sie drehte sich im Sattel um, um den Abstand abzuschätzen, da verfing sich einer der losen Zügel in Cantors Hufen, und das Pferd stolperte.

Ian hatte sie beinahe erreicht, als Cantor in die Knie ging und Brandy über seinen Kopf flog. Er wollte ihren Namen rufen, brachte jedoch kein Wort hervor. Erschrocken beobachtete er, wie Brandy in einen dichten Efeubusch stürzte.

Er zügelte Hercules und sprang von seinem Rücken. Zuerst wollte er sie aufheben und in die Arme nehmen, doch dann kniete er sich nieder, legte zwei Finger auf die Stelle unterhalb ihrer Kehle und fühlte ihren Puls. Ihr Herz schlug schnell, aber regelmäßig. Vorsichtig tastete er ihre Arme und Beine nach Brüchen ab. Verdammt, sie könnte auch innere Verletzungen erlitten haben, und das wäre lebensgefährlich. In seinem ganzen Leben hatte er noch nie so große Angst gehabt.

»Brandy.« Ian beugte sich über ihr regloses Gesicht und schlug ihr sanft auf die Wangen. Sie rührte sich nicht. Er setzte sich auf seine Fersen und überlegte, was er tun sollte. Plötzlich fielen große Regentropfen auf Brandys Gesicht – anscheinend konnte sich der Himmel noch nicht damit zufriedengeben, was er mit dem verflixten Blitz und dem Donner bereits angerichtet hatte.

Er fluchte leise. Jetzt mußte er rasch einen Unterschlupf finden. Er zog seine Jacke aus und deckte Brandy damit zu. Dann warf er noch einen verzweifelten Blick auf ihr bewegungsloses Gesicht, stand auf und ging entschlossen in den Wald. Schon nach wenigen Schritten entdeckte er die Hütte eines Kleinbauern. Er würde Brandy dorthin bringen und eines der Kinder nach Penderleigh schicken, um Hilfe zu holen.

Mittlerweile regnete es so stark, daß alles hinter einem dichten grauen Schleier verschwand. Ian hob Brandy auf und trug sie zu Hercules. Dann ergriff er Cantors Zügel, und langsam bewegte sich der kleine Reiterzug auf die Hütte zu.

Als Ian näher kam, sah er, daß die Hütte schon seit langer Zeit verlassen war, und sich das Strohdach bereits gefährlich über die Steinwände gesenkt hatte. Das Vordach war nur durch zwei dünne Stangen abgestützt, aber es bot zumindest ein wenig Schutz für die Pferde.

Nachdem er die Pferde so gut es ging festgebunden hatte, stieß er – mit Brandy auf den Armen – die schmale Eingangstür auf. Die verrosteten Scharniere knarrten bedrohlich, und Ian hoffte nur, daß die Tür ihm nicht entgegenfiel.

Als sich seine Augen an das Dämmerlicht im Inneren der Hütte gewöhnt hatten, sah er, daß es nur einen einzigen Raum gab. Vorsichtig ging er auf den verfaulenden Holzbrettern zu der primitiven Feuerstelle, ließ seinen

Mantel davor auf den Boden gleiten und legte Brandy sanft darauf.

Wieder ertönte ein krachender Donnerschlag, und Cantor wieherte. Ian sprang auf. Glücklicherweise hatte das Pferd sich nicht losgerissen. Er sah sich um und entdeckte in einer Ecke einige Torfklumpen – Gott sei Dank wenigstens etwas, das ihm nützen konnte.

Zum Glück war ein Feuer mit Torf leicht in Gang zu bringen. Auch wenn dichter Rauch durch die Hütte zog, war damit schon etwas gewonnen. Ian zog seine Handschuhe aus und wischte Brandy die Regentropfen vom Gesicht. Er betrachtete ihr festes Kinn, ihre gerade Nase und ihre dichten Augenbrauen, die sich in einem sanften Bogen bis zu ihren Schläfen wölbten. Er fühlte sich so hilflos. Eine Erinnerung, die er vor langem in seinem Gedächtnis begraben hatte, stieg plötzlich wieder vor ihm auf. Er dachte an die schmerzliche Hilflosigkeit, die er empfunden hatte, als er begriff, daß er nichts mehr für Marianne tun konnte. Selbst als es ihm gelungen war, Paris zu erreichen, und er sich im Schutz der Nacht in die von der Revolution geschüttelte Stadt geschlichen hatte, war ihm klar gewesen, daß es zu spät war. Er hatte es tief in seinem Inneren gespürt.

Aber er würde nicht zulassen, daß es auch für Brandy zu spät war.

16

»Verdammt, Brandy, wach auf!« rief er.

»Du brauchst mich nicht so anzuschreien«, flüsterte Brandy und zwang sich, die Augen aufzuschlagen. Sein Seufzer der Erleichterung war nicht zu überhören. Sie brachte trotz ihrer Schmerzen ein Lächeln zustande.

Obwohl er sich danach sehnte, mit ihr zu reden und zu hören, daß ihr nichts fehlte, sagte er: »Sprich nicht, wenn es dir weh tut. Wo hast du Schmerzen? Nein, schon gut, ruh dich aus. Du kannst es mir auch später sagen. Ganz wie du willst.«

Brandy unterdrückte mühsam ihren Brechreiz. Ihr Magen krampfte sich zusammen. Ihr war übel, aber sie würde sich nicht übergeben. Nein, das durfte sie nicht tun. Sie versuchte, die Hand zu heben und auf ihre Stirn zu legen.«

»Um Himmels willen, Brandy, halt still.« Ian drückte ihre Hand herunter.

»Ich habe mich gestoßen. Mein Kopf tut weh.«

»Ja, das kann ich mir vorstellen. Unter deinem Haargeflecht wächst eine Beule, die bereits so groß ist wie ein Ei.«

Brandy weinte leise und drehte ihren Kopf zur Seite. Sie wollte sich übergeben und dann sterben, aber er sollte ihr nicht dabei zusehen.

»Ich weiß wirklich nicht, warum zum Teufel du dein Haar so straff flechten mußt. Es läßt dich aussehen wie ein kleines Mädchen und ist außerdem sicher furchtbar unbequem.«

»Es tut weh«, erklärte sie mit Tränen in den Augen und wünschte sofort, sie hätte nichts gesagt.

»Dann sei ruhig. Ich werde etwas dagegen unternehmen und versuchen, dir dabei keine zusätzlichen Schmerzen zuzufügen.« Brandys langer, dicker Zopf hatte sich bereits von den Haarnadeln gelöst. Ian nahm das Ende in die Hand und begann, das Haar zu lösen. Er strich die feuchten, schwungvollen Locken zurecht, die ihm über die Hände fielen. Brandy seufzte leise, als der Druck des schweren Zopfs nachließ.

»Ist das besser? Ja, ich sehe es. Du solltest dein Haar nicht mehr flechten, Brandy. Das gefällt mir nicht – außer wenn du es in einem Knoten auf dem Kopf trägst.« Ian wandte sich ab und legte einige Torfklumpen auf das rauchende Feuer. Warum hatte er das nur gesagt? Was spielte es für eine Rolle, wie sie ihr Haar trug?

Brandy hatte die Worte des Herzogs kaum wahrgenommen. Sie kämpfte immer noch mit einem starken Brechreiz, und es kostete sie all ihre Kraft, ihm nicht nachzugeben. Als die Übelkeit ein wenig nachließ, konnte sie wieder klarer denken. Sie hatte ihn angelogen – sie war eine Betrügerin, eine Schwindlerin. Bevor sie starb, mußte sie ihm die Wahrheit sagen. »Ich habe dich angelogen, Ian.« Wortlos sah sie ihn an und wartete auf ihre Strafe.

»Was hast du gesagt? Du hast gelogen? Fantasierst du etwa, Brandy? Kannst du mich klar sehen? Sag mir, wie viele Finger ich in die Höhe halte.«

»Du brauchst keine Rücksicht zu nehmen. Es lag an meinem verdammten Stolz, und jetzt muß ich den Preis dafür bezahlen. Ich werde sterben, aber vorher will ich mein Gewissen erleichtern.«

Ian runzelte die Stirn und hob unbewußt eine dichte Strähne ihres honigblonden Haares von dem schmutzigen Boden auf und legte es neben ihre Wange. »Anscheinend kann ich nicht mehr klar denken. Wenn du mir nicht sofort sagst, was du meinst, schreie ich so laut, daß dieses armselige Dach herunterstürzt. Was lag an deinem Stolz? Ich werde dich übrigens nicht sterben lassen, also kannst du aufhören, dauernd davon zu reden.«

»Du weißt nicht, was ich meine? Was soll das heißen?« Irgend etwas stimmte hier nicht. Er mußte doch bemerkt haben, was sie getan hatte. Natürlich, er benahm sich eben wie ein Gentleman und war freundlich zu einer unglücklichen Frau.

Ian nickte langsam. Er begriff jetzt, wovon sie sprach. Wieder spürte er ihre Lippen auf seinem Mund und hörte ihre zornigen Worte. Es tat ihr leid, daß sie ihn geküßt und an sich gedrückt hatte. Eigentlich sollte er darüber erleichtert sein, aber statt dessen bedauerte er es. Es durfte eben nicht sein.

Brandy seufzte. Ian hatte ihr das Geständnis leicht gemacht, obwohl sie eine Aufschneiderin war. »Du verachtest mich nicht? Hältst du mich nicht für einen schlechten Menschen? Kannst du mir vergeben?«

Verflixt, warum mußte sie immer wieder auf dieser Sache herumreiten? »Natürlich verachte ich dich nicht«, erwiderte er knapp. »Es gibt nichts zu verzeihen.« Sein Gewissen zwang ihn weiterzusprechen. »Du sollst wissen, daß mich die gleiche Schuld trifft wie dich, Brandy. Eigentlich war es eher mein Fehler – ich bin ein Mann, älter als du und habe in diesen Dingen mehr Erfahrung. Ich hätte die Situation besser unter Kontrolle haben müssen.«

»Nein, Ian, du darfst dir keine Schuld geben. Es war mein Fehler. Ich wollte nicht, daß du siehst, wie feige ich bin. Jetzt muß ich für meine Sünden bezahlen. Aber ich hätte dich ebenfalls verletzen können, und das ist unverzeihlich.« Wenn er nur wütend werden würde. Nur ein wenig. Konnte er sie nicht anschreien wie Großmama?

Ian wurde plötzlich bewußt, daß diese Unterhaltung verdächtig derjenigen glich, die sie vor einiger Zeit geführt hatten. Zumindest ging es dieses Mal nicht darum, daß er splitternackt vor einer undichten Holzbadewanne gestanden hatte. Er lachte und strich ihr leicht über die Wange.

»Ich glaube, wir reden wieder einmal aneinander vorbei, Kleines. Wir sollten noch einmal von vorn beginnen. Also sag mir, was du meinst, wenn du von deiner Feigheit sprichst.«

»Oh.« Auch Brandy fiel der bestimmte Abend ein. »Du meinst das Gespräch, in dem ich den Vorfall erwähnte, wo du nackt warst, während du von der Reise nach London geredet hast?« Ihr Blick war so durchdringend, daß er sich wieder wie nackt fühlte.

»Hör auf, daran zu denken, Brandy. Laß das.«

»Na gut, aber ich habe an jenem Abend einiges gelernt. Bisher wußte ich nicht, daß ein Mann so schön sein kann.« Sie seufzte.

»Und deine Feigheit?«

»Ach ja. Gut, wenn du es unbedingt wissen willst ... Ich habe mich schon immer vor ihnen gefürchtet. Vielleicht kommt das daher, daß ich als Kind einmal von einem dieser bösartigen Biester gebissen wurde. Cantor ist ein wunderschönes Tier, aber ich habe bei allen Pferden das Verlangen, mich möglichst unauffällig und vorsichtig aus ihrer Reichweite zu entfernen. Sie jagen mir eine Heidenangst ein.«

»Du hast Angst vor Pferden«, stellte er verblüfft fest. »Und ich dachte, du wärst eine großartige Reiterin. Du hast keinerlei Anzeichen von Furcht gezeigt, als du mit Cantor wie wild auf mich zu galoppiert bist. Meine Güte, du warst schneller als der Wind. Du hast mich herausgefordert und so mutig gewirkt, als du mich beinahe umgerannt hättest. Willst du damit sagen, daß du in Wahrheit Cantor nicht aufhalten konntest?«

»Ja. Ich wollte nicht, daß du mich für eine dumme Gans hältst. Du bist in allen Dingen so perfekt, während ich ...«

»Ich? Perfekt? Das ist kompletter Unsinn. Ich habe mehr Fehler, als mir lieb ist. Ich halte dich nicht für feige – du warst sehr mutig, wenn es auch vielleicht ein wenig töricht war, was du getan hast.« Er trommelte eine Weile schweigend mit den Fingerspitzen auf seine Knie. »Ich würde dich niemals verachten, nur weil du keine Pferde magst«, fügte er dann hinzu. »Außerdem mußt du niemandem beweisen, was du wert bist. Verstehst du das?«

»Es macht dir wirklich nichts aus? Du lügst mich nicht an, weil du mich bedauerst?«

»Nein, ich bedauere dich nicht. Es tut mir nur leid, daß du dich am Kopf verletzt hast. Es spielt keine Rolle, ob du jemals wieder auf einem Pferd sitzt. Vielleicht möchtest du aber auch, daß ich dir den Umgang mit Pferden beibringe. Man kann lernen, sie in der Hand zu haben, verstehst du? Normalerweise sind sie sehr friedfertig. Man kann mit ihnen sprechen, sie zurechtweisen oder sie sogar anschreien. Überleg dir das in Ruhe. Du wirst mir doch wohl nicht auch noch gestehen, daß du gar nicht schwimmen kannst, oder?«

»Nein, darin bin ich bestimmt besser als du. Vielleicht. Zumindest habe ich Bertrand geschlagen. Er hatte zwar gerade eine fiebrige Erkrankung überwunden, aber ich schlug ihn mit Leichtigkeit. Du bist nur daran gewöhnt, in deinem kleinen See in Suffolk zu schwimmen. Was weißt du schon von Flut und Ebbe, Strömungen und Wellen, von denen man gegen die Felsen geworfen wird?«

»Nicht viel, aber ich lerne sehr schnell.«

Brandy fröstelte plötzlich und schloß die Augen. Sie sah nicht gut aus. Weniger als einen Meter neben ihnen tropfte Regen durch das Dach. Was zum Teufel sollte er jetzt tun? Er konnte sie hier nicht allein lassen.

»Tut dir dein Kopf weh, Brandy?«

»Ja, sehr.«

»Ich wage es noch nicht, dich von hier wegzubringen. Bleib still liegen und behalte weitere Geständnisse für dich. Ich glaube sowieso nicht, daß ich noch mehr ertragen könnte.«

Brandy brachte ein schwaches Lächeln zustande. Das beruhigte Ian. Sie hatte Mut. Bis zu diesem Moment hatte er sich noch nie von mutigen Frauen angezogen gefühlt. Er war an Zartheit, Hilflosigkeit, sanftes Lächeln und unaufdringliche Bitten gewöhnt. Üblicherweise war er der Starke, der einer Frau gab, was sie brauchte, und sie unterstützte. Brandy jedoch lag auf diesen verfaulten Holzplanken und bot ein Bild des Jammers, doch sie beschwerte sich weder, noch weinte sie.

»Ich sollte dir zumindest die nasse Jacke ausziehen. Hoffentlich wird dann deine Bluse am Feuer trocknen.«

Als er sie sanft hochhob, um ihr die Reitjacke abzustreifen, versteifte sie sich merklich. »Halt still«, befahl er und fragte sich, was zum Teufel mit ihr los war. »Du hast doch sicher keine Angst vor mir. Nein, du nicht. Ich habe nicht vor, dein Schamgefühl zu verletzen.«

Brandy atmete tief ein und befürchtete, ohnmächtig zu

werden. Lieber Gott, betete sie still, laß ihn meinen Busen nicht sehen. Bei dem Gedanken an ihre Bluse mit den klaffenden Knöpfen brach sie beinahe in Tränen aus. Er würde sie niemals begehren, wenn er sah, daß ihre Brüste so groß waren wie das Euter einer Kuh.

Ian zog ihr die Jacke aus und runzelte beim Anblick der abgetragenen weißen Bluse die Stirn. Sie saß so eng – Brandy mußte diese Reitkleidung schon mindestens seit ihrem zehnten Lebensjahr tragen.

»Ist es besser so, Brandy? Nein, bleib hier. Laß mich dich halten. Das wird dich wärmen. Ich möchte nicht, daß du dich erkältest.«

»Du bist auch naß, Ian«, sagte Brandy, ohne sich zu rühren. Anscheinend hatte er nichts bemerkt. Gott sei Dank. Wieder erschauerte sie, doch dieses Mal nicht, weil ihr kalt war. Ian zog sie sofort noch näher an sich heran.

Unwillkürlich drückte er seine Lippen leicht auf ihr Haar. Brandy hob ihre Hand und berührte seine Wange. Ian beugte sich instinktiv vor und küßte sie auf den weichen Mund. Ohne einen Gedanken an ihren schmerzenden Kopf oder die klaffende Bluse zu verschwenden, öffnete Brandy bereitwillig ihre Lippen.

Für einen kurzen Augenblick protestierte der Gentleman in ihm, doch dann fühlte Ian das weiche, dichte Haar in seiner Hand und einen warmen Mund auf seinem Kinn, seiner Wange und seinem Ohr. Er küßte Brandy auf die Stirn, die wohlgeformte Nase und fand dann endlich ihre Lippen. Ihre Finger fuhren durch sein feuchtes Haar, und er hörte sie seinen Namen sagen. Allein der Klang ihrer Stimme ließ brennendes Verlangen in ihm aufsteigen.

Er streichelte ihre Schultern und ihren Hals, bevor er seine Hände zu ihren Brüsten wandern ließ. Verflixt, warum trug sie nur so viele Kleidungsstücke übereinander. Ian begann, die Knöpfe ihrer Bluse zu öffnen.

O nein, er wollte ihre Brüste berühren! Brandy wich rasch zurück. Sie war so peinlich berührt, daß sie ihre

Kopfschmerzen vergaß, und sich nur noch danach sehnte, in dem modrigen Boden zu versinken. Wie sollte sie ihm beibringen, daß er Abscheu empfinden würde, wenn er sie nackt sähe?

Verdammt, er hatte sie erschreckt. Er vergaß immer wieder, wie unschuldig sie noch war. Rasch ließ er seine Hand sinken und atmete tief ein. Beinahe hätte er sie entehrt. Er wandte sich von ihr ab, zornig darüber, daß er sich nicht unter Kontrolle hatte. Offensichtlich war er ein ebenso brünstiger Bock wie Percy.

Brandy spürte, daß er sich von ihr zurückzog. Er wollte sie nicht, sondern zog ihr diese gesichtslose Lady vor, die seine Herzogin werden würde. Sie ließ ihn los und kniete sich hin. Ihre Kopfschmerzen hatten sich ein wenig gelegt, und obwohl ihr noch übel war, würde sie sich nicht übergeben müssen. Langsam stand sie auf und strich sich ihr Haar zurecht. Ian machte keinerlei Anstalten, sie zurückzuhalten.

Er richtete sich ebenfalls auf und sah ihr in die Augen. Obwohl er sich dabei selbstgefällig und eingebildet vorkam, sagte er: »Du mußt mir meine übertriebene Herzlichkeit verzeihen.« Herzlichkeit? Ha! »Das war nicht meine Absicht. Ich nehme an, es lag daran, daß wir allein hier sind, und ich mir große Sorgen um dich mache.« Ian wußte, daß das nicht der Wahrheit entsprach – er war noch ein schlimmerer Mistkerl als Percy.

»Ja, natürlich«, erwiderte sie. »Ich möchte jetzt nach Penderleigh zurückkehren. Der Regen hat nachgelassen.«

»Gut. Ich werde Cantor führen. Du wirst dich nur darauf konzentrieren, im Sattel zu bleiben. Nein, ich glaube, ich werde dich auf meinem Pferd zurückbringen. Ich möchte nicht riskieren, daß du noch einmal stürzt.«

Das klang wunderbar. So konnte sie ihm noch eine Weile nahe sein. Brandy beobachtete, wie er sich bückte und die beiden nassen Jacken aufhob.

Bevor sie ihre Reitjacke anzog, drehte sie ihm den

Rücken zu. Sie war dankbar, daß er sich nicht darüber äußerte, obwohl er sicher überrascht war.

Der Ritt nach Penderleigh war nicht so schön, wie sie ihn sich erträumt hatte. Ian hielt sie so dicht an sich gepreßt, daß sie seinen Herzschlag spürte, aber jeder von Hercules' Schritten verursachte ihr stechende Kopfschmerzen.

In Penderleigh gelang es dem Herzog, alles ruhig zu regeln, und wenig später wurde Brandy von Marta ins Bett gesteckt. Die Zofe schimpfte mit ihr, streichelte sie und gab ihr einen Tee mit einigen Tropfen Laudanum zu trinken, wie der Herzog es angeordnet hatte.

Es war sehr freundlich von ihm, die Angelegenheit als unvermeidlichen Unfall darzustellen, dachte Brandy im Halbschlaf. Bevor sie einschlief, beschloß sie, sich nie mehr in ihrem Leben auf ein Pferd zu setzen.

17

Als Brandy am nächsten Morgen aufwachte, hatte sie leichte Kopfschmerzen, unbändigen Hunger und das dringende Verlangen, mit dem Herzog zu sprechen. Crabbe sah sie überrascht an, als sie durch die Eingangshalle zum Frühstückszimmer hastete.

»Sie sollten noch nicht aufstehen, Miß«, rief er ihr nach. »Gestern waren Sie weiß wie der Magen einer Meeräsche.«

»Aber heute geht es mir wieder blendend, Crabbe. Ist der Herzog schon beim Frühstück?«

»Nein, Miß. Er ist heute schon sehr früh aufgestanden. Ich glaube, er ist mit Master Bertrand nach Clackmannanshire gefahren – wegen der Cheviot-Schafe, wissen Sie. Ja, mit dem Herzog am Steuer wird aus Penderleigh wieder ein wohlhabender Besitz werden. Diese herrlichen Schafe mit der feinen Wolle werden uns mehr Gewinn einbringen, als wir uns in den letzten Jahren erträumt haben. Wir werden reich sein – ein schöner Gedanke!«

Brandy konnte sich nicht daran erinnern, daß Penderleigh jemals reich gewesen war. Der Herzog hatte ihr nicht gesagt, daß er heute verreisen wollte. Sie versuchte, ihre Enttäuschung zu verbergen und ging an Crabbe vorbei ins Frühstückszimmer. Während sie sich eine großzügige Portion Porridge nahm, wachte Crabbe neben ihr wie eine Glucke.

»Master Percy ist heute morgen ebenfalls abgereist«, berichtete er und gab noch einen weiteren Löffel Haferbrei in ihre Schüssel. »Honig, Miß? Ja, Sie brauchen Honig. Er wird wieder Farbe in ihre Wangen bringen. Nun, Master Percy ist gegangen, und ich finde, das ist gut so.«

»Ja, das denke ich auch«, stimmte Brandy zu. »Danke, das ist genug Honig. Ich frage mich, warum er überhaupt gekommen ist. Wahrscheinlich nur, um uns Ärger zu machen. Aber jetzt ist er verschwunden, also werde ich keinen Gedanken mehr an ihn verschwenden.«

»Ich weiß, warum er gegangen ist«, bemerkte Crabbe, und Brandy sah, daß er darauf brannte, es ihr zu sagen. Möglicherweise war sie die einzige, die es nicht wußte, weil sie, betäubt von Moragas Laudanum, tief geschlafen hatte.

Sie beugte sich vor. »Wollen Sie es mir erzählen, Crabbe?«

»Ja, Miß. Lady Adella hat ihm gestern abend befohlen zu gehen. Sie sagte ihm, daß sie ihn erst wieder sehen wolle, wenn er kein Bastard mehr sei – zumindest, was seinen Namen betrifft.« Crabbe grinste. »Das hat ihm nicht gefallen, aber er hatte keine andere Wahl. Ich selbst habe ihn zur Tür begleitet.«

»Dann haben wir wohl eine Weile Ruhe vor ihm. Hat der Herzog gesagt, wie lange er ausbleibt?«

»Master Bertrand meinte, nicht lange. Wenn alles gutgeht, kommen sie vielleicht sogar heute schon zurück.

Master Bertrand sagte, es würde ihm nichts ausmachen, so weit zu reiten, selbst wenn sie keinen Erfolg hätten, weil heute so ein wunderschöner Tag sei.«

Er kam also vielleicht noch heute zurück. Brandy hätte am liebsten gelacht und gesungen, löffelte aber statt dessen stumm ihren Haferbrei.

Crabbe sah ihr einige Minuten zu und beschloß dann anscheinend, daß sie ihren Reitunfall gut überstanden hatte. Er nickte ihr zu und verließ den Raum. Brandy aß langsam ihre Schüssel leer und dachte dabei an Ian.

Wenn der Kauf der Schafe abgeschlossen war, würde er wohl bald nach England zurückkehren. Nach dem, was gestern geschehen war, würde er froh sein, die Schwierigkeiten, die sie ihm aufgebürdet hatte, hinter sich lassen zu können. Nun, er hatte auch seinen Teil dazu beigetragen, aber sie hatte die Sache angefangen – das war ihr bewußt. Sie hatte nicht über irgendwelche Folgen nachgedacht, sondern nur auf ihn reagiert. Er war ein Mann – der einzige Mann, zu dem sie sich hingezogen fühlte. Nein, es war mehr als das – sie liebte ihn.

Es war ganz klar, ganz einfach. Aber er war verlobt, und ein Gentleman würde eine Lady niemals im Stich lassen. Diese andere Frau würde ihn bekommen. Für sie gab es keine Hoffnung – sie war ein Eindringling, eine Außenseiterin. Brandy wußte, daß sie sich falsch verhalten hatte. Diese Lady in London dachte sicher gerade liebevoll an den Herzog und freute sich darauf, bald seine Frau zu werden. Sie liebte ihn und vertraute ihm – und das zu Recht, denn der Herzog würde nach London zurückkehren und sie heiraten.

Brandy wußte, daß sie das akzeptieren mußte. Den einzigen Mann, den sie begehrte, konnte sie nicht haben. Und das war nur gerecht. Sie war bloß eine armes schottisches Mädchen, das außer ihrem Namen nichts besaß – weder Geld noch Schönheit. Der Herzog war einfach großartig – mit ihm konnte sie sich nicht messen. Schweigend starrte sie in ihre leere Schüssel. Dann zwang sie sich zu einem Lächeln und ging in das Kinderzimmer, um Fiona zu holen. Sie wollte dem Schloß und den vielen neugierigen Augen entfliehen. Rasch zog sie Fiona an und führte sie zu der kleinen Bucht, in der ihr Boot verankert war.

Erst am späten Nachmittag kehrte sie mit Fiona zum Schloß zurück. Beide waren von der salzigen Gischt durchtränkt und vom Wind zerzaust. Vor dem Schloß standen zwei fremde Kutschen. Die hintere schien etwas älter zu sein, und die Pferde wirkten erschöpft.

»Vielleicht besucht uns einer von Großmamas Freunden«, meinte Brandy und zog Fiona mit sich zur Eingangshalle. Dann erstarrte sie. Neben der ersten Kutsche stand die schönste Frau, die sie jemals gesehen hatte. Sie war klein und so schlank, daß Brandy vor Neid beinahe aufgeschrien hätte. Ihr Reisekleid umschloß eine Brust von normaler Größe und fiel in gerader Linie bis auf ihre feinen Schuhe hinab. So sollte das Kleid aussehen, das Ian ihr in Edinburgh gekauft hatte. Bei dieser Lady quoll der Busen nicht aus dem Ausschnitt – ganz im Gegenteil. Sie wirkte elegant und sehr selbstbewußt – und dazu hatte sie allen Grund. Schwarze Locken umrahmten ihr Gesicht. Sie trug einen goldfarbenen Strohhut mit vielen farblich dazu passenden Bändern, die in der Sonne glänzten. Ihre dunkelgrünen, leicht schräg stehenden Augen waren von dichten Wimpern umrahmt.

Brandy beobachtete erstaunt, wie Ian an die Kutsche trat. Die Lady streckte ihm beide Hände entgegen, und er nahm sie und küßte die Fingerspitzen. Dann sprach die Frau mit Ian und lachte ihn an. Er erwiderte ihr Lächeln. Da wurde Brandy klar, daß diese Lady Ians Verlobte war. Eigentlich hatte sie es sofort gespürt. Die zwei paßten hervorragend zusammen – beide waren elegant, selbstbewußt und auf eine gewisse Weise arrogant, was beinahe natürlich schien. Plötzlich drehte die Lady sich um, als hätte sie Brandys Gegenwart gespürt, und lachte trillernd.

»Schottland ist tatsächlich ein seltsames Land, Hoheit«,

sagte sie laut und deutlich. »Hier dürfen die Bediensteten durch die Vordertür ins Haus gehen. Das ist doch das Hauptportal, nicht wahr? Es ist nicht einfach, in diesem trostlosen grauen Steinhaufen etwas zu erkennen. Der Turm dort drüben sieht sehr wackelig aus. Ich hoffe, ich muß mich nicht in seine Nähe wagen.«

Diese gehässige Hexe! In Brandys Augen verlor sie einiges an Schönheit und Eleganz. Sie hatte sich einen Augenblick lang gewünscht, mit dieser bezaubernden Frau tauschen zu können, doch nun hätte sie sie am liebsten geohrfeigt. Brandy sah zu Ian hinüber. Er stand bewegungslos und mit ausdrucksloser Miene da.

»Vorsicht, meine Liebe, du bewegst dich auf unbekanntem Gebiet«, sagte ein Gentleman mit leiser, spöttischer Stimme und kletterte aus der Kutsche. Dann schüttelte er dem Herzog die Hand. Zu einem anderen Zeitpunkt hätte Brandy wohl Mühe gehabt, ein Lachen zu unterdrücken. Der Mann trug einen seltsamen Mantel und eine auffallende Weste mit vielen Goldknöpfen und Bändern. Schweigend blieb Brandy stehen. Ihre Finger schlossen sich schmerzhaft um Fionas Hand. Sie wollte diese Lady anschreien, wußte aber, daß sie das nicht tun durfte. Das Leben konnte wirklich grausam sein.

»Brandy, du tust mir weh«, beschwerte Fiona sich und zupfte ihre Schwester am Ärmel. Als Ian auf sie zukam, ließ Brandy Fionas Hand los. Die Kleine rannte auf Ian zu, lachte begeistert und streckte ihm ihre Arme entgegen. Ian hob sie lächelnd auf und schwenkte sie über seinem Kopf hin und her, bis sie vor Vergnügen quietschte.

»Jetzt kann ich dich nicht mehr tragen, Fiona. Ah, Brandy, ich freue mich, daß du hier bist. Geht es dir besser?«

»Ja, alles in Ordnung«, erwiderte sie knapp, ohne sich von der Stelle zu rühren.

»Ich möchte dir Lady Felicity Trammerley vorstellen. Felicity, das ist Brandy, die älteste meiner Cousinen. Und dieser kleine Ausbund an Fröhlichkeit ist Fiona, die jüngste.«

»Deine Cousinen?« fragte Felicity verblüfft. »Diese beiden sind deine Cousinen?«

»Das sagte er doch, Felicity«, meinte der andere Gentleman.

»Aha. Sehr erfreut.« Lady Felicity neigte leicht ihren Kopf. Also Brandy ist die, die ganz anders ist, dachte sie. Das waren die seltsamen Worte des Herzogs in seinem Brief an sie gewesen. Sie hatte sofort gewußt, daß Gefahr drohte. Aber anscheinend hatte sie sich gründlich geirrt. Anders war diese Brandy tatsächlich. Wie hatte sie, die Tochter eines Grafen und allseits bewunderte Schönheit, nur glauben können, daß der Herzog von Portmaine sich für eine solch schlampige, ungepflegte Göre interessieren würde? Das Mädchen war gekleidet wie ein Bauernkind und roch nach Fisch. Ian hielt diesen anderen kleinen Fratz in den Armen, als würde ihm das Spaß machen. Felicity schüttelte sich unmerklich. Wie konnte er nur so schnell vergessen, wer und was er war, und vor allem, was er ihr, seiner zukünftigen Frau, schuldete?

»Fiona und ich waren beim Fischen«, stieß Brandy hervor.

»Ja«, bestätigte Fiona, nachdem Ian sie wieder auf die Füße gestellt hatte. »Aber wir haben nichts gefangen, weil Brandy Kopfschmerzen hatte und nur im Boot sitzen und nichts tun wollte.«

In Lady Felicitys Augen lag ein Ausdruck der Verachtung. Sie wandte sich wieder an den Herzog. »Das ist alles recht seltsam. Meine Mutter würde mir niemals erlauben, den ganzen Tag allein in einem Boot zu verbringen. Die Haut wird braun, und das ist nicht gesund. Es ist auch nicht schicklich und macht häßlich.«

Brandy ballte die Hände zu Fäusten. Es kostete sie große Mühe, dieser gemeinen Frau nicht an die Gurgel zu springen. Onkel Claude würde sie als Nervensäge bezeichnen und dabei gackernd lachen. Wie konnte sie es nur wagen, in ein fremdes Land zu kommen und alle Einwohner so zu behandeln, als wären sie es nicht wert, ihre Schuhe zu putzen?

Der Gentleman mit den vielen Schleifen an der Weste trat einen Schritt vor. »Brandy, nicht wahr?« Seine Stimme klang leicht belustigt. »Ein merkwürdiger, aber reizender Name. Ich bin Giles Braidston, Ians englischer Cousin.«

Gegen ihren Willen machte Brandy einen Knicks vor ihm. Er schien nett zu sein, aber er war mit dieser Felicity gekommen, also traute sie seiner freundlichen Stimme nicht. Es gab viele Möglichkeiten, jemanden zu beleidigen.

»Sind diese Knöpfe aus echtem Gold?« wollte Fiona wissen und streckte ihre schmutzige Hand aus. »Sie sehen aus wie einer dieser wunderschönen Pfauen, die wir früher hatten. Großmama hatte eines Tages genug von ihnen und ließ sie Cook zum Abendessen braten.«

»Das ist wirklich ein Kompliment. Ich hoffe, ich werde nicht wie diese armen Tiere in Cooks Kochtopf landen. Diese Knöpfe gefallen dir, nicht wahr? Sie sind aus echtem Gold, und wenn deine Hände sauber sind, darfst du sie anfassen.«

»Ich werde sie sofort waschen – solange, bis sie ganz sauber sind.« Fiona rannte zur Treppe. »Ich bin gleich zurück, Sir. Vergessen Sie Ihr Versprechen nicht!«

Er lachte und winkte. »Ich vergesse niemals etwas«, rief er ihr nach.

»Hast du den Verstand verloren?« fragte Lady Felicity und hob eine ihrer dunklen Augenbrauen. »Wahrscheinlich wird sie dir die Knöpfe abreißen und darauf herumkauen. Meine Güte, sie wird sie verlieren.«

Ian runzelte die Stirn. Wie konnte Felicity nur so schlechte Manieren an den Tag legen? Er wollte sie zurechtweisen, doch dann fiel ihm ein, wie er zu Beginn Schottland und Penderleigh gesehen hatte. Felicity war nicht daran gewöhnt und im Augenblick sicher schockiert.

Als sie ihm einen Blick aus ihren schimmernden Augen schenkte, die ihn so sehr an Marianne erinnerten, zwang er sich zu einem Lächeln.

Brandy beobachtete sie. Sie sehnte sich danach, diese Frau in die alte verrostete Kanone zu stecken, sie abzufeuern und Felicity damit in die Ewigkeit zu befördern. »Entschuldigt mich«, sagte sie und lief rasch die Treppe hinauf. Dabei hob sie stolz ihr Kinn und versuchte, ihren Rücken so gerade zu halten wie Großmamas Stock.

»Das ist also Schloß Penderleigh?« Giles durchbrach das gespannte Schweigen. »Zumindest trägst du noch keinen Schottenrock, alter Junge, sondern immer noch diesen konservativen Stil, den du bevorzugst. Ein großer, alter Steinhaufen, nicht wahr? Wann wurde es erbaut? Es muß mindestens vierhundert Jahre alt sein. Seht euch nur diese Türme an. Felicity hat recht – der eine sieht tatsächlich so aus, als würde er jeden Moment einstürzen. Schade, daß er nicht auf der Seeseite liegt. Dann würde er ins Meer fallen und niemanden mehr stören.«

»Nein, Giles, Kilts wage ich noch nicht zu tragen. Aber Bertrand, einer meiner Cousins, meinte, ich hätte die geeigneten Beine dafür.«

»Kilts?« fragte Lady Felicity. Ihre Stimme klang so übertrieben freundlich, daß Ians Magen sich zusammenkrampfte. »Wenn du nicht englisch mit mir sprichst, werde ich wohl Schwierigkeiten haben, dich zu verstehen.«

Der Herzog wünschte sich im Augenblick viele Dinge, aber sein größter Wunsch war, Felicity und Giles mit einer magischen Handbewegung nach London zurückzuversetzen. Aber das war unmöglich. Er war der Gastgeber. Bei dem Gedanken an Lady Adella zuckte er unwillkürlich zusammen. Meine Güte, das würde noch ein Theater geben! »Verzeih, meine Liebe, ich muß Crabbe – dem Butler auf Penderleigh – sagen, er möchte Lady Adella über eure Ankunft in Kenntnis setzen. Heute ist ein herrlicher Tag, aber ich denke, wir sollten jetzt hineingehen. Darf ich euch in den Salon führen?«

Felicity folgte Ian schweigend durch die große alte Eingangshalle und betrachtete ungläubig die verrosteten Rüstungen. Dann ließ sie sich von dem Herzog in den Salon führen und nahm auf einem verblichenen alten Sessel Platz, der ihrer Meinung nach gerade noch gut genug für die Kammer eines Dienstboten war.

»So, hier sind wir.«

»Tatsächlich?« Felicity schloß rasch den Mund, als sie bemerkte, daß Ian sie nicht einmal ansah. Er wandte sich an Giles und fragte: »Was tut ihr denn hier in Schottland? Diese Reise muß für Felicity äußerst beschwerlich gewesen sein. Meine Güte, sie muß mindestens sechs Tage gedauert haben.«

»Deine Verlobte hat dich schmerzlich vermißt«, erklärte Giles und verdrehte die Augen so, daß nur Ian es sehen konnte. »Ja, sie war sehr traurig. Du weißt sicher, was ich meine. Nun, wenn nicht, wirst du es bald erfahren. In der vergangenen Woche habe ich alles getan, was in meiner Macht stand. Jetzt bist du an der Reihe – für den Rest deiner Tage.«

»Ich hatte nicht vor, solange hierzubleiben«, sagte der Herzog mit einer abwehrenden Handbewegung. Die wenigen Male, die er an London gedacht hatte, konnte er an einer Hand abzählen. »Es gab so viel zu tun. Bertrand und ich haben in Cheviot Schafe gekauft, und natürlich mußten wir auch einige Fabriken besichtigen.« Er bemerkte, daß Felicity ihn entsetzt anstarrte.

»Was sagst du da, Ian? Cheviot-Schafe?«

»Meine Güte, Ian, wie langweilig!« warf Giles ein. »Mein Beileid. Armer Kerl! Du siehst, liebe Felicity, ich hatte recht. Ian würde niemals seine Pflichten vernachlässigen – er hat sie im Augenblick nur an einen anderen Ort verlagert. Was hältst du von Cheviot-Schafen, meine Liebe?«

18

Lady Felicity erstarrte vor Zorn. »Du willst mir doch wohl nicht erzählen, daß du, ein Herzog und Mitglied des Oberhauses, mit dem Gedanken spielst, Schafhirte zu werden? Hast du tatsächlich Schafe gekauft? Geschäftsleute besucht und Fabriken besichtigt?«

»Ja, natürlich, und es war keineswegs langweilig«, erwiderte Ian kühl. »Ich möchte, daß Penderleigh sich selbst erhalten kann. Es gibt hier Rohstoffe im Überfluß und auch genügend Arbeitskräfte – es fehlt nur ein wenig Kapital.«

»Rohstoffe? Nun, davon scheint es hier wirklich genug zu geben«, sagte Felicity spitz. Sie war müde, schmutzig, fühlte sich völlig fehl am Platz und wünschte, sie könnte dem Herzog sagen, was sie von seinen unsinnigen Aktivitäten hielt. Doch dann bemerkte sie, daß Ian seine Augen zusammenkniff und seine Miene plötzlich herrisch und störrisch wirkte. Sofort hielt sie sich zurück. Sie haßte diesen Gesichtsausdruck. Wenn sie erst einmal verheiratet waren, würde sie schon dafür sorgen, daß er einige seiner unangenehmen Eigenschaften ablegte. Sie würde mit allen Mitteln dagegen ankämpfen.

Doch jetzt mußte sie einlenken, auch wenn es ihr schwer fiel. »Ich wollte damit nur sagen, daß ich dich sehr vermißt habe, mein Liebster. Du hast so viel Zeit ohne mich verbracht – das macht mich neidisch. Darf ich mich nicht nach dem Mann sehnen, den ich heiraten werde?«

Sie wurde für ihre hübsche kleine Rede sofort mit einem Lächeln belohnt. »Für mich war es auch nicht einfach«, erwiderte Ian, ohne zu zögern. Mehr wollte er dazu nicht sagen – schließlich wollte er sich nicht selbst eine Grube graben, aus der er möglicherweise nicht mehr herauskam.

Giles räusperte sich und hüstelte leise hinter vorgehaltener Hand. Ian drehte sich um und sah, daß Lady Adella hoheitsvoll den Salon betrat.

Rasch stand er auf. »Lady Adella, ich möchte dir meinen Cousin Mr. Giles Braidston vorstellen. Und das ist meine Verlobte Lady Felicity Trammerley. Sie sind gekommen, um uns einen Besuch abzustatten.«

Lady Adella musterte wohlwollend den elegant gekleideten Giles. Das war ein wahrer Gentleman, der sich offensichtlich nicht mit einem Gut herumplagen mußte. Dann betrachtete sie Lady Felicitys vornehme Erscheinung und ihren gefaßten Gesichtsausdruck. Brandy konnte von diesem Mädchen sicher einiges lernen, wenn sie mit ihr unter einem Dach lebte.

Sie nickte zur Begrüßung und erlaubte Giles, ihr die geäderte Hand zu küssen.

»Sehr erfreut, Mylady«, sagte Giles gewandt.

Lady Felicity schenkte Lady Adella ein schmallippiges Lächeln, als die alte Dame an ihr vorbeisegelte. Was für ein lächerliches Relikt, dachte sie und senkte rasch den Blick. Dieses schwarze Kleid war seit mindestens dreißig Jahren aus der Mode – ebenso die Frisur. Die vielen Ringellöckchen wirkten wie eine uralte Perücke, die nicht richtig saß. Felicity juckte es in den Fingern – zu gern hätte sie an den Locken gezogen, um zu sehen, ob das Haar echt war.

»Also wann heiraten Sie Ian?« fragte Lady Adella ohne Umschweife.

»Im August. In St. George's am Hanover Square.«

»Ah. Wie vornehm. Das gefällt mir. Ich werde euch genügend Zeit für die Hochzeitsreise geben, bevor ich Brandy zu euch schicke. Wie wäre es im Oktober, Ian? Bist du dann von den Flitterwochen zurück und kannst Brandy zu dir nehmen?«

Felicity blieb der Mund offen stehen. Sie wollte ihren Verlobten anschreien, brachte aber kein Wort hervor und starrte ihn nur stumm an. Der Herzog hatte plötzlich das Gefühl, daß sein Halstuch zu eng saß. »Felicity ist soeben erst eingetroffen«, brachte er schließlich hervor. »Ich hatte noch keine Zeit, die Angelegenheit mir ihr zu besprechen, Lady Adella.«

»Das kann ich nicht verstehen, Ian«, sagte Giles leise. »Felicity ist bereits seit fünfzehn Minuten hier und hat auch Brandy schon kennengelernt. Warum der Aufschub, alter Junge? Das gibt mir zu denken.«

Ohne auf Giles Worte einzugehen, wandte Ian sich an Lady Adella. »Welches Zimmer kann Miß Trammerley beziehen? Sie ist erschöpft von der Reise und sollte sich vor dem Abendessen ein wenig ausruhen.«

Lady Adella nickte und brüllte: »Crabbe! Beweg deine morschen Knochen hierher, du alter Säufer. Wir haben Gäste, um die du dich kümmern mußt.«

Felicity zuckte zusammen und blähte ihre Nasenflügel. Bisher hatte Ian diese Gewohnheit bewundert, doch jetzt gefiel sie ihm ganz und gar nicht. Sie verachtete Lady Adella und Penderleigh und gab sich keine Mühe, ihre Gefühle zu verbergen.

»Ja, Mylady?« Crabbe sah seine Herrin fragend an und ließ dann seinen Blick zu der wunderschönen jungen Frau gleiten, die so aussah, als würde sie schrecklich leiden. Der Gentleman war ein Geck wie Master Percy. Nun, vielleicht steckte mehr in ihm – das würde sich zeigen. Wer waren diese Leute? Zweifellos Freunde des Herzogs. Sie wirkten sehr steif und beherrscht.

»Laß Marta zwei Schlafzimmer herrichten – auf keinen Fall soll Morag das tun. Wir wollen doch nicht, daß unsere Gäste morgen mit Juckreiz aufwachen, weil diese verlauste Schlampe an ihren Betten war. Warte Ian, führe Lady Felicity in das hübsche blaue Zimmer am Ende des Gangs, wo sich dein Schlafzimmer befindet. Dort wird es ihr gefallen. Crabbe, du suchst unserem eleganten Gentleman ein Zimmer aus – ein fröhliches, damit er seine gute Laune nicht verliert.«

Ian unterdrückte ein Lächeln, nickte Crabbe zu und reichte Felicity seinen Arm. »Crabbe wird sich um dich kümmern, Giles« sagte er, während er seine Verlobte aus dem Salon führte.

Felicity schwieg, bis sie das Gästezimmer erreicht hatten, das in einem unbestimmbaren Blauton gehalten war. Als Ian vor einiger Zeit alle Räume besichtigt hatte, war ihm die Einrichtung dieses Raumes zwar bescheiden, aber nicht minderwertig vorgekommen. Immerhin blätterte die Farbe nicht von den Wänden, und der altmodische Stuhl neben dem Fenster und die antike Kommode mit den Messinggriffen besaßen einen gewissen Charme. Jetzt stellte er fest, daß er blind gewesen war. Er sah das Zimmer durch Felicitys Augen – es bot keinen schönen Anblick. Alles war alt, abgewetzt und schäbig.

Ian beschloß, nicht darauf zu reagieren, als Felicity scharf den Atem einzog, und fragte: »Möchtest du ein Bad nehmen, meine Liebe?« Sofort wurde ihm klar, daß er sie weder mit Wee Albie noch mit der undichten Holzwanne konfrontieren durfte.

Sie preßte die Lippen zusammen und nickte. »Das wäre schön, Ian. Es war eine lange, sehr ermüdende Reise. Keine Sorge, lieber Herzog«, fügte sie hinzu. »Die Anstandsregeln wurden gewahrt – meine Zofe begleitet mich.«

»Ich wünschte, du hättest mir geschrieben und mich über deine Pläne informiert. Wie viele Bedienstete habt ihr mitgebracht?«

»Nur Maria und Pelham, Giles Kammerdiener. Sicher wird es in diesem grauenhaften Schloß ein Zimmer für sie geben.«

»Natürlich«, erwiderte er scharf. Er zog seine Uhr hervor und warf einen Blick darauf. »Abendessen wird um sechs Uhr serviert, meine Liebe. Die Familie trifft sich kurz vorher im Salon.«

»Aber das ist viel zu früh, Ian. Zu Hause essen wir nicht vor acht Uhr zu Abend. Sicher …«

»Du bist nicht zu Hause, sondern in Schottland. Auf Schloß Penderleigh. Lady Adella ist hier schon länger die

Hausherrin als deine Mutter auf der Welt ist. Sie wünscht es so, und daher wird es so gemacht. Jetzt werde ich mich um dein Bad kümmern.« Er drehte sich um und konnte es kaum erwarten, das Zimmer zu verlassen.

»Ian, was hat diese gräßliche alte Frau gemeint, als sie davon sprach, daß Brandy nach London kommen wird? Du erwartest doch nicht etwa, daß ich dieses schlampige Kind in die englische Gesellschaft einführe?«

»Brandy ist kein Kind mehr. Sie wird im Herbst neunzehn. Und sie kleidet sich so, weil sie viel Zeit im Freien verbringt, gern fischt, schwimmt und mit ihrem Boot rudert.«

»Und ich soll sie in eine Lady verwandeln?« fragte Felicity ungläubig.

Ian verspürte den Wunsch, sie zu schütteln. Seine Stimme klang so kalt wie die seines Vaters, wenn er wütend war. »Sie ist bereits eine Lady, Felicity. Du solltest nicht vergessen, daß sie die Enkelin eines Grafen ist. Was ihr Äußeres betrifft, wird eine geeignete Garderobe alle Probleme lösen.«

»Ich nehme an, ich soll sie beaufsichtigen, während sie in einem Boot auf der Themse herumgondelt. Vielleicht kann sie ja auch zu Astley's Zirkus gehen und dort auf dem Rücken dieser dressierten Pferde eine Nummer vorführen.«

»Ich habe dir alles gesagt, was wichtig ist«, erwiderte er mit eisiger Stimme. »Wenn du endlich damit fertig bist, alles und jeden zu kritisieren, kann ich dein Bad richten lassen.«

Felicity schwieg, obwohl sie vor Wut kochte. Als Ian das Gästezimmer verlassen hatte, schlug sie mit der Faust auf die Tagesdecke, die auf dem Bett lag. Eine Staubwolke stieg in die Luft und brachte sie zum Niesen. Meine Güte, was war das nur für ein schreckliches Haus! Sie ging im Zimmer auf und ab. Wie konnte Ian es nur wagen, sie so zu behandeln? Sie riß sich ihren Hut von den schwarzen Locken und warf ihn auf einen mit verblichenem Brokat bezogenen Stuhl. Dann marschierte sie wieder durch das Zimmer, bis sich ihr Zorn ein wenig gelegt hatte.

Eigentlich gab es keinen Grund, sich so aufzuregen. Was machte es schon, daß der Herzog sich abscheulich verhielt? Sie würde schon mit ihm fertig werden. Wenn sie ihm schmeichelte und schöntat, würde er lächeln, und sie hatte gewonnen. O ja, am Ende würde sie den Sieg davontragen.

Aber was sollte sie mit diesem schrecklichen Mädchen tun? Sie war also beinahe neunzehn. Nur gut, daß sie nicht so aussah.

Nachdem der Herzog Crabbe um Wasser für Felicitys Bad gebeten hatte, ging er wieder hinunter in den Salon und sah dort Giles neben Lady Adella sitzen. Die alte Dame war von seinem Cousin offensichtlich sehr angetan. Er hörte wie Lady Adella erfreut auflachte. »Ja, mein Junge, der alte Charles hatte wirklich einen außerordentlichen Ruf. Sie werden nicht glauben, was er mit der Frau des Geistlichen angestellt hat. Wie war noch ihr Name? Ach ja, sie hieß Clorinda. Er zog sie im Stall nackt aus und nahm sie direkt neben ihrem Pferd. Alle sprachen darüber. Nachher mußte sie sich an einigen unangenehmen Stellen vom Stroh befreien. Ja, der alte Charles war ein Schweinehund – ein richtiger Mann.« Sie lachte so gackernd wie Claude. Daher hatte Claude also diese unangenehme Eigenschaft.

Ian trat einen Schritt vor. »Bitte entschuldige, Lady Adella, aber ich muß Giles jetzt nach oben bringen. Es wird ihm sonst nicht gelingen, sich rechtzeitig zum Abendessen zurechtzumachen.«

Sie brummte enttäuscht. »Na gut, mein Junge, wenn es sein muß. Wir haben noch viel Zeit.« Lady Adella hob ihre knochige Hand und wandte sich an Giles. »Denken Sie ein wenig nach, junger Mann. Ich möchte noch viele Klatschgeschichten von Ihnen hören. Ah, es ist wirklich erfreulich, Sie hierzuhaben.«

»Ich werde mein Bestes tun, um Sie zufriedenzustellen«, erwiderte Giles mit seiner sanften Stimme, in der immer ein leises Lachen mitschwang, und folgte Ian.

»Stell dir vor«, sagte er, während sie die Treppe hinaufstiegen, »sie kannte den alten Lord Covenporth. Seine Weibergeschichten und seine Trinkgewohnheiten haben ihn umgebracht. Ich fürchte, Aldous, sein Enkel, scheint den gleichen Weg einzuschlagen. Aber er wird sich schon bald nicht mehr vergnügen können, denn Coven Manor ist bereits verpfändet und verursacht hohe Kosten. Noch vor einem Jahr war er ein guter Kumpel, doch jetzt jammert er ständig, obwohl er sich seine mißliche Lage selbst zuzuschreiben hat.«

Der Herzog brummte. Er fragte sich, warum Giles sich für solche zügellosen Männer interessierte.

Giles blieb am Treppenabsatz stehen und blickte hinunter auf die alte Eingangshalle. »Meine Güte, Ian, das ist wirklich ein eigenartiges Gebäude. Hier gibt es nicht viel, was man mit Carmichael Hall vergleichen könnte, nicht wahr?«

Ian dachte an seinen großen, weitläufigen Besitz in Suffolk mit den vierzig Schlafzimmern und dem riesigen Ballsaal und schüttelte den Kopf. »Penderleigh ist ursprünglicher. Hier sind Geschichte und Traditionen verankert, Giles. Und selbst du mußt zugeben, daß der Blick auf das Meer atemberaubend ist. Es gibt keinen Schmutz und Ruß wie in London, keine Halsabschneider, Spielhöllen oder andere Ausschweifungen, denen sich die Menschen hingeben.«

Giles hob verständnislos eine Augenbraue. »Sicher hast du recht. Ich kann dir nicht ganz folgen, aber es ist offensichtlich das, was du sehen willst. Du bist der Herzog, also soll sich alles nach deinen Vorstellungen gestalten.«

»Du hast mehr dumme Gedanken im Kopf wie Morag Läuse am Körper. Vielleicht sind es auch Zecken – da bin ich mir nicht sicher.«

»O Gott, wie schrecklich! Zecken? Läuse? Bitte, Ian, ich tue alles, was du willst, solange du mir diese Frau vom Leibe hältst.«

Der Herzog lachte, und brachte Giles zu einem Schlafzimmer, das sich in der entgegengesetzten Richtung zu seinem eigenen befand. »Was zum Teufel hast du dir dabei gedacht, Felicity hierher zu bringen, Giles?« fragte er. »Du weißt, ich wollte, daß sie in London bleibt. Das ist kein geeigneter Ort für sie. Sie fühlt sich hier nicht wohl, und das wird sich wohl niemals ändern. Verdammt, warum? Warum?«

»Bitte gib mir nicht die Schuld daran, Ian. Dein verflixter Brief hat sie darauf gebracht. Ich hatte keine Wahl. Du hast mir befohlen, sie zu begleiten. Was sollte ich also tun?«

»Was hat sie darauf gebracht?«

Giles schüttelte lächelnd den Kopf. »Dein Brief, Ian. Meine Güte, ich habe noch nie erlebt, daß du so leidenschaftliche Worte zu Papier gebracht hast. Und die meisten Sätze drehten sich um diese kleine Brandy. Felicitys hübsche Augen blitzten vor Eifersucht.« Er schwieg einen Augenblick und fügte dann mit einem warnenden Blick hinzu: »Wäre ich an deiner Stelle, würde ich mir ein-, zwei-, drei-, oder sogar viermal überlegen, ob ich mich an so einen Hausdrachen binden will. Sie ist nicht so, wie du sie siehst, Ian.«

»Ich gehe davon aus, daß nicht du Felicity auf solch dumme Gedanken gebracht hast, Giles. Du weißt mehr als jeder andere, daß ich meine Pflichten nie vernachlässigen würde. Brandy ist mein Mündel, und deshalb versuche ich, alles zu tun, was ihr helfen könnte. Wenn sie nach London kommt, wird Felicity sie freundlich empfangen und alles tun, was nötig ist. Mehr gibt es dazu nicht zu sagen.«

»Du kannst dich darauf verlassen, daß ich Felicity keine Flausen in den Kopf gesetzt habe, alter Junge. Aber auf unserer Reise nach Schottland mußte ich mir unfreiwillig ihre gehässigen Bemerkungen anhören.« Er blieb ruckartig stehen, als Ian die Tür zu dem Gästezimmer öffnete.

»Guter Gott, ich hoffe, das ist das Zimmer, in dem mein Kammerdiener schlafen soll.«

»Verdammt, Giles, ich hatte noch keine Zeit, mich um die Renovierung des Schlosses zu kümmern. Dieses Zimmer ist durchaus angemessen. Felicity reagierte ebenso wie du – ihr seid beide Snobs. Da du jedoch nun einmal hier bist, habe ich nichts dagegen, wenn du dein künstlerisches Talent entfaltest. Ich kann dir nicht versprechen, daß ich deine Ratschläge annehmen werde, aber so hast du zumindest etwas anderes zu tun, als dich mit Lady Adella über schlüpfrige Dinge zu unterhalten.«

»Schwer zu sagen, womit ich beginnen würde«, erwiderte Giles und staubte einen Stuhl mit dem Saum seines Mantels ab. »Dieses Schloß braucht mehr als nur meinen ausgezeichneten Geschmack, obwohl damit natürlich zumindest ein Anfang gemacht wäre. Wir benötigen eine Schar Handwerker, müßten etliche Möbelhäuser besuchen und eine Bataillon ...«

»Hör auf damit, Giles. Es ist mir egal, was du tust. Sag deinem alten, halsstarrigen Kammerdiener Pelham, er soll dein Zimmer so herrichten, daß es dir geeignet erscheint. Mein Mabley ist mittlerweile sehr zufrieden, obwohl auch er am Anfang entsetzt war.«

Giles seufzte leise und ging zum Fenster hinüber. »Kein Wunder, daß hier alles feucht ist. Das Schloß ragt beinahe in das Meer hinaus. Warum habe ich mich nur von dieser eiskalten Frau überreden lassen, hierherzukommen? Ich wollte es ihr ausreden und flehte sie an, es sich noch einmal gründlich zu überlegen. Weißt du, was sie mir entgegnete?«

19

»Nein, was hat sie gesagt?«

»Sie sprach immer wieder darüber, wie sehr sie sich wünsche, deinen neuen Besitz zu sehen, daß du sie sicher sehr vermissen würdest und sie dich glücklich machen wolle.

Das könne sie aber nur, wenn sie dich besuchen würde.« Er schüttelte den Kopf. »Das glaube ich natürlich nicht. Wie ich dir bereits gesagt habe, ging es um Brandy. Glaub mir, Ian, Felicity ist eiskalt.«

»Eiskalt? Ich dachte, sie sei ein Hausdrachen.«

»Sie ist wohl leider beides. Wenn ich mich nicht täusche, wird sie in der Nacht ein Eiszapfen sein und sich tagsüber gebärden wie ein böser Drache.« Giles wischte sich ein Staubkorn vom Ärmel und fügte leise hinzu: »Armer Ian. Sie gleicht deiner Marianne ganz und gar nicht.« Obwohl er sah, daß sein Cousin die Lippen zusammenkniff, und seine Wangen sich röteten, fuhr er fort. »Sie sieht ihr nur ähnlich. Wenn du natürlich eine Vernunftehe wünschst ...«

»Du gehst zu weit, Giles«, unterbrach ihn der Herzog. Er ballte die Hände zu Fäusten. »Marianne ist nun seit sechs Jahren tot. Sie hat damit nichts zu tun. Und Felicitys Charakter und ihre Eigenschaften bei Tag oder Nacht kann ich wohl besser beurteilen als du.«

»Sei mir nicht böse, Ian. Du hast sicher recht, aber immerhin hast du noch keine ganze Woche mit ihr verbracht.«

»Du treibst mich noch dazu, dir mit der Faust in dein hübsches Gesicht zu schlagen, Giles. Kein Wort mehr. Glaub mir, Felicity braucht nur eine starke Hand. Ich habe dir schon einmal gesagt, daß sie sich meinen Wünschen fügen wird.«

»Das klingt, als wäre sie ein Fohlen, das gezähmt und an die Zügel gewöhnt werden muß.« Er wollte offensichtlich noch etwas hinzufügen, zuckte dann aber die Schultern. »Kennst du Lord Sayer, Felicitys Bruder?«

»Angeblich ist er ein Spieler und Frauenheld, aber ein ausgezeichneter Reiter. Ich habe nichts gegen ihn. Er kämpft gut im Ring und benimmt sich anständig. Im Gegensatz zu deinem Freund Aldous jammert er nicht ständig. Warum?«

Giles schüttelte sich leicht und betrachtete seine sorgfältig manikürten Fingernägel. »Ich finde ihn recht taktlos. Er nimmt kein Blatt vor den Mund – man könnte ihn sogar als ordinär bezeichnen.«

»Warum? Weil er keine Goldknöpfe trägt, die so groß wie Untertassen sind?«

»Es ist nicht klug von dir, meine Aufmerksamkeit auf deinen mangelhaften Stil zu lenken«, erwiderte Giles lächelnd. Seine Augen funkelten schelmisch.

Der Herzog hob seine Hände. »Verdammt, Giles, hör endlich mit diesen spitzen Bemerkungen auf. Du und Percy werdet euch prächtig verstehen.«

»Percy? Wer ist das? Noch ein schottischer Verwandter?«

»Er ist ein Bastard.« Ian grinste breit. Als Giles verständnislos die Augenbrauen hob, fügte er hinzu: »Sein verstorbener Vater war einer von Lady Adellas zwei Söhnen. Percy wurde unehelich geboren, soll aber jetzt legitimiert werden.«

»Meine Güte.« Giles rieb sich die Hände. »Und ich dachte, ich würde hier vor Langeweile sterben.«

»Ah, da kommt Pelham. Ich werde Wee Albie beauftragen, dir das Bad zu richten.« Der Herzog lachte wieder. Was zum Teufel war daran so komisch? Giles sah seinem Cousin verwundert nach.

In seinem großen, düsteren Schlafzimmer angelangt, sah Ian sich um. Er bezweifelte, daß der Raum jemals freundlich oder gemütlich gewirkt hatte. Das Zimmer unterschied sich sehr von seinen geschmackvollen Schlafgemächern in Carmichael Hall, aber er fand, daß es, trotz seines derzeitigen baufälligen Zustands, gar nicht so schlecht war. Er fragte sich, was Brandy wohl von seinem herzoglichen Besitz halten würde. Unvermittelt ging er zum Kamin und stieß mit dem Fuß gegen einen Holzstuhl.

In diesem Augenblick kam Mabley geschäftig hereingeeilt. »Wir dürfen nicht trödeln, Eure Hoheit. Wie Sie wissen, legt Lady Adella großen Wert darauf, daß die Familie sich vor dem Abendessen im Salon versammelt. Crabbe hat mir erzählt, daß ein Gast einmal nur zwölf Minuten zu spät kam – Lady Adella befahl Crabbe, dem Besucher am Tisch den Teller über den Kopf zu kippen.«

»Wir wollen natürlich nicht, daß uns Haggis in den Nacken tropft«, erwiderte Ian. Er musterte den kahlen Kopf und die dicken Backen seines Dieners und stellte lächelnd fest, daß Mabley sich offensichtlich bereits sehr gut eingelebt hatte.

»Tu mit mir, was du willst, Mabley. Ich verlasse mich ganz auf dich. Nur um einen Gefallen möchte ich dich bitten: mach mich nicht so zurecht wie Giles.«

»Natürlich nicht, Hoheit. Meine Güte, was ist nur mit diesem Stuhl geschehen?«

Brandy lief auf dem verschlissenen Teppich in ihrem Zimmer auf und ab und schüttelte die Faust in die Richtung, in der Felicitys Schlafzimmer lag. Wie konnte diese feine englische Lady es wagen, sie als Dienstbotin zu bezeichnen? Sie war ein dummes Weibsstück, jawohl. Wie konnte Ian sie nur in seiner Nähe ertragen? Nein, daran wollte sie gar nicht denken.

Brandy blieb vor ihrem Spiegel stehen, und ihr Zorn verrauchte. Sie sah ohne Zweifel aus wie ein Bauernmädchen. Ihr Haar war verknotet und vom Wind zerzaust. Ihre Hände und ihr Gesicht waren salzverklebt, und sie roch nach Fisch.

In diesem Augenblick kam Constance aufgeregt hereingestürzt. »Brandy, ich konnte einen Blick auf sie werfen. Hast du ihr Kleid und diesen herrlichen Hut gesehen? Wie zierlich sie ist! In ihrer Nähe fühlte ich mich wie ein Klotz. Sie reicht Ian nicht einmal bis zur Schulter. Ihr Haar ist von einem tieferen Schwarz als meines und ihre grünen Augen schimmern wie das Moos in Slanaker's Wald.«

»Ich konnte nichts Besonderes an ihr bemerken«, meinte Brandy.

Sie hätte diese neue Göttin auch mit einer Furche im Feld vergleichen können – Constance nahm keine Notiz von ihr. »Ah, und dieser Gentleman – Giles Braidston. Er ist so elegant und viel modischer gekleidet als der Herzog. Großmama erzählte mir, er sei Ians Cousin, und obwohl sie ihn auf ihre säuerliche Art als klatschsüchtig bezeichnet hat, war sie offensichtlich von ihm beeindruckt. Ihh – Fisch! Brandy, willst du unsere Gäste beleidigen? Du riechst und siehst aus wie die Frau eines Fischhändlers. Meine Güte, nimm ein Bad. Hoffentlich ist mein neues grünes Kleid modern genug für Lady Felicitys Geschmack.«

Sie hastete zum Spiegel und betrachtete ihre schwarzen Locken. Erst jetzt bemerkte sie, wie still ihre Schwester war – sie stand bewegungslos da, hatte die Hände zu Fäusten geballt und starrte ins Leere. Constance runzelte die Stirn. »Aha, ihr Besuch stört dich, nicht wahr, Brandy?«

»Warum sollte mich kümmern, wo sie sich aufhält? Aber ich werde dir etwas sagen, Connie. Sie ist eine unverschämte Hexe. Glaubst du etwa, sie wird dich höflich behandeln? Das bezweifle ich. Sie hält sich für etwas Besseres und glaubt, wir seien ungehobelt und primitiv.«

»Vielleicht stimmt das«, erwiderte Connie langsam und musterte den Gesichtsausdruck ihrer Schwester. »Aber sie wird den Herzog heiraten. Selbst wenn sie ihren Charme spielen lassen und dich als das hübscheste Mädchen auf Erden bezeichnen würde, könntest du sie nicht leiden.«

»Das ist dummes Geschwätz, Connie. Du solltest das rasch vergessen – niemand ist daran interessiert.«

Constance zuckte die Schultern. »Wie du meinst. Für mich ändert das nichts. Du solltest das neue Kleid tragen, das Ian dir gekauft hat, Brandy.« Als Brandy nicht antwortete, fuhr sie fort: »Ich muß jetzt gehen. Marta soll mir eine besondere Frisur machen.« Eine englische Ballade summend, verließ sie Brandys Schlafzimmer.

Nachdem Constance gegangen war, dachte Brandy einen Augenblick lang an das wunderschöne Samtkleid und ließ den Gedanken dann mit einem verzweifelten Seufzen fallen. Wenn Ian sah, wie ihre Brüste aus dem Ausschnitt quollen, würde er sie für eine Kuh halten. Sie war eben ganz anders als die kleine, zierliche Felicity. Verdammt. Brandy warf einen Blick zu der verschlossenen Tür. Hatte sie ihre Gefühle so deutlich gezeigt, daß sogar Connie aufmerksam geworden war? Anscheinend. Sie würde viel vorsichtiger sein müssen.

Nachdem sie eine gute Stunde gewartet hatte, bis eine Wanne für sie frei wurde, gelang es ihr, sich einzureden, der Stolz der Robertsons – der laut Lady Adella überall berühmt war – würde ihr helfen, den Abend zu überstehen. Sie frisierte ihr Haar wieder im griechischen Stil, übersah geflissentlich das wunderschöne Samtkleid und zog sich ein abgetragenes grünes Kleid aus Musselin über. Dann zog sie den ausgeblichenen Schal ihrer Mutter fest über ihrer Brust zusammen und zwang sich hinunterzugehen.

Felicity hatte ihre Zofe mit widersprüchlichen Forderungen und Befehlen beinahe zur Verzweiflung getrieben, war aber schließlich mit dem Ergebnis zufrieden und ging durch den schäbigen, düsteren Flur zum Salon. Sie wußte, daß sie sich einige Minuten verspätete, aber das war ihr gleichgültig – sie war entschlossen, sich nicht von Ian herumkommandieren zu lassen. Es war am besten, ihm das sofort zu zeigen. Sie würde sich erst seinen Wünschen fügen, wenn es in ihrem eigenen Interesse lag. Das Abendessen gehörte nicht dazu. Sie hätte es vorgezogen, auf ihrem Zimmer zu speisen, aber wahrscheinlich gab es in diesem alten Steinhaufen nicht einmal ein Tablett.

Ian nickte ihr nicht gerade liebevoll zu und stellte ihr mit knappen Worten Claude, Bertrand und Constance vor. Felicity sah sich das Mädchen genauer an, das, im Gegensatz zu seiner Schwester, versprach, in ein paar Jahren eine Schönheit zu werden. Ihr schwarzes Haar war sorgfältig frisiert, und das grüne Kleid stand ihr ausgezeichnet. Ja, sie war bezaubernd. Warum also diese

Schlampe Brandy? Das ergab keinen Sinn. Kurz darauf erlitt Felicity den größten Schock ihres kurzen Lebens.

»Sie kommen zu spät«, fuhr Lady Adella sie an, die auch bei Gästen kein Blatt vor den Mund nahm. »Ich kann es nicht ausstehen, wenn mein Haggis kalt wird. Tun Sie das nie wieder, oder Sie werden die Folgen tragen müssen. Reichen Sie mir Ihren Arm, mein Junge«, sagte sie zu Giles und streckte ihre arthritische Hand aus.

Felicity wußte, daß sie diese ungehobelte alte Frau nicht anschreien durfte, also nickte sie nur wortlos. Als der Herzog ihren Arm nahm, warf sie ihm unter ihren langen Wimpern einen Blick zu. Sicher verabscheute auch er das unhöfliche Benehmen der alten Lady und hielt Felicity jetzt für überaus tolerant. Verdammt, er schenkte ihr nicht einmal ein Lächeln. Er war sogar wütend, weil sie zu spät gekommen war. Nun, das würde sich schon bald legen. Sie würde ihn anlächeln und ihn vielleicht ein wenig necken. Aber im Augenblick war seine Miene finster. Er wirkte in sich gekehrt und sehr ernst in seiner schwarzen Kleidung.

Felicity hatte nun eine Woche mit dem modebewußten, immer vergnügten Giles verbracht und festgestellt, daß Ian seinem Cousin leider gar nicht glich. Sie schüttelte sich unmerklich, als sie seine großen Hände mit den langen Fingern betrachtete. Bei dem Gedanken daran, daß er sie berühren würde, schauderte sie.

Ian führte sie zu ihrem Stuhl an dem langen Tisch und sagte nachsichtig: »Du mußt verstehen, wie wichtig es Lady Adella ist, daß sich alle pünktlich zum Dinner einfinden. Ich bin überzeugt, daß du in Zukunft darauf achten wirst – wenn auch nur, um ihren scharfen Bemerkungen zu entgehen. Oder den Konsequenzen, die sie dir angedroht hat. Sollte sie dabei allerdings an kochendes Öl gedacht haben, werde ich natürlich ein gutes Wort für dich einlegen, um eine mildere Strafe zu erreichen.« Er hatte gehofft, mit diesem kleinen Scherz die Spannung zwischen ihnen abzubauen, aber Felicity sah ihn nicht einmal an. Wollte sie etwa den ganzen Abend die Beleidigte spielen? Ian atmete tief ein und wartete eine Weile, doch Felicity blieb stumm.

Sie hatte beschlossen, ihm jetzt noch kein Lächeln zu schenken, also ignorierte sie ihn und wandte ihre Aufmerksamkeit Lady Adella zu, die gerade mit Giles sprach. »Erzählen Sie mir mehr über Dudley, mein Junge«, forderte sie ihn auf. »Sie müssen wissen, daß ich einmal in seinen Großvater, diesen alten Schurken, verliebt war. Ich hörte, daß er sich mit Fox anlegte – niemand tat das ungestraft –, und sich dann zwei Jahre lang auf seinem Landsitz in Kent verstecken mußte.«

Giles versuchte bereitwillig, sich an weitere Einzelheiten zu erinnern, aber da er zu jener Zeit noch nicht geboren war, konnte er nur über den Enkel berichten. »Ein langweiliger Kerl, Mylady. Er lebt auf seinem Gut in Kent und hat ein halbes Dutzend Kinder in die Welt gesetzt. Anscheinend hat er nicht viel von der Gerissenheit seines Großvaters geerbt. Sein Leben verläuft eintönig und ereignislos.«

Er warf Ian einen spöttischen Blick zu und fügte hinzu: »Ich fürchte, bei unserem Ian verhält es sich ähnlich. Er denkt gar nicht daran, die Vorteile zu nützen, die er als Herzog genießt, sondern läuft am liebsten über die Felder. Gib es zu, Ian, du kannst das Stadtleben nicht ausstehen. Und wenn es nach dir ginge, hättest du bereits einen Stall voll Kinder.« Giles sah bedeutungsvoll zu Felicity hinüber. »Da er so groß ist, wird er sicher nur Riesen zeugen, Lady Adella. Sie werden alle so stämmig werden wie die Eichen auf seinem Besitz. Ja, ein Dutzend werden es schon werden – wenn seine Frau Pech hat, vielleicht auch mehr.«

»Leider kann ich deinen Kopf nicht in das Haggis tauchen, Giles«, sagte der Herzog. »Aber ich könnte mich in dein Schlafzimmer schleichen und dich aus dem Fenster werfen – direkt auf die alte Kanone.« Er grinste, wurde aber rasch wieder ernst, als er sich an Felicity wandte.

»Ich muß allerdings zugeben, daß ich das Leben auf dem Land vorziehe. Es macht mir großen Spaß, im See von Carmichael zu fischen und mir dann von dem Koch eine Forelle braten zu lassen. Ich genieße es, mit einem meiner Pferde über die Wiesen zu galoppieren und Fasane im Ahornwald zu schießen. Es gibt römische Ruinen zu erforschen und eine alte Abtei, die Heinrich VIII. im 16. Jahrhundert zerstört hat. Dort ist es ruhig und friedlich, und die Andenken aus der Geschichte bleiben uns erhalten – in dem Schmutz und der herrschenden Zerstörungswut in London ist das nicht möglich. Und wenn ich sicher wäre, daß ich einige kleine Fionas zeugen könnte, wäre ich nur allzugern bereit, die Bevölkerungszahl in Suffolk zu erhöhen.«

Felicity ließ ihre Gabel auf die undefinierbare Masse auf ihrem Teller fallen und starrte Ian an. Dann schüttelte sie den Kopf. »Du machst wohl Scherze, Ian. Wenn es an Weihnachten schneit, ist es wunderschön auf dem Land. Es macht Spaß, mit einem Schlitten zu fahren und nach dem schönsten Weihnachtsscheit Ausschau zu halten. Aber wer interessiert sich schon für diese dummen Ruinen? Für diesen von Spinnen bevölkerten alten Steinhaufen, der einmal eine Abtei war? Ach ja, das Wichtigste darf ich nicht vergessen. Ich kann mir nichts vorstellen, was gewöhnlicher und vulgärer wäre als rothaarige Kinder.«

Sie lehnte sich zurück und lächelte in die Runde.

20

Brandy schlang ihre Finger um ihr Glas und sagte in dem kältesten Tonfall, den Ian je von ihr gehört hatte: »Meine kleine Schwester ist nicht vulgär, Lady Felicity. Ich halte Menschen für vulgär, die die Gefühle anderer verletzen. Das zeigt, daß sie schlecht erzogen sind und keine Manieren haben. Außerdem haben Sie nicht genügend Verstand, um ihre Gemeinheit hinter honigsüßen Worten zu verstecken.«

Felicity zwang sich zu einem freudlosen Lachen. »Ich wollte niemanden beleidigen, Miß Robertson. Schließlich ist ihre geliebte kleine Schwester auch ihre Freundin, die sie stets zum Fischen begleitet, nicht wahr?«

»Fiona ist mehr als das, Felicity«, sagte Ian scharf. »Ich denke jedoch, daß Brandy sie in erster Linie als ihr eigenes Kind ansieht – in Schottland würden wir sagen, sie ist ihr kleines Mädchen, ihre ›Wee Bairn‹.«

»Wee Bairn, Hoheit? Ich glaube beinahe, mich in einem fremden Land zu befinden. Bitte sprich englisch mit mir.«

»Sie befinden sich tatsächlich in einem fremden Land«, warf Brandy ein. »Wir sprechen hier schottisch. Sollten Sie nicht versuchen, unsere Sprache zu sprechen, bevor wir uns Ihnen anpassen?«

Claude, der sich bisher lieber herausgehalten hatte, lachte krächzend. »Sie haben recht, Lady Felicity. Für eine Lady wie Sie sollten wir alle auf unsere Sprache achten und uns so benehmen, wie Sie es gewöhnt sind. Wir sind zwar in Schottland, aber Sie sind unser Gast.«

Felicity argwöhnte einen Moment lang, daß er das sarkastisch gemeint haben könnte, kam aber dann zu dem Schluß, daß der alte, zahnlose Mann möglicherweise der einzige Robertson war, der etwas Wertvolles erkannte und zu schätzen wußte. Sie nickte Claude hoheitsvoll zu. Wie konnte diese Göre es wagen, sie für dumm zu erklären?

Lady Adella ließ nicht locker. »Dir gefallen die Vergnügungsmöglichkeiten in der Stadt also nicht, Ian? Ich hoffe, ich kann damit rechnen, daß du meine Brandy trotzdem eine Saison lang in die elegante Gesellschaft einführen wirst.«

»Ich fürchte, Seine Hoheit und ich werden uns sehr lang auf Hochzeitsreise befinden, Lady Adella«, bemerkte Lady Felicity kühl. »Haben Sie keine geeigneten Verwandten dafür? Vielleicht in Edinburgh? Die dortige Gesellschaft würde ihr sicher eher zusagen und sie weniger überfordern.«

Giles warf Felicity einen warnenden Blick zu, doch als er ihre störrische Miene sah, zuckte er mit den Schulter und musterte Brandy aus den Augenwinkeln. Felicity hatte offensichtlich diese riesigen bernsteinfarbenen Augen nicht bemerkt. Er war sich nicht ganz sicher, was die Farbe betraf, aber in dem gedämpften Licht schimmerten sie wie Bernstein. Die romantische Beleuchtung in dem großen Saal ließ alle Schatten weich und fließend erscheinen und verwischte die harten Konturen.

Nein, Felicity hatte nur Brandys Kleidung gesehen und nicht bemerkt, daß sich dahinter eine Schönheit verbarg, die ihr Gift nur dann verspritzte, wenn jemand angegriffen wurde, den sie liebte. Brandy hatte recht – Felicity war nicht klug genug, ihre Gemeinheit zu verbergen. Zumindest traf das meistens zu. Giles mußte sich eingestehen, daß sie manchmal so charmant war, daß niemand ihr einen Wunsch abschlagen konnte. Üblicherweise gelang ihr das auch bei Ian.

»Ich will nicht, daß Brandy nach Edinburgh geht«, erklärte Lady Adella ernst, ohne auf Felicitys beleidigende Bemerkung einzugehen. »Ian wird das Mädchen mit einer angemessenen Mitgift ausstatten. Da sie auch englisches Blut in den Adern hat, möchte ich, daß sie in London einen geeigneten Ehemann findet. Sie ist die Enkelin eines Grafen, und sie wird Geld haben. Also kann sie sich aussuchen, wen sie möchte.«

»Und was ist mit mir, Großmama?« fragte Constance kriegerisch und beugte sich vor.

Claude grinste breit und stieß Bertrand in die Rippen. »Für dich haben wir andere Pläne, Mädchen. Du brauchst dir um deine Zukunft keine Sorgen zu machen. Nicht wahr, Bertie?«

»Für die meisten Dinge gibt es den richtigen Zeitpunkt und den richtigen Ort«, erwiderte Bertrand. Seine Stimme klang so steif wie sein Rücken sich anfühlte. »Beides ist im Augenblick nicht gegeben. Ich wäre dir und Lady Adella dankbar, wenn ihr euch nicht in meine Angelegenheiten einmischen würdet.«

Er mied Constances verblüfften Blick und konzentrierte sich auf sein Haggis, das plötzlich nicht mehr so gut schmeckte wie vorher. Connie hatte schließlich keine Ahnung, was er für sie empfand. Nun, sie war noch jung, recht kindlich und lernte gerade, eine Frau zu werden. Es gefiel ihm, wenn sie ihre weiblichen Tricks ausprobierte – außer, wenn sie sich damit an Percy, diesen verdammten Mistkerl, wandte. Er liebte es, sie heranwachsen zu sehen. Manchmal sagte sie dumme Sachen, überlegte dann einen Augenblick und änderte ihre Meinung. Er war dann immer sehr stolz auf sie. Sie brauchte Zeit – es hatte keinen Sinn, wenn Lady Adella oder sein verflixter Vater sie drängten.

»Paß nur auf, daß du keine grauen Haare bekommst, bevor du dich entscheiden kannst, mein Junge.« Lady Adella deutete mit ihrer Gabel auf ihn.

»Ich finde, Bertrand verhält sich bemerkenswert vernünftig«, sagte Ian mit wohlklingender, beruhigender Stimme, die die Atmosphäre sofort entspannte. Als er sah, daß Cook Trifle auf den Tisch stellen wollte, fügte er rasch hinzu: »Es war ein ausgezeichnetes Abendessen – Cook hat sich selbst übertroffen, und ich denke, wir sollten mit dem Dessert noch warten und uns jetzt in den Salon zurückziehen.«

Brandys spöttisches Lächeln verursachte ihm ein unangenehmes Gefühl in der Magengegend. »Aber Trifle ist doch eine englische Spezialität, Ian. Bist du sicher, daß du nicht doch etwas davon essen möchtest? Hast du mir nicht gesagt, wie gut es dir beim letzten Mal geschmeckt hat, als Cook es nur für dich zubereitet hat?«

Er schenkte ihr ein Lächeln, das Vergeltung versprach. »Natürlich habe ich das gesagt. Aber jetzt solltest du Lady Adella in den Salon helfen.«

»Ja, mein Kommandant«, erwiderte sie so leise, daß nur er es verstehen konnte. Unerwartet kam Giles ihm zu Hilfe – er stand auf und bemühte sich eifrig um Lady Adella. »Warum gehen wir nicht alle in den Salon, Ian. Je eher, desto besser. Ich glaube nicht, daß die Gentlemen etwas Wichtiges unter sich zu besprechen haben. Hier, Ihr Stock, Mylady. Wo waren wir stehengeblieben. Ah ja ... Dwyer. Erinnern Sie sich an den bärbeißigen alten Vicomte Dwyer, Mylady?«

»Dwyer, Dwyer«, wiederholte Lady Adella langsam. »Nein, mein Junge«, gab sie schließlich zu und runzelte enttäuscht die Stirn.

»Das macht nichts, Mylady«, erwiderte Giles gewandt. »Er ist es nicht wert, sich den Kopf zu zerbrechen.« Soweit Giles wußte, gab es keinen Vicomte Dwyer. Er amüsierte sich köstlich und ignorierte Ians warnenden Blick.

»Warum erzählen Sie mir nicht von Ihrer eigenen Familie? Und der des Herzogs?« schlug Lady Adella vor, nachdem Giles ihr auf ihren Sessel im Salon geholfen hatte. »Ich weiß, daß meine Schwester einen schmeichlerischen Kriecher geheiratet hat, und ich frage mich, woher Ian seine Körpergröße hat.«

»Vielleicht hat Ihre Schwester dem Kriecher einen Streich gespielt, Mylady«, meinte Giles.

Lady Adella gluckste vor Vergnügen so laut, wie Claude es zu tun pflegte, und Brandy war froh, daß ihre Großmutter nicht mehr beim Essen saß und den Mund voll hatte. Lady Adella drehte sich um und versetzte Giles einen leichten Schlag auf die Schulter.

Brandy beobachtete, wie Ian Felicity auf einen Stuhl half – als wäre sie ein hilfloses Baby, dachte sie verächtlich –, und beugte sich dann vor zu ihrer Großmutter und Giles. »Ja, Giles. Wir wissen so wenig über Ihre Familie. Ian hat nie darüber gesprochen ...«

»Was? Er spricht nicht über seine berühmten Vorfahren? Das ist eine Schande.«

Obwohl er seinen Cousin freundlich anlächelte, bemerkte Brandy den spöttischen Ausdruck in Giles Augen. »Das erlauchte Oberhaupt unserer Familie hat also auch nicht nur ein bißchen mit seinem beachtlichen Stammbaum geprahlt?« Er wandte sich an Ian. »Du überläßt es also mir, deine Bedeutung herauszustreichen, Ian. Nun gut, wenn es sein muß, werde ich das übernehmen.«

»Wie du willst, Giles«, entgegnete der Herzog. »Aber langweile die Damen nicht so, daß ihre Köpfe auf die Teetassen sinken.«

Felicity gefiel es nicht, daß Ian Scherze über seine berühmte Familie machte – immerhin war er ein Herzog. Das schickte sich nicht – es war beinahe ein Sakrileg. »Aber Hoheit, wie kannst du nur so über deine noblen Vorfahren sprechen? Ihre Namen stehen in unseren Geschichtsbüchern. Sie haben Schlachten gewonnen, dienten Königen als Minister, erzielten Erfolge in der Politik, erwarben wunderschöne Besitztümer und ...«

»Ja, und sie kauften sich auch Wahlbezirke«, warf Ian ein. »Sie zögerten keinen Moment, Stimmen für diese Speichellecker zu kaufen, die ihre Wünsche erfüllten. Natürlich waren die meisten im Oberhaus und mußten keinen Penny ausgeben. Sie beschränkten sich darauf, alle mit ihren Reden zu Tode zu langweilen.«

»Ach, Ian, ein berühmtes Mitglied des Oberhauses zu sein, ist wirklich eine großartige Sache«, sagte Brandy mit zuckersüßer Stimme. »Ich schwöre, ich hätte mich bei einer Rede von einem deiner großen Vorfahren nicht gelangweilt. Und natürlich bin ich bereit, mich auf angemessene Weise beeindruckt zu zeigen, sobald Giles sich um Großmamas leibliches Wohl gekümmert hat.«

»Sie sollten zur Kenntnis nehmen, daß die Familie Carmichael einen noblen und stolzen Stammbaum besitzt. Rein englisch, versteht sich. Unverdorben von ausländischem Blut«, sagte Felicity aufgebracht.

»Du hast wohl bereits den Comte und die Comtesse de Vaux vergessen, meine Liebe.« Giles Stimme klang seidenweich.

»Giles!« rief der Herzog wütend.

Brandy warf ihm einen Blick zu, konnte ihre Frage aber nicht unterdrücken. »Wer waren die de Vaux, Giles?«

»Ich soll anscheinend nicht darüber sprechen, also muß der Herzog Ihnen darauf eine Antwort geben, Brandy.«

»Die de Vaux ändern nichts daran, Giles«, erklärte Felicity bestimmt. »Schließlich haben sie kein französisches Blut in die Linie der Portmaines gebracht.«

»Das ist richtig, meine Liebe«, stimmte Giles zu und zog eine Schnupftabakdose aus der Tasche seiner gemusterten Weste.

»Brandy, spiel uns etwas vor«, befahl der Herzog barsch. »Ich möchte eine schottische Ballade hören.«

Brandy sah ihn an, aber er hatte seinen Blick auf Giles gerichtet und wirkte sehr zornig. Sie war so verwirrt über diese unverhoffte Wendung der Unterhaltung, daß sie nicht widersprach.

Nachdem sie eine traurige Ballade von Robert Burns vorgetragen hatte, bemerkte Miß Trammerley spitz: »Es ist sehr schwer, an einem Lied Gefallen zu finden, wenn man den Text nicht versteht.«

Brandy brannte darauf, mehr über Ians Familie und die mysteriösen de Vaux zu erfahren, doch Felicity erhob sich mit einem verhaltenen Gähnen und bat den Herzog liebenswürdig, sie zu ihrem Zimmer zu begleiten. »Der Flur ist so dunkel, Hoheit. Ich fürchte, mich zu verlaufen oder über eine dieser unebenen Planken zu stolpern. Wahrscheinlich stehen überall rostige Nägel heraus. Der Teppich ist so verschlissen, daß man wirklich vorsichtig sein muß. Bitte komm mit mir.«

»Ich wünschte, sie würde sich den Knöchel brechen«, flüsterte Constance Brandy gehässig zu.

»O nein, Connie«, erwiderte Brandy leise. »Denk daran, wie lange sie dann hierbleiben würde. Und wir müßten sie wahrscheinlich bedienen.«

Claude erhob sich mühsam und küßte Lady Felicitys Hand.

»Benimm dich nicht wie ein alter Narr«, schnarrte Lady Adella laut. Alle waren an diesen Tonfall gewöhnt – nur Giles und Felicity zuckten zusammen und starrten die alte Dame an. Lady Adella schien ihre Blicke jedoch nicht zu bemerken. »Lady Felicity legt sicher keinen Wert auf die Aufmerksamkeiten eines Arthritikers wie du einer bist.«

Lady Felicity war offensichtlich anderer Meinung, denn sie lächelte Claude so hoheitsvoll an wie eine Königin, die mit ihrem Untertan sehr zufrieden ist, und Claude plusterte sich auf wie ein Pfau. Sie murmelte einen Gute-Nacht-Gruß, legte ihre zarte weiße Hand auf Ians Arm und verließ mit ihm den Salon.

Der Herzog war verärgert und gab sich dieses Mal keine Mühe, seine Stimme sanft klingen zu lassen.

»Natürlich freue ich mich sehr, dich zu sehen«, sagte er zu seiner Verlobten, während sie die Treppe hinaufstiegen. »Aber deine Manieren ließen heute abend zu wünschen übrig.«

Lady Felicity war ebenso erzürnt wie der Herzog. Sie atmete tief ein und biß die Zähne zusammen, damit ihr kein für eine Dame unschicklicher Fluch entschlüpfte. Es war sehr schwer, aber es gelang ihr, ihre Zunge im Zaum zu halten. Offensichtlich hatte er wieder einmal schlechte Laune.

»Ich weiß, wie fremd dir alles hier vorkommt, aber du mußt dich bemühen, freundlich zu sein. Es wird dich nicht umbringen, wenn du nett zu den Leuten bist, dich nicht ständig beschwerst und alles und jeden kritisierst. Du wirst nicht sehr lange hierbleiben, also ist das sicher nicht zuviel verlangt.«

Das war zuviel für Felicity. Sie vergaß alles, was ihre Mutter ihr beigebracht hatte und schrie den hochgewachsenen, dunklen Mann an, den sie heiraten sollte: »Freundlich?« In ihrer Stimme lag unverhohlener Sarkasmus. »Es ist natürlich sehr leicht, in diesem mottenzerfressenen Haushalt freundlich zu sein. Und du, Hoheit, machst mir den Aufenthalt sehr angenehm, indem du davon sprichst, Suffolk um ein Dutzend Bälger zu bereichern, die aussehen sollen wie dieses schrecklich vulgäre Kind Fiona. Es ist wirklich ein schöner Gedanke, sich vorzustellen, wie eine Zuchtstute in Carmichael Hall, diesem riesigen Mausoleum, eingesperrt zu sein. Solltest du jemals geglaubt haben, daß ich mein Leben in London aufgeben würde, hast du dich gründlich geirrt, Hoheit.«

»Soll das heißen, du willst mir keine Kinder schenken, Felicity?« Ian spürte ihre Abneigung, als sie ihn unbewußt musterte. Er war ein großer Mann, aber sie mußte doch wissen, daß er ihr niemals wehtun würde – vor allem nicht im Bett. Mit Marianne war er immer sehr zärtlich umgegangen. Vielleicht wußte Felicity das nicht, oder sie hatte einfach Angst, wie sich das für eine Jungfrau gehörte.

»Du hast mir jetzt einiges verraten«, fuhr er fort. Im Augenblick war er sich nicht im klaren, ob er sie die Treppe hinunterstoßen oder ihr versichern wollte, daß er sie gut behandeln würde. Nein, er mußte eine Antwort haben. »Willst du Kinder mit mir haben, Felicity?«

Sie war nicht dumm. Rasch streckte sie die Hände aus und atmete tief ein. »Die Frage ist lächerlich. Ich bin einfach nur übermüdet. Die Reise war sehr anstrengend – ich brauche Schlaf, um mich zu erholen.«

»Natürlich.« Ian öffnete die Tür zu ihrem Schlafzimmer und ermahnte sich, ihr die gleiche Geduld entgegenzubringen wie Marianne. Er hatte sich nicht richtig verhalten – er war an diesem Abend zu grob zu ihr gewesen, und das tat ihm nun leid. Sicher war alles, was sie gesagt hatte, auf ihre Erschöpfung zurückzuführen. Dafür mußte er Verständnis aufbringen. Er lächelte zu ihr hinab, berührte sie jedoch nicht.

»Wir sehen uns morgen«, sagte er und verließ sie.

21

Vom Fenster des Kinderzimmers konnte man die Auffahrt von Schloß Penderleigh sehen. Brandy beobachtete, wie der Herzog Felicity in ihrem hübschen blauen Reitkleid auf Cantors Rücken half. Eifersucht schnürte ihr beinahe die Kehle zu. Felicity saß aufrecht und mit geradem Rücken im Sattel – eine perfekte Reiterin, die niemals vor etwas zurückschrecken oder gar vom Pferd fallen würde. Sie wirkte sehr elegant und selbstsicher und war die perfekte Partnerin für den englischen Herzog – im Gegensatz zu ihr, einer zerlumpten Schottin, die nur zufällig die Enkelin eines Adligen war. Brandy wußte, sie sollte aufhören daran zu denken, aber Felicity ritt Cantor, *ihr* Pferd, das sie beinahe umgebracht und zu schätzen gelernt hatte. Die Zukunft war festgelegt, daran würde sich nichts mehr ändern. Sie mußte endlich aufgeben. Brandy drehte sich um und wandte sich Fiona zu, um mit ihr zu lernen.

An diesem Morgen legte Brandy das dicke Buch von Brandenstone über die Geschichte Schottlands beiseite, breitete statt dessen eine verknitterte Landkarte von England aus und stellte Fiona die Aufgabe, Suffolk zu suchen. Anscheinend wollte sie sich quälen – das war die einzige Erklärung dafür.

»Suffolk«, sagte Fiona und verlieh dem Namen durch ihren schottischen Akzent einen neuen Klang. »Wo ist Suffolk, Brandy?«

»Das ist eine Grafschaft in England, mein Püppchen. Dort lebt Ian, wenn er sich nicht in London aufhält. Er besitzt einen Landsitz, der Carmichael Hall heißt. Es gibt dort einen See, in dem er gern schwimmt.« Brandy stellte sich vor, wie er aus dem Wasser stieg, naß und nackt, so wie an jenem Abend, als sie ihn in seinem Schlafzimmer neben der Badewanne überrascht hatte. Meine Güte, sie mußte endlich damit aufhören!

»Ach so«, meinte Fiona. »Das ist seine herzogliche Residenz.« Sie fuhr mit einem ihrer kurzen Finger über die Karte und suchte den Osten Englands.

»Wo hast du das denn gehört, Püppchen?«

»Großmama hat es gesagt«, erwiderte Fiona, den Blick auf die Landkarte gerichtet. »Was ist ein ›Herzoglich‹?« fragte sie und sah auf.

Brandy warf den Kopf in den Nacken und lachte. »O Püppchen«, sagte sie belustigt. »Das klingt, als würde es sich um so etwas wie einen Tümmler handeln. Oder ein Getränk, das Fraser für Bertrand oder Onkel Claude zubereitet. ›Herzoglich‹ bezieht sich darauf, daß Ian ein Herzog ist. Diese beiden Wörter gehören zusammen.« Es war keine besonders gute Erklärung, aber Fiona nickte zufrieden.

Sie legte ihren Zeigefinger auf Suffolk und blickte dann zu ihrer Schwester auf. »Wann wird diese böse Lady abreisen?«

Brandy seufzte. »Das weiß ich nicht, mein Püppchen. Sie ist die Frau, die Ian heiraten wird.«

»Warum sollte er sie heiraten wollen? Mit uns hat er viel Spaß – sogar wenn Percy hier ist. Ich wette, er hat nicht viel zu lachen, wenn er mit ihr leben muß. Vielleicht kannst du ihm das ausreden, Brandy.«

»Ich? Nein, dagegen kann ich nichts unternehmen, Püppchen. Es tut mir leid, aber so ist es nun einmal.«

»Warum ist sie überhaupt hierhergekommen? Sie mag uns nicht, also warum?«

»Das ist eine gute Frage, aber ich habe keine Antwort darauf, Fiona.«

»Nun, ich hoffe, sie schleppt Ian nicht mit sich fort. Vielleicht sollte ich ihr eine Kröte ins Bett legen ...«

Brandy nahm Fiona fest in die Arme. »Nein, mein Püppchen. Aber ich würde gern ihr Gesicht sehen, wenn du ihr eine dieser dicken Kröten vorsetzen würdest, die im Sumpf von Perranporth herumhüpfen. Nein, das dürfen wir nicht tun. Ian wäre verärgert. Sie ist seine Verlobte, also müssen wir nett zu ihr sein – auch wenn ich davon Magenschmerzen bekomme.«

Brandy fragte sich, was er jetzt gerade tat und worüber er mit Felicity sprach.

Ian ritt im leichten Galopp neben Felicity auf der Straße, die an der Küste entlangführte, und dachte darüber nach, warum er darauf bestand, noch länger in Penderleigh zu bleiben. Ein plausibler Grund wäre natürlich, daß er sich noch eine Weile um die Schafe und die Abwicklung der Geschäfte kümmern mußte, doch er wußte, der Blitz könnte ihn treffen, wenn er diese Lüge laut ausspräche. Nein, es war Brandy, die ihn zurückhielt – das konnte er nicht länger leugnen. Verdammt, das durfte nicht sein. Er dachte daran, wie sie zu ihm aufgesehen hatte, als wäre er für sie der einzig wichtige Mensch auf der ganzen Welt.

Ihm fiel die Stunde ein, die er mit Brandy in der Hütte verbracht hatte, ihre wunderschönen, weichen Lippen und die unschuldigen kleinen Seufzer, die zeigten, wie sehr sie seine Küsse genossen hatte.

»Ian, bitte reite nicht so schnell. Ich kann auf diesem zerfurchten Pfad nicht galoppieren. Der Strand liegt mindestens fünfzehn Meter unter uns. In diesem schrecklichen Land scheint es keine anständigen Straßen zu geben.«

Ian zügelte sein Pferd, atmete tief durch und drehte sich zu Felicity um. »Entschuldige, meine Liebe. Ich habe nicht darauf geachtet.«

»Ian, was ist nur los mit dir? Du benimmst dich ganz anders als sonst. Ich kann nicht behaupten, daß mir die Veränderung an dir gefällt. Es scheint beinahe so, als würde es dir Spaß machen, dich mit diesen vulgären Leuten abzugeben. Entschuldige, aber das ist die Wahrheit. Du bist nur entfernt verwandt mit ihnen – niemand kann erwarten, daß du gern mit ihnen zusammen bist. Würdest du dich nicht lieber wieder unter deinesgleichen bewegen?«

Der Herzog hielt Hercules zurück, bis er sich auf gleicher Höhe mit Cantor befand. »Warum bist du nach Penderleigh gekommen, Felicity? In meinem Brief habe ich dir erklärt, warum ich noch länger bleiben muß. Und ja, ich bin sehr gern in Gesellschaft meiner Verwandten. Sie sind so natürlich, sogar der zahnlose Onkel Claude, der ständig gackernd lacht, und Lady Adella, die sich so säuerlich verhält, wie Cooks Erdbeermarmelade schmeckt. Jetzt sag mir, warum du nach Penderleigh gekommen bist.«

Felicity hatte nicht vor, ihm zu verraten, daß ihre Mutter sie ermutigt hatte, ihn im Auge zu behalten – sie war entsetzt gewesen, als Ian England und Felicity den Rücken gekehrt hatte.

»Er ist viel zu weit entfernt von dir, mein Liebling«, hatte ihre Mutter gesagt und ihr die Wange gestreichelt. »Männer, auf die man nicht sorgfältig aufpaßt, können in Schwierigkeiten geraten. Ja, mein Schatz, ich denke, du solltest in dieses entsetzliche Land fahren und ihn nach Hause holen – bring ihn wieder dorthin, wo er hingehört. Männer haben keinen stabilen Charakter. Wenn er schon Dummheiten macht, sollte es wenigstens in deiner Nähe geschehen.« Nein, das konnte Felicity ihm nicht sagen.

Sie lachte leise und gab ihrer Stimme einen verführerischen Klang. »Ich sagte dir bereits, daß ich dich vermißt habe, Ian. Das ist doch ein ausreichender Grund, um meinem Verlobten einen Besuch abzustatten.«

Der Herzog hob die Augenbrauen. »Komm schon, Felicity. Deswegen hast du den weiten Weg nach Schottland gemacht? Wärst du einmal deshalb nach Carmichael Hall gefahren, könnte ich das vielleicht verstehen.«

Felicity zog ihre Handschuhe glatt und bemühte sich, ihren Zorn auf ihn zu unterdrücken. »Mir scheint, du nimmst mich ins Kreuzverhör«, sagte sie schließlich eisig. Sie wußte, ihre Stimme klang zu kühl, aber sie konnte nichts dagegen tun. »Wie ich bereits gesagt habe, hast du dich sehr verändert.«

»Verändert? Du hast mich bisher noch nie außerhalb der Londoner Gesellschaft erlebt, meine Liebe. Ich war sehr überrascht, daß du mitten in der Saison auf die Vergnügungen in London verzichtest, um an einen Ort zu fahren, den du offensichtlich verabscheust. Deine Reise war Zeitverschwendung. Es gab überhaupt keinen Grund für dich hierher zu kommen.«

Hielt er sie etwa für dumm und blind? Das brachte das Faß zum Überlaufen. »Ist es denn so unwahrscheinlich, daß ich dich sehen wollte? Oder ist es dir vielleicht unangenehm, daß ich es gewagt habe, dich bei *deinen* Vergnügungen zu stören, Hoheit? Bist du denn tatsächlich so überheblich zu glauben, ich würde nicht bemerken, daß diese Brandy, diese kleine Schlampe, versucht, dich davon abzulenken, was du deinem Stand und mir schuldig bist?

Sie kann mich mit ihren lächerlichen, abgerissenen Kleidern und diesen kindischen Zöpfen nicht täuschen. Ich habe beobachtet, wie sie dich ansah und dich auf eine absurde Weise rührselig anlächelte. Ihr Versuch eines neckischen Geplänkels war keineswegs amüsant. Hast du tatsächlich geglaubt, ich würde nicht bemerken, wie liebevoll du in deinem Brief von ihr geschrieben hast? Oder war dir das gleichgültig?«

Ian starrte sie verblüfft an. Er konnte nicht fassen, daß aus diesem hübschen Mund, der so sanft und zart wirkte, solch bittere und gehässige Worte kommen konnten. Hercules bäumte sich auf, als Ian versehentlich zu fest an den Zügeln zog. Er beruhigte das Pferd und versuchte, auch sich selbst unter Kontrolle zu bringen. Was wollte Felicity von ihm hören? Sollte er etwa bestätigen, daß Brandy eine Schlampe war? Sie hatte ihn gefragt, ob sie ihm gleichgültig war. Vielleicht hatte sie recht. Bedeutete sie ihm noch etwas?

»Was willst du damit sagen, Felicity?« fragte er schließlich ruhig. Wahrscheinlich forderte er damit ihren Zorn noch mehr heraus, aber zum ersten Mal, seit er sie kannte, verstand er sie nicht. Natürlich war ihm jetzt klar, daß er sie niemals wirklich verstanden hatte. Giles hatte recht gehabt, aber er hatte leider nicht auf ihn gehört. Doch jetzt mußte er die Sache zu Ende bringen. »Also was meinst du damit, Felicity?«

Felicity wandte ihr Gesicht ab und zwang sich, daran zu denken, daß sie die älteste Tochter des Earl von Braecourt war und keine kleine, flatterhafte, zerlumpte Göre aus der Wildnis Schottlands. Sie zuckte die Schultern. »Ich denke, es ist nur natürlich, daß du dich vergnügen willst – sogar an einem so verhaßten, unzivilisierten Ort. Soviel ich weiß, suchen viele Gentlemen unserer Klasse ihr Vergnügen bei Mätressen und Huren, selbst wenn sie verlobt sind. Ich würde dich nur bitten, deine Hure nach unserer Heirat nicht nach London zu bringen. Und solltest du es nicht lassen können, dann halte sie zumindest von mir und unseren Freunden fern.«

»Aha, da ich ein Herzog bin, wäre es verständlich, wenn ich mir Mätressen halten und zu Huren gehen würde. Du gehst also davon aus, daß ich nichts von Treue und Ehre halte?«

»Das ist nicht der Punkt, Hoheit. Meines Wissens haben die Mätressen und Huren eines Gentlemans nichts mit Ehre oder Treueschwüren zu tun. So liegen die Dinge nun einmal.«

»Aber nicht bei mir. Wenn ich ein Verspreche gebe, halte ich es auch. Es ist mir ganz egal, was andere Leute tun. Ich nehme an, dein Bruder Lord Sayer hat dir das alles eingeredet, nicht wahr?«

»Er hat mir nur gesagt, daß du mich sicher genauso gut wie eine bevorzugte Mätresse behandeln und mich in Ruhe lassen wirst, sobald ich dir einen Erben geschenkt habe. So verhalten sich Gentlemen eben. Aber es geht nicht nur darum, was mein Bruder sagt. Ich bin nicht blind, Hoheit. Viele verheiratete Paare, die ich kenne, scheinen sich zu Beginn sehr nah zu stehen. Doch dann sucht er sich eine Mätresse, und sie nimmt sich einen Liebhaber.«

»Das ist die traurige Wahrheit«, erwiderte der Herzog.

»Aber ich sage dir noch einmal, daß ich nicht so bin. Viele meiner Freunde sind glücklich verheiratet und ihren Frauen absolut treu. Natürlich sind diese Frauen auch ihren Männern treu. Aber ich möchte noch einmal auf meine Frage zurückkommen. Du bist also den ganzen Weg nach Penderleigh gereist, weil ich dir von Brandy geschrieben habe, und du angenommen hast, sie wäre meine Mätresse? Ich denke, ich beginne, dich zu verstehen.«

Vielleicht tat er das wirklich. Felicity war verstimmt und hatte Angst um ihre Position – oder besser gesagt, um ihre Stellung als zukünftige Herzogin von Portmaine.

»Das glaube ich dir, Ian. Du wirst sie also nicht nach London bringen und mich vor unseren Freunden bloßstellen? Kannst du bis nach unserer Hochzeit warten und dich dann diskret verhalten?«

»Ich werde Brandy niemals als meine Mätresse nach London bringen – egal, ob ich verheiratet bin oder nicht. Brandy weigert sich zu kommen, obwohl es mein Wunsch ist. Ich möchte, daß sie eine Saison erlebt, sich amüsiert und einen Gentleman kennenlernt, den sie liebt und heiraten will. Aber, wie ich bereits sagte, lehnt sie das strikt ab.«

Bevor Felicity sich dazu äußern konnte, fuhr er rasch fort. »Ich habe dich gestern abend gefragt, ob du dir Kinder von mir wünschst, Felicity. Jetzt muß ich dich um eine Antwort bitten.«

22

Sie senkte den Blick und bemühte sich, wie ein schüchternes Mädchen zu wirken, doch ihre Stimme klang nicht so sanft, wie sie es geplant hatte. »Ich werde natürlich meine Pflicht tun.«

»Deine Pflicht«, wiederholte er tonlos. Meine Güte, wie

hatte er nur so blind sein können? Warum hatte er nicht begriffen, wer und was sie war?

»Du brauchst einen Erben. Sogar meine Mutter sagt das. Jeder Lord muß einen Sohn haben, dem er seinen Namen und seinen Titel vererben kann. Jetzt ist Giles dein gesetzlicher Erbe, aber da er nur zwei Jahre älter ist als du, ist es sehr unwahrscheinlich, daß er deinen Titel übernehmen kann. Mach dir keine Sorgen, Hoheit. Ich werde tun, was von mir erwartet wird.«

»Liebst du mich, Felicity?«

Sie war so überrascht, daß sie die Zügel scharf anzog. Das Pferd machte einen Satz zur Seite und näherte sich gefährlich den steilen Klippen. Ian zog es rasch zurück. Felicity lachte, setzte sich im Sattel zurecht und fächelte sich mit ihren behandschuhten Händen Luft zu. »Eine seltsame Frage, Hoheit. Ich glaube beinahe, dein Verstand hat in diesem rückständigen Land ein wenig gelitten. Natürlich schätze ich dich und deine Familie sehr – so wie du es von der zukünftigen Herzogin von Portmaine erwartest. Du läßt dich doch sicher nicht von solchen Gefühlen hinreißen, die man bei Angehörigen der unteren Klassen und bei dummen Frauen findet, die Kitschromane lesen.«

»Unterscheiden sich denn ein Herzog und seine Herzogin von allen anderen?«

Felicity warf ihm einen seltsamen Blick zu, in dem sowohl Nachsicht wie auch ein gewisses Maß an Verachtung lag. »Ein Herzog und seine Herzogin sollten den Menschen von niedrigerem Stand ein Beispiel geben. Rührselige Gefühlsregungen haben in unseren Kreisen selbstverständlich keinen Platz. Ich kann mir kaum vorstellen, daß es dir gefallen würde, wenn die Herzogin von Portmaine sich in der Öffentlichkeit unschicklich an dich klammerte und Szenen lieferte, wie man sie sonst nur auf einer Bühne zu sehen bekommt. So wurde ich nicht erzogen – ich würde mich niemals so geschmacklos verhalten.«

Ian sah sie traurig an. Möglicherweise waren sie einmal gleicher Meinung gewesen, doch das war nun vorbei. Felicity hatte recht – er hatte sich auf gewisse Weise verändert. Er war zu einem Mann geworden, den er selbst nicht recht verstehen konnte. Vielleicht war er schon immer so gewesen und hatte es nur nicht begriffen. Das wußte er nicht. Er seufzte. Selbst wenn er kein Herzog wäre, blieb er immer noch ein Gentleman, und ein Gentleman löste keine Verlobung, die bereits offiziell bekanntgegeben worden war. Aber er konnte sich nicht vorstellen, den Rest seines Lebens mit dieser Frau zu verbringen. Nun, das war allein sein Fehler. Er hatte in ihr gesehen, was er sehen wollte. Für die Entscheidung, die er getroffen hatte, würde er nun bitter büßen müssen. Felicity würde sich niemals ändern. Mehr gab es dazu nicht zu sagen.

»Ich glaube, wir sollten nach Penderleigh zurückkehren«, sagte er kurz angebunden und riß Hercules herum.

Felicity lächelte, nickte gnädig und folgte ihm.

Percys Ankunft trug nicht gerade dazu bei, Ians Laune zu verbessern. Er war jedoch überrascht, daß Percy sich nicht so zynisch wie gewöhnlich gab, sondern offen seine Freude zeigte. Er lächelte und schien glücklich zu sein.

Es würde wohl noch eine Weile dauern, sich daran zu gewöhnen. Percy verkündete, daß er nun kein Bastard mehr sei, sondern ein wahrer Robertson. Das schottische Gericht in Edinburgh hatte ihn auf dringendes Ersuchen von MacPherson am vorherigen Nachmittag legitimiert.

Ian bemerkte, daß Bertrand bei diesen Neuigkeiten erblaßte. Claude schnaubte verärgert und starrte Lady Adella aus seinen wässrigen Augen böse an. Die alte Dame amüsierte sich offensichtlich prächtig und schlug Percy kräftig auf den Rücken, bevor sie sich an Claude wandte. »Ärgere dich nicht, deine Zeit wird kommen«, sagte sie höhnisch. »Was ist schon eine weitere Woche oder ein Monat mehr? Alles zu seiner Zeit – der alte MacPherson kann nicht alles gleichzeitig erledigen.«

Am meisten überraschte Ian Felicitys Reaktion auf Percy. Er hatte damit gerechnet, daß sie ihre aristokratische Nase über einen Bastard – oder einen bisherigen Bastard – rümpfen würde, aber er hatte sich getäuscht. Percy ergriff eine ihrer schmalen Hände, flüsterte ihr einige – zweifellos schmeichelhafte – Worte ins Ohr und küßte sie leicht auf das Handgelenk. Verblüfft sah Ian, wie Felicity leicht errötete. Er war immer sehr behutsam mit ihr umgegangen, stets darauf bedacht, ihre Unschuld nicht auszunützen oder sie zu schockieren. Percy könnte sie jedoch anscheinend sogar auf den Mund küssen, und sie würde seinen Kuß erwidern und sich bedanken.

Giles begegnete Percy auf seine gewohnt höfliche Art und flüsterte Ian nachdenklich zu, daß dieser Mann vielleicht zweifelhafter Abstammung war, sich aber ungewöhnlich gut darauf verstand, mit Frauen umzugehen.

Allerdings mit einer Ausnahme, dachte Ian mit einem Blick auf Brandy.

Beim Abendessen berichtete Percy genüßlich von dem Besuch, den er Conan MacDonald, Joannas Vater, nach seiner Legitimation abgestattet hatte. »Ihr hättet den Gesichtsausdruck des alten Kauzes sehen sollen, als ich ihm sagte, ich hätte seinen Wunsch befolgt, erst wiederzukommen, wenn mein Name reingewaschen sei. Er lief dunkelrot an, wußte aber genau, daß er mich nicht länger von seiner pausbäckigen Tochter fernhalten kann. Ich bin jetzt ein anerkannter Robertson, und dieser Name hat Tradition.«

»Warum machen Sie einer Dame den Hof, die Sie nicht verehren, Sir?« fragte Felicity liebenswürdig.

»Nun, ich würde wetten, die liebe Joanna ist eine reiche Erbin«, bemerkte Giles und warf Percy einen wissenden Blick zu.

»Allerdings«, erwiderte Percy lachend. »Dieses kleine plumpe Täubchen denkt, die Welt würde sich nur um mich drehen. Conan MacDonald ist trotz seines Reichtums ein gewöhnlicher Mann, aber damit kann ich leben.«

»Und mit der Bewunderung der Tochter«, sagte Giles.

»Ja, zumindest für eine gewisse Zeit«, stimmte Percy zu.

Ian wunderte sich, daß Felicity Percy trotz seines starken schottischen Akzents offensichtlich gut verstand. Er hatte immer noch Schwierigkeiten zu begreifen, daß er so blind gewesen war. Er hatte sich verhalten wie ein Narr. Rasch schob er sich eine Gabel mit Haggis in den Mund – mittlerweile hatte sich sein Magen mit diesem Gericht angefreundet.

»MacDonald akzeptiert dich also, mein Junge?« fragte Lady Adella.

»Zweifelst du etwa daran, Lady? Der alte Angus mag zwar in der Hölle schmoren, besitzt aber immer noch großen Einfluß bei der hiesigen schottischen Bevölkerung. Du kannst dir wohl vorstellen, daß ich natürlich auch nicht versäumt habe, den Titel und die Bedeutung unseres jetzigen Earl of Penderleigh zu betonen. Dem alten Mann traten beinahe die Augen aus dem Kopf, als ich ihm sagte, daß ein englischer Herzog nun unser Earl ist.«

Lady Adella hob warnend ihren verknöcherten Zeigefinger. »Du Schurke – du hast doch MacDonald nicht etwa erzählt, daß du der Erbe des Herzogs bist, oder?«

Ian stellte mit einer heftigen Bewegung sein Weinglas auf den Tisch. »Der Erbe des Herzogs ist noch nicht geboren. Ich denke, er wird im nächsten Jahr das Licht der Welt erblicken.«

»Aha, du wirst also einiges zu tun haben«, flüsterte Giles Felicity zu. »Der Herr hat seine Befehle erteilt. Nun, du wirst dich als Zuchtstute zweifellos gut machen – zumindest für eine Weile.«

Brandy hörte seine leise Bemerkung und hätte am liebsten laut aufgeschrien.

»Halt den Mund, Giles«, befahl Ian zornig.

Giles lächelte schief und hob sein Weinglas. »Ich möchte einen Toast ausbringen, Ian. Möge dir dieses Mal mehr Glück vergönnt sein.«

Ian wurde blaß, und Brandy hob ruckartig den Kopf. Was meinte Giles damit? Dieses Mal?

Constance, die bisher ganz ruhig neben ihr gesessen hatte, warf plötzlich ihre Serviette auf den Tisch und lief aus dem Zimmer.

»Was ist denn nur mit dem Kind los?« fragte Lady Adella. »Diese verdammten Mädchen. Erst heulen sie, und eine Minute später lachen sie wieder. Das geht mir auf die Nerven. Als ich in ihrem Alter war, habe ich mich sicher nicht so verhalten.«

»Daran erinnert sich wohl heute niemand mehr«, sagte Claude kichernd. »Das liegt schon viele Jahrzehnte zurück.«

»Ich werde mich um sie kümmern«, erklärte Bertrand und ging Constance nach.

Aus dem kleinen Zimmer neben dem Salon hörte er wütendes Schluchzen. Die Tür stand offen, und er entdeckte Constance bäuchlings auf dem Sofa liegen.

Ihr schwarzes Haar fiel ihr über die bloßen Schultern, und sie sah so entzückend aus, daß Bertrand sich nichts mehr wünschte, als sie in die Arme zu nehmen und zu küssen, bis sie zu weinen aufhörte und seine Liebkosungen erwiderte. Er setzte sich neben sie und sagte leise: »Weine nicht, mein Mädchen. Dafür gibt es keinen Grund.«

»Ach, du bist es, Bertrand«, sagte sie tonlos und rieb sich die Augen.

»Ja, ich bin es.« Er wünschte verzweifelt, sie würde ihm die gleichen Gefühle entgegenbringen, die er für sie empfand.

»Haben Großmama oder Onkel Claude dich geschickt?« Constance versuchte, ihren Schluckauf zu unterdrücken.

»Nein«, erwiderte er lächelnd. »Ich bin gekommen, weil ich mir Sorgen um dich mache.« Er zog ein Taschentuch aus seiner Westentasche und reichte es ihr. »Hier, Connie, wisch dir die Augen und sag mir, was dich beunruhigt.«

Sie tupfte sich Augen und Wangen ab und wandte sich dann zur Seite, während sie das Taschentuch zusammenknüllte.

»Komm schon, Mädchen. Du kannst mir vertrauen. War ich nicht schon immer dein Freund?« Ja, eben nur ein verdammter Freund, dachte er bitter.

Als Constance bemerkte, daß in seinem Blick keine Mißbilligung, sondern nur Anteilnahme lag, stieß sie hervor: »Percy wird diese schreckliche Joanna heiraten – jetzt macht er keinen Hehl mehr daraus. Du weißt, daß er sie nicht liebt. Er ist nur hinter ihrem Geld her. Das ist abscheulich. Ich kann kaum fassen, daß ich ihn so bewundert und begehrt habe.«

Bertrand verfluchte Percy stillschweigend. »Du solltest versuchen, Percys Lage zu verstehen. Er liebt sein ausschweifendes Leben in Edinburgh. Hätte er kein Geld, um seine Vergnügungen zu finanzieren, wäre er unglücklich. Er hat gewählt, was er wollte, und wenn er denkt, eine Frau heiraten zu müssen, die er nicht liebt, tut er mir sehr leid.«

»Aber ich hielt ihn für einen ehrenwerten Mann.« Constance schluckte hörbar. »Und du verteidigst ihn auch noch, Bertrand. Bisher hast du immer gesagt, er würde nichts taugen und wäre keine Beachtung wert.«

Sie hatte recht, aber Bertrand konnte es sich jetzt erlauben, Percy gegenüber großzügig zu sein. »Ich war nie mit seinem Handeln einverstanden, aber ich verstehe seine Beweggründe. Du mußt ihn vergessen, Connie – er verdient deine Zuneigung nicht.«

Constance schwieg eine Weile. War ihr Interesse für Percy jetzt erloschen? Er konnte es nur hoffen.

»Es ist einfach ungerecht«, sagte sie schließlich.

»Das Leben ist nicht immer gerecht. Das weißt du doch. Seit sechzehn Jahren lebst du hier. Als Angus noch bei uns war, hatten wir alle eine schwere Zeit. Mit Lady Adella ist es vielleicht nicht viel besser, aber anders.«

»Aber warum kann Brandy nach London gehen, während ich noch nie in Edinburgh war?«

Bertrand verstand ihren Kummer. »Brandy ist die Älteste, Connie«, erklärte er. »Allerdings halten manche Leute dich eher für eine Frau als sie«, fügte er einer plötzlichen Eingebung folgend hinzu.

»Ja, das stimmt.«

»Ich glaube nicht, daß sie nach London fahren wird. Es ist nicht ihr Wunsch, sondern der des Herzogs. Kannst du dir vorstellen, daß Lady Felicity nach ihrer Hochzeit eine von euch beiden in ihrem Heim aufnehmen will?«

»Nein, das ist unwahrscheinlich. Sie ist eine Hexe, Bertrand. Armer Ian. Warum will er sie heiraten? Geld braucht er sicher nicht. Also warum?«

»Ich weiß es nicht. Vielleicht sind alle Ladies in London wie sie, und Felicity war die beste Wahl. In ihrer Gesellschaft würdest du dich sicher nicht sehr wohl fühlen. Edinburgh ist eine wunderschöne Stadt, Connie. Ich denke, daß du dich in naher Zukunft dort einige Zeit aufhalten wirst. Ian hat mir erzählt, daß es in London keine feineren Läden und andere Attraktionen gibt als in unserer schottischen Hauptstadt.«

Constance schien davon nicht restlos überzeugt. Schweigend stand sie auf und strich ihr Kleid glatt. »Du bist sehr freundlich, Bertie.« Sie hob ihm ihr Gesicht entgegen. »Sieht man, daß ich geweint habe?«

Er nahm ihr das Taschentuch aus der Hand und wischte ihr die Tränen von den zarten Wangen. »Nein, du bist so hübsch wie immer. Wenn jemand fragen sollte, sagen wir einfach, du hättest Kopfschmerzen gehabt.«

»Danke, Bertie.«

Als sie in den Speisesaal zurückkehrten, äußerte sich niemand zu Constances überstürztem Aufbruch. Ian sah jedoch, wie Lady Adella Claude listig zuzwinkerte.

Brandy musterte ihre Schwester – ihr war klar, daß Percy der Grund für ihren Kummer war. Sie hoffte, daß Constance diesen Mann jetzt so sah, wie er wirklich war. Im Augenblick wirkte sie ruhig und gelöst. Was hatte Bertrand wohl zu ihr gesagt?

Nach dem Abendessen nahm Brandy ihren Mut zusammen und beschloß, mit Giles zu sprechen. Als Felicity Percys inständigem Bitten nachgab und gekonnt eine Sonate von Mozart auf dem Klavier spielte, ergriff Brandy die Gelegenheit. Giles schüttelte bei ihren Fragen den Kopf. »Meine arme Brandy, wußten Sie denn nichts von Marianne?«

»Nein.«

»Als ich Ian mehr Glück für dieses Mal wünschte, bezog ich mich auf seine erste Frau. Sie wurde durch die Guillotine hingerichtet. Er hat vergeblich versucht, sie zu retten.«

»War Marianne Französin – eine de Vaux?«

»Sie haben ein ausgezeichnetes Gedächtnis, meine Liebe. Ja, sie war ein bezauberndes, zerbrechliches kleines Geschöpf. Ihre Eltern und ihr Ehemann Ian liebten sie über alles.«

»Ich verstehe.«

Giles zuckte unwillkürlich zusammen, als er den tiefen Schmerz in Brandys schönen Augen sah. Anscheinend hatte Ian in diesem Mädchen die Gefühle einer Frau erweckt. Gleichmütig zuckte er die Schultern. Sie war jung, und junge Herzen brachen nicht so schnell, auch wenn sie verletzt wurden.

Er dachte an seinen letzten Liebeskummer. Seit damals waren bereits zwei Jahre vergangen, und er konnte sich nicht einmal mehr an den Namen der Frau erinnern.

23

Ian verbrachte den Morgen mit Bertrand und den Kleinbauern. Nachdem sie die Cheviot-Schafe auf die eingezäunten Weiden getrieben hatten, roch er so stark nach den Tieren, daß er befürchtete zu blöken, wenn er den Mund öffnete. So wollte er weder

der Familie noch Giles oder Felicity begegnen, also ging er zu der kleinen, abgeschiedenen Bucht. Das Salzwasser würde den Geruch vertreiben.

Er hielt Ausschau nach Fiona, konnte aber am Strand neben den großen schwarzen Klippen nur Treibholz und Kieselsteine entdecken. Rasch zog er sich aus und legte seine Kleidungsstücke auf einen trockenen, sonnenbeschienenen Felsen.

Seine Haut brannte, als das eisige Meerwasser seine Beine überspülte. Ohne darauf zu achten, ging er weiter, bis ihm das Wasser bis zur Hüfte reichte, und schwamm dann mit langen, kraftvollen Zügen hinaus. Er hatte damit gerechnet, sich an das kalte Wasser zu gewöhnen, doch da hatte er sich geirrt. Nach einigen Minuten hatte er das Gefühl, daß seine Lippen sich bereits bläulich verfärbten. Ein Tümmler schwamm so nah an ihm vorüber, daß er ihn beinahe berühren konnte. Fionas Tümmler. Trotz der Kälte wollte er das Wasser noch nicht verlassen. Er drehte sich auf den Rücken, ließ sich treiben und sah zu dem wolkenlosen blauen Himmel hinauf. Was für ein herrliches Land! Wenn er niemals wieder nach London zurückkehren könnte, wäre das kein großer Verlust für ihn. London bedeutete unablässige soziale Verpflichtungen. Und dann war da Felicity, die Frau, die er heiraten würde, obwohl sie ihn nicht liebte, sondern nur seinen Reichtum und Titel schätzte, und ihm nur ungern Kinder schenken würde. Verdammt. Er hatte einen Fehler begangen, für den er lebenslang büßen mußte. Wie hatte er nur so dumm sein können?

Seufzend schloß er die Augen und zwang sich, nicht weiter darüber nachzudenken.

Brandy wanderte an der Küste entlang. Sie war so deprimiert, daß sie nicht einmal bemerkte, wie sich auf ihrem Rücken unter ihrem karierten Schal Schweiß bildete. Die arme Fiona befand sich heute wieder einmal in Lady Adellas Klauen. Großmama bestand darauf, daß die Kleine jede Woche drei Stunden mit ihr verbrachte, um zu lernen, wie man eine Lady wurde. Brandy hatte ihr sagen wollen, daß sich die Sitten und Gebräuche in den letzten fünfzig Jahren um einiges geändert hatten, es aber dann doch nicht gewagt, Lady Adellas Zorn herauszufordern. Also saß Fiona jetzt auf einem alten roten Brokatkissen zu Großmamas Füßen, arbeitete unbeholfen an einer Stickerei und lauschte Lady Adellas alten Geschichten über ihre längst vergangenen Eroberungen.

Brandy stieg vorsichtig den steilen Pfad zum Strand hinunter. Als sie die sorgfältig zusammengefalteten Kleidungsstücke auf dem Felsen sah, legte sie die Hand schützend vor die Augen und blinzelte auf das Meer hinaus.

Sie erkannte Ian, noch bevor er aufstand und auf den Strand zuging. Atemlos starrte sie ihn an – sie konnte beim besten Willen ihren Blick nicht abwenden. Es gab sicher keinen Mann auf dieser Welt, der sich mit ihm vergleichen konnte. Sein dichtes schwarzes Haar klebte an seinem Kopf und verlieh ihm ein jungenhaftes Aussehen. Alles andere an ihm wirkte jedoch sehr männlich. Brandy fiel seine dichte schwarze Brustbehaarung auf. Als er in seichteres Wasser trat, konnte sie seinen flachen Bauch mit der dunklen Haarlinie erkennen, die bis hinab zwischen seine Schenkel führte. Wie an jenem Abend, als sie ihn in seinem Schlafzimmer überrascht hatte, konnte sie sich nicht bewegen. Er war einfach wunderschön. Seine Beine waren stark und muskulös. Brandy hatte seine Füße noch nicht gesehen, aber sie hätte ihren karierten Schal verwettet, daß sie ebenfalls vollkommen waren. Ian kam jetzt aus dem Wasser, blieb einen Augenblick auf dem steinigen Strand stehen und streckte die Arme über den Kopf.

Brandy hätte sich beinahe verschluckt. Er wußte natürlich nicht, welche Gefühle er mit dieser Bewegung in ihr auslöste. Sie würde ihn niemals haben können – er war weiter von ihr entfernt als je zuvor. Doch sie sah ihn nackt, und das war wohl das Beste, was ihr an diesem elenden Tag widerfahren würde.

Zuvor hatte sie eine kleine Meinungsverschiedenheit mit Felicity gehabt, die ihr erklärt hatte, daß sich Edinburgh in keinster Weise mit London messen könne. Wen interessierte das? Brandy war zu niedergeschlagen gewesen, um ihr die Stirn zu bieten. Sie hatte sich auf dem Absatz umgedreht und Felicity allein im Salon zurückgelassen.

Brandy konnte ihren Blick nicht von Ian abwenden. Sie wußte, sie sollte ihn nicht anstarren wie eine Idiotin, aber sie wollte sich auch nicht umdrehen und weggehen. Nein, sie würde sich nehmen, was sie bekommen konnte. Tief in ihrem Bauch breitete sich ein warmes, aufregendes Gefühl aus. Sie dachte an den Nachmittag in der verlassenen Hütte. Er hatte sie geküßt und sie an seine Brust gedrückt. Unwillkürlich stellte sie sich vor, seine nackte Haut mit den gekräuselten schwarzen Haaren auf ihrer zu spüren, während er seine Hände über ihren Rücken und noch tiefer gleiten ließ. Jetzt, nachdem sie Ian nackt gesehen hatte, wollte sie mehr über die Vereinigung von Mann und Frau wissen. Sie würde Percy erschießen, wenn er es wagen würde, sie noch einmal anzufassen, aber Ian könnte alles mit ihr tun, was er nur wollte.

Ian knöpfte sein weißes Hemd zu, das leider immer noch einen unangenehmen Geruch nach Schafen verströmte, und steckte es in seine schwarze Strickhose. Dann warf er sich das zerknitterte Halstuch über den Arm und zog seine Stiefel an. Plötzlich nahm er aus den Augenwinkeln einen Farbfleck wahr und erkannte einen Moment später Brandys verblichenen Schal.

»Brandy!« Meine Güte, nicht schon wieder! »Du kleine Hexe, komm sofort hierher!« rief er. »Sofort! Sag mir, daß du gerade erst gekommen bist und noch nicht länger als zehn Sekunden dort stehst. Sicher wurdest du von der Sonne geblendet und konntest mich nicht sehen, oder?«

Brandy rührte sich nicht von der Stelle. Sie hatte gehofft, er würde sie nicht entdecken. Jetzt hatte sie ihn schon wieder in Verlegenheit gebracht.

Ian seufzte. »Also gut. Wie lange stehst du schon da?«

»Schon ziemlich lang, wenn ich ehrlich sein soll. Du hast dich auf dem Rücken treiben lassen, als der Tümmler neben dir auftauchte. Und dann bist du aus dem Wasser gewatet. Sehr langsam.«

Er spürte Verlangen in sich aufsteigen. Das durfte nicht sein. »Verdammt, Brandy, das ist nun bereits das zweite Mal, daß du mich in eine peinliche Lage bringst. Weißt du denn nicht, daß es sich nicht gehört, nackte Männer anzustarren? Du hättest dich sofort umdrehen und zum Schloß zurückgehen sollen.«

Natürlich hatte er recht. Brandy fuhr sich mit der Zunge über die Lippen. Sie hatte mit einemmal Durst. Und sie wollte ihn küssen. Er schien verärgert zu sein, aber was sollte sie dagegen tun? Es gab nur eine Möglichkeit, einen Rest Stolz zu bewahren. Sie drehte sich um und rannte auf den Pfad zu.

»Verdammt, warte«, rief er ihr nach und lief ihr hinterher. Er mußte sie aufhalten, auch wenn er nicht garantieren konnte, was er tun würde, wenn er sie zu fassen bekam.

Plötzlich hörte er einen lauten Knall, von dem er nicht wußte, woher er kam. Dann fiel er zu Boden, als ob ihm jemand ein Messer in den Rücken gestoßen hätte. Durch die Wucht des Aufpralls wurde sein Gesicht in den Sand gedrückt, und er konnte sich nicht mehr bewegen. Als er versuchte aufzustehen, durchfuhr ihn ein stechender Schmerz und nahm ihm den Atem. Dann wurde es dunkel um ihn.

Brandy blieb erschrocken stehen, als der Schuß fiel. Sie starrte Ian an. Er lag reglos auf dem Boden. Auf seinem weißen Hemd breitete sich ein tiefroter Blutfleck aus. Das mußte ein Traum sein. Nein, jemand hatte tatsächlich auf ihn geschossen. O Gott, war er tot? Nein! Sie rief seinen Namen und rannte zu ihm, so schnell ihre Beine sie trugen.Während sie sich neben ihm auf die Knie fallen ließ, versuchte sie, jemanden in der Richtung zu entdecken, aus der der Schuß gekommen war.

In diesem Augenblick knallte es wieder, und Brandy spürte eine Kugel über ihren Kopf pfeifen. Sie warf sich über Ian, um ihn mit ihrem Körper zu schützen. Meine Güte, jemand versuchte, ihn umzubringen. Das war kein Unfall! Es krachte noch einmal. Dieses Mal schlug die Kugel wenige Zentimeter neben Brandys Kopf in den Sand.

Sie öffnete den Mund und schrie so laut sie konnte, schrie bis ihre Stimme tief und heiser klang. Etwas anderes konnte sie nicht tun. Irgend jemand würde sie schließlich hören. Rasch verdrängte sie den Gedanken daran, daß die Person, die dreimal auf Ian geschossen hatte, sich möglicherweise jetzt mit gezückter Waffe an sie heranschlich.

Die Zeit war ihr Feind. Brandy lag bewegungslos über dem blutenden Herzog. Jede Minute kam ihr vor wie eine Ewigkeit. Sie bemerkte nicht, daß sie weinte. Doch dann sah sie durch einen Tränenschleier Bertrand und Fraser den gewundenen Pfad herunterlaufen.

»Bertie«, rief sie. »Gott sei Dank. Bitte beeile dich. Jemand hat auf ihn geschossen.« Rasch rollte sie sich zur Seite und riß Ians Hemd auf. Sie knüllte ihren Schal zusammen und drückte ihn mit aller Kraft gegen die blutende Wunde an seinem Rücken.

»Guter Gott, Brandy. Hast du so geschrien? Was zum Teufel ist hier los?«

Bertrand zog sie von Ian weg und rief Fraser zu: »Schnell, holen Sie die anderen und lassen Sie Wee Robert kommen. Beeilen Sie sich. Meine Güte, er hat eine Schußwunde am Rücken.« Er preßte seine Finger auf die Wunde, um die Blutung zu stoppen. »Wir haben zuerst die Schüsse und dann deine Schreie gehört. Wer war das, Brandy? Hast du ihn gesehen?«

»Nein, ich konnte niemanden entdecken, Bertrand. O mein Gott, wird er es überstehen?«

»Ich weiß nicht, Brandy. Die Wunde ist sehr tief und könnte ein lebenswichtiges Organ verletzt haben. Wir müssen auf Wee Robert warten, um mehr zu erfahren. Komm, Mädchen, du mußt mir jetzt helfen.«

Percy und Giles kamen herbeigelaufen. Giles untersuchte wortlos seinen Cousin. »Sie müssen doch gesehen haben, wer das getan hat«, sagte er scharf und musterte Brandys blasses Gesicht.

Sie schüttelte stumm den Kopf.

»Nun, das spielt jetzt keine Rolle«, erklärte er. »Bertrand, Percy, kommt her. Wir müssen ihn zum Schloß bringen.« Vorsichtig hoben die drei Männer Ian auf. Es schien eine Ewigkeit zu dauern, bis sie ihn auf die Klippen getragen hatten.

»Verdammt, er ist weiß wie ein Laken«, sagte Bertrand. »Wer zum Teufel kann das getan haben?«

»Es muß ein Unfall gewesen sein«, meinte Percy. »Das ist die einzige Erklärung dafür.«

»Nur gut, daß er nicht bei Bewußtsein ist«, sagte Giles und verlagerte Ians Gewicht. »Er ist verdammt schwer.«

Endlich erreichten sie das Schloß. Morag schrie auf, und Constance blieb vor Schreck der Mund offen stehen. Brandy blieb dicht an Ians Seite, bis sie sein Schlafzimmer erreicht hatten.

»Gut gemacht, Mädchen«, sagte Bertrand sanft. »Du mußt jetzt gehen. Wir ziehen ihn aus und legen ihn ins Bett. Wenn Wee Robert eintrifft, schick ihn bitte gleich zu uns.«

Brandy wandte ihm ihr blasses Gesicht zu und starrte ihn schweigend an, bis er sie an den Schultern schüttelte. »Hör zu, er wird es überleben – das verspreche ich dir. Du kannst jetzt nichts mehr für ihn tun. Geh zu den anderen und sprich mit ihnen.«

Sie verließ Ian nur ungern, aber es blieb ihr nichts anderes übrig. Also würde sie jetzt hinuntergehen, auf Wee Robert warten und den anderen erzählen, was geschehen war. Brandy beobachtete, wie Percy dabei half, Ian auf das große Bett zu heben. Er kniff die Augen zusammen und preßte die Lippen so fest aufeinander, daß sein Mund wie ein harter Strich wirkte.

»Du darfst Ian nicht allein lassen«, bat sie Bertrand eindringlich. »Bitte versprich es mir. Es war kein Unfall. Jemand hat dreimal auf ihn geschossen und versucht, ihn zu töten. Versprich mir, daß du ihn nicht aus den Augen läßt.«

»Versprochen, Mädchen. Aber jetzt geh.«

Brandy nahm sich keine Zeit, ihr blutverschmiertes Kleid auszuziehen, sondern ging sofort hinunter in den Salon.

»Trink das«, befahl Lady Adella und reichte ihr ein Glas Brandy.

Sie schüttete das Getränk hinunter, verschluckte sich und mußte so stark husten, daß sich befürchtete, ihre Lungen würden platzen. Doch dann breitete sich eine angenehme Wärme in ihr aus. Sie beruhigte sich ein wenig und stellte das leere Glas zur Seite.

»Was haben Sie mit dem Herzog angestellt?« Felicity kam in den Salon gelaufen. »Meine Güte, überall Blut – sein Blut. Was haben Sie ihm angetan, Sie schmutzige kleine Schlampe?«

»Jemand hat versucht, ihn umzubringen. In der geschützten Bucht wurde dreimal auf ihn geschossen. Eine Kugel traf seinen Rücken.«

Felicity starrte auf die Blutflecken auf Brandys Kleid. Ihre Lippen begannen zu zittern, dann stieß sie einen spitzen Schrei aus und sank ohnmächtig auf den Teppich. Eine kleine Staubwolke flog in die Luft.

»Nichtsnutzige Kreatur«, schnaubte Lady Adella. Brandy und Constance packten Felicity an den Armen und zogen sie auf ein Sofa.

»Ist das Ians Blut auf deinem Kleid, Brandy?« fragte Constance furchtsam.

»Laß das, Constance. Das ist ja wohl offensichtlich.« Lady Adella wandte sich an Brandy. »Du mußt dich zusammennehmen, Kind. Fraser ist auf dem Weg, um Trevor, den Magistrat, zu holen. Bevor du dich umziehst, sag mir, ob du gesehen hast, wer diese schreckliche Tat begangen hat.«

»Nein, Großmama. Ich habe mich gründlich umgesehen, konnte aber niemanden entdecken. Derjenige, der die Schüsse abgegeben hat, muß sich hinter den Felsen versteckt haben.«

Lady Adella wandte den Blick von Brandys blassem, abgespanntem Gesicht ab und betrachtete nachdenklich ihre knochigen Finger.

»Es muß ein Wilderer gewesen sein«, meinte Constance.

»Hier hat seit Jahren niemand mehr gewildert«, erwiderte Lady Adella. »Es gibt nichts zu wildern, und das ist bekannt. Nein, jemand hat versucht, den Herzog umzubringen.«

Trotzdem wiederholte Constance ihre Vermutung später, als Mr. Trevor, der Magistrat, eingetroffen war.

»Im Umkreis von fünfzig Meilen ist hier kein Wilderer zu finden«, sagte Brandy schroff. »Großmama hat recht – hier gibt es nichts zu wildern.«

»Ja, aber ...«, begann Mr. Trevor, doch Brandy hörte Wee Roberts vertraute Stimme und lief rasch hinaus. Er ließ sie reden und nickte verständnisvoll. Offensichtlich hatte das Mädchen einen Schock erlitten. Er ließ sich von ihr zum Schlafzimmer des Herzogs bringen und drückte ihre Hand, bevor er die Tür hinter sich schloß.

Die Zeit schien still zu stehen. Brandy ging in den Salon zurück, wo Mr. Trevor leise auf Lady Adella einsprach.

Als er Brandy bemerkte, sah er auf. »Wir können darüber erst entscheiden, nachdem ich Brandellas Bericht gehört habe, Lady Adella«, sagte er stirnrunzelnd und ließ sich von Brandy die wenigen Tatsachen schildern. »Ich denke, Sie haben dem Herzog das Leben gerettet, Mädchen«, sagte er schließlich und wandte sich wieder an Lady Adella. »Soweit ich weiß, befindet sich Mr. Percival Robertson nicht mehr in einer, sagen wir, problematischen Lage.«

»Das ist wahr«, erwiderte Lady Adella langsam und beäugte ihn so listig wie ein Fuchs einen Fasan. Dann richtete sie sich auf und fügte gebieterisch hinzu: »Hören Sie auf, so einen Unsinn zu denken, Trevor. Ich wäre Ihnen dankbar, wenn Sie meine Familie nicht in diese Sache hineinziehen würden. Wahrscheinlich werden Sie mich sogar noch fragen, ob Claude Robertsons Gicht nur ein fauler Trick ist, und er womöglich abgedrückt hat. Bei dem Übeltäter muß es sich um einen dieser gesetzlosen Kesselflicker handeln. Es wird Zeit, daß Sie sich auf die Suche nach diesem Verbrecher machen. Verdammt, ich kenne Sie schon Ihr ganzes Leben lang. Auch Ihre Mutter kannte ich gut – sie war eine furchtsame Frau. Sie werden es büßen müssen, wenn Sie sich nicht anständig benehmen – dafür werde ich sorgen. Jetzt fangen Sie den verdammten Strolch und vergessen Sie diesen Blödsinn, den Sie sich zusammengereimt haben.«

Mr. Trevor verzog die Lippen, blieb aber erstaunlich ruhig, wie Brandy bewundernd feststellte. Es war nicht leicht, so gelassen auf eine von Großmamas Strafpredigten zu reagieren.

»Es handelt sich um eine ernste Angelegenheit, Mylady, und ich versuche nur, meine Pflicht zu tun«, sagte er. »Soweit ich weiß, sind in dieser Gegend keine Wanderarbeiter unterwegs. Wer würde Ihrer Meinung nach ein Interesse daran haben, den Herzog zu töten? Nein, belehren Sie mich nicht weiter über die loyalen, ehrlichen Robertsons. Darum geht es jetzt nicht. Das Leben eines Mannes steht auf dem Spiel – das Leben eines Ihrer Verwandten.«

Brandy dachte an Percy. Am liebsten hätte sie seinen Namen herausgeschrien. Er war den Klippenpfad so rasch heruntergekommen, als hätte er oben gewartet. Aber sie schwieg. Jeder Robertson würde auf seine eigene Weise von Ians Tod profitieren.

Lady Adella schlug ihren Stock hart auf den Boden und schnaubte entrüstet. »Verdammt, Trevor, welcher Ganove zeigt schon sein wahres Gesicht? Ich sage Ihnen noch einmal, daß Sie auf der falschen Fährte sind. Kein Robertson würde eine so feige Tat begehen.«

Mr. Trevor blieb ruhig. Er hätte gern angemerkt, daß der alte Angus im Zorn jederzeit jemanden in den Rücken geschossen hätte, aber der Mann war tot. Außerdem wollte er nicht riskieren, daß Lady Adella einen Schlaganfall erlitt und zusammenbrach. In seinen Augen war Mr. Percival Robertson der Hauptverdächtige – seine Legitimierung hatte ihn zum nächsten Anwärter auf den Titel gemacht. Aber wie verhielt es sich mit Claude und seinem Sohn Bertrand? Plante diese verschlagene alte Lady nicht, die berüchtigte Enterbung rückgängig zu machen? Nein, er konnte auch die anderen Familienmitglieder nicht außer acht lassen. Die Situation war reichlich verfahren. Warum nur ein englischer Herzog? Und das in dem Bezirk, für den er zuständig war. Das war mehr, als ein anständiger Mann ertragen konnte. Es war einfach ungerecht.

Langsam erhob er sich. »Wir wollen hoffen, daß Ihre Hoheit mir morgen weitere Informationen geben kann, Lady Adella. Ich werde ihn besuchen – Gott gebe, daß er den Anschlag überlebt.«

Lady Adella machte eine verächtliche Handbewegung. »Natürlich wird er das, Sie Narr. Mein Blut fließt in seinen Adern. Er wird sich nicht von der Kugel eines Feiglings umbringen lassen.«

Nachdem Crabbe Mr. Trevor hinausbegleitet hatte, warf Lady Adella Felicity einen geringschätzigen Blick zu. Die junge Frau saß immer noch benommen auf dem Sofa und wirkte sehr hilflos und zerbrechlich. »Brandy, ruf Lady Felicitys Zofe. Ich glaube, sie ist jetzt in ihrem Zimmer besser aufgehoben.«

Brandy tat wie ihr befohlen. Sie war froh, etwas zu tun zu haben, das sie ablenkte.

24

Am Nachmittag war Wee Robert immer noch nicht heruntergekommen.

»Er wird nicht schneller auftauchen, wenn du deinen Schal zerfetzt, mein Kind«, sagte Lady Adella. »Ich verstehe, daß du einen Schock erlitten hast, als du die Schüsse hörtest und sahst, wie Ian zu Boden ging. Ich mache dir auch keinen Vorwurf, daß du dich auf ihn gestürzt hast. So hast du ihm das Leben gerettet, und das ist eine Anerkennung wert. Versuch, dich zu entspannen, Brandy. Sei ein braves Mädchen.«

»Ja, Großmama.« Brandy zupfte weiter an den Fransen ihres Schals. Ihr fiel auf, daß ihre Großmutter ungewöhnlich freundlich zu ihr war. Wäre sie nicht in so großer Sorge um Ian gewesen, hätte sie das wohl nervös gemacht.

Crabbe kam in den Salon, gefolgt von dem Arzt. »Elgin Robert, Mylady.«

»Ich bin ja nicht blind, Crabbe. Nun, Wee Robert, wie geht es dem Herzog?«

Elgin Robert machte sich nichts daraus, Wee Robert, also der kleine Robert, genannt zu werden. Er hatte sich in den letzten Jahren an diesen Spitznamen gewöhnt – sein Körper hatte ihn eben im Stich gelassen. Ohne Schuhe maß er nur etwa einen Meter fünfzig. Müde betrat er den Salon, fuhr sich mit seiner dicklichen Hand über die Stirn und ging auf Lady Adella zu.

»Ich denke, Seine Hoheit wird sich wieder erholen, Mylady«, sagte er mit seiner sanften, beinahe mädchenhaften Stimme. »Die Kugel ist unter seiner linken Schulter in den Rücken eingedrungen. Ihr Verwandter verhielt sich so ruhig, daß ich mir bereits Sorgen machte. Selbst als ich ihm die Kugel herausschnitt, gab er keinen Laut von sich. Jetzt ist er sehr blaß und erschöpft, aber es geht ihm besser. Wir können nur hoffen, daß keine Entzündung oder Fieber auftritt.«

Wee Robert nahm dankbar eine Tasse Tee von Constance entgegen und trank einen großen Schluck. »Der Herzog ist jung und sehr stark. Er wird es sicher überstehen. Trotzdem, das war ein schrecklicher Vorfall. Hat Trevor schon eine Ahnung, wer auf ihn geschossen haben könnte? Brandy?«

»Ja, eine böse Sache«, stimmte Lady Adella zu. »Dieser Idiot Trevor war genauso schlau wie zuvor, als er uns verließ. Ich wette, dieser Mann kann höchstens ein paar Kröten fangen, die Äpfel stehlen. Er glaubt, einer von uns hat auf den Herzog geschossen. Und Brandy weiß leider gar nichts.«

»Ist Seine Hoheit wach?« wollte Brandy wissen.

»Nein, Mädchen. Ich habe ihm eine gute Dosis Laudanum gegeben. Schlaf ist das beste Heilmittel.«

Percy, Giles und Bertrand betraten zusammen den Salon. Alle drei waren blaß und wirkten angespannt.

»Ich danke Ihnen allen für Ihre Hilfe«, sagte Wee Roberts zu den Männern. Dann wandte er sich abrupt ab, als er begriff, daß einer von ihnen vielleicht den Herzog in diese Lage gebracht hatte. Was für eine verfahrene Situation!

Bertrand nickte. »Ist Trevor schon hier gewesen, Lady Adella?«

»Ja. Ich habe Wee Robert gerade erzählt, daß dieser Mann völlig im Dunkeln tappt. Er glaubt, die Schuld den Robertsons geben zu können. Natürlich kann nur einer dieser verdammten Kesselflicker dafür verantwortlich sein. Kein Robertson würde so etwas tun. Und wenn, würde er nicht so schlecht zielen. Der Mörder hatte drei Versuche, aber nur der erste Schuß traf.«

Giles hob die Augenbrauen und sah zu Percy und Bertrand hinüber.

»Wo ist Onkel Claude?« stieß Brandy hervor.

Bertrand starrte sie an. »Meine Güte, Brandy, du glaubst doch wohl nicht, mein Vater wäre zu einer solchen abscheulichen Tat fähig?«

»Wissen wir denn, wo die anderen sich aufhielten, als auf Ian geschossen wurde?« warf Percy ein. »Soweit uns bekannt ist, könnte sogar Brandy ihn angegriffen haben.«

»Vielleicht sollten wir damit beginnen, wo du zu diesem Zeitpunkt warst«, entgegnete Bertrand kühl.

»Lieber Cousin, höre ich etwa eine Spur Mißtrauen in deiner Stimme? Nun, ich versuchte, dem Gestank deiner geliebten Schafe zu entfliehen – das war allerdings sehr schwierig, da der Geruch bereits überall in der Luft liegt.«

»Ich glaube nicht, daß uns Streitereien jetzt weiterhelfen«, mischte Giles sich ein. »Damit wird nur Vertrauen und Freundschaft zerstört. Wo ist eigentlich Lady Felicity?«

»Sie wurde hysterisch und fiel dann in Ohnmacht«, sagte Constance verächtlich.

»Das war eine dumme Frage.« Giles seufzte. »Ich hätte es mir denken können. Manche Dinge ändern sich eben nie, nicht wahr?«

Wee Robert beugte sich unangenehm berührt über seine Teetasse und sehnte den Augenblick herbei, wo er dieses Haus verlassen konnte. Alle, die hier bleiben mußten, taten ihm sehr leid. Er stand auf und verbeugte sich vor Lady Adella. »Wie ich sehe, werde ich nicht länger gebraucht. Ich werde dem Herzog morgen früh einen Besuch abstatten. Brandy, schauen Sie nicht so ängstlich drein. Er wird sich schon erholen. Machen Sie sich keine Sorgen.«

»Aber wenn sich sein Zustand nun während der Nacht verschlechtert?« fragte Brandy aufgeregt.

»Ich kann jederzeit in fünfzehn Minuten hier sein, Mädchen.«

Nachdem Crabbe Wee Robert hinausgebracht hatte, wandte sich Bertrand an Brandy. »Ian hatte Glück, daß du am Strand warst. Aber du hast dich selbst in große Gefahr gebracht, das weißt du sicher. Wir hatten alle Angst um dich.«

»Warum warst du eigentlich am Strand, Brandy?« fragte Percy.

»Genau wie du habe ich versucht, der schlechten Luft zu entfliehen, Percy.« Sie betrachtete alle der Reihe nach und versuchte, ein Zeichen zu entdecken, das den Schuldigen verraten würde. Vergeblich. Sie wollte sich das sinnlose Gezänk nicht länger anhören, schlüpfte unbemerkt zur Tür hinaus und machte sich auf den Weg zum Schlafzimmer des Herzogs. Mabley, sein Kammerdiener, war sicher bei ihm, und sie wollte mit ihm sprechen.

Leise ging sie an Felicitys Zimmer vorbei, unterdrückte das Verlangen, ihre Faust zu schütteln, und wünschte, diese Lady würde von hier verschwinden. Vorsichtig öffnete sie die Tür und schlich sich in das dunkle Schlafzimmer des Herzogs. Sie konnte Mabley nicht entdecken und verwünschte ihn im Stillen dafür, daß er seinen Herrn allein gelassen hatte. Ian atmete tief und gleichmäßig. Im Schlaf war seinem Gesicht nichts von seinen Schmerzen anzumerken.

»Miss Brandy. Was tun Sie hier?«

Brandy fuhr herum und legte einen Finger auf ihre Lippen.

»Sie sollten nicht hier sein.« Mabley senkte die Stimme und kam auf sie zu. Der Ausdruck in ihren Augen verriet Angst und Qual. Verdammt, er war zu alt für diese Dinge. Seine Hände zitterten immer noch leicht, nachdem er dem Herzog den Schweiß von der Stirn wischen mußte, während Wee Robert die Kugel entfernt hatte.

Sie mahnte ihn noch einmal, leise zu sein.

»Seine Hoheit schläft. Hat der Doktor Ihnen nicht gesagt, daß er sich wieder erholen wird? Nein, wir müssen nicht flüstern. Er hat eine so große Dosis Laudanum bekommen, die eine ganze Armee in den Schlaf versetzen könnte.«

Brandy bedeutete ihm schweigend, ihr zu folgend. Er ging ihr nach und wünschte sich sehnlichst einen Krug Bier. Ja, das würde seinen alten Knochen gut tun.

»Wir dürfen Seine Hoheit nicht allein lassen«, sagte Brandy ohne Umschweife. »Nicht einen Augenblick lang, Mabley.«

»Ich hatte nicht vor, ihn sich selbst zu überlassen, Miß Brandy. Machen Sie sich keine Sorgen um den Herzog. Ich bin ja hier.«

»Nein, Sie verstehen mich nicht. Jemand hat versucht, ihn umzubringen. Wir können niemandem trauen, hören Sie? Er ist jetzt so hilflos wie ein Baby und kann sich nicht verteidigen.«

»Das macht nichts. Ich bin bei ihm und werde gut auf ihn aufpassen.«

Brandy ahmte den herrischen Tonfall ihrer Großmutter nach. »Wenn Sie tagsüber bei ihm bleiben, werde ich die Nachtwache übernehmen.«

»Das wäre höchst ungehörig, Miß Brandy. Sicher können Mr. Giles oder Mr. Bertrand oder …«

»Können Sie mir garantieren, daß keiner dieser Männer auf den Herzog geschossen hat? Nein, natürlich nicht. Ich will nicht, daß einer von ihnen mit ihm allein ist. Niemals. Wir dürfen kein Risiko eingehen. Verstehen Sie das, Mabley. Er könnte sterben.«

Mabley rieb sich sein schlaffes Kinn und versuchte, einen klaren Gedanken zu fassen. »Verzeihen Sie, aber wenn es so gefährlich ist, wie Sie sagen, kann ich Ihnen – einer zarten Frau – nicht erlauben …«

Brandy imitierte wieder Lady Adellas Befehlston. »Hören Sie, Mabley, Großvater Angus besaß eine bemerkenswerte Waffensammlung. Ich werde eine seiner Pistolen bei mir tragen und die Tür abschließen. Beruhigt Sie das?«

Mabley war der festen Überzeugung, daß Frauen und Waffen nicht zusammenpaßten, aber er sah, daß sie nicht nachgeben würde. Zumindest konnte er sicher sein, daß sie nicht auf den Herzog geschossen hatte. Einer dieser Mistkerle mußte es gewesen sein, aber nicht Miß Brandy. Was sollte er jetzt tun?

Er warf ihr einen säuerlichen Blick zu. »Sie werden sich überanstrengen. Und was wird Ihre Großmutter dazu sagen?«

»Unsinn. Versprechen Sie mir, ihn nicht allein zu lassen. Ich werde Ihnen später Ihr Abendessen bringen, und dann können Sie ins Bett gehen.« Brandy drehte sich rasch um, bevor ihm ein weiteres Argument einfallen konnte. Sie lächelte, als sie ihn niedergeschlagen seufzen hörte.

Die kleine Uhr auf dem Kaminsims schlug leise zehn Mal. Brandy stellte einen Topf mit heißer Brühe auf das Kamingitter, ging leise zum Bett hinüber und legte dem Herzog ihre Hand auf die Stirn. Gott sei Dank – sie fühlte sich immer noch kühl an. Wee Robert hatte sie jedoch gewarnt, daß Ian während der nächsten Tage Fieber bekommen könnte.

»Ich werde nicht zulassen, daß dich noch einmal jemand verletzt.« Brandy beugte sich vor und küßte ihn auf den Mund. »Du schläfst jetzt und erholst dich. Ich werde dich bewachen.« Sie streckte sich und ging zum Feuer zurück. Rasch zog sie ihr Kleid aus, streifte ihr Baumwollnachthemd über den Kopf und verschnürte mühsam die Kordel im Nacken. Dann löste sie ihr geflochtenes Haar und bürstete die dichten Locken aus. Nachdem sie schließlich ihren Schal um die Schultern gelegt hatte, ging sie wieder zum Bett zurück.

Ian rührte sich nicht. Er atmete tief und gleichmäßig. Brandy setzte sich auf den Sessel, den sie an das Bett gerückt hatte, und zog die Beine an. Bevor sie sich zurücklehnte, warf sie noch einmal einen Blick auf die verschlossene Tür und die kleine Pistole, die auf dem Nachttisch neben ihr lag. Mabley schlief tief und fest in dem angrenzenden Zimmer. Auch die Verbindungstür war abgeschlossen. Brandy hatte darauf bestanden, daß er ihre Anordnungen befolgte. Ihre einzige Sorge galt der Tür, die von Mableys Zimmer auf den Gang führte, da dort kein Schloß angebracht war.

Nur Lady Adella und Mabley wußten von ihrer Nachtwache. Zu Brandys Überraschung hatte Lady Adella ihr ruhig zugehört, sie auf eigentümliche Art gemustert, ihr aber nicht widersprochen.

»Hm, wir sollten besser niemandem davon erzählen, Kind«, hatte sie gemeint und ihren Blick abgewandt. »Ich möchte nicht, daß diese verzogene Felicity Krach schlägt und mir den letzten Rest meine Ruhe raubt.«

In dieser Nacht gab es jedoch keinen Krawall. Brandy fuhr überrascht hoch, als Mabley sie am nächsten Morgen an der Schulter schüttelte.

»O Mabley, ist es schon Tag? Es tut mir leid. Eigentlich wollte ich bereits angezogen sein und Sie wecken.«

Mabley brummte und betrachtete seinen schlafenden Herrn. »Sie sollten jetzt gehen, Miß Brandy. Ich werde mich um ihn kümmern.«

Am späten Vormittag erschien Mr. Trevor, um den Herzog zu besuchen. Wee Robert erteilte ihm die Erlaubnis, ihn kurz zu sehen, und während die beiden mit Lady Adella im Erdgeschoß eine Tasse Kaffee tranken, weckte Mabley vorsichtig seinen Herrn.

Ian schlug zögernd die Augen auf. Er war immer noch benommen von dem Laudanum, und seine Schulter schmerzte.

»Ah, freut mich, Sie bei Bewußtsein zu sehen, Eure Hoheit.«

Ian versuchte, sich aufzusetzen, aber der Schmerz in seiner Schulter hinderte ihn daran. Fluchend schloß er die Augen und versuchte, seinen Körper unter Kontrolle zu bringen. Er zwang sich dazu, langsam und tief ein- und auszuatmen.

»Bleiben Sie ruhig liegen, Eure Hoheit«, sagte Mabley besänftigend. »Ich werde Ihnen etwas von der Brühe holen, die Miß Brandy für Sie warm gehalten hat.«

»Wie lange habe ich geschlafen?« Seine eigene Stimme klang Ian fremd in den Ohren.

»Seit gestern nachmittag, Eure Hoheit. Wee Robert hat

Ihnen eine kräftige Dosis Laudanum gegeben. Erinnern Sie sich daran?«

»Wee Robert«, wiederholte der Herzog langsam. »Warum kommt mir dieser Name irgendwie bekannt vor?«

»Das ist der Arzt, Hoheit. Ein kleiner Schotte mit sehr geschickten Händen. Er hat die Kugel aus Ihrem Rücken geholt.«

Ian zuckte zusammen, als er an den unbeschreiblichen Schmerz dachte, den er dabei empfunden hatte. Dann fielen ihm weitere Einzelheiten ein. Er wurde blaß.

»Mabley, ist mit Brandy alles in Ordnung? Sie war mit mir am Strand, als auf mich geschossen wurde. Meine Güte, geht es ihr gut?«

»Sie dürfen sich nicht aufregen. Miß Brandy ist unverletzt. Soviel ich weiß, hat sie Ihr Leben gerettet, Hoheit.« Mabley hielt es nicht für klug zu erwähnen, daß die junge Dame die ganze Nacht bei ihm gewacht hatte. Der Herzog würde sicher ungehalten reagieren – er hatte bestimmte Vorstellungen von Ladies, und darüber, wo sie hingehörten.

»Mr. Trevor, der schottische Magistrat, wünscht Sie zu sehen, Eure Hoheit. Fühlen Sie sich gut genug, um mit ihm zu sprechen?«

Ian nickte und versuchte, einen klaren Kopf zu bekommen. Er aß die Suppe, die Brandy für ihn zubereitet hatte. Kurz darauf stand ein schwarz gekleideter Gentleman mit buschigen Augenbrauen vor seinem Bett.

»Ich möchte nur einige Minuten mit Ihnen sprechen, Eure Hoheit.«

Ian versuchte, nicht an seinen schmerzenden Rücken zu denken und nickte. Mabley hatte ihn doch nicht etwa angelogen. Brandy ging es gut, oder nicht?

»Mabley sagte mir, Brandy habe mir das Leben gerettet«, erwiderte Ian und versuchte verzweifelt, sich an etwas zu erinnern, was ihm helfen könnte, den Täter zu identifizieren.

»Mir scheint, Sie hatten großes Glück, Hoheit.« Mr. Trevor stellte fest, daß der Herzog ein wenig verwirrt wirkte. Sicher hatte er große Schmerzen. Nun gut, sollte er zuerst über Brandy sprechen. »Als Sie stürzten, warf sie sich anscheinend auf Sie, Eure Hoheit. Die zwei folgenden Schüsse haben sie nur knapp verfehlt. Sie schrie wie verrückt und hat so den Mörder verscheucht. Ihr Geschrei und die Schüsse haben die Familie aufmerksam gemacht.«

»Können Sie schwören, daß es ihr gut geht?«

»Sie ist unverletzt, macht sich aber große Sorgen um Sie.«

»Brandy hätte getötet werden können. Was hat sie nur veranlaßt, so etwas Dummes zu tun?«

»Ihr ist nichts geschehen. Die ganze Familie ist sehr besorgt, Eure Hoheit. Können Sie mir etwas über den Vorfall erzählen? Lassen Sie sich Zeit. Erinnern Sie sich daran, was Sie taten und woran Sie dachten.«

»Ich bin geschwommen«, erklärte der Herzog. »Diese Schafe stinken teuflisch, und ich wollte mir den Geruch abwaschen so gut es ging, bevor ich zum Schloß zurückkehrte. Ich kam aus dem Wasser und unterhielt mich mit Brandy. Dann ist sie … sie ist gegangen. Ich erinnere mich undeutlich daran, etwas gehört zu haben. Es muß der erste Schuß gewesen sein. Danach weiß ich nichts mehr.«

Mr. Trevor bemerkte, daß der Herzog sein Gesicht schmerzlich verzog. Er stand auf. »Ich werde Wee Robert holen, Eure Hoheit. Sie brauchen ihn jetzt dringender als mich. Wir werden später noch einmal miteinander sprechen. Vielleicht fällt Ihnen noch etwas ein. Jede Einzelheit könnte uns helfen.«

Ian hörte ihn kaum. Das Zimmer verschwamm vor seinen Augen, und er zwinkerte heftig. Dann sah er Brandy am Strand ganz deutlich vor sich. Ihr Gesicht war gerötet, und sie starrte ihn an. Von oben bis unten. Und offensichtlich gefiel ihr, was sie sah.

Plötzlich stand jemand neben ihm und drückte ihm ein

kühles Glas an die Lippen. Er öffnete unwillkürlich den Mund und trank einige Schlucke. Dann schloß er die Augen und ließ sich bereitwillig von der Dunkelheit umfangen.

»Die Wunde verheilt sehr gut. Es gibt keine Infektion, aber der Herzog hat hohes Fieber.« Wee Robert saß auf seinem schwarzen Rockschoß im Salon, wo sich die Familie versammelt hatte. Während er sprach, musterte er verstohlen Lady Felicity, die Verlobte des Herzogs. Sie fühlte sich offensichtlich schwach und einer Ohnmacht nahe. Er konnte sie sich nicht als geeignete Gefährtin für den Herzog vorstellen, einen starken, widerstandsfähigen Mann, der es gewöhnt war, Befehle zu erteilen. Diese Lady schien häufig zu weinen und ohnmächtig zu werden. Im Augenblick erblaßte sie, hielt sich jedoch glücklicherweise noch aufrecht.

»Wie lange wird das Fieber anhalten, Sir?« fragte Brandy leise.

»Ich will Ihnen nichts vormachen«, erwiderte Wee Robert. »Einige erholen sich nie vom Fieber. Aber ich sagte Ihnen bereits, daß Seine Hoheit jung und stark ist – stärker als jeder Mann, den ich kenne. Ich vermute, er wird es schaffen.«

»Aber er ist ein Herzog!« rief Felicity.

»Ja, Miß, das ist richtig«, sagte Wee Robert belustigt. »Der Titel wird ihm sicher helfen, wieder gesund zu werden.«

»Ich denke, Lady Felicity wollte damit sagen, wie unglaublich es ist, daß ein Mann von seinem Rang in eine solche Situation geraten konnte«, meinte Giles höflich und lächelte Felicity aufmunternd zu.

»Ich denke, damit muß Mr. Trevor sich beschäftigen.« Wee Robert erhob sich. »Im Augenblick kann ich nicht mehr für den Herzog tun, Lady Adella. Mabley hat Anweisungen bekommen, wie er ihn pflegen muß. Ich wünsche Ihnen allen einen schönen Tag.«

Bertrand begleitete Wee Robert zur Tür.

»Was für ein Schlamassel«, sagte Claude ungehalten. »Meine Gicht hat mich heute an einem Tag stärker geplagt als im ganzen vergangenen Jahr. Diese verdammte Schießerei!«

»Ich würde geringfügige Gichtbeschwerden einer Kugel im Rücken vorziehen«, sagte Percy so verächtlich, daß Claude aufspringen und sich auf ihn stürzen wollte.

»Laß das, Claude«, befahl Lady Adella. Dann musterte sie alle Anwesenden der Reihe nach.

Bertrand kam in den Salon zurück. »Ihr wißt wahrscheinlich schon, daß Ian Trevor nichts sagen konnte. Nicht mehr, als Brandy weiß.«

»Lady Adella hat recht«, warf Claude ein. »Es muß einer dieser schmutzigen Kesselflicker gewesen sein. Diese verdammte Bande!«

Brandy stand seufzend auf. »Bitte entschuldige mich, Großmama. Ich muß Fiona ihre Unterrichtsstunde geben. Danach möchte ich sehen, wie es dem Herzog geht.«

»Mach kein so trauriges Gesicht, Mädchen. Das Kind wird sonst Alpträume bekommen.« Lady Adella entließ Brandy mit einer Handbewegung und musterte dann wieder nachdenklich die kleine Gruppe. »Ich kann Geheimnisse nicht leiden, und ich verabscheue Schurken – immerhin mußte ich über fünfzig Jahre mit einem solchen Mann zusammenleben. Bei dem Gedanken, daß sich in Schloß Penderleigh ein Verbrecher aufhält, wird mir schlecht.«

»Ich glaube nicht, daß Trevor nur Männer in Verdacht hat«, sagte Percy leise.

Bertrand war so wütend, daß er seinen Cousin beinahe geschlagen hätte. »Glaubst du etwa, Lady Adella hat ein Gewehr auf ihren Stock gestützt?«

»Ich mache mir nur meine Gedanken, lieber Cousin. Trevor wird hier weiterhin herumschnüffeln und uns allen lächerliche Fragen stellen. Warum sollten die Damen von diesem Vergnügen ausgeschlossen werden?«

Felicity erhob sich. »Ich fühle mich schrecklich«, sagte sie mit zitternder Stimme zu Giles. »Maria muß mir die Schläfen mit Lavendelwasser einreiben. Warum hat der Herzog nur darauf bestanden, in dieses verflixte Land zu reisen? Sieh nur, was es ihm gebracht hat. Ein hinterhältiger schottischer Barbar hat ihn in Todesgefahr gebracht. Oh, ich wünschte, wir wären niemals hierhergekommen.«

»Warum reisen Sie dann nicht ab?« fragte Constance betont freundlich. »Sie beschweren sich ständig, fallen in Ohnmacht und beschimpfen uns. Sie sind vollkommen nutzlos. Verschwinden Sie endlich.«

Felicity wandte sich ihr zu. »Du gehässige, kleine, schottische Göre! Du kannst nicht einmal richtig englisch sprechen. Und warum geht deine schlampige Schwester jetzt zum Herzog? Sie hat nichts mit ihm zu tun. Rein gar nichts. Ich bin seine Verlobte. Wenn ihn jemand besuchen sollte, bin ich es. Leider bin ich im Augenblick nicht stark genug dafür. Oh, ich hasse dieses verdammte Schloß!«

»Ich habe Ian besucht«, warf Giles rasch ein. »Wie Wee Robert sagt, hat er hohes Fieber. Mabley bleibt bei ihm. Er wird uns rufen, falls sich Ians Zustand verschlechtert.«

»Ja, Mabley sagt, er befindet sich bereits im Delirium. Verdammt.« Bertrand schlug sich mit der Faust auf den Schenkel.

»Bist du so betroffen, weil der Herzog krank ist, oder weil der Mörder sein Ziel verfehlt hat?« stichelte Percy.

Constance erhob sich und ballte ihre Hände zu Fäusten. »Wie kannst du nur etwas so Abscheuliches sagen?«

»Mabley hat mir versichert, daß Seine Hoheit keine Minute allein bleibt«, erklärte Giles. »Ich denke, das wird den Eifer unseres Attentäters bremsen. Und nun, Lady Adella, sollten wir unseren Nachtmittagstee trinken, wenn Sie einverstanden sind.«

25

»Du wirst nicht zulassen, daß Ian wieder etwas zustößt, nicht wahr, Brandy?« fragte Fiona ängstlich und sah ihre Schwester beunruhigt an. Natürlich wußte sie über den Tod Bescheid. Großvater Angus war gestorben. Aber er war bereits so alt gewesen, daß sie ihn sich nicht mehr lebendig vorstellen konnte.

Brandy deckte ihre kleine Schwester zu, beugte sich zu ihr hinunter und drückte ihr einen Kuß auf die Stirn. »Nein, mein Püppchen. Ich werde dafür sorgen, daß niemand ihn verletzt. Mach dir keine Sorgen. Er ist groß und stark und wird wieder gesund werden. Das verspreche ich dir.«

Sie ließ Fiona allein und ging in ihr Zimmer. Das Gezänk im Salon und beim Dinner hätte sie nicht ertragen.

Als Mabley ihr gegen zehn Uhr die Tür zu Ians Schlafzimmer öffnete, bemerkte er, wie blaß und abgespannt sie aussah. Brandy richtete ihren Blick sofort auf das Bett.

»Er wirkt sehr ruhig, Mabley. Ist das Fieber heruntergegangen?«

Ihre Stimme klang so hoffnungsvoll, daß es Mabley schwerfiel, sie zu enttäuschen. »Nein, nicht direkt, Miß Brandy. Er ist immer noch im Delirium, wirft sich hin und her und murmelt vor sich hin. Schon sechs Jahre sind vergangen, doch er ruft immer noch ihren Namen – wieder und wieder. Es war eine schreckliche Zeit. Ich habe mir damals große Sorgen um ihn gemacht.« Mabley schüttelte betrübt den Kopf.

»Sie meinen Marianne?«

»Ja, Miß Brandy. Ich glaube, er lebt diese furchtbare Zeit noch einmal durch.« Mableys alte Knochen waren so schwer, daß er sich auf einen Stuhl fallen ließ und die Augen schloß. Er sah immer noch das bleiche Gesicht des Herzogs vor sich, als er allein aus Frankreich zurückgekehrt war. »Seine Freunde fürchteten, er würde den Verstand verlieren. Ich erinnere mich daran, daß sogar der

König ihm sein Beileid bezeigte. Ja, es war eine sehr traurige Zeit.«

Brandy versuchte, sich zusammenzunehmen. Marianne war schon lange tot, und trotzdem schien sie noch am Leben zu sein. Ian brauchte ihre Hilfe. Wenn sie ihn mit einem Geist teilen mußte, würde sie es eben tun. Felicity verdrängte Marianne anscheinend aus ihren Gedanken. »Gehen Sie ins Bett, Mabley. Sie stehen kurz vor einem Zusammenbruch.«

Mabley ging auf die Verbindungstür zu. »Wenn der Herzog so unruhig wird, daß Sie nicht allein mit ihm fertig werden, holen Sie mich bitte, Miß.«

»Ja. Verschließen Sie die Tür, Mabley. Seine Hoheit ist in Gefahr – nicht nur wegen seiner Verletzung. Ich will mich nicht wegen des gemeinen Verbrechers sorgen müssen, der auf ihn geschossen hat.«

Mabley zog sich zurück und schloß die schmale Tür hinter sich ab. Eine Weile blieb er in der Mitte des kleinen Ankleidezimmers stehen und beäugte das durchgelegene Rollbett, in dem er nun schon seit Wochen schlafen mußte. Allein der Gedanke, daß Morag heute morgen die Laken gewechselt hatte, löste einen Juckreiz in ihm aus. Wie Lady Felicity wünschte er, er wäre niemals nach Schottland gekommen. Er hoffte verzweifelt, daß Seine Hoheit sich bald erholen würde und dann bereit wäre, dieses Land mit der salzigen Meerluft zu verlassen, in dem es ungewöhnliche Mahlzeiten gab und in einer seltsamen Sprache gesprochen wurde. Während er langsam sein schwarzes Jackett auszog, hielt er den Blick auf die verschlossene Tür gerichtet. Er zog seine dünnen Augenbrauen hoch und kniff die Augen zusammen. Es war nicht richtig, daß Miß Brandy jetzt bei Seiner Hoheit wachte. Das sollte eigentlich einer der Männer tun – Mr. Giles zum Beispiel. Doch sie war eine eigensinnige junge Dame und dem Herzog offensichtlich sehr zugetan. Das würde ihr sicher das Herz brechen. Auch wenn er persönlich nicht viel von der hochnäsigen Lady Felicity hielt, wußte er genau, wie man sich in den oberen Kreisen verhielt. Seine Hoheit war nach der offiziellen Verkündung der Verlobung und den damit verbundenen Vereinbarungen fest gebunden. Hätte man ihn, Mabley, gefragt, hätte er gern Seiner Hoheit die Unterschiede zwischen Lady Felicity und der bedauernswerten ersten Herzogin erläutert. Es war jammerschade, aber man konnte an dieser Situation nichts ändern. Ganz und gar nichts.

Brandy stand still neben dem Bett und betrachtete den Herzog. Sein Gesicht war vom Fieber erhitzt und gerötet. Sie rieb es mit einem kühlen, feuchten Tuch ab und fuhr dann damit über Ians Nacken, seine Schultern und Arme. Er murmelte etwas Unverständliches und drehte seinen Kopf zur Seite. Als sie mit dem Tuch noch einmal sein Gesicht abwischte, versuchte er, ihre Hand wegzustoßen, aber er war zu schwach dazu.

»Ganz ruhig«, flüsterte Brandy. Sie zog die dicke Daunendecke über seine nackte Brust, obwohl es im Zimmer sehr warm war. Der weiße Verband hob sich stark gegen sein gekräuseltes schwarzes Brusthaar ab. Vorsichtig fuhr sie mit dem Tuch um die Bandagen.

Sein Atem wurde ruhiger. Er warf sich nicht mehr hin und her, aber das Fieber war noch nicht gesunken.

Brandy hätte alles gegeben, um etwas dagegen tun zu können. In der folgenden halben Stunde rieb sie Ian weiter ab, dann streckte sie sich und ging zum Kamin, um das Feuer wieder zu entfachen, das inzwischen nur noch schwach glimmte. Nachdem sie sich ausgezogen und ihr Nachthemd übergestreift hatte, schlug sie ihren karierten Schal um die Schultern und ließ sich auf einen Stuhl fallen. Sie zog sich eine rauhe Wolldecke bis über das Kinn, um sich warm zu halten.

Gestammelte Worte und Flüche weckten sie wenig später auf. Sie sprang auf, lief zum Bett hinüber und betrachte Ians Gesicht. Als sie seine Stimme hörte, traten ihr Tränen in die Augen.

»Marianne, Marianne. Hättest du mir nur vertraut … hättest du es mir nur erzählt, Marianne. Ich hätte versucht, sie zu retten … Marianne, warum hast du an mir gezweifelt? Zu spät … es war zu spät.«

»O nein, Ian, es war nicht dein Fehler. Du darfst dir keine Schuld an ihrem Tod geben. Ruhig, mein Liebling, sei ganz ruhig. Ich liebe dich mehr als sie es konnte, Ian. Ich hätte dich niemals verlassen. Warum hat sie dir nicht vertraut?«

Er warf sich hin und her und fuchtelte wild mit den Armen. Brandy versuchte ihre Tränen zurückzuhalten. Sie hatte Angst, die Wunde könnte sich wieder öffnen, und hielt seine Schultern so fest sie nur konnte.

»Lieg still, Ian. Du mußt dich ruhig halten.«

Seine Stimme wurde lauter, und sie begriff, daß er Bilder von der Guillotine und der Klinge sah, die Marianne enthauptet hatte. Anscheinend war Marianne nach Frankreich gefahren, um ihre Eltern zu retten. Warum hatte sie sich ihm nicht anvertraut? Warum hatte sie ihn nicht um Hilfe gebeten? Er war doch ihr Ehemann gewesen. Das ergab keinen Sinn.

»Es war nicht deine Schuld, Ian«, sagte sie immer wieder und zwang ihn, ihr zuzuhören. Er mußte ihr einfach glauben. Sie legte ihre Fingerspitzen auf seine Lippen, umarmte ihn und preßte ihre Wange gegen seine.

Wieder flüsterte er Mariannes Namen. Brandy drückte verzweifelt ihre Lippen auf seinen Mund, um den Geist zu verscheuchen. Ian reagierte prompt, und Brandy war verblüfft über das Verlangen, das in ihr aufstieg, als er mit seiner Zunge ihren Mund erforschte. Vielleicht war es nicht nur Verlangen, sondern Gier – dieses Wort hatte sie schon oft von den Männern in der Familie Robertson gehört. Ihr war bewußt, daß sie sich eine Steigerung dieser Gefühle wünschte, die er in ihrem Körper auslöste. Sie wollte, daß er sie umarmte und streichelte. Er legte die Arme um sie und ließ seine großen Hände über ihren Rücken hinunter zu ihren Hüften wandern.

Brandy wußte, daß sie sich aus seiner Umarmung lösen sollte. Offensichtlich wußte er nicht, was er tat. Er glaubte, sie wäre Marianne, seine erste Frau. Als sie versuchte, sich zurückzuziehen, verstärkte er seinen Griff – sie konnte sich nicht mehr bewegen.

»Ian, das darfst du nicht tun«, sagte sie, obwohl sie sich sehnlichst wünschte, er würde weitermachen. Brandy wußte, daß sie ihm und sich selbst etwas vormachte.

Plötzlich entspannten sich seine Lippen. Er starrte sie durchdringend an. Seine Augen glänzten.

»Mein Liebling«, flüsterte er. »Mein kleiner Liebling.« Er zog sie an sich und küßte sie. Brandy spürte seine Begierde und öffnete bereitwillig ihren Mund.

Er hält mich für Marianne, dachte sie verzweifelt. Es war hoffnungslos. Trotzdem würde sie alles tun, was er wollte. Heute nacht gehörte er ihr, und das mußte ihr genügen. Nur diese eine Nacht.

Mit unerwartet kraftvollem Griff zog Ian Brandy auf sich. Sie spürte durch die Decke sein hartes Glied an ihrem Bauch und vergrub ihr Gesicht an seinem Hals. Er streichelte ihre Hüften und zerrte an ihrem Nachthemd. Bereitwillig half sie ihm. Sie hatte keine Angst davor, ihre Jungfräulichkeit zu verlieren. Der Gedanke, ihn nackt zu spüren, ließ sie erzittern. Sie streifte ihr Nachthemd so ungestüm ab, daß es zerriß, und warf die Decke zurück. Dann ließ sie ihren Blick über seinen Körper wandern und betrachtete sein erigiertes Glied zwischen den schwarzen gekräuselten Haaren. Sie wußte, was er jetzt tun würde, konnte sich aber nicht vorstellen, wie er damit in sie eindringen würde. Rasch schüttelte sie die aufkommende Furcht ab. Er begehrte sie – besser gesagt, einen Geist. Und sie war entschlossen, heute nacht diesen Geist für ihn zu spielen.

»Ich liebe dich«, sagte Brandy. Sie wußte, er konnte sie nicht hören, und selbst wenn, würde er denken, ihre Worte kämen aus Mariannes Mund.

Er streichelte wieder ihre Hüften, diesmal zärtlicher,

und zog sie auf sich, so daß ihr Bauch und ihre nackten Beine gegen seinen Körper gepreßt wurden.

Dann legte er seine Hände auf ihren Rücken und rollte sich auf sie. Seine Finger berührten ihre Brüste, fuhren ihr über den Bauch und suchten weiter unten nach ihrer empfindsamsten Stelle. Brandy war schockiert, welche Lust seine Berührung in ihr auslöste. Dieses Gefühl war wunderbar. Sie wollte nicht, daß er aufhörte. Diese immer stärker werdenden Empfindungen sollten nie mehr vorübergehen. Ihr war nicht klar, was noch geschehen würde, aber sie wollte mehr. Unwillkürlich hob sie ihre Hüften und drückte sich gegen seine Hand.

Sie spürte, wie er zuerst mit seinen Fingern und dann mit seinem Glied in sie eindrang. Das konnte nicht funktionieren. Er war zu groß für sie. Plötzlich war ihre Erregung verflogen. Brandy legte ihre Arme um Ians Nacken und hob die Hüften. Es tat weh. Sie befürchtete, er würde sie in Stücke reißen, und sie müßte hier in diesem Bett sterben.

Als er ihr Jungfernhäutchen durchstieß, durchzuckte sie ein scharfer Schmerz. Sie durfte nicht schreien – Mabley könnte aufwachen und in das Zimmer stürzen.

Unvermittelt zog er sich zurück und drang dann mit einem kraftvollen Stoß wieder in sie. Er war jetzt tief in ihr, preßte sie an sich und atmete heftig.

Er bewegte sich langsam und murmelte etwas, das sie nicht verstand. Aufreizende Worte in französischer Sprache. Nein, sie durfte nicht schreien. Er küßte sie auf das Kinn, auf die Nase und den Mund. Der Schmerz war so groß, daß sie ihre Zähne in seinen Hals grub, während ihr Tränen über die Wangen liefen. Sie fühlte seine Anspannung. Er hielt sie fest an sich gedrückt, und seine Bewegungen wurden immer schneller, bis er erschauerte und sich versteifte. Brandy konnte einen Aufschrei nicht unterdrücken und vergrub rasch ihr Gesicht an seinem Hals, um das Geräusch zu dämpfen. Sie spürte seinen Samen tief in sich. Ian ließ sich auf sie fallen und stöhnte leise. Er atmete tief ein und aus und legte seinen Kopf neben ihren auf das Kissen.

Brandy blieb bewegungslos liegen. Er war schwer, aber das störte sie nicht. Im Augenblick gehörte er nur ihr allein. Sein Atem wurde ruhiger. Er legte seine warmen Lippen auf ihre Wangen und schlief ein.

Ich bin jetzt ein Teil von ihm, dachte Brandy und legte ihre Arme um seine Taille. Sie lag eine Weile still, bis sie sein Gewicht nicht mehr aushalten konnte. Vorsichtig legte sie sich neben ihn, betrachtete in dem schwachen Kerzenlicht sein Gesicht und zog mit den Fingern sanft die Konturen seines festen Kinns nach.

Heute nacht gehörte er ihr, und sie würde nicht zulassen, daß weder Mariannes Geist noch Felicitys Ansprüche ihr Glück störten. Sie zog die Bettdecke über ihre Körper und schmiegte sich an seine Schulter, um die verbleibende Zeit zu genießen, bis sie ihn verlassen mußte.

Ian schreckte hoch. Er hatte das Gefühl, eine Ewigkeit bewußtlos gewesen zu sein. Einen Augenblick lang blinzelte er verwirrt in den grellen Sonnenstrahl, der durch das Fenster hereinfiel. Dann konzentrierte er sich auf seinen Körper und stützte sich zögernd auf seinen Ellbogen.

»Eure Hoheit.«

»Mabley. Meine Güte, welcher Tag ist heute? Wie spät ist es? Ich habe das Gefühl, seit langer Zeit nicht mehr hier gewesen zu sein.«

»Könnt Ihr wieder klar denken, Hoheit?«

»Ich glaube, mein Verstand funktioniert wieder.« Ian streckte sich vorsichtig und zuckte vor Schmerz zusammen. »Meine Schulter scheint zu heilen, Mabley.«

»Heute ist Donnerstag, Eure Hoheit. Es ist kurz vor zehn Uhr morgens.«

»Heißt das, ich war seit gestern bewußtlos?«

Mableys Gesicht glättete sich, als er seinen Herrn anlächelte. »Ja, Eure Hoheit. Eine Zeitlang waren Sie wegen des Fiebers nicht ansprechbar. Sie haben uns allen große Sorgen bereitet.«

»Nicht ansprechbar? Du meinst, ich war im Delirium?« Ian runzelte die Stirn und versuchte, sein Gedächtnis aufzufrischen.

»Ja, Eure Hoheit.« Mabley ging zu seinem Herrn und fügte leise hinzu: »Sie haben sich noch einmal an alles erinnert.«

Eine weitere Erklärung war nicht nötig.

Zu Mableys Überraschung ging der Herzog nicht näher darauf ein. »Anscheinend hegt irgend jemand eine große Abneigung gegen mich. Ich kann mich nur an sehr wenig erinnern. Hat man den Schuldigen schon gefaßt?«

Mabley schüttelte den Kopf. »Nein, Eure Hoheit. Mr. Trevor, der schottische Magistrat, kümmert sich um die Angelegenheit. Ich werde Mr. Giles holen, wenn Sie wünschen, da ich selbst nicht bei der Familie war.«

»Ja, ich würde gern mit Giles sprechen. Ich habe verdammt großen Hunger. Außerdem möchte ich mich rasieren und baden. Bitte kümmere dich zuerst darum, bevor du Giles heraufschickst, Mabley.« Ian schwieg einen Augenblick lang und musterte seinen alten Diener. »Du siehst aus, als würdest du jeden Moment zusammenbrechen. Sag mir nicht, du allein hättest mich gepflegt.«

»Nein, Eure Hoheit. Miß Brandy hat sich in den Nächten um Sie gekümmert. Bitte regen Sie sich nicht auf. Sie wissen sicher, daß Lady Brandy einen starken Willen besitzt. Ruhen Sie sich jetzt aus, Eure Hoheit. Ich bin gleich zurück.« Mabley bemerkte den fragenden Gesichtsausdruck seines Herrn. »Die Klingelschnur ist abgerissen, Eure Hoheit. Ich hole Wee Albie.«

»Mir scheint, es gibt hier viele Leute mit dem Spitznamen Wee. Ich kann mich noch dunkel an einen Wee Robert erinnern.«

»Das ist der schottische Arzt. Er wird Ihnen sicher noch heute morgen einen Besuch abstatten.«

Nachdem Mabley die Tür leise hinter sich geschlossen

hatte, schwang der Herzog langsam die Beine aus dem Bett und versuchte aufzustehen. Er haßte es, so hilflos zu sein und fluchte leise, als seine Beine unter ihm nachgaben. Er ließ sich wieder auf das Bett fallen und rieb sich über die Bartstoppeln auf seinem Kinn. Verdammt, er weigerte sich, als Invalide zu enden. Rasch schlug er die Bettdecke zurück.

Auf dem weißen Laken befanden sich zwei Blutflecke. Er erstarrte. Plötzlich fielen ihm einige Dinge wieder ein. Er schaute an sich hinab und entdeckte weitere Blutspuren sowie seinen eigenen Samen. O Gott, nein. Er fuhr sich mit der Hand über die Stirn. Das konnte er ihr doch wohl nicht angetan haben. Sein Hals schmerzte. Er hob die Hand und spürte einen Zahnabdruck. Während er sich mit den Fingern über die Wange fuhr, erinnerte er sich an die Tränen, die sie vergossen hatte, während er tief in sie eingedrungen war. Er hatte sie genommen, sich tief in ihr versenkt, bis er Erleichterung gefunden hatte, und ihr dabei nur Schmerzen zugefügt. Und sie hatte es klaglos über sich ergehen lassen.

Als Mabley zurückkam, hatte der Herzog sich aufgesetzt und starrte ins Leere. Sicher hatte er große Schmerzen. Er war stolz und stark und betrachtete eine Krankheit als etwas, das man so rasch wie möglich hinter sich bringen mußte. Erst vor zwei Tagen hatte jemand auf ihn geschossen, und jetzt saß er bereits auf der Bettkante. »Eure Hoheit, so geht das nicht. Sie sind noch zu schwach. Das war vorherzusehen. Wir wollen doch nicht, daß Sie noch einen Fieberschub bekommen. Lassen Sie mich Ihnen helfen. Sie müssen wieder unter die Decke. Mr. Giles möchte mit Ihnen sprechen. Vielleicht möchten Sie diese Suppe essen, während Sie sich mit ihm unterhalten? Sie brauchen etwas zur Kräftigung.«

Ian nickte schweigend. »Ja, Mabley«, sagte er dann. »Das Bad kann warten. Gib mir die Suppe und schick Giles herein.«

Zehn Minuten später stand Giles an der Türschwelle

und musterte seinen Cousin. »Ian, alter Knabe, du hast wieder Appetit. Anscheinend befindest du dich auf dem Weg der Besserung.« Er ging zum Bett hinüber. »Wie fühlst du dich?«

»Viel besser, Giles. Setz dich. Diese Suppe nennt sich Hühnerbrühe, aber ich schwöre, daß sich kein einziges Stück Huhn darin befindet. Sie schmeckt einfach nach nichts.«

»Sei froh. Wäre es dir lieber, sie würde nach Cooks Trifle schmecken?« Giles grinste und ließ sich auf dem Ledersessel neben Ians Bett nieder. Nachdenklich legte er seine Fingerspitzen aneinander.

»Erinnerst du dich an etwas, Ian? Hast du vielleicht irgendwelche ungewöhnlichen Schatten gesehen? Oder am Strand etwas gehört, das du dir nicht erklären kannst?«

»Ich erinnere mich an vieles«, erwiderte der Herzog langsam. »Aber leider hat es nichts mit der Identität des Verbrechers zu tun. Mabley hat mir erzählt, daß ein gewisser Trevor Untersuchungen anstellt.«

»Ja. Lady Adella hält ihn für einen alten Narren. Ich denke, er meint es gut, hat aber kaum Informationen, mit denen er arbeiten könnte. Du kannst dir sicher vorstellen, daß die Robertsons sich gegenseitig an die Kehle gehen. Jeder verdächtigt und beschuldigt jeden. Wir sollten abreisen, sobald du dich dazu in der Lage fühlst, Ian.«

Der Herzog ließ seinen Suppenlöffel sinken und schwieg eine Weile. »Nein, Giles«, sagte er schließlich. »Ich habe keine Angst, als Feigling zu gelten, wenn ich jetzt nach England zurückkehren würde – darum geht es nicht. Aber ich habe hier noch etwas zu erledigen. Nein, ich habe nicht vor, zu versuchen herauszufinden, wer mich töten wollte. Das wäre wahrscheinlich nur Zeitverschwendung. Ich glaube kaum, daß dieser Bastard sich mir auf irgendeine Weise zu erkennen geben würde.«

»Spielst du auf Percy an?«

»Wenn sein Charakter ebenso ist wie seine Bezeichnung, ja. Was sagt Lady Adella zu dieser Sache? Komm schon, ich weiß, daß sie immer offen über alles spricht. Das ist nun einmal ihre Art.«

»Sie hat einen bissigen Kommentar darüber abgegeben, wie sehr sie Schurken und Geheimnisse verabscheut. Ansonsten beteiligt sie sich rege an den Auseinandersetzungen innerhalb der Familie. Felicity war recht schwierig, wie du dir wohl vorstellen kannst.«

»Weißt du, daß Brandy mich in den Nächten betreut hat?« fragte der Herzog abrupt. »Das war dumm von ihr, und das werde ich ihr auch sagen.«

»Nein, das wußte ich nicht. Felicity würde das sicher nicht gefallen. Ich denke, sie würde so laut schreien, bis die Balken von der Decke fallen und die Rüstungen zusammenbrechen. Brandy ist ein sehr ungewöhnliches Mädchen.«

»Ja, da muß ich dir zustimmen, Cousin.«

»Nachdem du angeschossen wurdest, verlangte sie von Claude zu wissen, wo er gewesen sei. Sie benahm sich wie ein kleiner Spürhund. Es gefällt mir nicht, daß du hierbleiben willst, Ian – aus welchen Gründen auch immer. Jeder hier – und da schließe ich mich mit ein – kann nur rätseln, wer der Verbrecher ist, der versucht hat, dich zu töten. Siehst du denn nicht, wie unvernünftig es ist, hierzubleiben und damit dem Täter eine weitere Möglichkeit zu geben?«

»Ich kann dir versichern, daß ich auf der Hut bin, Giles. Und solange ich mich im Kreis der Familie Robertson aufhalte, hat dieser Schurke eigentlich keine Chance, oder?«

Giles schien die Entscheidung des Herzogs nicht zu gefallen, aber er äußerte sich nicht weiter dazu. Der Herzog war dafür bekannt, daß er sich nicht von einem Plan abbringen ließ, den er einmal gefaßt hatte.

»Felicity wird darüber nicht sehr glücklich sein, alter Junge. Sie hat keine Gelegenheit versäumt, jedem zu erzählen, wie abscheulich sie es hier findet, und daß sie damit rechnet, daß wir sofort abreisen, sobald es dir besser geht. Einmal dachte ich schon, Lady Adella würde mit ihrem Stock nach ihr werfen, aber die alte Dame konnte sich dann doch noch beherrschen. Wenn ich ehrlich sein soll, weiß ich nicht, was ich an ihrer Stelle getan hätte. Deine süße kleine Brandy sagte kein Wort. Sie stand auf und verließ das Zimmer. Einen Augenblick lang glaubte ich, sie wolle sich eine Waffe holen. Das wäre sicher sehr interessant gewesen.«

»Ich werde mit Felicity sprechen müssen. Würdest du sie bitte heraufschicken, nachdem Mabley mich rasiert hat, und ich gebadet habe, Giles?«

Ja, er wünschte sich ein Gespräch mit Felicity. Sehr sogar.

26

»Du bist viel tapferer als ich, lieber Cousin.« Giles klopfte Ian auf den Arm und ging aus dem Zimmer.

Ian versuchte, sich darauf zu konzentrieren, wer der Täter sein könnte, aber immer wieder tauchte Brandy in seinen Gedanken auf. »Was für ein verdammtes Dilemma«, sagte er laut.

Giles entdeckte Felicity im Salon. Sie war allein. Wahrscheinlich hatte sie die anderen vertrieben. »Nun, Giles, wie geht es Seiner Hoheit?« fragte sie gelangweilt. »Kommt er heute herunter?«

Giles musterte sie. Sie verzog gereizt ihre Lippen und kniff ihre hübschen Augen zusammen. »Dem Herzog geht es schon viel besser, meine Liebe«, sagte er belustigt. »Ich habe ihn Mableys geschickten Händen überlassen – er wird ihn rasieren und ihm ein Bad einlassen.«

»Ja, er ist ein sehr dunkler Typ«, sagte sie gedankenvoll.

»Das stimmt. Ian möchte dich gern sprechen, nachdem er gebadet hat, meine Liebe. Ich werde dich nachher hinaufbegleiten. Du darfst nicht erschrecken – das Fieber und die Schmerzen haben ihn ein wenig verändert.«

»Ich wünschte, wir wüßten, welcher dieser schrecklichen Männer dafür verantwortlich ist. Ich bin davon überzeugt, daß uns niemand etwas verraten wird. Sie beschimpfen sich zwar auf höchst vulgäre Weise, schützen sich aber dennoch gegenseitig. Und dieser ungehobelte Arzt – meine Güte, er ist so klein. Wie kann ein Doktor nur so klein sein? Du hast ja gehört, daß er mich beleidigt hat, Giles.«

Giles konnte sich schwach daran erinnern, daß Wee Robert nicht genügend Besorgnis für Felicitys nervlichen Zustand gezeigt hatte. »Ich finde, er war sehr verständnisvoll und hat sich große Sorgen um den Herzog gemacht, meine Liebe.« Er zog eine kleine, elegante Schnupftabakdose aus der Tasche, öffnete sie geschickt mit einem Finger und schüttelte eine großzügige Prise heraus. Genüßlich nieste er und wischte einige Krümel des Tabaks von seinem Ärmel ab. »Der arme alte Mabley sah sehr erschöpft aus. Er mußte sich tagelang um Ian kümmern. Glücklicherweise war Brandy noch da, die dann …«

»Er gehört auch zu denen, die ihren Vorgesetzten keinen gebührenden Respekt entgegenbringen. Ich werde dafür sorgen, daß dieser verschrumpelte alte Trottel bald mein Haus verlassen wird. Was meinst du damit? Er hat sich nur tagsüber um den Herzog gekümmert? Und was hat Brandy damit zu tun? Diese ungehobelte Göre hat doch wohl nicht beschlossen, nach London zu fahren? Das werde ich nicht dulden, Giles. Diese kleine Schlampe wird nicht in meinem Haus leben, wenn ich die Herzogin von Portmaine bin.«

»Habe ich Brandy erwähnt? Das war mir nicht bewußt.« Giles betrachtete die verstaubten Dudelsäcke, die schlaff über dem großen Kamin hingen. Daneben befand sich das Familienwappen der Robertsons.

Felicity sah ihn mißtrauisch an. »Du solltest mir nichts

verheimlichen. Ist sie in den Nächten bei ihm gewesen, Giles? Ist das wahr?«

»Ja, aber ich sehe keinen Grund, warum du dich darüber aufregen könntest. Du hast dich nicht angeboten, ihn zu pflegen, nicht wahr? Und sie hat diese Aufgabe offensichtlich sehr gut erledigt.«

»Ha! Ich kann mir gut vorstellen, wie diese kleine Schlampe ihn gepflegt hat!«

»Vergiß nicht, daß der Herzog schwer verwundet war, Felicity. Ich glaube kaum, daß er stark genug war, alleine zu essen, geschweige denn, sich mit einer anderen Frau zu vergnügen. Ian würde es sicher nicht gern hören, wenn du seine Krankenschwester als Schlampe bezeichnest. Oh, es ist schon spät. Ich muß dir leider noch mitteilen, daß Ian darauf besteht hierzubleiben, meine Liebe. Ich habe versucht, ihn zur Abreise zu bewegen, aber er läßt sich nicht umstimmen. Er sagt, er müsse hier noch einiges erledigen, bevor er nach England zurückkehren könne. Soweit ich das beurteilen kann, wird er sich davon nicht abbringen lassen.«

Felicity sprang auf. »Das ist doch lächerlich. Sicher ist er im Augenblick nicht in der Lage, eine solche Entscheidung zu treffen. Ich hoffe, du hast ihm das gesagt.«

»Du weißt ebensogut wie ich, daß Ian seine Meinung nicht ändert, sobald er sich einmal zu etwas entschlossen hat. Mittlerweile solltest du gelernt haben, daß dein Verlobter ein sehr zielstrebiger, dickköpfiger Mann ist. Wenn er sich für einen Weg entschieden hat, bringt ihn nichts davon ab.«

»Ja, er ist zielstrebig«, sagte Felicity zähneknirschend. »Und was denkt er wohl, was ich bin? Eine schwache, alberne Närrin wie seine erste Frau Marianne? Glaube mir, ich werde ihm sagen, daß ich nicht vorhabe, mich von ihm wie ein Fußabstreifer behandeln zu lassen. Wir werden ja sehen!«

»Meine Güte«, murmelte Giles, als Felicity ihre Röcke raffte und aus dem Zimmer stürmte. Er hatte nicht gewußt, daß sie sich so schnell und trotzdem elegant bewegen konnte.

Wenige Minuten später klopfte sie energisch an die Schlafzimmertür des Herzogs.

Mabley öffnete und starrte sie verblüfft an. »Lady Felicity?« Sie sah aus, als wollte sie jemanden ermorden.

»Nun, wie Lady Adella sehe ich ja wohl nicht aus«, fuhr sie ihn an. »Sagen Sie dem Herzog, daß ich ihn sprechen möchte, Mabley. Hier im Gang ist es sehr zugig, also lassen Sie mich nicht warten.«

»Seine Hoheit erwartet Sie bereits, Lady Felicity.« Mabley trat rasch zur Seite.

»Komm herein, Felicity«, rief Ian. Dann flüsterte er Mabley zu: »Gehen Sie und genehmigen Sie sich ein Glas Ale. Anschließend kommen Sie zurück.«

Mabley verschwand eilig.

Felicity ließ ihren Blick durch das Zimmer gleiten. Sie betrachtete kurz den großen Kamin und dann das Bett. Die Einrichtung war typisch für einen Mann – es gab keine Vorhänge oder Einrichtungsgegenstände, die den Raum anheimelnd machten. Das paßte zu ihm. Er lag in der Mitte des Betts. Sein schwarzes Haar hob sich stark gegen das weiße Kopfkissen ab.

»Giles sagte mir, daß du dich besser fühlst, Hoheit.« Felicity versuchte, ihrer Stimme einen versöhnlichen Klang zu geben. Ihre Mutter hatte ihr beigebracht, daß es nicht schaden konnte, hin und wieder ein wenig nachzugeben, wenn man etwas erreichen wollte. Trotzdem fiel es ihr schwer.

»Ja«, sagte er in diesem schottischen Akzent, den sie so sehr verabscheute. »Danke, daß du gekommen bist, Felicity«, fügte er ironisch hinzu. »Ich halte es für wichtig, daß wir uns unterhalten.«

»Giles hat mir bereits gesagt, daß du noch in Penderleigh bleiben willst. Ich glaube kaum, daß das zu deiner Genesung beiträgt. Sag mir bitte, daß Giles sich geirrt hat, und du dieses Land verlassen willst, sobald du dazu in der Lage bist.«

»Wie ich bereits Giles erklärt habe, gibt es für mich hier noch etwas zu erledigen. Deshalb habe ich nicht vor, sofort nach England zurückzukehren. Ich bin enttäuscht, daß du meine Gründe nicht verstehen kannst, Felicity.«

Felicity zuckte bei dem harten Klang seiner Stimme zusammen. Warum war er nur so verärgert? Sie versuchte doch nur, ihn zur Vernunft zu bringen. Am liebsten hätte sie ihm ins Gesicht geschlagen, aber eine Lady tat so etwas nicht. Zumindest konnte sie ihm ihre Meinung sagen. »*Ich* habe dich enttäuscht, Hoheit? Und was ist mit meinen Wünschen? Du glaubst ja wohl nicht, daß es mir Freude bereitet, von diesen vulgären, ungehobelten Barbaren umgeben zu sein, oder? Weißt du, daß sie sich ständig gegenseitig anschreien und beschimpfen? Und einer von ihnen ist offensichtlich ein Mörder!«

Er sah sie plötzlich mit anderen Augen. Bevor er angeschossen worden war, hatte er nicht bemerkt, wie gehässig und spitzzüngig sie sein konnte. Sie hatte kein Mitgefühl für andere. In ihrer Stimme lagen nur Verachtung und Bosheit.

Er lächelte gezwungen. »Wie du siehst, lebe ich noch. Du bezeichnest die Robertsons als vulgär und ungehobelt. Ich bin der Meinung, du solltest dein eigenes Verhalten überdenken. Seit du in Penderleigh erschienen bist, habe ich kein freundliches Wort von dir gehört. Du brüstest dich damit, die Tochter eines Grafen zu sein, aber deine Manieren gleichen eher denen eines Fischweibs.«

»Eines Fischweibs? Wie kannst du es wagen, mein Verhalten zu kritisieren? Ah, ich glaube, ich verstehe. Offensichtlich gefällt es dir besser, wie diese kleine Schlampe Brandy sich benimmt.«

»Brandy hat damit nichts zu tun, Felicity«, erklärte er nüchtern. »Du bezeichnest Brandy als Schlampe? Das ist seltsam. Ich frage mich, was sie von dir hält.« Seine Stimme klang kalt und feindselig.

»Sie zählt nicht. Es ist mir egal, was sie denkt. Und sie ist eben eine Schlampe.« Felicity konnte ihre Abneigung nicht unterdrücken. Sie zitterte vor Zorn, aber das war ihr gleichgültig. »Giles hat mir erzählt, daß Brandy dich in den Nächten aufopfernd gepflegt hat. Hast du das genossen, Hoheit?«

»Brandy ist sehr fürsorglich.« Ian verspürte Schuldgefühle, die ihn ebenso plagten wie die Schmerzen in seiner Schulter.

»Du bist wohl der Ansicht, ich sollte diesem kleinen Miststück nacheifern. Oder wäre es dir lieber, ich würde gehorsam meinen Kopf senken, wie deine heilige Marianne, und jeder deiner lächerlichen Launen nachgeben?«

»Jetzt gehst du zu weit, Madam.« Sie überschritt tatsächlich die Grenze, mit der er gerechnet hatte. Ian war kurz davor, Beifall zu klatschen, weil sie zeigte, wie niederträchtig sie war. Er war bereit, sie noch weiter anzustacheln.

»Findest du, Hoheit? O ja, du hast dich immer geweigert, mit mir über Marianne zu sprechen, nicht wahr? Hast du mich für so dumm gehalten und gedacht, ich würde nicht wissen, daß ich ihr sehr ähnlich sehe? Ich weiß sogar, daß alle deine Mätressen schwarzes Haar und grüne Augen haben. Mit deinen besonderen Vorlieben hast du dir einen beachtlichen Ruf geschaffen. Hör gut zu, Ian – ich bin nicht deine verdammte Marianne.«

»Das ist eine unabänderliche Tatsache, Felicity. Was willst du damit sagen?«

Sein kühler Tonfall erzürnte sie noch mehr. »Damit meine ich, daß ich nicht vorhabe, die Rolle einer zweiten Marianne zu spielen, Hoheit. Bisher glaubte ich, du wüßtest, was du mir und deinem Namen schuldig bist, aber ich sehe allmählich ein, daß ich mich über deinen Charakter gründlich geirrt habe. Du verhältst dich nicht wie ein englischer Adliger, sondern eher wie diese verdammten Schotten.«

»Dein Verhalten begeistert mich auch nicht. Und du hast recht – wir haben nichts gemeinsam, Felicity. Ich ziehe die Schotten jederzeit vor.«

»Es gibt einige Leute, die mich nicht so abstoßend finden wie du, mein lieber Herzog. Zum Beispiel den Marquis von Hardcastle, einen noblen, vornehmen Gentleman, der mir den Hof machte, dann aber von meinem Vater entmutigt wurde, weil du mir deine Aufmerksamkeit geschenkt hast.« Felicity runzelte gespielt betrübt die Stirn. »Ich habe ihn nur wegen dir zurückgewiesen.«

»Horace würde sich sicher sehr freuen, das zu hören. Wahrscheinlich würdest du ihn für den attraktivsten Mann auf der Welt halten, solange er es nicht wagte, dir zu widersprechen. Ich habe keine Lust mehr, mich mit dir herumzustreiten, Felicity. Du kennst meine Pläne. Ich kann nur noch einmal wiederholen, daß ich meine Meinung nicht ändern werde. Wenn du weiter dein Gift verspritzen willst, kannst du das gern tun. Meine Mutter sagte immer zu meinem Vater, daß man seine schlechte Laune ausleben sollte.«

»Ich nehme an, diese kleine Brandy schmiert dir Honig ums Maul und gibt jeder deiner Launen nach. Wahrscheinlich mußt du nur nicken, damit sie angerannt kommt, nicht wahr? Und das gefällt dir wohl, Hoheit. Du bevorzugst eine dumme, wehleidige kleine ...«

Das ging zu weit. »Achte auf deine Worte«, sagte Ian scharf. »Du zeigst jetzt deinen wahren Charakter – das würde dem Marquis von Hardcastle sicher nicht gefallen.«

»Wie konnte ich mich nur so in dir täuschen? Ich habe mich allein wegen deines Titels und deiner Stellung hinreißen lassen.«

»Du langweilst mich, Felicity«, sagte Ian ruhig. »Eigentlich hast du damit schon vor zehn Minuten angefangen, als du in dieses Zimmer gekommen bist. Jetzt habe ich genug davon. Vielleicht ist Giles bereit, sich dein Gekreische anzuhören – ich nicht.«

Sie streckte sich und nahm ihre Schultern zurück. »Du beleidigst mich – das kann ich nicht dulden.« Ihre Stimme klang so kühl wie die der Königin. »Ich erwarte, daß du mit mir nach London zurückfährst, sobald du dazu in der Lage bist. Wenn du dich weigerst, betrachte ich unsere Verlobung als gelöst, Hoheit.«

Ian wollte singen und tanzen. Er fühlte sich nicht schuldig, sondern nur unglaublich erleichtert. »Ja, ich weigere mich«, sagte er leise.

Felicity starrte ihn erstaunt an, drehte sich dann um und marschierte mit hoch erhobenem Kopf zur Tür.

»Ich wünsche dir viel Glück mit deinen schottischen Verwandten, Hoheit«, sagte sie sarkastisch. »Sicher hast du nichts dagegen, wenn ich in der *Gazette* veröffentlichen lasse, daß unsere Verlobung gelöst wurde.«

»Natürlich nicht. Auch bei deinen Eltern wirst du die richtigen Worte finden. Und sieh nicht auf einen Marquis herab, Felicity – sogar Horace, der nicht viel Verstand besitzt, steht in der Rangfolge direkt unter einem Herzog.«

»Geh zum Teufel«, schrie Felicity und schlug die Tür so laut hinter sich zu, wie sie nur konnte.

Als Giles wenige Minuten später das Schlafzimmer des Herzogs betrat, um zu sehen, wie Ian sich in dem Kampf geschlagen hatte, war er verblüfft. Der Ausdruck der Betroffenheit wich sofort aus seinen Augen. »Das ist unfaßbar. Du siehst aus wie eine Katze, die soeben einen Topf Sahne ausgeschleckt hat. Was zum Teufel hast du getan?«

»Du kannst mir gratulieren, Giles. Ich bin wieder ein freier Mann. Felicity hat unsere Verlobung gelöst. Es scheint, als müsse sich der Ehrenwerte Horace, Marquis von Hardcastle, demnächst mit ihr herumplagen.«

Giles zog den Atem ein. »Ich hätte nicht gedacht, daß sie soweit gehen würde. Meine Güte, das tut mir leid, Ian. Warte, du lachst ja!«

»Mein lieber Freund, du hast mir immer gesagt, sie wäre in keinster Weise wie Marianne – weder anschmiegsam, noch sanft und freundlich. Jetzt weiß ich, daß du recht hattest. Ich hätte dir schon vor langer Zeit Glauben schenken sollen. Freust du dich nicht, daß mir eine furchtbare Ehe erspart bleibt? Verdammt, ich war ein blinder Narr. Man sollte niemals versuchen, die Vergangenheit zurückzuholen. Das ist dumm, vor allem, wenn ...« Er verstummte lächelnd.

»Was meinst du damit, Ian?«

»Ach, nichts, Giles. Ich habe nur laut gedacht. Würdest du mir einen großen Gefallen tun? Bring Felicity nach London zurück.«

»Natürlich.« Giles lächelte. Wie konnte er bei dem Gedanken daran, sechs Tage in Felicitys Gesellschaft zu verbringen, so fröhlich sein? Der Herzog war verblüfft.

»Ihre Medizin, Hoheit.«

»Ah, Mabley. Wie du siehst, weicht Giles nicht von meiner Seite. Solange ich im Bett liegen muß, werde ich besser beschützt als der König. Mach dir also keine Sorgen.« Er streckte seinem Cousin die Hand entgegen. »Ich danke dir, Giles. Paß gut auf dich auf. Wir sehen uns bald in London wieder.«

»Natürlich, Ian. Ich werde mit Felicity morgen früh abreisen.«

»Ich kann nur hoffen, daß sie heute nachmittag nicht versucht, dich schreiend aus dem Schloß zu zerren.«

Giles musterte seinen Cousin gründlich. »Du siehst nicht gut aus, Ian – du solltest dich jetzt ausruhen. Keine Aufregungen und gelöste Verlobungen mehr. Passen Sie gut auf Ihren Herrn auf, Mabley«, fügte er hinzu, bevor er das Zimmer verließ.

Der Herzog lächelte Mabley strahlend an. »Ich habe Lust zu feiern, Mabley. Hol mir einen Rotwein. Sicher gibt es im Keller einen guten Tropfen.«

Mableys wässrige Augen funkelten, als er sich umdrehte und hinausging.

27

Der Herzog löste große Aufregung aus, als er am folgenden Nachmittag im Salon erschien.

»Meine Güte, Ian!« Bertrand lief zu ihm hinüber und wollte ihn stützen. »Du solltest noch nicht herumlaufen. Es ist sicher noch zu früh. Solltest du nicht im Bett bleiben? Was sagt Wee Robert dazu?«

»Ich habe fast den ganzen Tag geschlafen.« Der Herzog lächelte gezwungen. »Allmählich bin ich es leid, mich in meinem Zimmer mit meiner eigenen Gesellschaft zufrieden zu geben.« Er wandte sich den anderen zu und grüßte freundlich. Dann warf er Brandy einen verstohlenen Blick zu. Sie streckte ihr Kinn in die Luft. Leider konnte er nicht zu ihr hinübergehen und sie küssen, also nickte er ihr nur zu.

Lady Adella saß in ihrem hohen Lehnstuhl neben dem Kamin. »Bertie sagte uns, du seist heute morgen noch recht blaß um die Nase gewesen, mein Junge. Wie kommt es, daß es dir jetzt recht gut zu gehen scheint?«

»Lady Felicity ist abgereist«, meinte Constance. »Jeder würde sich besser fühlen, wenn er sie von hinten betrachten könnte.«

Lady Adella warf ihr einen scharfen Blick zu, doch dann lachte sie und klopfte mit ihrem Stock auf den Boden. Constance lächelte zufrieden.

»Ja, ich weiß«, sagte der Herzog und richtete seinen Blick auf Brandys Gesicht. »Ich muß Constance recht geben. Jetzt ist die Atmosphäre hier wesentlich entspannter, findest du nicht, Brandy?«

»Ich muß zugeben, daß es mich nun nicht mehr in den Fingern juckt, und ich kurz davor bin, jemandem ins Gesicht zu schlagen.« Brandy grinste ihre Schwester an. »Sie war eine Nervensäge.«

»Du scheinst nicht besonders betrübt zu sein, Hoheit«, warf Claude ein. »Bist du tatsächlich froh, daß die Lady abgereist ist?«

»Mehr als du dir vorstellen kannst, Claude.«

»Bitte setz dich«, sagte Percy und deutete auf das Sofa. »Ich möchte dich nicht noch einmal tragen müssen. Du bist sehr schwer, Ian.«

Crabbe erschien und verkündete, daß das Abendessen fertig sei. Ian wandte sich Brandy zu, streckte schweigend seinen Arm aus und wartete. Er hätte ihr gern zugezwinkert, befürchtete jedoch, daß sie dann zurückweichen würde.

Sie nickte kurz und legte ihre Hand in seine Armbeuge.

In dem üblichen Tumult, den Lady Adella immer veranstaltete, wenn sie den Salon verließ, beugte Ian sich zu Brandy hinunter und sagte leise: »Du weißt sicher schon, daß Lady Felicity unsere Verlobung gelöst hat.«

»Ja. Sie hat uns mit großem Vergnügen gesagt, was sie von uns allen hält. Ihre Ansprache dauerte gute zehn Minuten. Constance hat sie als Göre bezeichnet und gesagt, Fiona mit ihrem roten Haar sei vulgär. Dann wandte sie sich mir zu. Ich dachte schon, sie würde nie von hier verschwinden. Mich hat sie nur als Schlampe bezeichnet, und ihre Worte waren so leise, daß sie notfalls alles leugnen könnte. Wahrscheinlich befürchtete sie, daß ich mich auf sie stürzen und sie verprügeln würde. Die Versuchung war groß, aber sie hielt sich dann doch zurück. Wenn es um ihre eigene Sicherheit geht, kann sie sich recht gut beherrschen.«

»Sie hat wohl den Zorn in deinen Augen gesehen.«

»Das glaube ich auch. Außerdem hatte ich meine Hände zu Fäusten geballt.«

»Ich habe niemals angenommen, daß Felicity dumm ist. Sie ist eben wie sie ist, aber leider sah ich in ihr eine andere Frau. Ich hatte mehr Glück, als ich verdiene.« Ian verdrehte die Augen zur Decke und sagte dann leise: »Ich möchte gern mit dir sprechen, Brandy.«

Sie runzelte die Stirn. »Geht es dir auch wirklich gut?«

»Ich bin müde, aber das war zu erwarten. Meine Schulter tut weh, doch die Schmerzen sind erträglich.

Ich hoffe nur, daß ich nicht über meinem Suppenteller einschlafe.«

Während des Dinners mußte der Herzog enttäuscht feststellen, daß kein Mitglied der Familie Robertson so aussah, als fühlte er sich in irgendeiner Weise schuldig. Alle – bis auf Claude – hatten ihn während seiner Genesung besucht und ihrem Mitgefühl und Zorn Ausdruck verliehen. Aber niemand hatte sich verraten. Ian lächelte in sich hinein. Er hatte sich geirrt, als er damit gerechnet hatte, das Abendessen würde in gedrückter Stimmung verlaufen. Die Robertsons zeigten keine Scheu, das geheimnisumwitterte Ereignis zu besprechen.

»Ich bin davon überzeugt, daß einer dieser nichtsnutzigen Kesselflicker auf dich geschossen hat«, erklärte Lady Adella und schob sich mit ihrer Gabel ein Stück gekochten Lachs in den Mund.

»Dann könnten wir davon ausgehen, daß der Kerl Penderleigh schon vor einiger Zeit verlassen hat. Hoffentlich hatte er es nicht auch auf unsere Schafe abgesehen«, erwiderte der Herzog leichthin.

»Deinen Humor hast du offensichtlich nicht verloren«, bemerkte Claude und leckte sich einige Krümel Gerstenmehlkuchen von den Lippen. »Ich wäre wohl nicht so gut aufgelegt, hätte jemand versucht, mich zu erschießen.«

»Wäre es dir lieber, der Herzog würde dich beschuldigen, ein verdammter Mörder zu sein, der obendrein nicht gut zielen kann?« fragte Percy höhnisch grinsend.

Claude verschluckte sich an einem Brotkrümel, und Bertrand schlug ihm heftig auf den Rücken. »Reiß dich zusammen, Percy«, forderte er wütend. »Ich habe deine spitzen Bemerkungen satt. Damit machst du uns alle nur unglücklich und zornig. Wenn du nicht endlich den Mund hältst, werde ich dir dein hübsches Gesicht zu Brei schlagen.«

»Das ist wirklich Unsinn, Percy, und das weißt du auch«, warf Constance ein. »Onkel Claude kann mit seinem gichtkranken Bein kaum laufen. Hör auf damit, oder ich werde Bertie helfen, dir den Mund zu verbieten.«

»Siehst du jetzt, was für ein prachtvolles Mädchen sie ist?« fragte Claude seinen Sohn.

»Allerdings.« Bertie warf einen raschen Blick auf Constances gerötetes Gesicht.

»Das ist alles sehr interessant«, meinte Percy. »Ich werde mich zurückhalten, denn ich will Constance nicht aufregen.«

Bertrand wandte sich an Ian. »Trevor läßt nichts unversucht, aber seine Suche bleibt ohne Erfolg. Es ist uns allen ein Rätsel, und wir leiden darunter.«

»Ja, dieser Idiot Trevor dreht hier jeden Stein um – nur den nicht, unter dem sich dieser Schurke verbirgt. Trevor scheint einfach nicht in der Lage zu sein, das Geheimnis zu lüften«, meinte Lady Adella.

»Anscheinend«, stimmte der Herzog ihr zu. Was sollte er sonst auch sagen? Daß einer der Anwesenden ein verdammter Lügner war?

»Was hast du jetzt vor, Ian?« fragte Percy ernst. In seiner Stimme lag keine Spur von Ironie.

Der Herzog überlegte einen Augenblick lang. »Das kommt auf verschiedene Dinge an. Bis morgen werde ich mich entscheiden.«

»Wenigstens ist diese kleine Heulsuse verschwunden«, sagte Lady Adella. »Sie hat uns alle Nerven gekostet. Ständig hat sie sich beklagt und gejammert, daß niemand sich um sie kümmern und auf ihren Zustand Rücksicht nehmen würde. Sie wäre keine gute Frau für dich gewesen, Ian. Sei froh, daß du sie los bist«, fügte sie nachdenklich hinzu. »Ich muß allerdings zugeben, daß ich Mr. Giles Braidston vermissen werde. Ein feiner Kerl. Er wußte alles über Lord Brainley. Wie ich hörte, starb Adolphus bereits vor dreißig Jahren, aber sein bösartiger Geist lebt anscheinend noch in den jungen Männern von heutzutage weiter. Ich wünschte, ich hätte ihn persönlich gekannt.« Lady Adella schwieg, und Brandy war froh, nicht zu wissen, worüber ihre Großmutter jetzt nachdachte.

»Lord Brainley war einer der Begründer des sogenannten ›Höllenfeuerclubs‹«, erklärte Ian.

Brandy sah ihn verständnislos an und neigte fragend den Kopf.

Ian wünschte, er hätte das nicht gesagt. »Ich glaube, ich sollte nicht näher darauf eingehen.« Als er sah, daß Brandy sich damit nicht zufrieden gab, zuckte er die Schultern. »Es handelte sich um eine Gruppe junger Männer, die zuviel Geld besaßen und sich einen Spaß daraus machten, andere Menschen zu verletzen.«

Ian war erleichtert, als das Abendessen beendet war. Seine Wunde schmerzte jetzt wieder sehr stark, und er freute sich auf sein Bett und das Laudanum, das ihm Linderung bringen würde.

»Du siehst nicht gut aus, Ian«, meinte Bertrand, als sie sich erhoben und den Damen in den Salon folgten. Ian nickte, und Bertrand fuhr leise fort: »Das ist eine scheußliche Angelegenheit. Ich weiß, daß du im Moment niemandem vertraust. Solange du noch auf Schloß Penderleigh bleibst – egal, ob es sich um Wochen oder Monate handelt –, sollten wir alle wissen lassen, daß du nie allein sein wirst.«

»Ich weiß deine Fürsorge zu schätzen, Bertrand«, erwiderte Ian. »Aber ich habe Mabley und …«

»Ja, einen müden, alten Mann. Wir dürfen kein Risiko eingehen. Wenn du das Schloß verläßt, sollten dich mindestens zwei Leute begleiten und bei dir bleiben. Das halte ich für eine vernünftige Lösung, und ich lasse mich nicht davon abbringen.«

»Also gut.« Ian lächelte müde. »Wenn du den Heiligen Georg spielen willst, werde ich mich nicht mit dir anlegen. Aber wie Trevor wird es mir nicht gelingen, mehr über den Schurken herauszufinden. Nein, Bertrand, sag nichts mehr. Ich habe einen gewissen Verdacht – ebenso wie du. Aber ich kann nichts beweisen.«

Ian sah sich nach Brandy um, aber sie war verschwunden. Für feige hatte er sie nie gehalten. Allerdings hatte er sich auch nicht vorstellen können, daß sie einem Mann ihre Jungfräulichkeit schenkte, der sich im Fieberwahn befand. Warum hatte sie das getan? Er wünschte der Familie eine gute Nacht und ging nachdenklich zu seinem Zimmer.

Am nächsten Morgen stand der Herzog früh auf, beschloß, den heftigen Schmerz in seiner Schulter zu ignorieren und ging den endlos langen Gang zur Treppe entlang, gefolgt von Mabley, der pausenlos auf ihn einsprach.

»Laß es gut sein, Mabley«, sagte er schließlich, als er die Eingangshalle erreicht hatte. »Wenn ich müde werde, komme ich sofort wieder nach oben und lege mich hin. Trink jetzt eine Tasse starken Tee.«

Er sah sich vergeblich nach Brandy um. Nachdem er gefrühstückt hatte, machte er sich auf die Suche nach ihr. Sie war weder im Salon, noch in Fionas Zimmer oder draußen hinter den Rhododendronbüschen.

Ian verließ das Schloß und ging rasch zum Strand. Bertrand und Mabley, die an diesem Morgen auf ihn aufpaßten, blieben dicht hinter ihm. Dann entdeckte er sie. Sie stand am Strand und sah auf das Meer hinaus. Fiona war glücklicherweise ein Stück entfernt damit beschäftigt, mit Treibholz und Sand zu spielen. Bertrand und Mabley blieben oben auf den Klippen stehen. Ian war es vollkommen gleichgültig, was die beiden sich dabei dachten, wenn er mit Brandy sprach.

Langsam ging er den steilen Pfad hinab und rief: »Lauf nicht weg. Das wäre nicht fair, denn ich könnte dich nicht einholen. So ist es gut. Bleib einfach stehen und laß mich mit dir sprechen. Wenigstens das schuldest du mir doch, oder? Du hast deinen Willen durchgesetzt und mich dann ohne ein Wort verlassen. Das hörst du wohl nicht gern. Jetzt siehst du ein wenig verstört aus. Nun gut, damit kann ich leben. Aber lauf mir nicht davon.«

Brandy rührte sich nicht von der Stelle, obwohl sie es wollte. Die Situation war ihr nicht peinlich. Nein, es ging viel tiefer. Sie hatte einfach Angst. Er begriff nicht, daß er die Macht besaß, sie zu vernichten. Aber sie mußte ihn anhören, seine Entschuldigungen über sich ergehen lassen und seinen Versuch akzeptieren, alles wieder gutzumachen – sie wußte, daß er das wollte –, und erst danach konnte sie ihm entfliehen. Dann konnte sie sich zurückziehen und versuchen, alles zu vergessen. Er kam auf sie zu und lächelte sie auf seltsame Weise an.

Unter seiner gebräunten Haut war er blaß. Unwillkürlich hob sie die Hand und fuhr ihm leicht mit einem Finger über das Kinn. »Du hättest noch nicht aufstehen dürfen. Tut deine Schulter sehr weh? Soll ich Wee Robert holen lassen? Du hättest nicht über die Felsen herunterklettern sollen.« O Gott, was tat sie da? Sie berührte ihn, als gehörte er ihr. Langsam zog sie ihre Hand zurück.

»Noch etwas? Nein? Also gut. Ich werde Wee Robert heute nachmittag sehen. Wenn du nur einen Schritt zurückweichst, werde ich dich für einen Feigling halten. Nein, beweg dich nicht, Brandy.«

»Du erteilst mir Befehle? Das konnte ich noch nie leiden. Frag Lady Adella. Als ich noch jünger war, schrie sie mich immer an, ich sei ein Dickkopf.« Es tat gut, einfach vor sich hinzuplappern, aber trotzdem war es schwieriger, als sie gedacht hatte. Sie räusperte sich, drehte sich rasch um und lief den Pfad zu den Klippen hinauf. Bereits nach wenigen Schritten spürte sie einen starken Arm um ihre Taille. Der Herzog hob sie hoch und hielt sie fest wie ein Paket.

Brandys Zorn verwandelte sich sofort in Besorgnis. »Nicht, Ian. Die Wunde könnte wieder aufbrechen und bluten. Bitte, ich schwöre, ich werde nicht mehr versuchen davonzulaufen. Laß mich los – du wirst dir weh tun.«

Ian ließ sich nicht beirren und verstärkte seinen Griff. »Ich werde es überleben, aber was dich betrifft, bin ich mir bei meiner jetzigen Stimmung da nicht so sicher. Du wirst mir jetzt gehorchen. Ich will keine Widerrede mehr hören.« Er ließ sie am Rand der Brandung auf den nassen Sand fallen. »Muß ich dich denn festbinden, um mit dir darüber sprechen zu können, was wir getan haben? Ich werde es tun, wenn du dich weiterhin benimmst wie ein kleines Mädchen, und nicht wie eine Frau. Und ich weiß, daß du jetzt eine Frau bist – also verhalte dich auch so.« Er stemmte die Hände in die Hüften.

Brandy sah zu ihm hinauf. »Hast du dir den Rücken verletzt?«

»Noch nicht, aber wenn das geschieht, ist es deine Schuld.« Er musterte sie. Sie stützte sich auf ihre Ellbogen. Ihr Gesicht war gerötet? Vor Scham? Oder vor Zorn auf ihn? Nun, das würde er gleich herausfinden. Wieder hatte sie ihr wunderschönes blondes Haar zu straffen Zöpfen geflochten, die eher zu einem Schulmädchen paßten. Ian erinnerte sich an die dichten weichen Wellen auf seinem Gesicht. Verdammt, er konnte sogar den Duft ihres Körpers und ihres Haars wahrnehmen, der sich tief in sein Gedächtnis eingegraben hatte. An vieles erinnerte er sich nicht mehr, aber er hoffte, daß er sich eines Tages jeden Moment dieser Nacht wieder vor Augen führen konnte. Er hatte sie an sich gedrückt, war in sie eingedrungen … O Gott, er mußte aufhören, daran zu denken. Zumindest im Augenblick.

Ian streckte die Hand aus und half Brandy aufzustehen. »Zuerst möchte ich dir folgendes sagen, Brandy. Mabley und Wee Robert haben dich in den höchsten Tönen gelobt. Du hast mir zwar einen Schrecken eingejagt, der mich mindestens zehn Jahre meines Lebens kostet, aber ich danke dir. Du hast mir das Leben gerettet. Kannst du mir erklären, warum du das getan hast? Ich bin nicht so dumm, mir zu wünschen, du als Lady hättest in dieser Situation leise aufgestöhnt und wärst in Ohnmacht gefallen, damit dieser Bastard mich in Ruhe hätte erledigen können. Nein, ich bin dir sehr dankbar. Du hast mich gerettet. Warum, Brandy?«

Sie wunderte sich über diese Frage. Die Antwort lag doch auf der Hand – selbst jemand mit Wee Albies Verstand müßte das begreifen können. Brandy zuckte die Schultern und stieß mit ihrem abgetragenen Stiefel nach einem Kieselstein. »Das klingt so, als wäre ich eine Heldin, aber das ist nicht wahr. Es geschah alles so schnell. Du lagst mit dem Gesicht nach unten bewußtlos auf dem Boden. Aus der Schußwunde an deinem Rücken quoll Blut. Ich habe überhaupt nicht nachgedacht, sondern einfach nur gehandelt. Schließlich konnte ich nicht zulassen, daß dich jemand verletzt.« Wieder hob sie die Schultern.

»Ich würde auch nicht zulassen, daß dir etwas geschieht.«

»Viele Gentlemen sind wohl so.«

»Was zum Teufel soll das heißen?«

»Ich meine damit, daß du wohl jeden Robertson in dieser Situation gerettet hättest.«

»Und du nicht?«

Brandy lächelte spöttisch und hob die Hände. »Wäre Percy angeschossen worden, wäre ich vielleicht schleunigst in die andere Richtung gelaufen.«

»Gutes Argument. Mabley hat mir erzählt – naserümpfend und mit verbissener Miene –, daß du zwei Nächte lang bei mir gewacht hast. Er meinte, du hättest mich nicht allein lassen wollen, da sich im Schloß derjenige aufhalten könne, der auf mich geschossen hat. Angeblich hast du dir sogar eine Waffe aus Großvater Angus' Sammlung geholt. Funktioniert sie überhaupt?«

»Natürlich. Ich habe sie selbst geladen. Sicher haben dir Marta oder Mabley auch erzählt, daß ich letzte und vorletzte Nacht sogar meine Schlafzimmertür offenließ und davor eine brennende Kerze im Korridor aufgestellt habe.«

»Was? Oh, ich verstehe. Nein, das wußte ich nicht, aber ich danke dir, daß du mir von einem deiner weiteren Pläne, mich zu beschützen, erzählt hast. Natürlich konntest du nicht mehr in meinem Schlafzimmer bleiben, als ich wieder bei Sinnen war. Du wolltest das Risiko nicht eingehen, daß ich dich begehren und wieder in mein Bett zerren würde.«

Brandy sah ihn offen an und schob sich einige feuchte, salzige Haarsträhnen aus der Stirn. »Um ehrlich zu sein – du hast mich nicht in dein Bett gezerrt.«

28

»Aha. So siehst du die Sache also.« Er musterte sie scharf und bemerkte die dunklen Ringe unter ihren Augen. »Du hast offensichtlich nicht gut geschlafen. Das verstehe ich, aber es gefällt mir nicht. Ich möchte dir noch einmal für deine Fürsorge danken. Jetzt laß uns darüber sprechen, was im Bett geschehen ist, als ich über dich herfiel.«

»Ich habe dir doch bereits gesagt, daß du nicht über mich hergefallen bist.«

»Brandy, sieh mich an. Lady Felicity ist abgereist. Der gute Giles sollte mit einem langen Leben belohnt werden, weil er sich geopfert hat und sie nach London zurückbringt. Ich denke, ich werde ihm eine hübsche neue Weste kaufen – vielleicht in Braunrot und Malve. Was hältst du davon?«

»Ich bin froh, daß sie verschwunden ist. Sie ist keine nette Lady, Ian. Aber vielleicht vermißt du sie bereits und denkst …«

Ian lachte laut. »Sie vermissen? Felicity? Ich glaube, du sprichst von jemand anderem, Brandy. Ich habe meinen Fehler schon vor einiger Zeit eingesehen, und ich danke der Vorsehung, daß ich der Earl of Penderleigh geworden bin. Damit hatte ich eine Entschuldigung, London zu verlassen und hierherzukommen. Ich bin sehr dankbar, daß Felicity eifersüchtig wurde, weil ich in meinem einzigen Brief an sie von dir geschrieben habe, und sie daraufhin angereist kam. Wäre sie nicht gekommen, hätte ich ihr wahres Wesen wohl zu spät erkannt. Ich glaube, Felicity denkt genauso darüber. Wahrscheinlich sieht sich mich jetzt als gemeinen, selbstsüchtigen Schurken und ist froh, mich loszusein. Nein, Brandy, ich vermisse sie ganz und gar nicht. Würde meine Schulter nicht schmerzen, fiele ich auf die Knie und küßte aus Dankbarkeit über meine Rettung den Boden.«

»Oh.«

»Oh? Ist das alles, was du dazu zu sagen hast? Bitte hör auf, ein Spiel mit mir zu spielen. Nein, versuche nicht, mich zu schlagen. Ich könnte ohnmächtig werden, und was würdest du dann tun? Hör zu, wir müssen miteinander reden. Du kannst es nicht länger umgehen. Wir haben uns geliebt, Brandy. Ich habe dir deine Jungfräulichkeit geraubt. Das wurde mir am nächsten Morgen klar, als ich mich aufsetzte und dein Blut und meinen Samen auf dem Laken und auf meinem Glied sah.«

Brandy wandte sich ab und setzte sich auf einen Felsen. Sie zog die Beine an und legte ihren Rock über ihre abgewetzten Stiefel. Ian erinnerte sich plötzlich lebhaft daran, wie sich ihre Hüften und Schenkel angefühlt hatten. Die Begierde, die in ihm aufstieg, war so heftig, daß er zur Seite sehen mußte. Sie wußte ja noch nichts über die Lust, die ein Mann empfinden konnte. Immerhin hatte sie nur eine Nacht mit ihm verbracht, und sie war noch Jungfrau gewesen.

»Ja, du warst noch Jungfrau, und ich habe dich einfach genommen, ohne dich zu fragen. Und du, Brandy, hast weder geschrien, noch mich geschlagen. Davon wäre ich aufgewacht. Warum hast du das getan?«

Sie schwieg beharrlich.

»So still habe ich dich noch nie erlebt.« Ian streckte seinen Arm aus und nahm eine ihrer Hände in seine. Sie war kalt. Er rieb sie, um sie zu wärmen und drückte sie fest.

»Viele Dinge tun mir sehr leid, Brandy. Vor allem bedauere ich, dir weh getan zu haben. Wäre ich bei Sinnen gewesen, wäre das niemals geschehen. Ich war im Fieberwahn und habe dich nicht richtig behandelt – ich habe dich verletzt, und das tut mir sehr leid. Das erste Erlebnis mit einem Mann sollte für eine Frau nicht schmerzhaft sein.«

Brandy blickte auf das Meer hinaus. »Du hast mir nicht weh getan«, sagte sie. Diese Erinnerungen … Die Schmerzen waren nicht wichtig. Er hatte sie umarmt, gestreichelt und geküßt. Nein, es machte ihr nichts aus, daß es geschmerzt hatte. Sie hatte nicht einmal bemerkt, daß sie blutete. Auch jetzt fühlte sie sich zwischen den Schenkeln noch ein wenig wund, aber das war bei seiner Größe nicht verwunderlich. Der Gedanke daran ließ sie erröten.

»Nein«, wiederholte sie. »Du hast mich nicht verletzt. Zumindest nicht sehr. Mach dir darüber keine Sorgen.«

Ian runzelte die Stirn und ließ ihre Hand los. Sie wandte sich ihm zu und beobachtete, wie er den Knoten seines Halstuchs löste. »Also gut, wenn ich dir keine Schmerzen bereitet habe, warum hast du dann das getan?«

»Oh.« Brandy starrte auf das verblassende, aber noch deutlich sichtbare Mal an seinem Hals, das ihre Zähne hinterlassen hatten. »Das hatte ich vergessen. Ich wollte nicht schreien. Anscheinend habe ich dich deshalb gebissen. Es tut mir leid, daß ich dich verletzt habe.«

Ian verdrehte die Augen. »Ja, du hast mir sehr weh getan. Wahrscheinlich werde ich Narben zurückbehalten. Wie könnte ich dir das jemals vergeben? Es ist nur schade, daß ich dir die Spuren deiner Tränen nicht mehr zeigen kann. Ich habe am nächsten Morgen das Salz auf meiner Wange geschmeckt. Was die Blutflecken auf dem Laken betrifft, hoffe ich nur, daß Morags Auffassungsgabe ebenso zu wünschen übrig läßt wie ihre Körperpflege.«

»Das hat damit nichts zu tun. Warum sagst du diese Dinge? Um Himmels Willen, bitte binde dir dein Halstuch wieder um. Nein, warte, ich werde es tun. Ich möchte nicht, daß du deine Schulter belastest.« Sanft rückte sie das Tuch zurecht.

»Aber natürlich hat diese Nacht viel damit zu tun. Ich habe dich entjungfert. Du bist eine Lady und keine Mätresse, die genau weiß, was sie tut. Du bist zu mir gekommen, das weiß ich, aber ich möchte verstehen, warum du das getan hast, und ich werde dich nicht eher von hier weggehen lassen, bevor du es mir gesagt hast.«

Brandy sah zu ihm auf und bemerkte sofort, daß sie damit einen Fehler begangen hatte. Er sah wunderschön aus, und sie verspürte großes Verlangen nach ihm.

»Es gibt nichts zu verstehen«, sagte sie und sehnte sich dabei danach, ihn zu berühren. »Was geschah, war meine eigene Wahl. Ja, ich kam zu dir, weil ich dich wollte. Ich wollte wissen, was zwischen einem Mann und einer Frau vorgeht, und ich wünschte mir, es mit dir zu erleben. Nur mit dir. Ich wollte diese eine Nacht, und ich wußte, daß ich keine andere Chance mehr bekommen würde. Es war meine Entscheidung – du hattest damit nichts zu tun.«

»Deine Entscheidung? Und ich hatte damit nichts zu tun? Das entspricht wohl kaum der Wahrheit.«

»Du wußtest nicht einmal, wer ich bin, Ian. Ich habe dich verführt, und du konntest dich nicht dagegen wehren. Du bist ein Gentleman und hast daher Schuldgefühle – vor allem, weil ich noch Jungfrau war –, aber das ist nicht angebracht. Ich wiederhole, daß ich mich selbst dafür entschieden habe und nur das tat, was ich wollte.«

»Ich soll mich also nicht schuldig fühlen? Es gehört nun einmal nicht zu meinen Gewohnheiten, Frauen zu entjungfern.« Ian schwieg eine Weile und dachte über ihre Worte nach. »Du wolltest mich?«

»Ja«, gab sie mutig zu. »Ich wollte dich.«

»Nun, du hast dein Ziel erreicht, aber es hat dir sicher nicht viel Freude bereitet, oder?«

»Es war in Ordnung. Du solltest den Vorfall vergessen, Ian. Ich spreche dich hiermit von jeglichen lächerlichen Schuldgefühlen frei, die du dir einredest.«

»Aber ich will das nicht vergessen, mein Kleines.« Ian ergriff Brandys Hand und zog sie an sich. Dann strich er ihr mit den Fingerspitzen leicht über die Augenbrauen. »Du bist wunderschön, weißt du das?«

Als sie ihren Blick auf seine Lippen richtete, schluckte er heftig. Er konnte sich nicht mehr beherrschen und küßte sie sanft auf den Mund. Lächelnd fuhr er mit der Zunge über ihre salzigen Lippen. Sie zuckte zusammen, und er wich rasch zurück.

»Glücklicherweise bin ich nicht mehr verlobt«, sagte er bestimmt. »Du kannst also jetzt einen anständigen Mann aus mir machen. Willst du mich heiraten, Brandy? Willst du meine Herzogin werden?«

Sie hatte mit dieser Frage gerechnet. Er war eben ein Gentleman. Obwohl sie die Verantwortung auf sich genommen hatte – was in ihren Augen auch gerechtfertigt war –, ließ er sich das nicht nehmen.

»Nein«, erwiderte sie schlicht.

Ian starrte sie ungläubig an, unfähig ihr zu glauben. »Was hast du gesagt?«

»Ich sagte, ich werde dich nicht heiraten.« Brandy versuchte, ihm ihre Hand zu entziehen, doch er hielt sie unbeirrt fest.

»Das habe ich nicht erwartet, Brandy. Hör zu, ich glaube nicht, daß du eine Wahl hast. Wir haben uns geliebt. Ich habe meinen Samen in dir verströmt.«

»So? Und warum sollte ich keine Wahl haben? Weil ich keine Jungfrau und damit nicht mehr begehrenswert bin? Das kümmert mich nicht. Ich habe nicht vor zu heiraten. Es ist mir gleichgültig.«

»Das ist das Dümmste, was du jemals gesagt hast. Und in der letzten halben Stunde ist eine Menge Unsinn über deine hübschen Lippen gekommen. Oh, verdammt.« Er beugte sich vor und küßte sie wieder. Als er spürte, daß sie ihren Mund öffnete, versuchte er rasch, seine Begierde zu beherrschen. Er würde sie nicht auch noch am Strand nehmen.

»Wir sollten nur tun, was richtig und angemessen ist«, flüsterte er ihr zu. »Ich habe dich gebeten, mich zu heiraten. Du wirst mir jetzt dein Jawort geben. Keine weiteren Argumente mehr, ist das klar?« Er drückte ihr einen weiteren Kuß auf die Lippen. »Sag mir, daß du das einsiehst und mir zustimmst. Du kannst auch nur nicken, wenn du möchtest.« Ian küßte sie wieder und wieder. Er wollte ihren Körper berühren, wagte es aber nicht.

Brandy lehnte sich zurück und lächelte ihn an. »Du schmeckst wunderbar. Süß, warm und verführerisch – genauso, wie ich es mir vorgestellt habe.«

»Hör auf damit – zumindest für den Augenblick. Sag mir, daß du mich heiraten wirst. Dann werde ich dich solange küssen, bis du nicht mehr atmen kannst – solange, bis die Flut steigt, und die Wellen uns hinausziehen.«

Sie schmiegte sich wieder in seine Arme und berührte mit ihrer Hand leicht seine Wange. Mit einemmal fühlte sie sich viel älter als er – und sehr bekümmert. »Hör mir zu, Ian. Wärst du immer noch froh, daß Lady Felicity abgereist ist, auch wenn zwischen uns beiden nichts geschehen wäre?«

»Das ist Unsinn. Wie du weißt, bin ich sehr dankbar, daß sie die Verlobung gelöst hat. Sie hat damit nichts zu tun.« Er fröstelte.

Brandy starrte verbissen auf einen ihrer abgebrochenen Fingernägel, um sein attraktives Gesicht und seinen schönen Mund nicht ansehen zu müssen.

»Wäre ich nicht in dein Bett gekommen, hättest du mich dann jemals gebeten, deine Frau zu werden?« fragte sie langsam.

Damit hatte Ian nicht gerechnet. Jetzt mußte er das Richtige tun, denn alles stand auf dem Spiel.

»Ich bin immer davon ausgegangen, daß meine Auffassungsgabe recht gut ist. Selbst jetzt glaube ich noch, daß ich den Charakter eines Menschen beurteilen kann. Ich weiß, daß ich dir nicht gleichgültig bin – das war mir bereits an dem Abend klar, als du in mein Zimmer gestürmt bist. Leider muß ich zugeben, daß ich versucht habe, dich zu ignorieren. Ich habe dich wie ein Kind behandelt, aber das nur deshalb, weil ich mit Lady Felicity verlobt war. Ich mußte mir einfach einreden, daß ich dich nicht bekommen konnte. Erinnerst du dich an den Nachmittag in der Bauernhütte? Ich habe dich geküßt, und du hast meinen Kuß erwidert. Es war offensichtlich, daß du etwas für mich empfandest, und ich begehrte dich sehr. Jetzt sagst du mir, du wolltest in der Nacht zu mir kommen, in der ich hohes Fieber hatte. Du sagst, du wolltest eine Nacht mit mir verbringen. Ich biete dir jede Nacht für den Rest unseres Lebens an. Es ist wohl wahr, daß du freiwillig zu mir gekommen bist, und ich weiß, du bist keine Frau, die leichtfertig handelt. Ist es unter diesen Umständen nicht nur natürlich, daß ich daraus schließe, dein Herz und dein Körper gehören jetzt mir? Natürlich empfinde ich viel für dich. Wie könnte ich auch nicht? Du bist gescheit, liebevoll und scharfsinnig. Ich weiß, daß wir zueinander passen. Verzeih mir – sicher hätte ich das alles viel besser ausdrücken können. Mir scheint jedoch, daß du meinen Heiratsantrag eigentlich nicht ablehnen willst.«

Er zwang sie dazu, es ihm zu sagen. Brandy nahm an, daß sie ihm die Wahrheit schuldete, aber es tat ihr so unglaublich weh. Eine Weile starrte sie ihn schweigend an und wünschte, ihr Leben wäre anders verlaufen, doch die Vergangenheit ließ sich nicht mehr ändern.

»Ich stelle meine Gefühle nicht in Frage, Ian. Niemals.«

»Was zum Teufel meinst du damit?«

»Ich bin jung und unerfahren, aber nicht dumm. Ohne Liebe würde ich nie heiraten. Auch nicht, wenn die Liebe nur einseitig ist. Nein, unterbrich mich nicht. Ich möchte gerne sagen, was ich empfinde. Als deine englische Herzogin müßtest du mir sehr viel Geduld und Toleranz entgegenbringen. Ich bin mit deiner Lebensart nicht vertraut. Ich meine damit nicht, daß ich die falsche Gabel benützen oder die Königin respektlos ansprechen würde, aber du wurdest schon von Geburt an zu einem Herzog, also einem Adligen des englischen Königreichs, erzogen. Ich wurde von Lady Adella aufgezogen. Ja, bei dem Gedanken daran, würde jeder den Kopf schütteln. Ich war mein Leben lang auf Penderleigh. Alles, was mir bekannt ist, befindet sich hier. Die einzigen Menschen, mit denen ich Kontakt hatte, leben hier. Und sie sind alle schottisch. Verstehst du das, Ian?«

»Aber das spielt doch alles keine Rolle. Ich werde dir zeigen, wie du zurechtkommst. Es wird keine größeren Probleme geben. Das bildest du dir nur ein.«

»Gut, ich gebe zu, das war nur ein Teil meiner Vorbehalte. Du zwingst mich dazu, dir alles zu sagen. Du liebst nicht mich, sondern *sie*. Deshalb kann ich dich nicht heiraten.«

Ian verspürte den Wunsch, sie zu schütteln, dann zu küssen oder sie vielleicht anzuschreien. »Ich liebe Felicity nicht. Ich habe sie nie geliebt. Warum zur Hölle glaubst du mir nicht und hörst endlich mit diesem Unsinn auf?«

»Ich weiß, daß du Felicity nie geliebt hast.«

»Aber worüber sprichst du dann?« Ian starrte sie verblüfft an und brachte kein Wort mehr hervor.

Brandy versuchte vergeblich, ihm ein beruhigendes Lächeln zu schenken. Der Schmerz war beinahe unerträglich. »Du wirst wohl nicht behaupten wollen, daß du Marianne nicht immer noch liebst? Natürlich hast du keine echten Gefühle für Felicity empfunden, denn sie war nur ein schwaches Abbild deiner ersten Frau. Oh, Ian, ich kann nicht gegen eine Frau gewinnen, die bereits seit sechs Jahren tot ist. Immer wenn du mich ansehen würdest, wärst du dir bewußt, daß mir ihre Eleganz fehlt. Du würdest an sie denken und mich hassen. Liebe sie, wenn du nicht anders kannst, aber zwinge mich nicht, gegen einen Geist anzutreten.«

Ian sprang von dem Felsen und stellte sich vor Brandy. Er kniff seine dunklen Augen zusammen und schrie: »Warum spielst du dieses Spiel mit mir? Willst du, daß ich mich noch schuldiger fühle, als ich es bereits tue? Ich kann und werde nicht akzeptieren, was du gesagt hast. Verstehst du denn nicht, daß ich die Dinge wieder richtigstellen muß? Ich habe keine andere Wahl.«

Brandy erhob sich würdevoll. »Ich sage es noch einmal, Hoheit. Dich trifft keine Schuld. Du hast dich nicht unehrenhaft verhalten, und ich werde nicht zulassen, daß du dich opferst. Keine Sorge – niemand wird erfahren, daß ich dein Bett mit dir geteilt habe. Ich habe nicht vor, es jemandem zu erzählen.«

Der Herzog hob verzweifelt die Hände und hätte am liebsten laut geschrien. Brandy wußte also Bescheid. Er atmete tief durch. »Vergiß Marianne. Sie ist seit langem tot. Du lebst. Und ich auch. Wir werden heiraten und unser Leben gemeinsam verbringen. Es wird alles in Ordnung kommen. Ich begehre dich, und du liebst mich. Ich sehne mich mehr nach dir als nach jeder anderen Frau.«

»Aber du kannst mir nicht sagen, daß du mich liebst, Ian. Nicht so, wie du Marianne geliebt hast.«

Er versteifte sich. »Ich will, daß du meine Frau wirst, Brandy«, erklärte er schließlich mit tiefer, fordernder Stimme. »Begleite mich nach England. Du verstehst sicher, daß es dumm von mir wäre, noch länger hierzubleiben. Ich kann die Tatsache nicht länger verleugnen, daß der Mann, der auf mich geschossen hat, sich weiterhin vor mir verstecken wird – auch alle anderen weichen meinen Fragen aus. Außer dir hält mich nichts hier. Selbst die Cheviot-Schafe sind gut untergebracht. Heirate mich und komm mit mir nach England.«

»Das kann ich nicht«, erwiderte Brandy. »Es tut mir leid, Ian.« Sie zwang sich dazu, sich von ihm abzuwenden. »Ich denke auch, du solltest nach England zurückkehren, denn ich würde es nicht ertragen, wenn dich dieser Schurke noch einmal angreifen würde – wer immer es auch sein mag. Fahr nach Hause, Ian. Du hast Penderleigh gerettet und dich großzügiger verhalten, als wir alle es erwartet hatten. Dank deiner Hilfe hat Bertrand seinen Stolz und sein Verantwortungsbewußtsein wiedererlangt.

Du hast es ihm ermöglicht, uns gut in das nächste Jahrhundert zu bringen. Wir werden überleben, und das haben wir nur dir zu verdanken. Jetzt haben wir sogar Schafe, und sie sind gut untergebracht. Unsere Angestellten sind glücklicher als ein Zigeuner mit den Händen voller Goldmünzen. Geh nach Hause.«

Der Herzog blickte auf sie hinab. Er wußte nicht, was er noch sagen sollte.

Brandy nickte kurz und ging wortlos den Strand entlang zu Fiona, die immer noch versuchte, Türmchen auf ihre Sandburg zu setzen.

29

Ian und Bertrand standen auf den Stufen, die zum Hauptportal des Schlosses führten, und unterhielten sich leise. Crabbe und Mabley beaufsichtigten die Beladung der Kutsche des Herzogs, die in der Auffahrt stand. Wee Albie hielt nervös die Zügel der Pferde. Es war noch sehr früh, kurz nach sieben Uhr morgens, doch die Frühlingsluft war bereits warm. Es versprach, ein herrlicher, sonniger Tag zu werden.

Sollte irgend jemand denken, der Herzog würde abreisen, weil er um sein Leben fürchtete, sprach er es nicht aus, und dafür war Ian dankbar. Er war nicht in der Stimmung, mit jemandem zu diskutieren und wollte auch nicht über die Identität des verdammten Bastards sprechen, der versucht hatte, ihn umzubringen.

»Ich wäre froh, wenn du noch bleiben würdest, Ian, aber es ist besser, wenn du Schottland verläßt. Ich werde dir natürlich schreiben und dich wissen lassen, wie es mit unseren Cheviot-Schafen vorangeht.«

»Tu das bitte, Bertrand. Ich möchte auch gern wissen, wie es den Kleinbauern geht. Schreib mir auch etwas über die Familie. Da ich zwar der Besitzer und euer Verwandter bin, aber nicht bei euch sein kann, interessiert es mich, wie es allen ergeht.« Beim Abschied am letzten Abend hatte Ian alle gründlich gemustert – auch Lady Adella – und sich gefragt, wer von seinen Verwandten ihm den Tod wünschen könnte. Brandy war nicht dabei gewesen – sie hatte sich versteckt.

Kurz nach dem Dinner hatte sie sich entschuldigt, und er hatte keine Gelegenheit mehr gehabt, allein mit ihr zu sprechen. Allerdings hätte er auch nicht gewußt, was er ihr noch sagen sollte. Sie hatten sich bereits ausgesprochen. Er würde sie nie verstehen können – niemals.

Marianne war seit langem tot. Warum sollte seine zweite Frau sich Sorgen darüber machen, wenn er gelegentlich von seiner ersten Frau träumte und den Schmerz noch einmal erlebte, den er nach ihrem Tod empfunden hatte? Wenn er hin und wieder Alpträume hatte, weil ihn das Ereignis in Paris verfolgte, oder er sich an die schönen, gemeinsamen Zeiten erinnerte? Eine Frau mußte das doch verstehen und tolerieren.

Ian hatte Brandy gesagt, daß er sie sehr mochte. Und sie hatte ihm gestanden, daß sie ihn liebte. Aber sie war eben noch sehr jung.

»Ich werde dafür sorgen, daß Trevor weitere Nachforschungen anstellt. Es muß doch noch etwas geben, was unser Freund in dieser Sache unternehmen kann.«

»Viel Glück dabei, Bertrand.«

»Entschuldige, Hoheit, dürfte ich dich wohl einen Augenblick sprechen, bevor du uns verläßt?«

Ian drehte sich abrupt um, als er Brandys Stimme hörte. Bei ihrem Anblick fühlte er tief in seinem Inneren ein seltsames, warmes Gefühl aufsteigen. Gleichzeitig verspürte er jedoch den Wunsch, sie zu erwürgen. Sie stand einige Meter von ihm entfernt und blickte nervös und unsicher drein. Nun, das war auch gerechtfertigt. Vielleicht hatte sie ihre Meinung geändert und würde ihn bitten, ihr zu vergeben und sie zu heiraten. Ja, so mußte es wohl sein. Er trat rasch einen Schritt auf sie zu und wünschte, er könnte ihre verflixten Zöpfe lösen und ihr Haar mit seinen Fingern durchwühlen, sein Gesicht darin vergraben und den Duft nach Lavendel einatmen. Lavendel? Woher wußte er das? Von der Nacht, in der sie zu ihm gekommen war. Einen Augenblick lang hatte er den Geruch ganz intensiv wahrgenommen, doch jetzt war er bereits wieder verflogen.

»Ich glaube, Mabley und Crabbe brauchen Hilfe«, sagte Bertrand und ging rasch zur Kutsche hinüber. Er spürte, daß es besser war, die beiden allein zu lassen.

»Mir war nicht bewußt, daß du schon so früh abreisen willst. Würdest du mir noch einen Moment deiner Zeit schenken?«

Was ging hier vor? Brandy hörte sich nicht an wie eine Frau, die einlenken wollte und bereit war, ihn zu bitten seine Herzogin werden zu dürfen. Ian nickte und folgte ihr in den Salon des Schlosses.

Brandy bemerkte, daß er ihr Fragen stellen wollte und kam ihm zuvor. »Ich brauche Geld«, erklärte sie unverblümt.

»Was?«

»In etwa hundert Pfund, wenn das machbar ist.« Sie bemerkte, daß seine Augen sich verengten, und wußte, daß sie ihm eine Erklärung geben mußte. Rasch streckte sie ihre Hand aus und legte sie auf seinen Arm. »Du hast dich bereit erklärt, für mich und Fiona eine Mitgift zur Verfügung zu stellen. Ich brauche aber jetzt Geld. Könntest du es bitte von meiner Aussteuer abziehen?«

»Darf ich fragen, wofür zum Teufel du hundert Pfund brauchst?« Er wußte, seine Stimme klang kalt, aber er konnte nichts dagegen tun. Wieder stieg ihm ein leichter Duft von Lavendel in die Nase.

Brandy hob ihr Kinn und sah ihm direkt in die Augen. »Ich benötige es für Kleidung, Hoheit.«

Verdammt, warum log sie ihn an? Was zum Teufel ging hier vor sich? Als er sie genauer betrachtete, legte sich sein Zorn. Sie wirkte entschlossen und furchtsam zugleich –

eine seltsame Mischung. Und in ihren Augen lag ein bittender Ausdruck. Sie wollte einfach nur hundert Pfund von ihm haben. Mit ihren kurzgeschnittenen, rauhen Fingernägeln zerrte sie heftig an den Fransen ihres Schals. Er wünschte, sie würde ihre Hände wieder auf seinen Arm legen. Sie fühlte sich so warm und weich an. Er liebte es, ihre Hände auf seinem Körper zu spüren.

Ian gab nach. Was hätte er sonst tun sollen? »Also gut. Hol mir Papier und Tinte. Es wäre dumm, dir eine Hundertpfundnote zu geben. Ich werde dir einen Wechsel ausstellen, und MacPherson kann das Geld für dich bereitstellen.«

Brandy verließ blitzartig den Raum, als hätte sie Angst, er könne seinen Entschluß ändern. Einige Minuten später kehrte sie zurück. Ian konnte sich immer noch keinen Grund vorstellen, warum sie hundert Pfund von ihm wollte.

Er nahm ihr das Papier und die Tinte aus der Hand und schrieb MacPherson seine Instruktionen auf. Bevor er den Betrag festlegte, überlegte er einen Augenblick. Brandy hatte sicher wenig Ahnung davon, wieviel hundert Pfund wert waren. Er kannte ihre Gründe nicht, wollte aber, daß sie auf jeden Fall genug bekam. Also schrieb er den Wechsel auf zweihundert Pfund aus, unterzeichnete ihn und reichte ihn ihr.

Sie zog den Atem ein und hätte das Dokument beinahe fallen lassen, als sie den Betrag sah.

»Kleider sind viel teurer, als ich bisher glaubte«, sagte er leise. »Sogar in Edinburgh, glaube ich. Und sie sind wichtig. Du möchtest doch sicher so gut wie nur möglich aussehen.«

»Natürlich. Danke, Hoheit. Bitte paß auf dich auf.«

»Brandy …« Ian trat einen Schritt auf sie zu.

Sie spreizte die Hände und wich zurück.

»Also gut«, sagte er ungehalten. »Da ich jetzt nach London zurückkehre, braucht sich niemand mehr Sorgen um mich zu machen. Du hast mir deine Ansichten deutlich mitgeteilt. Ich begreife, daß ich nichts mehr sagen kann, um dich umzustimmen. Leb wohl, Brandy. Ich hoffe, du bekommst, was du dir wünschst. Einen unerfahrenen Ritter auf einem weißen Pferd, ohne Vergangenheit und quälende Erinnerungen.«

Er verbeugte sich spöttisch und ging aus dem Zimmer, ohne sich noch einmal umzusehen. Ein Mann besaß schließlich einen gewissen Stolz.

Brandy ging langsam zum Fenster und beobachtete, wie Ian und Bertrand sich die Hand schüttelten. Mabley streckte seinen Kopf aus der Kutsche, auf deren Rückseite das Gepäck festgeschnallt war, und unterhielt sich mit Crabbe. Ian schwang sich geschickt auf den Bock des Zweispänners und nahm Hercules' Zügel in die Hand. Der kleine Zug setzte sich in Bewegung und war kurz darauf hinter den dichten Rhododendronbüschen verschwunden.

Er war tatsächlich gegangen. Sie hätte ihn begleiten können, ihn heiraten können, aber der Preis dafür wäre zu hoch gewesen. Brandy blickte auf den Wechsel, den er für sie ausgestellt hatte. Der Preis war viel höher als zweihundert Pfund.

Brandy haßte Tränen. Sie halfen nicht weiter und verursachten nur geschwollene rote Augen. In all den achtzehn Jahren hatte es ihr nie geholfen, weinen zu können. In diesem Augenblick bemerkte sie allerdings erst, daß ihr Tränen über die Wangen liefen, als sie deren salzigen Geschmack verspürte. Rasch fuhr sie sich mit der Hand über den Mund. Sie hatte viel zu tun. MacPherson wohnte in Berwick – sie würde mindestens zwei Stunden benötigen, um dorthin zu gehen.

Sie straffte die Schultern und ging die Treppe zu ihrem Zimmer hinauf, um ihre Sandalen gegen feste Wanderschuhe einzutauschen.

Fünf Tage später zog der Herzog von Portmaine die Zügel an und brachte Hercules und Cantor vor dem großen, mit Säulen versehenen Portal seines Stadthauses zum Stehen. Das riesige Gebäude stand an der Ostseite des York Square. Es war ein sonniger Aprilnachmittag. Der Himmel war wolkenlos und die Luft duftete süß – wenn auch nicht so gut wie in Schottland. Ian war in schlechter Stimmung. Es wäre ihm lieber gewesen, es hätte geregnet. Regen oder Nebel wären besser gewesen als dieser verdammte Sonnenschein.

An diesem Abend aß er allein und sortierte dabei die vielen Einladungen und die restliche Post, die sich während seiner Abwesenheit angesammelt hatte. Die Saison befand sich auf dem Höhepunkt, und er war zu unzähligen Abendgesellschaften und Bällen eingeladen. Er war kurz davor, diese Myriaden von mit Goldschnitt versehenen Briefen in das Kaminfeuer zu werfen, als ihm bewußt wurde, daß er sich nicht in seinem Haus vergraben durfte. Schottland hatte er hinter sich gelassen – jetzt wurde es Zeit, wieder wie ein Engländer zu leben. Nein, er wollte sich nicht gehen lassen, sondern leben und sich amüsieren. Er würde sich jede Frau nehmen, die ihn erregte.

Während der folgenden Wochen wurde der Herzog von Portmaine, den seine Freunde inzwischen humorvoll als schottischen Earl bezeichneten, auf Dutzenden von Bällen gesehen, wo er sogar mit den weniger attraktiven Damen das Tanzbein schwang. Viele dachten, er versuche, damit Lady Felicity zu vergessen, die ihm den Laufpaß gegeben hatte. Der Herzog äußerte sich natürlich nie über Lady Felicity. Die gesamte Gesellschaft sprach davon, wie nobel er sich dieser herzlosen Frau gegenüber verhielt. Als Lady Felicity dann ständig mit dem Marquis von Hardcastle gesehen wurde, waren alle entsetzt. Sie tauchten überall auf, und Felicity schien dem Gentleman sehr zugetan zu sein.

Die Gerüchte verbreiteten sich weiter, als der Herzog oft in Spielkasinos gesehen wurde – jedesmal mit einer anderen Frau am Arm, wovon eine hübscher als die andere war.

Er entwickelte auch eine Vorliebe für die Oper und wurde oft mehrere Abende hintereinander in seiner Loge gesehen. Natürlich befand sich die wunderschöne Primadonna mit den bemerkenswerten Brüsten nach den Vorstellungen häufig in seiner Gesellschaft. Der Herzog wurde entdeckt, wie er, scheinbar völlig ungeniert, ihre Wohnung verließ, gähnte und seine Weste oder sein Halstuch zurechtrückte.

Der Herzog von Portmaine achtete nicht auf die Londoner Gesellschaft, und es war offensichtlich, daß er bald an seinem Leben scheitern würde. Niemand war überrascht, daß im Juni gegen Ende der Saison keine der jungen Damen, die es gewagt hatten, mit ihm zu flirten, einen Heiratsantrag von ihm bekommen hatte. Allerdings wurde Lady Felicitys Verlobung in der *Gazette* bekanntgegeben. Diese wankelmütige Hexe wollte den Marquis von Hardcastle anscheinend im Herbst heiraten. Niemand machte dem Herzog irgendwelche Vorwürfe. Je ausschweifender er sich benahm, um so mehr Verständnis wurde ihm entgegengebracht. Er war ein nobler, guter Mensch, und es war vollkommen in Ordnung, daß er sich – zumindest bis zum Herbst – einige Freiheiten herausnahm.

Der Herzog schüttelte den Kopf, als er die Verlobungsanzeige las. James, sein Butler, bemerkte das amüsierte Lächeln, das seine Lippen umspielte, und hörte, wie Seine Hoheit leise zu sich selbst sagte: »Armer Dummkopf. Er wird noch einiges lernen müssen, doch dann wird es zu spät sein.«

Eines Morgens im Juni blieb der Herzog in seinem Schlafzimmer, bis die Uhr zwölfmal schlug. Erst gegen Mittag ging er nach unten. Er hatte den schlimmsten Kater seines Lebens, und das sagte einiges, denn während seiner Jahre in Oxford war er oft nicht nüchtern gewesen. Als er an die Opernsängerin und die anderen vier Kurtisanen dachte, die sein Bett und seinen Körper gewärmt hatten, begriff er, daß es Zeit wurde, damit aufzuhören.

Er trank eine Tasse starken Kaffee, den sein hervorragender Koch ihm zubereitet hatte. Kurz darauf erschien James mit lautlosen Schritten und reichte ihm ein Silbertablett mit der Post.

»Meine Güte, sind sie nicht alle inzwischen endlich aus der Stadt verschwunden und nach Brighton gefahren? Noch mehr von diesen verdammten Einladungen. Ich habe diese verflixten Parties allmählich satt. Und mit mir selbst bin ich auch nicht mehr zufrieden.«

James erwiderte nichts auf diese Bemerkung, aber insgeheim stimmte er dem Herzog zu. Jeder Bedienstete in diesem Haushalt war der gleichen Meinung. Schweigend blieb er hinter seinem Herrn stehen, während dieser die verschieden großen Kuverts durchsah. Überrascht bemerkte er, daß der Herzog einen Brief herauszog, der aus Schottland kam, und ihn mit leicht zitternden Händen öffnete.

Ian las den Brief zweimal. Dann lächelte er grimmig und sagte: »Nun, James, anscheinend hat Percy wenigstens eines seiner Ziele erreicht.«

»Ja, Eure Hoheit?«

»Es handelt sich um einen meiner Verwandten der Familie Robertson, James. Percy galt bis vor kurzem noch als Bastard. In zwei Wochen wird er Miß Joanna MacDonald auf Schloß Penderleigh heiraten. Ich werde hiermit höflich dazu eingeladen. Wahrscheinlich will sich der Vater der Braut davon überzeugen, daß Percy nicht geschwindelt hat, und der neue Herr auf Penderleigh tatsächlich ein englischer Herzog ist.«

»Aha«, meinte James.

Der Herzog schwieg einige Minuten, und James beobachtete, wie er die Fingerspitzen aneinanderlegte und seine dunklen Augen auf eine zierliche Dresdner Figur richtete, die sich auf einer Vitrine in der Ecke des Frühstückszimmers befand.

»Werden Eure Hoheit nach Schottland zurückkehren?« fragte James schließlich, als er seine Neugier nicht mehr unterdrücken konnte. Irgend etwas mußte dort geschehen sein – etwas, was mit der Auflösung der Verlobung von Lady Felicity zu tun hatte. Anscheinend handelte es sich um etwas, was sowohl gut wie schlecht war. Das Gute daran war, daß der Herzog diese Hexe nicht heiraten würde, das Schlechte, daß er seit seiner Rückkehr nach London sehr unglücklich war und sich vollkommen verändert hatte. James wartete.

Der Herzog drehte sich langsam in seinem Stuhl um, und James stellte erstaunt fest, daß sein Herr tatsächlich lächelte. Die harten Linien in seinem Gesicht waren verschwunden, und er grinste breit.

»Es gibt wohl nichts Wertloseres als einen dummen Mann, James. Meine Güte, ich bin wohl der dümmste Mann, den Gott jemals erschaffen hat. Ich war blind – jetzt kann ich nur hoffen, daß es noch nicht zu spät ist. Schottland ist im Sommer sicher wunderschön, wenn das Heidekraut blüht. Hol mir etwas zu schreiben, James. Ich muß meine Verabredung mit Giles für diesen Abend absagen. Oh, und gib Mabley Bescheid, daß wir noch in der nächsten Stunde abfahren. Die Kutsche und der Zweispänner sollen um elf Uhr bereitstehen. Keine Minute später. Ich möchte Penderleigh in fünf Tagen erreichen.«

»Werden Sie lange ausbleiben, Hoheit?« erkundigte James sich.

»Nun, ich weiß nicht – es findet immerhin eine Hochzeit statt. Aber mach dir keine Sorgen, ich werde dich auf dem laufenden halten.«

Wenige Minuten später warf sich der Herzog seinen hellbraunen Reitmantel über die Schultern. Er blickte auf die Uhr auf dem Kaminsims und sah dann auf seine Taschenuhr. Als er sich zur Tür wandte, um sein Schlafzimmer zu verlassen, fiel sein Blick auf das kleine gemalte Bild von Marianne, das einen Ehrenplatz auf seinem Kleiderschrank hatte. Er betrachtete die grünen Augen, die der Künstler so lebensecht dargestellt hatte, das schwarze schimmernde Haar, das sie sich aus der Stirn gestrichen hatte, und ihre süßen, zärtlichen Lippen. Ihm fiel ein, wie ihr weicher Mund manchmal gezittert hatte, aber die Erinnerung daran bewegte ihn nicht mehr.

Er nahm das Bild in die Hand und lief damit die Treppe hinunter. »James«, rief er. »Kümmere dich während meiner Abwesenheit darum, daß dieses Bild in der Galerie aufgehängt wird. Dort gehört es hin.« Ian drückte seinem Butler das Miniaturgemälde in die Hand, zog seine Handschuhe an und ging mit festem Schritt hinaus. Pfeifend kletterte er auf den Bock seines Zweispänners.

30

Brandy lag in einem Anemonenfeld mit hinter dem Kopf verschränkten Armen auf dem Rücken und blickte zum Himmel hinauf. Einige dunkle Wolken, die sich über dem Meer gebildet hatten, wurden von der aufkommenden Brise vorübergetrieben. Der Wind löste einige Haarsträhnen aus ihren Zöpfen und schlug sie ihr gegen die Augen.

Sie setzte sich auf. Allmählich konnte sie die Tage kaum mehr zählen, an denen sie sich lustlos und abgestumpft fühlte. Brandy schob sich das Haar aus der Stirn und betrachtete das Schloß, dessen graue Mauern in der untergehenden Sonne schimmerten. Langsam stand sie auf und strich ihren Rock glatt. Ihr war bewußt, daß sie zurückkehren und sich zu einem Lächeln zwingen mußte. Percy und Joanna MacDonald würden morgen eintreffen. Oder übermorgen? Sie konnte sich nicht mehr genau daran erinnern, und es war ihr auch gleichgültig.

Zu jedermanns Überraschung hatte Morag in Hinblick auf die bevorstehende Hochzeit sogar ein Bad genommen.

Brandy schlenderte über die Klippen und überlegte

dabei, wie seltsam es war, daß der Schmerz sich in den letzten zwei Monaten nicht verringert hatte. Natürlich war sie nicht so dumm gewesen zu glauben, sie könne ihn sofort vergessen. Sie fragte sich, ob er gelegentlich an sie dachte, und wenn ja, was dabei in ihm vorging. Wahrscheinlich war er wütend auf sie. An dem letzten Morgen, den er hier verbracht hatte, war er sehr zornig gewesen. Trotzdem hatte er ihr zweihundert Pfund gegeben.

In der Ferne hörte sie das Rumpeln einer Kutsche und seufzte. Joanna und Percy waren wohl einen Tag eher gekommen. Als sie aufblickte, sah sie einen schlammverschmierten Zweisitzer um die Ecke biegen und auf dem Kiesweg vor dem Schloß halten.

»Geschafft. Wir haben nur fünf Tage gebraucht. Das ist uns hervorragend gelungen. Selbst der Sturm konnte uns nicht aufhalten.« Ian sprang vom Bock und klopfte den schwitzenden Pferden auf den Hals. Dann warf er einen Blick auf das Schloß und fragte sich mindestens zum zwanzigsten Mal, wie er auf Brandy zugehen sollte. Er hatte einige Reden einstudiert, die zu verschiedenen Situationen passen würden, und sich überlegt, Brandy notfalls über seine Schulter zu werfen und gegen ihren Willen mitzunehmen. Selbstverständlich hatte er sich auch vorgestellt, daß sie weinen und ihn anflehen würde, sie zu heiraten, aber diese Szene war nur einmal vor seinen Augen entstanden, als er besonders optimistisch gestimmt war.

Vielleicht waren es die dunklen Wolken, die über das Meer zogen, oder einfach nur die reine Seeluft, die ihn dazu bewegten, zu den Klippen hinüberzublicken. Er sah Brandy vor sich. Sie stand ganz still, aber ihre Röcke blähten sich im Wind – sonst hätte er sie wahrscheinlich gar nicht wahrgenommen.

Alle sorgfältig überlegten Sätze waren plötzlich aus seinem Gedächtnis verschwunden. Ian rief ihren Namen, breitete seine Arme aus und ging langsam auf sie zu.

Der Wind heulte so laut, daß Brandy seine Stimme

nicht hören konnte, aber an seinen Lippen sah, daß er sie rief. Er war zu ihr zurückkehrt und endlich zu Hause. Sie raffte ihre Röcke, lief auf ihn zu und hätte wohl beide zu Fall gebracht, wenn Ian sich nicht vorgebeugt und sie festgehalten hätte. Brandy schlang ihre Arme um seinen Hals und vergrub ihr Gesicht an seiner Wange.

»Du bist wieder da«, flüsterte sie. »Du bist zurückgekommen.«

Er spürte ihre Wimpern an seiner Wange und drückte sie fest an sich. Mit einem Arm streichelte er ihr den Rücken, die andere ließ er über ihre Hüften wandern. Er fühlte, wie sie erschauerte und lachte. »Du wirst mich noch erdrücken, mein kleiner Liebling«, flüsterte er mit zitternder Stimme.

Brandy lachte ebenfalls und lehnte sich zurück. Sie küßte sein Ohr, seinen Nacken und sein Kinn. Rasch drückte er seine Lippen auf ihren warmen Mund und spürte dabei ihre bedingungslose Hingabe. Er wünschte sich, sie am ganzen Körper streicheln zu können, wußte aber, daß das hier vor dem Schloß unmöglich war. Gegen seinen Willen zwang er sich dazu, sie auf den Boden zu stellen, hielt sie aber noch fest, als ihre Füße die Erde berührten.

Sie hob den Kopf und sah ihn an. »Du bist wieder da«, wiederholte sie. »Ich freue mich so sehr.«

Ian seufzte, zog sich wieder an sich und küßte sie noch einmal. »Ah, du bist so süß. Ich liebe deinen Geschmack und habe sogar davon geträumt.«

»Wirst du mich immer so küssen?«

»Bis an mein Lebensende.« Ian lachte und drückte wieder seine Lippen auf ihren Mund.

»Du bist aber nicht nur wegen Percys Hochzeit hier, oder?«

»Nein.« Er atmete tief den frischen salzigen Duft ihres Haars ein. »Ich bin wegen dir gekommen. Nur wegen dir. Du willst mich doch, Brandy, oder?« Als sie einen Moment zögerte, küßte er sie noch einmal. »Ich bin ein dummer Mann. Es hat solange gedauert, bis ich zur Besinnung gekommen bin. Mein einziger Wunsch ist jetzt, dir in unserer Ehe ein Übermaß an Liebe schenken zu dürfen.«

»Und Marianne?«

»Sie befindet sich in einer bittersüßen Vergangenheit, Brandy. Ich begehre sie jetzt nicht mehr und will auch keine Frau mehr haben, die ihr gleicht. Was ich mir wünsche, ist ein dickköpfiges schottisches Mädchen mit dichtem blondem Haar und bernsteinfarbenen Augen. Eine Schottin mit einem Menschenverstand, der mich auf dem Boden der Tatsachen halten wird, und einer Loyalität, die tiefer reicht als die Nordsee. Bitte antworte mir jetzt. Willst du mich? Möchtest du meine Herzogin werden?«

»Du siehst sehr gut aus, Ian, und du bist freundlich. Ich liebe das Gefühl, das ich empfinde, wenn du mich küßt. Aber ich befürchte, du bist auch das, was Lady Adella als Haustyrann bezeichnet. Sie hat Großpapa Angus so genannt, weil er ihr in alles hineinredete, jeden herumkommandierte und sich ständig in ihr Leben einmischte.«

»Sollte ich mich jemals so verhalten wie Großpapa Angus, kannst du mich sofort aus meinem Haus Carmichael Hall hinauswerfen und mich im Ziegenstall schlafen lassen. Ich will dir keine Befehle erteilen, sondern dir meine Liebe schenken, dich zum Lachen bringen und dir mehr Vergnügen schenken, als du dir im Augenblick ausmalen kannst.«

»Tatsächlich?«

»Ja, ich möchte dir all das geben, und ich bin sicher, daß mir noch mehr dazu einfällt.«

»Wirklich? Du weißt doch, daß ich nicht einmal richtig englisch sprechen kann. Du würdest mir einiges beibringen und sehr viel Geduld aufbringen müssen.«

»Ja, aber ich weiß auch, daß ich ohne dich nicht leben kann. So werde ich eben meine liebe Mutter beauftragen müssen, dich einige Dinge zu lehren.«

»Deine Mutter?«

Ian lachte. »Nein, Brandy. Meine Eltern würde ich nicht

einmal einem Feind zumuten, und schon gar nicht meiner Frau. Eher schon Percy. Meine Mutter würde sicher Wunder an ihm vollbringen. Aber wir werden das alles schaffen. Meine Verwandten werden dich lieben – du wirst schon sehen.«

»Und wenn nicht, wirst du dich dann an ihnen rächen?«

»Selbstverständlich.«

Hercules stieß mit dem Kopf gegen Ians Rücken. »Wie du siehst, stimmt sogar mein Pferd mit mir überein. Du mußt mir dein Jawort geben, bevor er mich tritt.«

»Ja.«

Ian beugte sich vor und küßte Brandy leicht auf die Lippen, obwohl er sich mehr wünschte, und jetzt wußte, daß es ihr ebenso erging. »Komm, Brandy. Ich will es Lady Adella und Bertrand sagen – ja, sogar Morag, die sich sicher immer noch ständig kratzt.«

»Sie hat für Percys Hochzeit ein Bad genommen.«

»Meine Güte, das hat sicher alle sprachlos gemacht. Was sagte Fraser dazu?«

»Er hat nur seinen Kopf geschüttelt. Wem willst du es außer Morag noch sagen?«

»Ich denke, ich werde auf einen der Türme steigen und es zu unseren Cheviot-Schafen hinunterrufen. Vielleicht hört mich sogar MacPherson und kommt, um mir persönlich zu gratulieren.«

»Du lieber Himmel.«

Ian runzelte die Stirn. »Was ist los? Du hast doch nicht etwa deinen Entschluß geändert?«

»O nein, Ian. Du gehörst jetzt zu mir. Aber ich möchte bis morgen warten, um es den anderen zu sagen. Bitte, Ian, das ist sehr wichtig für mich.«

Brandy legte ihre Finger auf seinen Mund. »Nein, bitte vertrau mir einfach. Morgen werden wir es meiner Familie mitteilen – wenn du das dann noch möchtest.«

»Was zum Teufel meinst du damit? Welches Spiel spielst du mit mir, Mädchen? Glaubst du etwa, ich würde morgen, wenn die Uhr achtmal schlägt, meine Meinung geändert haben?«

»Das ist kein Spiel, das verspreche ich dir. Bitte gestehe mir das einfach zu.« Ihre Stimme klang flehend. Er verstand sie nicht, wollte aber auf keinen Fall, daß sie ihn jemals um irgend etwas bitten mußte.

»Also gut«, sagte er und küßte sie noch einmal. »Aber wenn mir deine Gründe dafür nicht gefallen, werde ich dich übers Knie legen, Brandy.«

Sie umarmte ihn stürmisch und lächelte ihn an. »Wie du wünschst, Hoheit.«

Ian stöhnte. »Ich sehe schlechte Zeiten auf mich zukommen. Wahrscheinlich werde ich alles tun, nur um dir ein Lächeln oder ein freundliches Wort abzuringen.«

Brandy berührte lachend seinen Arm.

Da kein Stallknecht in Sicht war, führten sie gemeinsam Hercules und Cantor in die Scheune. Brandy sah schweigend zu, wie Ian das Geschirr abnahm und sein Pferd mit einem Büschel frischen Heus abrieb. »Du bist dünn geworden«, bemerkte er stirnrunzelnd.

»Mag sein. Ich hatte wenig Appetit.«

»Du hast dunkle Ringe unter den Augen – das gefällt mir nicht.«

»Ich konnte nicht gut schlafen, aber das war deine Schuld.«

»Ich gebe dir zwei Monate, um wieder zuzunehmen. Keinen Tag länger. Sollte das nicht klappen, sehe ich mich gezwungen, drastische Maßnahmen zu ergreifen.«

»Woran denkst du dabei, Hoheit?«

»Warte es einfach ab.« Ian küßte sie wieder. Der Geruch nach Pferden, Heu und Leinsamenöl hing schwer in der Luft.

Als Crabbe hereinkam und den Herzog mit einem breiten Grinsen auf seinem ausgezehrten Gesicht höflich in den Salon bat, entschuldigte Brandy sich und bat Morag, Wee Albie die Badewanne heraufbringen zu lassen, die nicht leckte.

Zwei Stunden später war ihr Haar immer noch feucht. Sie lächelte Ian scheu am Tisch zu, doch er war von Constance vollkommen in Anspruch genommen, die pausenlos vor sich hin plapperte.

»Niemand hat damit gerechnet, daß du wegen Percys Hochzeit zurückkommen würdest. Du magst ihn doch eigentlich nicht, und er hat sich dir gegenüber nicht richtig verhalten. Er hat es vielleicht versucht, aber lassen wir das lieber. Kein Robertson würde versuchen, dich umzubringen, Ian. Das mußt du uns glauben.«

»Halte deine Zunge im Zaum«, befahl Lady Adella. Ihre Stimme klang so säuerlich wie die Linsensuppe schmeckte, die mittlerweile auf Ians Teller kalt wurde. »Es gibt keine Beweise, und ich wäre dir dankbar, wenn du diesen schrecklichen Vorfall nicht mehr erwähnen würdest. Mittlerweile sind zwei Monate vergangen, und ich hoffe, daß du nichts mehr zu befürchten hast, Hoheit.«

Alle aßen schweigend weiter, bis Lady Adella plötzlich laut auflachte. »Der armen Joanna MacDonald steht allerdings noch einiges bevor. Die Männer der Familie Robertson bevorzugen Jungfrauen. Ja, die bedauernswerte Joanna wird in ihrer Hochzeitsnacht einen Schock erleben.«

Brandy verschluckte sich an ihrem Wein und lachte.

Lady Adella betrachtete ihre Enkelin mißbilligend. »Du warst immer so prüde, Kind. Wie kannst du jetzt lachen, wenn ich über eine Hochzeitsnacht spreche? Du hast doch keine Ahnung davon. Vielleicht hast du eine gewisse Vorstellung, was zwischen einem Mann und einer Frau vorgeht. Ja, Percy hat einmal versucht, dich dazu zu zwingen, aber er kam nicht sehr weit, nicht wahr?«

»Nein«, warf Ian ein. »Der Mistkerl hatte Glück – ich hätte ihn sonst umgebracht. Wir sollten hoffen, daß er in Zukunft kein Glück mehr nötig hat, denn eigentlich hat er bereits aufgebraucht, was ihm in seinem Leben zusteht.« Er wandte sich an Bertrand. »Nun erzähl mir, wie die Kleinbauern mit den Cheviot-Schafen zurechtkommen.«

»Sie sind sehr zufrieden, denn bereits jetzt sitzen sie an einem viel reichlicher gedeckten Tisch. Selbst diejenigen, die bisher dachten, Schafe wären nur zum Verzehr geeignet, haben sie mittlerweile in ihr Herz geschlossen. Ich befürchte, daß manche sie sogar als Schoßtiere ansehen.«

»Diese verdammten Schafe fressen alles, was sie sehen.« Claude hob seine Gabel und deutete damit auf seinen Sohn. »Sie sind einfach überall.«

»Und sie stinken«, erklärte Constance. »Wenn der Wind landeinwärts weht, riecht man sie sogar in der Nacht.«

»Ja, Bertie«, sagte Lady Adella listig. »Du solltest vorsichtig sein, sonst wird Constance dich nicht haben wollen, und du wirst dich mit Morag zufrieden geben müssen.«

»O Großmama«, stöhnte Constance, ihren Blick auf Bertrands Gesicht gerichtet. Zu ihrem Erstaunen schien er nicht verärgert zu sein. Ihr war die Bemerkung sehr peinlich, aber was konnte sie schon dagegen tun?

»Ich versichere dir, daß Fraser von uns allen die empfindlichste Nase besitzt«, meinte Bertrand belustigt. »Er läßt mich nicht in den Speisesaal, bevor er mich gründlich beschnuppert hat.« Er lächelte Constance zu. »Und Constance hat sicher nichts entbehren müssen, seit die Schafe hier sind.«

»Ein Schaf starb«, erklärte Brandy Ian. »Wir baten Prickly Ben, es sich anzusehen, weil wir natürlich befürchteten, es könnte sich um eine ansteckende Krankheit handeln, die den Rest der Herde befallen würde. Prickly Ben sagte uns jedoch, das Schaf habe giftiges Unkraut gefressen, und das habe seinen Bauch aufgebläht.«

»Ich habe das Unkraut mittlerweile gejätet«, sagte Bertrand. »Constance hat mir dabei geholfen.«

»Ja, das war das einzige Mal, das wir euch zusammen gesehen haben, Bertie«, warf Claude ein und wandte sich an den Herzog. »Er sitzt pausenlos über seinen verdammten Geschäftsbüchern und hat keine Zeit für seinen Vater oder die Familie.«

Brandy sah auf. »Aber du hast doch Bertie hin und wieder das Mittagessen gebracht, Connie.«

Constance rutschte unbehaglich auf ihrem Stuhl hin und her, und Ian lächelte. Anscheinend hatte Bertrand in den letzten beiden Monaten Fortschritte erzielt. Zumindest wirkte er viel selbstsicherer. Der Herzog warf Brandy einen liebevollen Blick zu und fragte sich, ob sie wußte, daß sie ihre Schwester in Verlegenheit gebracht hatte.

Lady Adella benahm sich ihm gegenüber heute ungewöhnlich freundlich, aber das mochte daran liegen, daß er weiterhin viel Geld in Penderleigh investiert hatte. Die alte Dame würde sicher ihren Zorn unter Kontrolle halten, solange er sie zufriedenstellte.

»Wie geht es deinem Cousin, Mr. Braidston?« fragte Lady Adella, ohne ihren üblichen säuerlichen Gesichtsausdruck und Tonfall. »Er ist wirklich ein eleganter Mann.«

»Giles geht es gut, Lady Adella. Da ich mich sehr überstürzt zu der Reise nach Schottland entschlossen habe, mußte ich ihm eine schriftliche Nachricht hinterlassen. Ich bin sicher, er hätte dir gern liebe Grüße bestellen lassen.«

»Für meinen Geschmack ist der Kerl zu geschniegelt«, brummte Claude. »Außerdem ist es nicht gut, soviel über andere Leute zu wissen. Das kann sich irgendwann einmal rächen.«

Ian fiel es schwer, Brandy nicht allzu auffällig anzusehen und sich ständig mit ihr zu unterhalten. Er begehrte sie so sehr und wünschte sich, allen sagen zu können, daß sie ihn heiraten würde – er wollte es in die Welt hinausschreien. Warum bestand sie darauf, bis morgen zu warten? Er hatte lange darüber nachgedacht, konnte sich aber nicht vorstellen, was der Grund dafür sein könnte. Schließlich hatte er beschlossen, ihr Musselinkleid und den karierten Schal sobald wie möglich eigenhändig zu verbrennen.

Ian schob sich einen Bissen Fisch in den Mund und dachte plötzlich an die zweihundert Pfund, die Brandy angeblich für Kleider von ihm hatte haben wollen. Nun, sie war keine gute Lügnerin. Er würde dafür sorgen, daß sie ihm sagte, was sie tatsächlich mit dem Geld gemacht hatte.

»Du siehst sehr erschöpft aus, mein Junge«, sagte Lady Adella. »Da das Dinner so hervorragend war, und ich heute in guter Stimmung bin, erspare ich dir den Gesang der Mädchen. Crabbe, du alter Säufer, schenk uns ein Glas Portwein ein. Anschließend kann sich unser Herzog zurückziehen und ins Bett gehen.«

Unser Herzog? Die Zeiten hatten sich anscheinend geändert.

Kurz danach führte Lady Adella Constance und Brandy aus dem Speisesaal und ermahnte Bertrand, Ian an seinem ersten Abend nicht mit Geschäftsangelegenheiten zu langweilen. »Ich sagte ihm, er dürfe sich zurückziehen, also belästige ihn nicht mit deinem Geschwätz über Schafe. Er wird später noch genügend Zeit haben, sich damit zu beschäftigen. Und du, Claude, jammere ihm nicht die Ohren voll. Zumindest jetzt noch nicht. Gib ihm ein oder zwei Tage Zeit, sich einzuleben.«

Claude hielt sich zurück, aber Bertrand hatte Schwierigkeiten, seinen Übereifer zu verbergen. Nach zwanzig Minuten stieß Claude heftig seinen Stock auf den Boden und verlangte, zu den Damen zu gehen.

Brandy befand sich nicht im Salon, also nahm Ian Lady Adella beim Wort, stieg die Wendeltreppe hinauf und ging den langen, düsteren Gang entlang. Vor Brandys Schlafzimmer blieb er stehen und hob die Hand, um an die Tür zu klopfen. Er wollte sie sehen. Verflixt, er wollte sie küssen und streicheln, bis er das Gefühl bekam, sterben zu müssen, wenn er damit aufhörte. Nein, das konnte er nicht tun. Er ging weiter zu seinem Schlafzimmer.

Der Sommersturm war immer noch nicht vorüber. Heftiger Regen peitschte gegen die Fenster. Ian zog die verblichenen Vorhänge zu und ging zum Kamin hinüber, in dem das Feuer nur noch schwach glimmte. Er legte einige

Torfklumpen nach und stieß mit der Stiefelspitze dagegen, um die Glut wieder zu entfachen. Wie bei seinem ersten Besuch auf Schloß Penderleigh mußte er ohne Mabley zurechtkommen – sein Diener befand sich in der zweiten Kutsche, die erst am nächsten Tag ankommen würde.

Er holte die Pistole aus seinem Handkoffer und legte sie auf den Nachttisch, bevor er sich auszog und einen Bademantel überstreifte. Dann schenkte er sich ein Glas Rotwein ein, ließ sich auf den tiefen Ledersessel fallen und streckte seine Beine aus.

Der Wein erzeugte ein warmes, wohliges Gefühl in seinem Magen. Das Feuer loderte wieder auf, und die Flammen verschwommen leicht vor seinen Augen.

Ein leises, aber beharrliches Klopfen an der Tür ließ ihn hochfahren. Ian erhob sich rasch, nahm die kleine Pistole in die Hand und rief: »Herein!« Er traute seinen Augen kaum. »Brandy, was zum Teufel tust du denn hier?«

31

Langsam kam sie in sein Zimmer und schloß leise die Tür hinter sich. Ihr hochgeschlossenes, weites weißes Nachthemd fiel ihr bis auf die Zehenspitzen und ließ sie sehr jung aussehen. Ian hielt den Atem an, als er ihre dichten Locken sah, die ihr bis zur Hüfte reichten. Sie war blaß und schien sich zu fürchten. Was ging hier vor?

Er trat einen Schritt auf sie zu. »Liebling, du weißt, du solltest nicht in mein Zimmer kommen. Ach, vergiß diesen Unsinn. Was ist geschehen? Was hat dich so aus der Fassung gebracht?« Er streckte die Arme aus und hätte sie am liebsten an sich gedrückt. Doch er nahm sich zusammen und ergriff nur ihre Hände.

»Brandy? Was ist los? Sag mir, was dich bedrückt.«

Jetzt konnte er sich nicht länger beherrschen und legte seine Hände auf ihre Schultern. »Meine Güte, du zitterst. Und ich halte dir auch noch diese dumme Pistole vor die Augen.« Rasch legte er die Waffe auf seinen Nachttisch und wandte sich ihr wieder zu. »Komm zum Feuer und wärm dich auf. Dann können wir miteinander reden.«

Das Nachthemd, das sie trug, wirkte lächerlich. Sie mußte es bereits seit vielen Jahren besitzen. Brandy weigerte sich, ihm in die Augen zu schauen. Was zum Teufel war hier los?

»Setz dich hierher.«

Ian rückte einen Stuhl neben den Kamin, zog einen zweiten heran und stellte ihn gegenüber.

Brandy setzte sich jedoch nicht. Sie atmete tief durch und gab sich einen Ruck. Jetzt mußte sie es tun. »Du hast mich gefragt, warum ich unsere Verlobung heute abend nicht bekanntgeben wollte. Ich habe einen guten Grund dafür.«

»Den würde ich gerne hören, aber ich muß dich warnen, daß ich ihn nicht unbedingt akzeptieren werde.«

»Es ist sehr wichtig. Bitte habe Geduld mit mir und lach mich nicht aus. Hör mir zu. Bei unserem ersten Mal hast du deine Leidenschaft nicht mir, sondern Marianne geschenkt.«

»Es war nicht nur unser erstes, sondern auch unser einziges Mal.«

»Bitte keine Wortklauberei. Unterbrich mich nicht. Ich muß mir einfach sicher sein können, verstehst du das nicht? Ich will wissen, ob du *mich* liebst und begehrst, und nicht Marianne.«

Einen Augenblick lang starrte er sie verblüfft an. »Du willst also heute bei mir bleiben?« fragte er langsam. »Mein Bett mit mir teilen? Und mir morgen mitteilen, ob ich die Prüfung bestanden habe? Du warst schon immer sehr einfallsreich, Brandy, aber das überschreitet doch eine gewisse Grenze.«

»Für dich mag dieser Aspekt der Ehe nicht so wichtig

sein, Ian, aber für mich ist er es schon. Da bin ich mir ganz sicher. Bitte grinse mich nicht auf diese Weise an, du Schuft. Ich meine das sehr ernst. Laß mich heute nacht bei dir bleiben, Ian, bitte.«

»Ich hoffe, daß ich bei diesem Test nicht versage, Brandy. Was geschieht, wenn ich im Schlaf den Namen meiner Mutter murmle? Also gut, ich lache dich nicht aus. Aber ich habe dich nicht angelogen. Marianne ist für mich jetzt Vergangenheit – dort gehört sie auch hin. Sie ist kein Teil meines Lebens mehr. Geblieben sind nur noch einige Erinnerungen – schmerzhafte und schöne –, die alle vage und verschwommen sind. Marianne hat nichts mit uns zu tun. Ich glaube sogar, sie würde sich freuen, daß ich meinem Leben endlich wieder die richtige Richtung gebe und ein Licht vor mir sehe – und das bist du, Brandy.

Und es geht noch um mehr. Für mich wäre es furchtbar, wenn du dich weigern würdest mich zu heiraten, weil ich dir als Liebhaber nicht gut genug bin.«

»Du weißt sehr gut, daß es sich nicht darum handelt.«

»Also gut, Brandy, ich gestehe, daß du hiermit meinen Ruf aufs Spiel gesetzt hast.«

Sie verspürte den Wunsch, ihm ins Gesicht zu schlagen, weil er sich über sie lustig machte, doch dazu hatte sie keine Gelegenheit. Er kam lächelnd auf sie zu und zog sie an sich. »Kleiner Dummkopf«, flüsterte er ihr ins Ohr, bevor er sie küßte. Mit einer Hand fuhr er durch ihr dichtes Haar, mit der anderen streichelte er ihre Hüften.

Nach einem Augenblick ließ er sie los und lächelte sie an.

»Das war sehr schön. Bitte gib mir mehr davon, Ian.«

»Willst du damit sagen, du erinnerst dich nicht mehr daran, wie es weitergeht? Nun, vielleicht ist das besser, denn es war nicht sehr angenehm für dich. Aber dieses Mal wirst du es genießen, Brandy, das schwöre ich dir.« Als er sie küßte, öffnete sie bereitwillig ihre Lippen. Ja, offensichtlich liebte sie seine Küsse. Er fühlte sich wie im Himmel und preßte sich fest an sie. Er wußte, daß sie jetzt sein steifes Glied an ihrem Bauch spürte. Zumindest war ihr sein Körper nicht mehr fremd. Ja, er gefiel ihr, und das machte ihn sehr glücklich.

Sie stöhnte auf und zuckte zusammen. »Ich will mehr von dir«, forderte er und ließ seine Zunge in ihren Mund gleiten. Vorsichtig tastete er nach dem Band, mit dem ihr Nachthemd zugebunden war und zog daran. Zu seiner Überraschung versteifte sie sich und wich zurück.

»Was ist los, mein Liebling? Wie willst du mich verführen, wenn du mir nicht erlaubst, dir dieses Nachthemd auszuziehen?«

Jetzt war es soweit, und es gab kein Zurück mehr, aber es fiel ihr sehr schwer. Was, wenn er erschrecken würde? Auch wenn sich sein Gesichtsausdruck nicht veränderte, könnte er sie abstoßend finden.

»Brandy?«

Sie richtete sich auf und straffte ihre Schultern. »Ich muß dazu stehen und das selbst tun, Ian. Bitte.« Brandy trat einen Schritt zurück und betrachtete schweigend, wie er fragend den Kopf zur Seite legte. »Einen Moment.« Sie atmete tief ein. Nun mußte sie es tun. Sie öffnete seufzend die Schleifen ihres Nachthemds und streifte es über ihre Schultern. Dann wartete sie und sah Ian dabei in die Augen.

Der Herzog verschluckte sich beinahe und rang nach Atem. Er konnte seinen Augen kaum trauen. Etwas Erstaunlicheres konnte es auf dieser Welt nicht geben. Und er hatte sie für ein dürres, junges, unreifes Mädchen gehalten! Diese Brüste waren die schönsten, die er jemals gesehen hatte. Unglaublich weiß und rund. Die Brustspitzen waren zartrosa und von einem elfenbeinfarbenen Hof umgeben, den nur ein Künstler geschaffen haben konnte. Das mußten die wunderbarsten Brüste in ganz England sein.

»Meine Güte!«

Brandy hatte damit gerechnet, daß er blaß wurde. O Gott, ihre schlimmsten Befürchtungen wurden jetzt bestätigt. Sie wandte sich ab und wünschte sich zu sterben.

»Brandy«, sagte der Herzog verblüfft.

Sie versuchte vergeblich, ihre Blöße mit den Armen zu verdecken. Am liebsten wäre sie davongelaufen. Sie schluckte hart und brachte mühsam hervor: »Ich verstehe dich, Ian. Wirklich. Ich habe meine Häßlichkeit vor dir verborgen, und das war nicht richtig. Es war nicht fair. Ich hätte dir davon erzählen sollen, bevor ich deinen Heiratsantrag angenommen habe. Wenn du meinen Anblick nicht ertragen kannst, werde ich dich freigeben. Niemand wird je davon erfahren.«

»Häßlichkeit?« Ian suchte nach einem entstellenden Mal. Vielleicht hatte Brandy einen Leberfleck auf der Schulter, der sie störte. Nein, ihre Haut war überall weiß und weich – so sanft, daß er befürchtete, sofort zum Höhepunkt zu kommen. Er wünschte, sie würde ihre Hände fallen lassen.

Tatsächlich senkte sie ihre Arme. »Es tut mir leid. Ich sehe aus wie eine Kuh. Meine Brüste wuchsen immer weiter, also mußte ich sie abbinden, damit niemand sah, wie häßlich ich geworden war.« Brandy konnte Ians Blick nicht länger ertragen und zog das Nachthemd vor ihrer Brust zusammen. Sie schien jeden Moment in Tränen auszubrechen.

Was hatte sie gesagt? Ihre Brüste seien häßlich? Ian schüttelte den Kopf. Er spürte, daß er jetzt sehr behutsam vorgehen mußte.

»Habe ich das richtig verstanden?« fragte er leise. »Du findest deine Brüste häßlich? Du denkst, du seist entstellt?«

Brandy nickte bekümmert. Ian konnte sich nicht mehr zurückhalten. Er warf den Kopf zurück und lachte.

»Ich habe nicht gedacht, daß du so herzlos bist.«

Er atmete tief ein und versuchte, sich zu beherrschen. Meine Güte, sie meinte es tatsächlich ernst. »Hör mir zu, Brandy. Ich lache nicht über dich, sondern über diese lächerliche Situation. Wer zum Teufel hat dir eingeredet, du würdest aussehen wie eine Kuh? Hat dir tatsächlich jemand gesagt, du seist häßlich?«

»Ja, Morag. Ich war damals vierzehn und meine Kleider ließen sich nicht mehr zuknöpfen. Sie lachte mich aus und meinte, ich wäre auf dem besten Weg, zwei großartige Melonen für den Markt zu liefern. Jeder würde über die Enkelin des Earls lachen, wenn er erraten würde, was sie unter ihren Kleidern versteckte. Morag meinte, alle Männer würden mich anstarren und denken, mit solchen Rundungen müsse ich leicht zu haben sein.«

»Verdammt, diese Frau sollte man umbringen! Wenn ich das jetzt sofort erledige, kommt sie wenigstens sauber in ihr Grab.«

»Aber sie hatte recht. Ich habe versucht, meine Brüste so gut wie möglich zu verbergen, aber obwohl ich immer meinen Schal trug, wußte Percy Bescheid. Er starrte mich ständig an, als wäre ich eine Mißgeburt. Ich konnte nicht verstehen, warum er mich trotzdem haben wollte.«

»Er hielt dich sicher nicht für eine Mißgeburt, Brandy. Erinnerst du dich noch an den Tag, als wir allein in der Hütte waren? Ich sehnte mich sehr nach dir, aber du hast dich abgewandt.«

»Ich hatte den Eindruck, du hättest dich zurückgezogen. Aber es stimmt – ich wollte nicht, daß du mich siehst. Ich schämte mich und hatte Angst, du würdest Abscheu empfinden.«

»Sehe ich etwa so aus?«

»Nun, im Augenblick halte ich meine Brüste ja bedeckt.«

Ian hob den Arm und zog ihr das Nachthemd aus der Hand, bis es ihr wieder über die Taille glitt. »Ich empfinde immer noch keinen Widerwillen. Soll ich dir etwas sagen? Ich denke, wir haben die meiste Zeit mit Mißverständnissen verbracht. Was ist mit dem blauen Samtkleid, das ich dir in Edinburgh gekauft habe? Soweit ich mich erinnere, hat es einen tiefen Ausschnitt.«

»Es ist ein wunderschönes Kleid. Ich fühlte mich wie

eine Königin, als ich es anzog. Aber ich konnte es unmöglich tragen, Ian. Meine großen Brüste waren deutlich zu sehen, und es schien, als wären sie an meinem Hals angewachsen.«

Dieses Mal lachte Ian nicht, sondern lächelte Brandy an. »Habe ich dich jemals angelogen oder irgend etwas getan, was dich veranlassen könnte, mir zu mißtrauen?«

»Nein.«

»Gib mir deine Hände und laß das Nachthemd los. So ist es gut. Laß es auf den Boden fallen.«

Eine Weile konnte Brandy sich nicht bewegen. Sie hob den Blick. »Das ist sehr schwierig.«

»Komm, reich mir deine Hände.«

»O Gott.« Sie hielt ihm eine Hand entgegen, umklammerte aber mit der anderen immer noch ihr Nachthemd.

»Beide Hände, bitte.«

Brandy schloß ihre Augen und streckte die zweite Hand aus. Das Nachthemd blieb einen Augenblick lang an ihren Hüften hängen und fiel dann leise raschelnd zu Boden.

Ian schluckte heftig. Meine Güte, begriff sie denn nicht, wie wunderschön sie war? Er wollte diese herrliche weiße Haut berühren, sie schmecken und darin versinken. Brandys große Brüste wurden durch ihre schmale Taille und die hübsch gerundeten Hüften betont. Ihr Bauch war flach, und zwischen ihren langen, schlanken, muskulösen Beinen befand sich ein Dreieck aus dunkelblondem, gekräuseltem Haar. Brandy war ohne Zweifel die bezauberndste Frau, die er in seinem ganzen Leben gesehen hatte. Natürlich war sie für ihn die schönste – er liebte sie ja.

Ah, und diese Brüste. Er würde niemals müde werden, sie zu betrachten.

»Öffne deine Augen, Brandy. Und jetzt komm mit mir.«

Ian half ihr, aus dem Nachthemd zu steigen, und führte sie an der Hand zu dem langen, schmalen Spiegel, der neben einer alten Kommode hing. Er legte seine Hände auf ihre Schultern und schob sie vor den Spiegel. »Du bist eine schöne Frau. Sieh dich an und sag mir, ob du an meinen Worten zweifeln kannst.«

Er verstärkte den Druck seiner Hände, und sie zwang sich, in den Spiegel zu sehen. »Meine Güte, das ist schrecklich«, sagte sie beim Anblick ihrer Brüste und versuchte, sich von ihm loszureißen.

»Ich werde nicht zulassen, daß du deinen zukünftigen Ehemann als Lügner bezeichnest. Verdammt, Brandy, sieh dich doch an. Du bist unglaublich schön. Der Gedanke, daß du mir gehörst, bringt mich völlig aus der Fassung.«

Brandy öffnete wieder ihre Augen und sah in den Spiegel. Ian stand hinter ihr und hielt ihre nackten Schultern fest. Ihre Blicke trafen sich im Spiegel. Ian schob ihr ganz langsam das Haar aus dem Gesicht und nahm ihr Kinn in seine Hände.

»Hast du etwas gegen dein Gesicht einzuwenden? Nein? Ausgezeichnet. Dann laß uns ein wenig tiefer gehen.«

Ian befahl sich selbst, sich unter Kontrolle zu halten, aber es fiel ihm sehr schwer – schwerer als alles, was er bisher getan hatte, seit er erwachsen war. Er atmete tief durch, schluckte heftig und ließ seine Hände nach unten zu ihren Brüsten wandern.

Brandys Augenlider flatterten, und sie öffnete die Lippen. Ian beugte sich vor und drückte ihr einen sanften Kuß auf die Schläfe. Er war kein Junge mehr, sondern ein Mann, also würde er diese Situation bewältigen können. Mit heiserer Stimme sagte er: »Denk daran, daß Morag ziemlich dürr ist. Was sie zu dir sagte, kam von ihrer Eifersucht und Dummheit.«

Er zwang sich dazu, seine Hände von ihren Brüsten zu nehmen, und umfaßte ihre Taille. Als er ihr über den Bauch strich, spürte er, wie sie zu zittern begann. Er hoffte, der Grund dafür war Lust – er wollte nicht, daß ihr peinlich war, was er jetzt tat. Ah, sie atmete schneller. Er würde weitermachen, bis sie ihm glaubte und vertraute. Erst dann durfte er sie nehmen.

»Erinnerst du dich daran, daß du mir einmal gesagt hast, wie schön du mich fändest? Du bist ein Dummkopf, Brandy.«

»Tatsächlich?«

»Ja, das verspreche ich dir.«

Brandy öffnete den Gürtel seines Bademantels und fuhr ihm mit der Hand über seine nackte Brust und den Bauch. Ian verlor die Kontrolle über sich. »Du bist eine kleine Hexe«, sagte er und warf den Bademantel ab. Er hörte, wie der Stoff zerriß, doch das kümmerte ihn nicht. Rasch nahm er Brandy in die Arme und trug sie zum Bett. »Ich schwöre, daß ich dir dieses Mal nicht weh tun werde. Es wird dir gefallen.«

Sie wollte ihm sagen, wie großartig er sich verhielt, doch er legte seine Lippen auf ihre Brust, und das köstliche Gefühl, das sich bis in ihren Bauch ausbreitete, war einfach unbeschreiblich. Er fuhr mit seinen Händen durch ihr dichtes blondes Haar, suchte ihren Mund und streichelte ihn mit seiner Zunge, bis sie ihre Lippen öffnete. Sie fühlte seine Hände über ihre Hüften und Beine gleiten.

»Meine Güte, Ian, bist du sicher, daß du das tun solltest?«

»Was ist mit dir? Du berührst mich doch auch überall.«

Ian wünschte, sie würde sein Glied in die Hand nehmen, doch das konnte warten. Sie hatten noch ein Leben lang Zeit, und er hoffte, daß noch viele gemeinsame Nächte vor ihnen lagen. »Beweg dich jetzt nicht. Genieße einfach, was ich tue.«

»Oh, Ian, ich verstehe nichts davon«, seufzte sie, als er sie wieder küßte.

»Sei ruhig, entspann dich und koste es aus.«

Er drückte sie voll Begehren an seinen Mund und streichelte sie am ganzen Körper mit seiner Zunge, bis sie aufschrie. »Oh, das wollte ich nicht ...«

Tief in ihrem Bauch entstand ein unbeschreibliches Gefühl, und Brandy wußte, sie würde sterben, wenn es aufhörte. Das durfte nicht geschehen. Sie preßte ihre Hüften an Ians Mund und ließ sich gehen, bis sie den ersten Höhepunkt ihres Lebens erfuhr.

Ian streichelte und küßte sie weiter. Erst als ihre Anspannung nachließ, drang er ganz langsam in sie ein. Sie legte ihre Hände auf seinen Rücken und drückte ihn an sich. Der Schmerz, den sie erwartet hatte, blieb aus. Sie spürte sich nur auf wundervolle Weise erfüllt von ihm, und als er immer tiefer in sie eindrang, hatte sie das Gefühl, sie würden miteinander verschmelzen. Ohne Scheu bewegte sie sich unter ihm und hielt ihn fest in den Armen. Als er laut seufzte und sich versteifte, sah sie ihn an und wußte, sie würde ihn bis an ihr Lebensende lieben.

Danach fühlte sie sich entspannt und zufrieden und konnte kaum glauben, daß außerhalb dieses Raumes noch etwas existierte. Eigentlich wollte sie das auch nicht. Sie wünschte, dieser Moment würde nie vergehen. Ian sollte für immer auf ihr liegen bleiben und sein Gesicht neben ihrem in die Kissen vergraben. Sie wollte seinen keuchenden Atem hören und seinen Herzschlag an ihrer Brust spüren. Er war immer noch tief in ihr, und das fühlte sich wundervoll an.

»Ich liebe dich«, sagte sie und schmiegte sich an seine Schulter. »Und dieses Mal habe ich dich nicht gebissen.«

Ian stützte sich lachend auf seinen Ellbogen. »Glaubst du mir nun, daß ich dich wirklich begehre, Brandy? Denkst du etwa, ich hätte an Marianne oder eine andere Frau gedacht, während ich in dir war? Wirst du mich jetzt als Ehemann und Liebhaber akzeptieren?«

Brandy sah ihn an und nickte. Ihr fehlten die Worte, um ihm zu sagen, was in ihr vorging. »Ich liebe dich«, wiederholte sie schließlich. »Und das werde ich immer tun.«

»Und ich dich. Verlaß dich darauf. Und deine Brüste liebe ich auch.« Ian beugte sich über Brandy und küßte ihren Busen. »Das sind die schönsten Brüste, die ich jemals gesehen habe«, sagte er stöhnend. »Ich werde Morag umbringen.«

»Nein«, erwiderte sie ernst. »Das werde ich tun. Sie ist ein Dummkopf.«

Ian lachte belustigt. Seiner tiefen Stimme war anzumerken, wie sehr er sich freute. »Ich habe zwei Monate vergeudet, Brandy. Aber jetzt werde ich dich nicht mehr aus den Augen lassen.«

»Und auch nicht mehr aus deinem Bett?«

»Du kannst dir nicht vorstellen, was ich noch alles mit dir anstellen werde, wenn wir erst einmal verheiratet sind. Oder vielleicht kannst du das doch. Aber eines sollst du wissen, Brandy. Mein Ziel ist es, dich glücklich zu machen.« Er drückte sie so fest an sich, daß sie nach Luft rang. »Danke, daß du mich nicht in den Hals gebissen hast.«

»Bitte. Darf ich dich etwas fragen, Ian?«

Ihre Stimme klang so ernst, daß er sich zurückbeugte, um ihr ins Gesicht sehen zu können. »Ja?«

»Willst du wirklich Kinder? Ich erinnere mich daran, daß du im Scherz gesagt hast, du möchtest etwa ein halbes Dutzend Fionas. War das tatsächlich deine Meinung, oder hast du mit Giles nur darüber gespottet?«

»Nein, ich möchte wirklich welche haben. Aber ich will keine Zuchtstute. Wir werden so viele Kinder bekommen, wie du möchtest. Es gibt auch Wege, eine Schwangerschaft zu verhüten, und wir werden sie nützen, wenn du möchtest.«

Brandy seufzte erleichtert. »Ich bin froh, daß du dir Kinder wünschst. Ich wußte jedoch bisher noch nicht, daß man eine Empfängnis verhüten kann.«

»Die Methoden sind nicht absolut zuverlässig, aber wir können sie ausprobieren, wenn du möchtest.«

»Eines Tages vielleicht. Wann möchtest du heiraten, Ian?«

»Bald. Sehr bald. Wie wäre es mit morgen oder übermorgen? Oder in dreißig Minuten? Wie wäre es, wenn wir heiraten, nachdem ich dich noch einmal geliebt habe? Das wäre dann in fünfzehn Minuten.«

»Nun, ich denke, es wäre nicht klug, zu lange zu warten.«

Ian betrachtete ihr Lächeln und fragte sich, was für ein Spiel sie wieder mit ihm spielte. »Was wäre nicht klug?«

»Zu lange mit der Hochzeit zu warten. Ein oder zwei Tage könnten wir damit allerdings noch warten.«

»Reden wir wieder einmal aneinander vorbei? Nein, ich glaube, dieses Mal verstehe ich dich einfach nicht. Du hältst mich an der Angel wie einen Fisch.«

»Nein, aber ich möchte gern schlank sein, wenn wir heiraten.«

»Schlank? Du bist dünn – natürlich nur an den richtigen Stellen. Hast du etwa vor, jeden Tag Cooks Haggis zu verschlingen?«

»Nein, ehrlich gesagt kann ich es nicht vertragen.«

»Jetzt ist Schluß damit, Brandy. Keine Spielchen mehr. Hör auf, mich auf den Arm zu nehmen. Zum Teufel, wovon sprichst du eigentlich?«

»Also gut, Hoheit«, sagte sie gespielt unterwürfig. »Ich freue mich sehr über deinen Kinderwunsch, denn wir werden an Weihnachten ein Baby haben.«

32

Ian starrte sie an. Brandy war schwanger? O Gott. Eine Laune des Schicksals. »Du bekommst ein Kind«, sagte er. Er fühlte sich, als hätte er zuviel Whisky getrunken.

»Ja.«

»Und da hast du keinen Kontakt mit mir aufgenommen? Mir nicht geschrieben?«

»Ich sage es dir jetzt, Ian.«

Er dachte eine Weile nach. »Was hättest du getan, wenn ich nicht zurückgekommen wäre?« fragte er besorgt. Am liebsten hätte er sie geschüttelt, aber gleichzeitig vor Freude gejubelt. Er hatte sie nur einmal geliebt, ihr damit ihre Jungfernschaft geraubt, und nun war sie schwanger. Sie konnte wohl kaum begreifen, was ihm das bedeutete. Aber wenn sie es ihm nun nicht erzählt hätte? Ian rollte sich auf den Rücken und starrte an die Decke. »Sag es mir, Brandy.«

»Ich weiß nicht, was ich getan hätte. Mir ist es erst vor wenigen Tagen klar geworden. Da versuchte ich, mich mit dem Gedanken vertraut zu machen. Ich hatte Angst. Jetzt habe ich dir die Wahrheit gesagt, also sprich nicht mehr so kühl mit mir.«

Ian stöhnte. Sie wußte es erst seit ein paar Tagen. Nun gut, vielleicht hätte sie ihm geschrieben. Was hätte er dann getan? Er wäre wohl wie ein Verrückter hierher gerast und hätte sie auf der Stelle geheiratet. Aber was wäre geschehen, wenn er sich nicht besonnen hätte? Nun gut, er hatte seinen Verstand ja wiedererlangt. Was machte es schon aus, wenn das Kind zwei Monate zu früh zur Welt kam? Er würde Brandy sowieso bald nach Carmichael Hall bringen.

Ian drehte sich um und zog sie fest in seine Arme. »Habe ich dir schon gesagt, daß du dickköpfiger bist als ich? Nein, schüttle nicht den Kopf. Im Vergleich zu dir bin ich ein bescheidener Heiliger. Solltest du mir jemals wieder etwas verschweigen, werde ich dich verprügeln, das verspreche ich dir.«

»Hoffentlich erst nach Weihnachten.«

»Es wird keine große Hochzeit am Hanover Square geben«, erklärte er bestimmt. »Ich hoffe, du bist damit einverstanden, mein Mädchen.«

»Das bedeutet mir nichts. Ich möchte nicht von Leuten umgeben sein, die ich nicht kenne, und die wahrscheinlich nur darauf warten, daß ich über mein Hochzeitskleid stolpere.«

»Ausgezeichnet. Ich werde Bertrand bitten, mir bei den Vorbereitungen zu helfen. Willst du mich am Samstag heiraten, Brandy?«

Sie schwieg eine Weile. Ian konnte seine Ungeduld kaum mehr verbergen, als sie sich endlich gegen seine Schulter lehnte. »Also gut. Aber nur, weil ich bei unserer Hochzeit schlank sein möchte.«

Ian war unglaublich erleichtert und wandte seine Gedanken anderen Dingen zu. »Um deine Betreuung muß ich mir keine Sorgen machen. Edward Mulhouse, ein Arzt und sehr guter Freund von mir, wird sich um dich kümmern.«

»Ein Mann?« fragte Brandy entsetzt.

»Alle Ärzte sind Männer – und er natürlich auch. Edward ist noch jung, aber ein hervorragender Doktor. Was ist los, Brandy? Ist es dir etwa peinlich, daß ein Arzt dich untersuchen wird? Und das, obwohl du bereits zweimal in mein Schlafzimmer gekommen bist und mich verführt hast, ohne mich zu fragen?«

Sie stieß ihm in die Rippen. Ian spürte ihre wunderschönen Brüste an seiner Seite, schloß die Augen und schluckte heftig.

»Das stimmt so nicht«, erklärte Brandy und schmiegte sich noch enger an ihn. »Hier drin ist unser Baby«, flüsterte sie, als sie seine Hand auf ihrem Bauch spürte.

»Es ist unfaßbar.« Er ließ seine Finger nach unten wandern.

»Wenn du weiterhin so mit mir spielst, werde ich dich noch einmal verführen müssen«, meinte sie schließlich.

»Ja, das ist eine gute Idee.«

Als sie später zufrieden ihre Wange auf seine Brust legte und einschlafen wollte, fiel ihm ein, was er sie noch fragen mußte. »Brandy, wofür wolltest du die zweihundert Pfund haben?«

Sie schwieg eine Weile. Er spürte, wie ihre Brüste sich hoben und senkten, und wieder stieg Begierde in ihm auf. Nein, sie waren beide sehr müde, und Brandy fühlte sich sicher etwas wund.

»Ich sagte dir doch, daß ich das Geld für Kleidung brauchte.«

»Lüg mich nicht an, Brandy. Sag mir die Wahrheit.«

»Warum bist du daran so interessiert? Ich kann mir kaum vorstellen, daß zweihundert Pfund für dich so wichtig sind.« Sie vergrub ihr Gesicht an seiner Schulter und fügte mit erstickter Stimme hinzu. »Dring bitte nicht weiter in mich, Ian. Ich kann es dir nicht sagen.«

»Du weigerst dich also?«

»Ja, das tue ich. Sieh mich nicht so herrisch an. Du kannst mir erst wieder drohen, nachdem unser Baby auf die Welt gekommen ist.«

»Natürlich kann ich dir drohen – aber mehr leider nicht. Ich werde also einfach versuchen, dir mit Vernunft und Verstand beizukommen. Wir reden später noch einmal darüber, Brandy.«

Er würde das Thema nicht fallen lassen, das wußte sie. Aber zumindest mußte sie sich im Augenblick keine weitere Lüge ausdenken. Sie schmiegte sich an ihn, küßte ihn auf die Schulter und drückte ihre Wange an seine Brust.

Ian wachte im Morgengrauen auf. Mabley würde sicher einen Schlaganfall bekommen, wenn er seinen Herrn bei seiner Ankunft in Penderleigh mit Brandy im Bett vorfinden würde. Mit Mühe gelang es ihm, Brandy ihr Nachthemd überzustreifen. Er wollte ihren friedlichen Schlaf nicht stören. Außerdem war es schwer für ihn, ihre wunderbaren Brüste und den Rest ihres herrlichen Körpers verdecken zu müssen. Es war beinahe mehr, als ein Mann ertragen konnte.

Er trug sie in ihr Zimmer und achtete dabei darauf, keinem der Bediensteten zu begegnen, die möglicherweise schon auf den Beinen waren. Dann küßte er sie sanft auf die Stirn und ging wieder in sein Bett zurück, um noch einige Stunden zu schlafen.

Brandy saß nicht am Frühstückstisch. Ian grinste und stellte sich vor, wie sie zufrieden lächelnd in ihrem Bett lag und sich darauf freute, wieder mit ihm zusammenzusein. Männer, so fand er, waren in ihren Gedankengängen doch sehr auf die elementaren Dinge des Lebens bezogen.

Kurz darauf ließ Crabbe Bertrand in das Frühstückszimmer, und Ian verzog das Gesicht, als er den dicken Aktenordner unter dessen Arm sah.

»Guten Morgen«, sagte Bertrand fröhlich. Er schien bestens ausgeruht zu sein. Aber wen interessierte das? »Ich hoffe, du hast letzte Nacht gut geschlafen. Nein, du siehst müde aus. Das ist schade, aber vielleicht bringst du trotzdem genug Energie auf, um einen kurzen Blick in die Geschäftsbücher zu werfen.«

»Mir geht es gut, Bertrand«, sagte der Herzog lächelnd und betrachtete dann die rostige Kanone, die man durch das Fenster sehen konnte. »Aber du wirst mich doch vorher noch frühstücken lassen, nicht wahr?«

»Selbstverständlich. Wo steckt Crabbe? Und wo bleibt der Haferbrei? Nun, während wir warten, werde ich zusammenfassen, was wir in den letzten beiden Monaten getan haben. Hör gut zu, Ian.«

»Ich dachte, das hätten wir gestern abend schon besprochen.«

»Aber nein, das war nur ein kleiner Anfang.«

»Zum Teufel mit dir, Bertrand. Also gut, klär mich auf.«

Bertrand machte während seines Vortrags keine Bemerkung darüber, daß er glaubte, der Herzog wäre mit seinen Gedanken nicht bei der Sache. Nach einer halben Stunde hielt er inne. Ian sah nachdenklich aus dem Fenster. »Ich bin sicher, daß Napoleon meine Dienste zu schätzen weiß.«

»Was? Napoleon? Wovon sprichst du, Bertrand?«

»Das war nur Unsinn. Ich wollte mich versichern, daß du mit deinen Gedanken tatsächlich meilenweit entfernt bist.«

»Nein, soweit nicht.« Der Herzog grinste. »Verzeih mir, Bertrand. Im Moment muß ich über viele Dinge nachdenken.«

»Machst du dir Sorgen, der Attentäter könnte sich immer noch hier aufhalten?«

»Eigentlich nicht, aber jetzt, wo du es erwähnst, wird mir klar, daß ich die Sache nicht vollkommen vergessen sollte.«

»Worüber denkst du dann nach, Ian?«

Der Herzog lächelte breit. »Das wirst du schon bald erfahren, mein Freund. Ich wollte dir noch sagen, daß du anscheinend inzwischen große Fortschritte erzielt hast – ich habe dich und Constance gestern abend beim Essen beobachtet.«

Bertrand starrte auf seine Fingerknöchel. »Verflixt«, stieß er plötzlich hervor. »Sie ist noch so jung und kindlich, obwohl sie immer versucht, älter auszusehen als Brandy und sich erwachsener zu verhalten. Lady Adella und mein Vater machen ständig Anspielungen – das hilft uns nicht weiter.« Er seufzte. »Ich habe ihr nicht viel zu bieten«, erklärte er nüchtern. »Soll sie mit mir und meinem Vater im Gesindehaus leben? Percy ist glücklicherweise kein Problem mehr, aber sie träumt natürlich von schönen Kleidern, Kutschen, eigenem Personal und dem Kontakt zur feinen Gesellschaft. Was kann ich ihr hier in Penderleigh bieten? Nur eine Herde verflixter Schafe.«

»Das klingt recht melodramatisch, Bertrand, und ich halte das nicht für das eigentliche Problem. Wenn du mir gestattest, mich in deine Angelegenheiten einzumischen, würde ich dir gern sagen, wie ich darüber denke.«

»Ich wüßte nicht, warum mich das stören sollte«, erwiderte Bertrand. »Lady Adella und mein Vater verhalten sich keineswegs so zurückhaltend. Wenn der eine sich nicht dazu äußert, tut es der andere.«

»Ich glaube, du läßt die Zügel zu sehr schleifen«, meinte der Herzog. »Seit gestern abend bin ich mir sicher, daß du Constance nicht gleichgültig bist. Das Gegenteil ist der Fall, aber sie braucht eine starke Hand, um das zu begreifen. Constance ist ein sehr romantisches Mädchen –

jemand muß ihr die Richtung weisen. Sicher hast du dir das schon überlegt.«

Bertrand fuhr sich mit den Fingern durch den dichten Haarschopf, der ihm in die Stirn fiel. Er schwieg und sah aus, als hätte er noch nie in seinem Leben so angestrengt über etwas nachgedacht. Plötzlich schlug er sich mit der Handfläche auf das Knie.

»Verdammt, hoffentlich hast du recht. Denkst du wirklich, sie braucht nur einen kräftigen Schubs, um endlich zu begreifen, was gut für sie ist?«

»Genau. Ich gehe davon aus, daß du das schaffst, Bertrand. Wenn du ihr nicht zeigen kannst, wer der Herr im Haus ist, will ich nichts mehr mit dir zu tun haben.«

Bertrand stand auf. Sein Geschäftsbuch hatte er völlig vergessen. »Ja, das werde ich tun«, sagte er mehr zu sich selbst als zum Herzog. »Aber nicht sofort. Ich muß darüber nachdenken und mir einen Plan zurechtlegen. Ohne Strategie geht es nicht – deshalb haben uns die Engländer 1845 auch besiegt und uns die Schottenröcke ausgezogen. Pläne schmieden liegt mir. Ich werde mir genau überlegen, was zu tun ist.«

»Viel Glück«, rief der Herzog Bertrand nach, als dieser mit gesenktem Kopf den Frühstücksraum verließ, ohne sich auch nur einmal umzusehen.

Während er an diesem Tag seinen Pflichten nachging, dachte sich Bertrand verschiedene wunderbare Szenen aus. Er brummte vor sich hin, wenn ihm eine nicht gut genug erschien, und grinste breit, wenn eine andere seinen Vorstellungen entsprach. Als er auf dem Rückweg zum Gesindehaus war, um sich zu waschen, sah er Constance auf sich zukommen. Die sanfte Brise hatte ihre weichen schwarzen Locken zerzaust – sie sah bezaubernd aus. Bertrand straffte seine Schultern und wartete, bis sie näher kam.

»Oh, du riechst wie ein Schaf, Bertie.«

Das war kein guter Anfang, aber das war ihm gleichgültig. Er mußte die Gelegenheit beim Schopf ergreifen.

Sein Plan stand fest. »Ja, Connie, das läßt sich nicht vermeiden – zumindest tagsüber.«

Ihre grünen Augen weiteten sich. Sie hatte wunderbar dichte schwarze Wimpern, und das wußte sie auch. »Was meinst du damit?« Sie konnte ihre Neugier nicht verbergen.

»Nun, das soll heißen, daß du in den Nächten niemals Grund haben wirst, dich über mich zu beschweren.«

»Oh.« Constance starrte auf ihre Schuhspitzen.

»Möchtest du mit mir spazierengehen?« Bertrand stellte fest, daß sie sich wie zwei Statuen gegenüberstanden. Der Herr im Haus mußte jedoch in Bewegung bleiben und fließend sprechen. Er würde sich wortgewandter ausdrücken, als es überhaupt nötig war, um sie zu überzeugen.

»Ja«, erwiderte sie. Ohne zu zögern ließ sie zu, daß er ihre Hand in seine nahm.

»Wann wirst du siebzehn, Connie?« fragte er unvermittelt.

»Im August, Bertie.«

»Das hätte ich wissen müssen. Es tut mir leid, aber ich habe im Augenblick wichtigere Dinge im Kopf. Ist das nicht seltsam? Ich kenne dich schon dein ganzes Leben lang.«

Constance dachte an das plumpe kleine Mädchen mit den zerzausten Haaren, das sie einmal gewesen war und erblaßte. Dann fiel ihr ein, wie Bertrand mit vierzehn Jahren ausgesehen hatte. Sie kicherte. »Du warst so groß und schlaksig. Und dein roter Haarschopf erinnerte an einen Sonnenuntergang vor einem Sturm.«

»Glaubst du, unsere Kinder würden mein rotes Haar oder deine wunderschönen, weichen schwarzen Locken erben, Connie?«

Sie verstärkte den Griff ihrer Hand, lachte nervös und scharrte mit den Füßen. »Was ist das für eine Frage, Bertie? Ich fürchte, du hast dich zu lange in der Sonne aufgehalten.« Constance brachte einen gekonnten Augenaufschlag zustande.

»Nein, ich denke eher, ich habe dich zu lange in der Sonne stehen lassen. Den kindischen Unsinn, der Percy oder einen anderen Mann betrifft, kannst du vergessen. Du wirst jetzt nur noch an mich denken.«

»Und wenn ich das nicht tue, Master Bertrand?« Constance warf ihre dunklen Locken zurück.

Master. Das klang wunderbar. »Nun, mein Mädchen, dann werde ich dir eine Tracht Prügel verabreichen«, erwiderte er lächelnd. Dann legte er seine Hände auf ihre Schultern und schüttelte sie leicht.

»Du würdest mich schlagen, Bertie? Tatsächlich?« Sie war plötzlich atemlos. Das erstaunte ihn, aber er fühlte, wie sein Selbstbewußtsein wuchs. War das alles, was er tun mußte? Wäre er allein gewesen, hätte er sich selbst getreten, weil er so blind gewesen war. Glücklicherweise hatte der Herzog ihm einen Rat gegeben.

»Natürlich. Ich würde dich grün und blau schlagen, wenn du es wagen würdest, einen anderen Mann anzusehen.«

»Aber dann würde ich sicher nicht mehr hübsch aussehen.«

Bertrand sah sie streng an, senkte aber gleichzeitig seine Stimme zu einem vertraulichen Flüstern. »Deine Schönheit würde ich niemals antasten, Connie. Aber ich würde dich vielleicht übers Knie legen, deine Petticoats hochziehen und dir deinen hübschen Hintern versohlen. Bring mich besser nicht in Versuchung.« Er beobachtete, wie sie sich mit der Zunge über die Unterlippe fuhr. »Möglicherweise würde ich es auch nur tun, weil es mir Spaß macht. Weil ich deine zarte weiße Haut zwischen meinen Fingern fühlen möchte«, fügte er rasch hinzu.

Constance errötete und öffnete ihre Lippen. Sie blickte ihn an, als hätte sie ihn noch nie zuvor gesehen. Er war ein Genie.

»Ich denke, wir werden im August heiraten – an dem Tag nach deinem siebzehnten Geburtstag. Länger will ich nicht auf dich warten.«

Ihr Blick löste in ihm das Verlangen aus, ihr die Kleider vom Leib zu reißen und sie auf den moosbedeckten Boden zu werfen. Sie berührte mit den Fingerspitzen leicht seine Wange und nickte.

Bertrand zog sie an sich und küßte sie. Als sie ihre Lippen für ihn öffnete, fühlte er sich wirklich wie der Herr im Haus. Und das war nur sein erster Versuch.

33

Der Herzog sah sich im Salon um. Brandy war nicht da. Wo zum Teufel steckte sie? Er hatte sie den ganzen Tag über nicht gesehen. Welches Spiel hatte sie sich jetzt wieder ausgedacht? Nun, allmählich freute er sich darüber. Er liebte es, überrascht zu werden, und das beherrschte sie wirklich großartig. Ians Gedanken schweiften für einen Augenblick ab, als Bertrand mit äußerst zufriedener Miene hereinkam.

»Mein lieber Freund«, sagte der Herzog lächelnd. »Kann ich von dem beglückten Ausdruck auf deinem Gesicht schließen, daß du das Mädchen erobert hast?«

»Ja, aber bitte sag es noch niemandem. Ich möchte unsere Verlobung in aller Form bei Tisch verkünden.«

Ian bemerkte plötzlich, daß Bertrand an ihm vorbei zur Tür blickte. »Meine Güte«, sagte er verblüfft.

Der Herzog drehte sich um und sah Brandy hoheitsvoll den Salon betreten. Er holte tief Luft und starrte sie ungläubig an. Sie trug das blaue Samtkleid, das er in Edinburgh für sie gekauft hatte, straffte die Schultern und hielt sich ganz gerade. Ihre wunderschönen Brüste waren deutlich zu erkennen. Sie hatte ihr Haar hochgebunden und mit einem passenden blauen Samtband geschmückt. Zwei lange Locken fielen ihr aufreizend auf die bloßen Schultern. Ian war begeistert über ihre Veränderung. Er konnte es kaum glauben. Das Mädchen war zur Frau geworden – zu einer Frau, die nicht schöner sein könnte. Sie hatte recht gehabt – ihr Busen schien tatsächlich kurz unter ihrem Hals zu beginnen. Ian grinste und stellte sich ihren Wutausbruch vor, wenn er ihr das später sagen würde.

Amüsiert stellte er fest, daß nicht nur Bertrand, sondern auch der Rest der Familie einen Augenblick lang sprachlos war.

Brandy sah ihm in die Augen und richtete sich noch weiter auf, als sie seinen anerkennenden Blick bemerkte.

Constance fand endlich ihre Sprache wieder. »Brandy, was hast du nur mit dir angestellt? Wie hast du diese Frisur zustande gebracht? Ich dachte, du könntest nur Zöpfe flechten. Und ... Ich wußte nicht, daß du eine solche Oberweite besitzt. Es ist unglaublich. Du bist wunderschön und siehst ganz anders aus als gestern.«

Lady Adella lachte laut auf. »Haltet den Mund. Ich meine euch alle. Auch dich, Claude. Zieh deine Zunge zurück und paß auf, daß dir die Augen nicht herausfallen. Ja, mein Kind, du hast es anscheinend endlich aufgegeben, aussehen zu wollen wie verwelktes Unkraut. Komm her und laß mich dich genauer betrachten. Meine Güte, du siehst aus wie ich, als ich in deinem Alter war.«

»Sicher nicht«, meinte der Herzog. »Diesem Anspruch könnte sie niemals gerecht werden.«

Bertrand hatte eigentlich immer geglaubt, daß Constance – zumindest in ihrer äußeren Erscheinung – viel reifer war als Brandy. »Du siehst wunderschön aus, Brandy«, brachte er mühsam hervor. »Das Kleid, das Ian dir gekauft hat, steht dir hervorragend.«

»Das ist verdammt beunruhigend«, meinte Claude. »Sie war ein kleines Mädchen und sieht jetzt plötzlich aus wie eine Königin. Meine Gicht macht sich stark bemerkbar, und mein Herz schlägt schneller, wenn ich mir die Körperteile ansehe, die sie bisher vor uns versteckt hat.«

Brandy nickte nur und setzte sich auf den Stuhl neben Lady Adella. Ihr war klar, welchen Aufruhr sie verursacht hatte. Sie hatte unglaubliche Angst davor gehabt, doch als sie den Salon betreten und Ian gesehen hatte, war alles in Ordnung gewesen. Sie sah gut aus. Alles an ihr war schön – sogar ihre Brüste. Onkel Claudes Puls hatte sich also beschleunigt – das war interessant. Brandy lächelte Ian zu. Der Ausdruck in seinen Augen machte alles wett. Was für ein großartiger Mann!

»Hör auf, an deinen Fingernägeln zu kauen, Miß«, befahl Lady Adella. »Das habe ich nicht einmal getan, als ich so alt wie du und sogar noch hübscher war.«

Der einzige, der bei Brandys Anblick keine Reaktion zeigte, war Crabbe. »Dinner, Hoheit.«

Der Herzog erhob sich und ging zu Brandy hinüber. »Gibst du mir die Ehre, dich zu Tisch begleiten zu dürfen, Miß Robertson?«

»Da du mich mit gebührendem Respekt und entsprechender Ehrerbietung gefragt hast, wäre es wohl kleinlich, wenn ich nein sagen würde.«

»Sei niemals kleinlich und sag nie mehr nein zu mir«, flüsterte Ian ihr zu.

Er war einfach wunderbar – sie liebte ihn über alles.

Gemeinsam gingen sie durch die Empfangshalle zum Speisesaal. »Hast du dir heute etwa besondere Mühe mit deinem Äußeren gegeben, weil du mich gestern nacht nicht leidenschaftlich genug fandest?« fragte Ian nachdenklich. »Kann ich mich nicht glücklich schätzen, daß ich dich sowohl in diesem herrlichen Kleid sehen darf wie auch nackt, was ebenso verführerisch ist?«

»Dasselbe dachte ich über dich, Ian. In jener ersten Nacht, als ich in dein Schlafzimmer lief und dich betrachten und bewundern durfte, warst du für mich so wunderschön wie ein Pfau. Dann sah ich dich in deinem Abendanzug. Es war ein großer Unterschied, aber ich bin ebenfalls sehr froh darüber, jetzt beides genießen zu können.«

»Hast du mich jetzt etwa überlistet?«

Brandy schenkte ihm ein glückliches Lächeln.

Ian rückte ihr den Stuhl zurecht und ging dann zum

Tischende. »Bitte holen Sie einige Flaschen Champagner, Crabbe«, flüsterte er dem Butler zu.

Bertrand konnte sich noch solange beherrschen, bis Crabbe und Morag sich aus dem Speisesaal zurückzogen. Auf ein Zeichen des Herzogs räusperte er sich und schenkte Constance ein ermutigendes Lächeln.

»Ich möchte euch, Vater und Lady Adella, mitteilen, daß Constance, trotz eurer unerträglichen Einmischung und plumpen Versuche uns zu verkuppeln, eingesehen hat, daß es meine Pflicht ist, ihren Wünschen Folge zu leisten und sie zu heiraten. Schon bald – im August, nach ihrem siebzehnten Geburtstag – wird sie meine Frau werden. Ja, ich bin ein pflichtbewußter Sohn und werde alles tun, um meinen Erzeuger zufriedenzustellen.«

»Bertie!« rief Constance. »Findest du das wirklich witzig?«

»Laß ihn nur krähen. Männer müssen sich manchmal großtun«, meinte Brandy. »Sie plustern sich dann auf wie ein Pfau. Ich freue mich sehr für dich.«

Lady Adella grinste breit. »Ich sagte dir doch, Connie würde unseren Bertie wohl verführen müssen, Claude. Das ist wirklich erstaunlich. Ich hätte nicht gedacht, daß es auf diese Weise geschieht. Was hast du mit meiner Enkelin angestellt, Bertrand?«

»Er wird erst noch etwas mit ihr anstellen«, erwiderte Claude lachend. »Der Ausdruck in seinen Augen sagt mir, daß es dann eine Weile dauern wird, bis das Mädchen wieder richtig laufen kann. Wir können nur hoffen, daß sich unser Bertie mittlerweile von der kleinen Dorfhure fernhalten kann.«

Bertrand unterdrückte ein Stöhnen. Warum hatte sein Vater ein so loses Mundwerk? Er blickte Constance an und war erstaunt, daß sie lächelnd ihr schwarzes Haar in den Nacken warf. Anscheinend war sie erfreut über die Bemerkung, die er über seinen Vater gemacht hatte.

»Er wird keine andere Frau ansehen, Onkel Claude, das verspreche ich dir«, erklärte sie. Bertrand verschluckte sich beinahe. Meine Güte, wie sollte er bis zum August auf sie warten können?

»Also werdet ihr im August heiraten«, stellte Lady Adella stirnrunzelnd fest. Dann spitzte sie ihre Lippen. »Claude, ich denke, das Kind ist noch zu jung für die Ehe«, sagte sie boshaft. »In unserem Dorf lauern einige Versuchungen – wie sollte Bertrand wohl noch zwei oder drei Jahre auf die Hochzeit warten können?«

»Großmama, ich werde bald siebzehn.«

Bertrand fragte sich, was die alte Hexe jetzt wieder plante. »Lady Adella«, sagte er höflich, »war Constances Mutter nicht erst sechzehn, als sie deinen Sohn heiratete?«

»In der eigenen Falle gefangen, Madam«, bemerkte der Herzog.

Claude sah sich so verwirrt um, als habe er einen Raum betreten, in dem man sich über etwas unterhielt, was er nicht begreifen konnte. »Was ist los mit dir, Lady? Willst du denn alles haben?«

»Ja, und das ist noch nicht genug«, warf Brandy ein.

»Du hältst den Mund, kleine Lady. Unsere Constance hat sich zumindest schon einen Mann eingefangen, während du dummes Ding mir am Rockzipfel hängen wirst, bis du graue Haare bekommst.« Lady Adella war überrascht, als Brandy sie gelassen anlächelte. Sie wandte sich an Bertrand, um über ihn herzufallen. »Du Draufgänger hast also bereits alles festgelegt? Darf ich erfahren, warum du mich oder deinen Vater nicht um Erlaubnis gefragt hast, bevor du dich an meine kleine Connie herangemacht hast? Was soll ein junges Mädchen wie sie schon von Männern wissen? Du hast das ganz und gar nicht richtig gemacht, mein Junge.«

Der Herzog amüsierte sich blendend. »So nachlässig kennst du Bertrand offensichtlich nicht, Lady Adella. Ich kann dir jedoch versichern, daß er sich absolut korrekt verhalten hat. Bevor er Constance einen Antrag machte, fragte er mich um Erlaubnis.«

»Dich?« rief Lady Adella erzürnt. »Wer kümmert sich

denn auch nur einen Deut um deine Genehmigung, mein lieber Herzog?«

»Nun, ich bin ihr Vormund, Madam.«

»Hör zu, es ist mir egal, ob du ein Herzog bist oder nicht. Du verhältst dich unverschämt, und das gefällt mir nicht.« Lady Adella richtete sich auf und warf Ian einen verschlagenen Blick zu. »Darf ich dich fragen, was du als ihr Vormund für sie vorgesehen hast, lieber Herzog? Ich werde sie nicht mit leeren Händen ihrem Mann überlassen.«

»Nein.« Ians Stimme klang so ruhig, wie die Nordsee an diesem Abend war. »Das liegt selbstverständlich nicht in meiner Absicht.« Er schwieg kurz und sah dann zuerst Claude und anschließend Bertrand an. »Ich möchte, daß ihr mir alle gut zuhört. Ihr werdet euch sicher noch daran erinnern, daß mich jemand ermorden wollte. Diese Person könnte immer noch an meinem Tod interessiert sein. Was vor zwei Monaten Tatsache war, gilt sicher immer noch – was es auch sein mag. Ich weiß jedoch genau, daß weder du, Bertrand, noch du, Claude, dafür verantwortlich seid.«

Ian betrachtete ruhig die Gesichter der Anwesenden. »Ich bin auch der Überzeugung, daß ein Engländer, der nur entfernt mit Schotten verwandt ist, keinen schottischen Titel oder ein Gut in diesem Land besitzen sollte. Ich glaube, daß ich mittlerweile die Bevölkerung hier und die schottischen Traditionen viel besser verstehe. Eine schottische Grafschaft sollte einen schottischen Grafen haben. Das ist nur richtig und gerecht. Deshalb habe ich vor, Claude und Bertrand das Gut und Schloß Penderleigh zu überschreiben, sobald sie nach schottischem Recht wieder zu legalen Erben eingesetzt sind. So wäre es ja auch gekommen, hätte der alte Earl Claudes Vater, Douglas, nicht genommen, was ihm rechtmäßig zustand. Ich glaube, das ist mein Anteil an Constances Mitgift, Lady Adella. Sie soll eines Tages die Gräfin von Penderleigh werden.«

»Daran hast du also heute morgen gedacht, als ich mit dir sprechen wollte«, brachte Bertrand verblüfft hervor.

»Ja, zum Teil.«

»Das ist unglaublich! Kaum zu fassen.« Claude starrte den Herzog an, als hätte er ihn nie zuvor gesehen. »Das läßt mein Herz noch schneller schlagen als der Anblick von Brandys Br ..., ich meine, als der Anblick der Mädchen. Unfaßbar!«

»Erklär uns das, Hoheit«, kreischte Lady Adella. Einen Augenblick lang dachte Ian, sie würde ihm ihre Gabel entgegenschleudern. Warum zum Teufel war sie so wütend?

Der Herzog hob die Hand und bat um Ruhe. »Es gibt nicht mehr zu erklären. Wie ich bereits sagte, gehört eine schottische Grafschaft allein den Schotten. Es ist ebenso angemessen wie der Umstand, daß ein Engländer englisches Land besitzt.«

»Die Engländer sind räuberische Bastarde, habgierig und bösartig«, stieß Lady Adella hervor. »Sie würden niemals auf Besitz und Titel verzichten.«

Der Herzog grinste. »Vielleicht ist mein Blut verdorben, und ich benehme mich deshalb anders.«

»Aber du hast englisches Geld in Penderleigh investiert«, meinte Bertrand.

»Ja, das war nötig. Jetzt, wo die Rohstoffe genützt werden können, wird Penderleigh einen guten Profit erzielen – vor allem unter deiner gekonnten Leitung, Bertrand.«

»Ich werde der Earl of Penderleigh sein«, verkündete Claude plötzlich.

»Und du, Connie, wirst eines Tages schöne Kleider, Kutschen und vielleicht sogar ein Haus in Edinburgh besitzen«, fügte Bertrand lächelnd hinzu.

»Ich werde also bald eine Gräfin sein«, sagte Constance. »Das kann ich kaum glauben!«

»Gut gemacht, Hoheit«, meinte Brandy. Ihr Herz war so von Liebe zu ihm erfüllt, daß sie beinahe befürchtete, es würde zerspringen.

»Deine Mutter muß deinen Vater wohl betrogen haben«, warf Lady Adella ein. »Die Kraft, eine solche Idee zu entwickeln, kannst du unmöglich von dem kleinen Kriecher geerbt haben, den sie geheiratet hat. Und was wäre, wenn das schottische Gericht die Enterbung nicht rückgängig machen will?« fügte sie listig hinzu.

Der Herzog lächelte sie an. »Ich habe großes Vertrauen in deine Fähigkeiten, Lady Adella. Aber wenn du dich dieser Aufgabe nicht gewachsen fühlst, bin ich gezwungen einzugreifen und dafür zu sorgen, daß die Angelegenheit geregelt wird.«

Gab sie denn niemals auf? Ihr Verhalten amüsierte und erzürnte ihn zugleich. Es war sicher schwer für sie, daß er ihr das Zepter aus der Hand genommen hatte. Ian dachte schon, sie hätte sich endlich in ihr Schicksal gefügt, als sie weitersprach. Ihre Stimme klang so scharf, daß er befürchtete, das Tafelsilber könnte Schaden nehmen.

»Und was hast du mit Brandy und Fiona vor, mein lieber englischer Herzog? Du hast dich von Lady Felicity getrennt und Brandy damit ihre Chancen genommen. Das arme kleine Mädchen wird jetzt wohl für immer hierbleiben, sich um mich kümmern und für mich abplagen müssen.«

»Bei dem Gedanken daran wird mir schwindlig«, erklärte Bertrand.

»Halt den Mund, Bertie. Nun, wer behauptet hier, großzügig zu sein, Hoheit? Was soll mit meinen anderen Mädchen geschehen? Brandy ist beinahe schon eine alte Jungfer.«

Brandy kannte die Launen ihrer Großmutter bis in alle Einzelheiten. »Bin ich denn wirklich schon eine alte Jungfer, Madam?« fragte sie.

»Sei nicht so vorlaut, Mädchen. Also, Hoheit, welchen brillanten Plan hast du dir für die beiden zurechtgelegt?«

Der Herzog betrachtete stirnrunzelnd das Essen auf seinem Teller, das mittlerweile nicht mehr sehr appetitlich aussah. »Ich denke, es gibt nur eine Möglichkeit für mich«, sagte er langsam.

»Ja? Und wie zum Teufel sieht sie aus?« Lady Adella beugte sich soweit vor, daß der schöne Norwich-Schal, den Ian ihr geschenkt hatte, beinahe in die Sauce eintauchte.

Ian seufzte. »Ich glaube, ich werde die alte Jungfer wohl heiraten müssen. Da ich ihr Vormund bin, wird sie mich sicher nicht zurückweisen. Ja, das werde ich tun. Ich werde mich opfern und sie zur Frau nehmen. Es wird schwierig werden, aber es ist richtig und gerecht. Ich tue es, damit du zufrieden bist, Lady Adella.«

»Du willst Brandy heiraten?« rief sie empört. Jetzt landeten die Fransen ihres Schals tatsächlich in der Sauce. »Das kannst du nicht tun. Verdammt, ich finde das nicht lustig. Du willst meine Enkelin heiraten?«

»Ian, bist du …«, fragte Bertrand zögernd.

»O Brandy, du wirst also Herzogin, und ich werde eine Gräfin sein. Wir werden berühmt sein – alle werden unsere Gesellschaft suchen. Und die Damen werden unseren Stil kopieren. Stell dir das nur vor!«

»Verdammt, ich kann es immer noch nicht glauben«, sagte Claude. »Aber vielleicht scherzt der Herzog nur.«

»O nein«, erklärte Ian. »Fiona sollten wir noch einige Jahre Zeit geben, bevor wir einen Mann für sie suchen. Ah, hier kommt Crabbe mit dem Champagner. Genau zur richtigen Zeit, Crabbe.«

»Ich hatte noch nie einen Schwips«, sagte Constance. »Aber heute könnte es zum ersten Mal geschehen.«

Lady Adella stieß mit den anderen pflichtschuldig auf die Ankündigung der freudigen Ereignisse an, aber es war offensichtlich, daß sie nicht zufrieden war. Als Claude noch einmal äußerte, daß er es noch nicht fassen konnte, bald der Earl of Penderleigh zu sein, stellte sie ihr Sektglas so heftig auf den Tisch, daß der dünne Stiel abbrach.

»Halt den Mund, du verdammter Dummkopf. Du benimmst dich wie der alte Angus, der immer damit geprahlt hat, der Herr in diesem Schloß zu sein, obwohl es nicht der Wahrheit entsprach. Du weißt sehr gut, daß ich hier immer sowohl die Herrin als auch der Herr war, und daran wird sich auch nichts ändern, wenn der Herzog uns verlassen hat. Ich werde hier weiterhin den Ton angeben, und du wirst wie immer nach meiner Pfeife tanzen.«

Aha, so war das also. Der Herzog warf Claude einen neugierigen Blick zu und hoffte, er würde ihn nicht enttäuschen. Er beobachtete, wie Claude seine Schultern straffte, und sein Gesicht einen würdevollen Ausdruck annahm. »Du warst schon immer eine machtgierige alte Hexe, Lady«, sagte er gelassen. »Ja, der alte Angus hat deine Spielchen zugelassen. Du hast uns an die Kandare genommen und uns nach deiner Pfeife tanzen lassen, wie es dir gefiel. Jetzt bist du nur noch die Witwe des Earl of Penderleigh. Ich bin der Meinung, dein Platz ist jetzt im Gesindehaus.

Wenn du allerdings deine Zunge im Zaum hältst und mir den gebührenden Respekt zollst, der dem zukünftigen Earl of Penderleigh zusteht, könnte ich mich damit einverstanden erklären, dich weiterhin im Schloß wohnen zu lassen.«

Lady Adellas Gesicht rötete sich vor Zorn. Ian hätte Claude zu seiner Rede gern applaudiert, befürchtete aber, daß Lady Adella dann auf der Stelle tot umfallen würde.

»Du hast selbst gesagt, daß es Zeit wird, Vergeltung zu üben, Lady«, fuhr Claude mit leiser Stimme fort. »Der Herzog hat dir einen Teil deiner Arbeit bereits abgenommen. Wenn du jetzt nicht tust, was er von dir verlangt, wird er dir die Zügel aus der Hand nehmen.«

Bertrand beugte sich in seinem Stuhl nach vorn und sah Lady Adella an. »Wirst du uns jetzt endlich etwas über meinen Großvater Douglas erzählen? Und uns sagen, warum der frühere Earl ihn enterbt hat?«

34

»Ja, Lady«, bekräftigte Claude. »Es wird Zeit, daß du dir alles von der Seele redest. Ich hasse Geheimnisse. Sie nagen an mir ebenso wie an diesen Mauern. Sag es endlich, sonst werde ich es tun. Wenn du nicht so heißblütig und unbeherrscht gewesen wärst ...«

»Halt den Mund, Claude.« Lady Adella sank in ihrem Stuhl zusammen und schloß ihre alten, wässrigen Augen. »Du hast dich schon immer beklagt, Claude. Ich bat Douglas, es dir nicht zu sagen, weil ich wußte, wie das enden würde. Wie du siehst, hatte ich recht.«

»Ich bin der Meinung, die Sache ist gut ausgegangen«, meinte Bertrand. »Alles wird so werden, wie es sein sollte. Die richtige Erbfolge wird wieder hergestellt. Sag mir, warum wir enterbt wurden, Vater. Ich möchte nicht warten, bis du auf dem Sterbebett liegst.«

»Ja«, stimmte Brandy zu, beugte sich vor und stützte ihre Ellbogen auf den Tisch. »Erzähl es uns, Onkel Claude. Schließlich könntest du vom Blitz getroffen werden – dann würden wir es nie erfahren.«

Lady Adella schloß ihre Finger um das zerbrochene Sektglas. »Nein, Claude. Halt den Mund. Du wirst es nicht richtig erzählen. Ich werde es jetzt allen sagen. Wie ihr wißt, hätte Douglas als ältester Sohn den Titel erben sollen, und Claude wäre sein Nachfolger gewesen. Ich war damals noch viel jünger, und Douglas war ein richtiger Mann – im Gegensatz zu seinem schwächlichen, hemmungslosen jüngeren Bruder Angus. Nun, Douglas wurde mein Liebhaber. Eines Tages wurden wir von dem alten Earl auf dem Heuboden überrascht. Er war so zornig, daß er Douglas verprügelte, bis er beinahe die Besinnung verlor. Noch am gleichen Tag enterbte er seinen erstgeborenen Sohn und dessen Nachkommen. Angus, der selbstgefällige Narr, erfuhr nie etwas davon. Sein Vater war der Meinung, ich hätte meine Lektion gelernt. Er wollte den armen Angus nicht verletzen, indem er ihm sagte, seine Frau sei ihm untreu gewesen.«

»Mein Vater Douglas erzählte mir davon auf seinem Sterbebett«, sagte Claude. »Zu jener Zeit warst du bereits eine alte Frau, Lady Adella, und ich konnte ihm kaum glauben. Ich sah dich an und konnte es nicht fassen, daß irgendein Mann einmal mit dir schlafen wollte. Aber es ist die Wahrheit.«

Der Herzog machte sich ein wenig Sorgen um Lady Adella. »Vielleicht sollte ich Brandys Vorfahren gründlich überprüfen«, meinte er. »All diese Geheimnisse und Intrigen … Wer weiß, von wem sie wirklich abstammt?«

Damit erzielte er die gewünschte Reaktion. Lady Adella hob den Kopf und sah ihn mit funkelnden Augen an. »Ich wäre dir dankbar, wenn du auf deine Worte achten würdest, mein lieber Herzog. Möglicherweise hast auch du etwas zu verbergen.«

»Laß solche Bemerkungen, Lady«, entgegnete Claude scharf. »Douglas hat geheiratet – ich wurde als eheliches Kind geboren.«

»Vielleicht sollten wir in den Salon gehen, Hoheit«, schlug Brandy vor. »Connie könnte dir etwas auf dem Klavier vorspielen. Dann hätten alle die Möglichkeit, sich zu beruhigen und ihr inneres Gleichgewicht wieder zu finden.«

»Ich kann das einfach nicht fassen«, erklärte Claude zum wiederholten Mal an diesem Abend.

Als es Zeit wurde, ins Bett zu gehen, hatte Lady Adella sich wieder gefaßt. Sie rieb ihre knochigen Hände aneinander und sagte: »Eine Gräfin und eine Herzogin. Ja, ich habe für beide Mädchen etwas erreicht. Und bei Fiona wird es mir auch gelingen.«

Ian küßte Brandy vor ihrem Schlafzimmer bedauernd auf den Mund, öffnete die Tür für sie und schob sie in den Raum. »Samstag«, sagte er gequält. »Bis dahin kann ich warten.«

»Habe ich dazu nichts zu sagen?«

»Nein. Geh ins Bett. Allein. Sei ruhig und küß mich noch einmal.«

»Darf ich Ihnen gratulieren, Eure Hoheit?« Fraser verbeugte sich vor dem Herzog. Wie immer hielt er einen Spaten in der Hand. Über sein rundes Gesicht glitt ein breites Lächeln.

»Danke, Fraser. Wo steckt Bertrand? Denkt er gerade an seine zukünftige Frau?«

»Er sitzt beim Mittagessen, Eure Hoheit. Sicher träumt er dabei vor sich hin. Er hebt seine Gabel, starrt ins Leere und grinst dabei, als wäre er nicht ganz bei Sinnen. Master Claude hat letzte Nacht kaum Schlaf gefunden – das können Sie sich wahrscheinlich vorstellen, Hoheit. Master Bertrand sagte, er sei lange vor dem Kamin gesessen und habe immer nur vor sich hingemurmelt, daß er jetzt bald der Earl of Penderleigh sein werde. Dabei habe er sich mit den Händen auf die Knie geschlagen und schließlich irgend etwas von Schicksal erzählt.«

Ian lachte und folgte Fraser zum Salon, wo Bertrand tatsächlich bewegungslos am Tisch saß und aus dem Fenster auf den Garten starrte, den Fraser liebevoll pflegte. Sein Essen war unberührt. Als er den Herzog bemerkte, lächelte er breit.

»Komm herein, Ian. Fraser, bringen Sie Seiner Hoheit einige Ihrer hervorragenden Waffeln mit Erdbeermarmelade. Der Herzog muß, genau wie ich, bei Kräften bleiben. Uns beiden stehen schwere Zeiten bevor.«

Ian setzte sich Bertrand gegenüber an den kleinen runden Tisch. Nachdem Fraser hinausgegangen war, sagte er: »Es wird schwieriger, als du dir vorstellen kannst, Bertrand. Das ist der Grund, warum ich hier bin. Wie beschafft man sich in Schottland eine Sondergenehmigung?«

Bertrand hob erstaunt die Augenbrauen. »Ich wußte nicht, daß es so schnell gehen soll.«

»Ich möchte Brandy keine Gelegenheit geben, ihre Meinung zu ändern. Natürlich brauche ich auch einen Pfarrer.«

»Ihre Waffeln, Eure Hoheit.« Fraser trat mit leisen Schritten neben den Herzog.

Der Herzog nickte und schwieg, bis Fraser den Salon wieder verlassen hatte.

»Nun, wie du weißt, kommen Percy und Joanna heute zu uns. Möchtest du vielleicht deren Pfarrer fragen?« Bertrand schüttelte den Kopf. »Meine Güte, ich kann es kaum erwarten, Percys Gesichtsausdruck zu sehen.«

»Ich denke, er wird sich anständig benehmen – zumindest in Gegenwart seiner Verlobten. Das ist sehr wichtig für ihn. Ja, er wird höflich und zuvorkommend sein.«

»Ja? Was ist los, Fraser?« Bertrand drehte sich um.

Fraser runzelte die Stirn. »Ich weiß nicht genau, Master Bertrand. Wee Albie brachte eine Nachricht für Seine Hoheit.« Er reichte dem Herzog ein gefaltetes Blatt Papier.

»Was zum Teufel ist das?« Ian nahm das Blatt in die Hand und breitete es vor sich auf dem Tisch aus. Ungläubig las er den in großen Buchstaben gekritzelten Text.

»… wenn du Brandy lebend wiedersehen willst, dann komm unbewaffnet und allein zu der verlassenen Scheune, die westlich der oberen Küstenstraße liegt …«

»Fraser, holen Sie Wee Albie. Sofort.«

»Ja, Eure Hoheit.«

»Meine Güte, was ist geschehen, Ian? Was steht in diesem Brief?«

Ian schüttelte nur den Kopf. Kurz darauf kam Fraser herein. Er hielt Wee Albie am Ellbogen fest, der mit seinen großen Füßen zögernd in das Zimmer schlurfte.

Der Herzog hob das Blatt Papier. »Woher hast du das?« Seine Stimme klang so barsch, daß Wee Albie blaß wurde und Bertrand einen verwirrten Blick zuwarf.

»Schnell, Albie. Wer hat dir den Brief für den Herzog gegeben?«

»Ein Mann, der vermummt war, Hoheit. Er sagte, es handele sich um etwas von größter Wichtigkeit, und Sie würden es so schnell haben wollen wie der Teufel die Seelen.«

»Um Himmels Willen, Ian.«

»Entschuldige mich, Bertrand.« Der Herzog ging rasch zu Tür. »Sag niemandem etwas davon. Ich hoffe, bald wieder hier zu sein.«

Ian verließ eilig das Gesindehaus und lief zum Schloß hinüber. Als er sein Schlafzimmer erreichte, griff er nach seiner schmalen Pistole mit dem Elfenbeingriff und steckte sie in den Schaft seines Stiefels, ohne darauf zu achten, daß Mabley erschrocken zusammenzuckte. Er zwang sich dazu, ruhig zu bleiben, obwohl ihm diese Worte immer wieder durch den Kopf fuhren. *Wenn du Brandy lebend wiedersehen willst …* Es mußte sich um einen Verrückten handeln. Um einen Schotten. Aus der Familie Robertson. Aber wer war es? Es ergab keinen Sinn. Zehn Minuten später warf er Hercules den Sattel auf den Rücken. Er zog den Gurt fest, schwang sich auf das Pferd und gab ihm die Sporen.

Hercules stellte sich schnaubend auf die Hinterbeine, doch sein Herr drückte ihm wieder die Fersen in die Flanken. Er stürmte los und stolperte beinahe, bevor Ian ihn über den Kiesweg in der Auffahrt zur Klippenstraße trieb.

Brandy spürte etwas Spitzes, das sich in ihre Wange bohrte und öffnete langsam die Augen. Sie stöhnte, als sie den pochenden Schmerz in ihren Schläfen spürte, und glaubte für einen Moment, wieder bewußtlos zu werden. Als der Schmerz ein wenig nachließ, befühlte sie vorsichtig ihren Kopf und stellte fest, daß das unangenehme Gefühl an ihrer Wange von einigen losen Strohhalmen kam.

»Ich dachte schon, ich hätte Sie umgebracht.«

Brandy wandte ihren Kopf in die Richtung, aus der die leise, ruhige Stimme mit dem deutlich englischem Akzent kam. Giles Braidston saß vor ihr auf einem Heuballen und hielt eine Pistole in der Hand.

»Giles? Was tun Sie hier? Was meinen Sie damit?«

»Sie sind ein kluges Mädchen, Brandy. Also denken Sie darüber nach.«

Sie starrte ihn an und versuchte verzweifelt, sich zu konzentrieren und nicht auf ihre Kopfschmerzen zu achten. »Ich stand am Rand der Klippen und beobachtete Fiona«, sagte sie langsam und rieb ihre Schläfen. »Dann hörte ich ein seltsames Geräusch. Ich drehte mich um – offensichtlich nicht schnell genug, denn jemand schlug mir einen Stein auf den Kopf. Was danach geschah, weiß ich nicht mehr.«

»Ich mußte Sie mit dem Kolben meiner Pistole niederschlagen.«

Brandy sah ihn verwirrt an. »Wie dumm wir alle waren.« Sie war überrascht, wie ruhig ihre Stimme klang. »Wie blind.«

»Ich würde eher sagen, mein Plan war brillant. Wie Sie sagten, würde in Schottland niemand einen Engländer verdächtigen – einen Engländer, der der Cousin des Herzogs ist.«

»Sie waren also am Strand und haben Ian in den Rücken geschossen, Giles.«

»Ja, und hätten Sie sich nicht eingemischt, wäre ich jetzt der Herzog von Portmaine. Ich war sehr wütend auf Sie, Brandy, weil Sie sich auf ihn geworfen haben. Es gelang mir nicht, einen weiteren gezielten Schuß abzufeuern. Sie konnte ich nicht erschießen, denn das hätte Verdacht erregt. Ihr verdammten Robertsons würdet euch gegenseitig niemals etwas antun.«

Brandy sah sich um und begriff, wo sie sich befand. »Ich bin also jetzt Ihr Köder, Giles.«

»Ja. Ist das nicht schlau eingefädelt? Ich bin sicher, daß Ian im Augenblick so schnell wie der Teufel reitet, um Sie zu befreien. Er wird es allerdings nicht schaffen. Das schöne Leben Ihres Herzogs ist eigentlich schon vorüber.«

35

Giles erhob sich unvermittelt und wandte seinen Kopf zur Tür der Scheune. »Ah, unser Held kommt, um sein Mädchen zu retten.«

Brandy drehte sich um und setzte sich auf, den Blick verzweifelt auf die Tür gerichtet. »Ian!« rief sie. »Geh wieder! Komm nicht herein. Giles wird dich töten.« Niedergeschlagen beobachtete sie, wie Ian die morsche Tür eintrat und stürzte. Rasch rollte er sich auf die Seite und landete in einer dunklen Ecke der Scheune auf allen vieren. Er zwinkerte, um seine Augen an das Dämmerlicht zu gewöhnen. Es war verflixt dunkel hier.

»Ich weiß genau, daß du in der rechten Hand eine Pistole hältst, Herzog!« rief Giles. »Wenn du versuchst, sie zu benützen, werde ich Brandy töten. Sieh her, ich halte ihr meine Waffe an die Schläfe, also wirf mir deine Pistole zu, Ian. Sofort.«

Ian hatte das Gefühl, versagt zu haben. Die Dunkelheit in der alten Scheune hatte ihn im wahrsten Sinne des Wortes blind gemacht. Er starrte seinen Cousin an. Giles, dachte er.

Giles, sein Cousin, war es also gewesen. Kein Mitglied der Familie Robertson, sondern sein englischer Vetter und offizieller Erbe. Er warf Giles seine Pistole zu. »Ich habe getan, was du verlangt hast. Jetzt nimm die Waffe von ihrer Schläfe.«

Giles ließ seine Pistole sinken.

»Alles in Ordnung, Brandy?« rief Ian.

Sie lag an einen vermodernden Heustapel gelehnt. Giles stand neben ihr und hielt seine Waffe locker in der ausgestreckten Hand.

»Ja. Du hättest nicht kommen sollen, Ian.«

»Unsinn, Brandy. Es war sehr klug von dir, Giles, mich in dem Brief mit schottischem Dialekt zu täuschen – du hast es geschafft, mich davon zu überzeugen, daß ich Percy hier antreffen würde. Ich dachte, er wolle mich umbringen, um mich daran zu hindern, Claude und Bertrand wieder als Erben einzusetzen.«

Giles deutete eine Verbeugung an. »Ja, das war ein geschickter Schachzug. Du hättest mir viel Ärger erspart, wenn du bereits bei meinem ersten Versuch gestorben wärst, Ian.«

»Warum, Giles?«

»Ich konnte deine ungeschliffenen Manieren noch nie leiden, Herzog. Wenn du die Wahrheit wissen willst, muß ich mich wohl dazu bekennen, daß ich einfach machtgierig bin. Es hat mir nie gefallen, nur ein einfacher Mister Giles Braidston zu sein. Ich glaube, ich hasse dich schon seit meiner Geburt. Wahrscheinlich habe ich damals bereits gespürt, daß ich gegen dich verlieren würde – du würdest der Herzog von Portmaine sein, und ich nur ein Niemand.«

Ian versuchte instinktiv, Zeit zu gewinnen. »Du bist nur zwei Jahre jünger als ich, Giles, und du weißt schon seit Beginn deines Lebens, daß der Titel mir zusteht. Du haßt mich? Ich habe dir keinen Grund dazu gegeben. Niemand hat jemals auf dich herabgesehen. Dein Einkommen ist ausreichend. Du kannst dir beinahe alles leisten, was du dir wünschst, und ein Leben führen wie ein Gentleman, der sich nicht um seinen Unterhalt kümmern muß.«

»Das ist doch alles Unsinn, Ian. Ich kann mich an keinen Tag erinnern, an dem ich nicht tief verschuldet war. Nur weil ich dein offizieller Erbe war, konnte ich meine Gläubiger beschwichtigen. Nein, Ian, ich bin der eigentliche Herzog von Portmaine – nicht du. Ich habe gehört, du hättest den Titel und Penderleigh abgegeben. Das werde ich natürlich rückgängig machen. Selbst wenn Lady Adella versucht, den alten Narr Claude wieder als Erben einzusetzen, gehört dein Besitz mir. Daran werden auch die Machenschaften der Robertsons nichts ändern. Ein Herzog gibt sein Geburtsrecht nicht einfach auf. Du bist ein Dummkopf.«

Ian zwang sich, ruhig zu sprechen und weder seine Ungläubigkeit noch seinen Zorn zu zeigen. »Aber als ich Marianne heiratete, hast du mir nicht nach dem Leben getrachtet, Giles. Wäre sie nicht gestorben, hätte ich innerhalb eines Jahres einen Erben haben können.«

»Mein lieber Cousin, hast du denn nicht bemerkt, wieviel Zeit ich mit deiner jungen Frau verbracht habe?« fragte Giles leise. »Wie du weißt, waren wir im gleichen Alter. Es hat mich kaum Mühe gekostet, ihr Vertrauen zu gewinnen. Sie hatte großen Respekt vor dir. Du hast dich immer gewundert, wie sie den Mut aufbrachte, nach Frankreich zu fahren, um angeblich ihre Eltern zu retten, und dir große Vorwürfe gemacht, weil sie dir anscheinend nicht vertraute, und du sie nicht vor der Guillotine retten konntest.

Eines Nachmittags besuchte ich sie, während du in deinem Club warst. Sie überraschte mich mit der Nachricht, Sir William Dacre habe ihr gerade mitgeteilt, sie sei schwanger. Wenige Stunden später überreichte ich ihr einen Brief, der offensichtlich in großer Eile von ihren geschätzten Eltern, dem Comte und der Comtesse de Vaux, geschrieben worden war. Darin wurde sie gebeten, nach Frankreich zu fahren und vor Robespierres Tribunal für sie zu auszusagen. Ich kann dir versichern, daß ich mich sehr geschickt ausgedrückt habe. Es gelang mir schließlich, sie zu überzeugen, daß du ihr die Reise nach Frankreich nie gestatten würdest, sobald du wüßtest, daß sie deinen kostbaren Erben unter dem Herzen trägt. Sie flehte mich an, ihr zu helfen. Erst als ich sie nach Paris gebracht hatte, gestand sie mir, daß sie dir einen Brief hinterlassen habe. Ich dachte schon, jetzt wäre alles aus, bis sie mir sagte, sie habe meinen Namen darin nicht erwähnt, weil sie mir keine Schuld zuweisen wollte.

Dann tat ich, was ich tun mußte. Ich schickte Mariannes Anschrift an das Bürgerkomitee und machte mich innerhalb der nächsten Stunde auf die Rückreise nach London. Später erfuhr ich, daß Mariannes Eltern bereits eine Woche zuvor durch die Guillotine zu Tode gekommen waren. Ironie des Schicksals. Danach wurde Marianne selbst geköpft.«

Der Herzog hatte Schwierigkeiten, das alles zu begreifen. Giles hatte also dafür gesorgt, daß Marianne hingerichtet worden war. Er war praktisch derjenige gewesen, der das Fallbeil heruntergelassen hatte – er hatte sie getötet. Ian wollte sich auf Giles stürzen und ihn erwürgen. Obwohl sein Verstand ihm befahl, sich zu beherrschen, konnte er seinen Zorn nicht unterdrücken. »Du elender Bastard. Marianne war unschuldig. Sie hat in ihrem ganzen Leben niemals jemandem etwas zuleide getan. Du hast sie umgebracht. Dafür werde ich dich töten.«

»Ich kann mir vorstellen, daß du das gern tun würdest, Herzog. Rühr dich nicht von der Stelle, oder ich werde Brandy umbringen, das schwöre ich. Denk darüber nach. Du mußt verstehen, daß ich nichts anderes tun konnte. Wenn sie dir einen Sohn geboren hätte, wären meine Hoffnungen, einmal der Herzog von Portmaine zu werden, zunichte gemacht worden. Und meine Gläubiger und Freunde hätten das gewußt. Also hätte man mich behandelt wie einen einfachen Mann – niemand wäre von mir beeindruckt gewesen.«

Brandy bemerkte, daß Ians Hände vor Wut zitterten. Sie mußte Zeit gewinnen, damit er sich wieder fassen konnte. »Lady Felicity wollte den Herzog heiraten«, sagte sie zu Giles, um ihn von Ian abzulenken. »Aber Sie haben sie nicht getötet. Sie hatten es nur auf Ian abgesehen.«

Giles warf ihr einen kurzen Blick zu. »Ich habe Ihnen bereits gesagt, daß der Aufenthalt in Schottland eine Gelegenheit für mich war, die ich nicht verstreichen lassen konnte. Es war klar, daß jeder einen der Robertsons verdächtigen würde. Und Felicity war ganz anders als Marianne – eine kalte, berechnende Frau, Ian. Du hast Glück, sie los zu sein. Ich muß allerdings zugeben, daß sie meine Pläne gestört hat, weil sie unbedingt die Herzogin von Portmaine werden wollte.«

»Und ich dachte, du wolltest mich vor Felicity mit deinen spitzen Bemerkungen warnen und beschützen. Aber du hast nur versucht, Felicity abzuschrecken, als du von meinem Kinderwunsch gesprochen hast. Du hast dir gewünscht, sie würde dann aus Abscheu die Verlobung lösen.«

»Ja, Herzog. Ich hatte die Hoffnung schon aufgegeben, die Lady beeinflussen zu können, doch dann hatte ich Glück. Dein Dickkopf und ihr Haß gegen die Robertsons, Brandy und Schottland halfen mir. Meine Rechnungen wurden von dir beglichen, also mußte ich mir um die kleine Hexe keine Sorgen mehr machen.«

»Du hast ihre Eifersucht auf Brandy geschürt, nicht wahr, Giles? Wegen dir kam sie nach Schottland und bezichtigte mich der Untreue.«

»Natürlich. Ich habe mich sogar mit ihrer Mutter, diesem schrecklichen Weib, unterhalten und ihr meine Besorgnis mitgeteilt. Als du mir an dem Tag deiner Abreise aus London den Brief schicktest, war ich entsetzt. Du plantest, Brandy zu heiraten. Ich hätte es eigentlich wissen müssen. Wie war es für dich, mit deiner Verlobten und deiner Mätresse unter einem Dach zu leben, Ian?«

»Bitte nicht, Ian.« Brandy streckte ihren Arm aus. Ian blieb stehen, und Giles trat rasch einen Schritt zurück. Jetzt stand er direkt vor Brandy. Plötzlich kam eine seltsame Ruhe über sie. Ihr war bewußt, daß Giles sie beide töten würde, sobald sein Gefühlsausbruch vorüber war. Sie hörte seine Stimme kaum mehr, während sie sich verzweifelt nach etwas umsah, das sie als Waffe benützen könnte. Als sie sich bereits entschlossen hatte, sich auf ihn zu stürzen, sah sie den Holzgriff einer Heugabel unter dem modrigen Heuhaufen herausragen. Sie streckte ihr Bein aus und versuchte, sie mit der Schuhspitze zu erreichen.

»Du wirst sicher verstehen, daß ich deine Vermählung mit Brandy nicht zulassen kann«, fuhr Giles fort. »Ich bedauere, das tun zu müssen, aber mir bleibt keine andere Wahl. Mein Plan ist nicht sehr angenehm für euch, das gebe ich zu, aber es gibt keine andere Lösung. Als ich dir den Brief schrieb, war Brandys Schicksal bereits besiegelt.«

Ian sah, wie Brandy sich langsam hinter Giles bewegte. Hoffentlich gelang es ihr, ihn für einen Moment abzulenken.

»Jetzt habe ich dir wohl alles erklärt. Vor mir liegt ein langer Ritt. Wenn ich die Nachricht von deinem tragischen Tod in London erhalte, für den einer der schottischen Robertsons verantwortlich ist, werde ich mich erst einmal zurückziehen. Aber dann werde ich im Oberhaus einen Aufruhr verursachen. Ich werde mich fürchterlich darüber aufregen, meinen noblen Cousin durch die Hand eines unzivilisierten Schotten verloren zu haben. Wer weiß, was dann geschehen wird? Vielleicht werden alle Robertsons des Landes verwiesen, und dieser lächerliche Steinhaufen, der hier als Schloß gilt, wird beseitigt.«

Aus dem Augenwinkel sah Ian, wie Brandy die Heugabel in die Hand nahm. Wenn Giles das bemerken würde, wäre alles verloren. Rasch begann er zu sprechen. »Ich glaube dir jetzt, Giles. Du haßt mich wirklich. Ich war wohl blind. Hast du über mich gelacht, wenn ich meinen Sekretär angewiesen habe, deine Rechnungen zu bezahlen? Oder hast du mich dafür noch mehr verabscheut?«

»Natürlich gefiel mir das nicht. Würde es dir anders ergehen?«

»Hast du deinen Plan gefaßt, als du von meiner Erbschaft in Schottland erfuhrst?«

»Nein, nicht sofort. Aber genug davon, Ian. Ich bin nicht gefühllos und nehme an, du willst zuerst sterben. Es tut mir wirklich leid, aber ich muß dir jetzt Lebwohl sagen.«

»Nein!« rief Brandy. Sie hob die Heugabel, schwang sie durch die Luft und ließ sie mit aller Kraft auf Giles Rücken fallen.

Giles drehte sich zu ihr um und schlug ihr den Griff seiner Pistole gegen die Wange. Brandy stürzte, und Ian warf sich auf Giles und packte seinen Arm. Sie rangen keuchend miteinander. Giles versuchte, dem Herzog die Pistole an die Brust zu setzen. Er spürte, daß sein Cousin kräftiger war als er, und versuchte verzweifelt, sich aus dessen Griff zu befreien. Schließlich stolperte er und zog den Herzog mit sich. Ian trat auf die Spitzen der Heugabel. Der hölzerne Griff fuhr in die Luft und traf seinen Arm. Giles versetzte Ian einen Faustschlag in den Magen, sprang zurück und zielte zitternd mit der Pistole auf den Kopf des Herzogs.

»Halt, Mr. Braidston!«

Giles nahm das scharfe Kommando kaum wahr. Er legte den Finger auf den Abzug und hörte dann einen Knall wie bei einer Explosion.

Ian beobachtete ungläubig, wie Giles sein Gesicht überrascht verzog, die Arme nach oben riß und dann zu Boden fiel.

»Alles in Ordnung, Eure Hoheit?«

Ian starrte auf das wettergegerbte Gesicht über ihm und war für einen Moment sprachlos. »Sie haben uns das Leben gerettet, guter Mann. Wer zum Teufel sind Sie?«

»Ich heiße Scroggins, Eure Hoheit.« Der Mann ließ seine rauchende Pistole fallen und half dem Herzog aufzustehen. »Diese junge Dame hier hat mich vor zwei Monaten engagiert, um Sie zu beschützen. Ich mußte Ihnen ganz schön hinterherjagen, als Sie sich überall in London vergnügten. Und dann fuhren Sie wieder nach Schottland. Ich wollte dieses Land schon immer besuchen, und wartete ab, was sich ereignen würde. Hier war der Ort des Geschehens, nicht zu Hause.«

Die zweihundert Pfund.

Brandy stützte sich mühsam auf ihre Ellbogen. Ihre Sicht war noch leicht getrübt von dem Schlag, den Giles ihr verpaßt hatte. Sie lächelte Ian an. »Es geht mir wirklich gut. Alles in Ordnung. Vielen Dank, Mr. Scroggins. Sie haben alles getan, was ich mir wünschte. Danke, daß Sie unser Leben gerettet haben.«

Ian sank neben Brandy auf die Knie und nahm ihr Kinn in die Hand. Sanft fuhr er mit seinen Fingern darüber. »Glücklicherweise ist dein Kiefer nicht gebrochen«, sagte er lächelnd. »Aber an deinem Hochzeitstag wirst du noch blaue Flecken haben.« Er sah kurz zu Giles hinüber. »Ist er tot?«

»Ja, Eure Hoheit. Ich konnte das Risiko nicht eingehen, ihn nur mit einem Streifschuß zu verletzen, denn dann hätte er immer noch die Möglichkeit gehabt, Sie zu erschießen. Und Sie waren immerhin mein Kunde.«

»Danke, Scroggins.«

Scroggins lachte leise. »Ich muß Ihnen sagen, daß ich mich schon wunderte, ob die kleine Lady sich nicht etwas Verrücktes einbildete. Aber ein Job ist eben ein Job – auch wenn man dafür quer durch das ganze Land reisen muß.« Er blickte stirnrunzelnd auf Giles Leiche. »Ihr Cousin war ein recht arglistiger Bursche. Er hätte mich beinahe getäuscht. Ja, das gebe ich zu, obwohl ich der Beste bin.«

Ian warf einen letzten Blick auf Giles. Brandy legte ihre Hand auf seinen Arm und sagte: »Laß uns gehen.«

»Ich erledige das schon, Hoheit. Kümmern Sie sich um die junge Lady.«

»Der Magistrat für diesen Bezirk heißt Trevor. Ich werde Ihnen vom Schloß jemanden schicken lassen, der Ihnen hilft.« Ian faßte Brandy am Ellbogen und führte sie aus der Scheune. Es war ein sonniger Nachmittag. Am Himmel war keine Wolke zu sehen. Ian atmete tief durch. Das Leben war ihm noch nie so kostbar und gleichzeitig so vergänglich erschienen.

»Ich verdanke dir sehr viel, Brandy – sogar mein Leben. Noch nie hat es sich so sehr gelohnt, zweihundert Pfund zu investieren.«

»Ich kannte diesen Mann nicht. MacPherson hat alles arrangiert.« Brandy schwieg einen Augenblick lang und sah ihn von der Seite an. »Es tut mir leid, daß ich dich angelogen habe, Ian. Ich dachte, wenn du wüßtest, wofür ich das Geld brauchte, würdest du dich weigern, weil du dich für unverletzlich hältst. Du bist ein stolzer Mann, Ian. Deshalb habe ich diese Sache für mich behalten. Du hättest den Mann weggeschickt, nicht wahr?«

Der Herzog überlegte kurz und stellte grimmig fest, daß sie recht hatte. Er war zu stolz gewesen, sich einzugestehen, daß er getötet werden könnte. Ein Schauder überlief ihn. »Vielleicht«, sagte er. Selbst ein Mann konnte das eingestehen. »Wie fühlst du dich?« Er küßte sie auf den Mund und zog sie an sich.

»So, als hätte man mir zu oft einen Schlag auf den Kopf verpaßt. Eine Ehe kann nicht schlimmer sein als das.«

»Das hoffe ich auch. Jetzt, wo ich dich im Sonnenlicht sehe, bin ich sicher, daß du am Samstag blaue Flecken haben wirst. Alle werden mich für einen brutalen Kerl halten, der dich nicht verdient hat.«

»Ian, es tut mir so leid wegen Marianne.«

Einen Augenblick lang brachte er kein Wort hervor. Giles hatte mit seinem Leben bezahlt, aber das war ihm nicht genug. Aus der Habgier eines einzigen Mannes war großes Leid entstanden. »Danke, Brandy«, sagte er schließlich. Er nahm sie in die Arme und hob sie auf Hercules' Rücken. »Laß uns nach Hause reiten.«

36

Danvers, der bereits seit fünfunddreißig Jahren Butler in Carmichael Hall war, sah aus dem großen Fenster im Salon auf den Rasen vor dem Haus hinaus und beobachtete die zwei kreischenden Pfaue – ein Männchen und ein Weibchen. Er hatte von Anfang an prophezeit, daß das nicht gutgehen würde. Der Hahn konnte die Henne einfach nicht in Ruhe lassen. Im Augenblick spreizte er sein schillerndes Gefieder – sein Markenzeichen, das ihn unwiderstehlich machen sollte – und jagte dem Weibchen nach. Die Henne versteckte sich unter einer der Ulmen, die am Rand des Waldes standen.

Danvers hatte gehört, daß der Herzog das Männchen Percy nannte. Seine Hoheit hatte nachdenklich gemeint, er sei nicht sicher, welchen Namen er dem Weibchen geben solle, habe aber schon eine ausgezeichnete Idee. Dann hatte er seinem Butler auf die Schulter geklopft. Trotzdem würde Danvers diesen verflixten Pfau namens Percy lieber in Cooks Kochtopf sehen.

»Keine Minute herrscht hier Ruhe«, beklagte er sich bei Mrs. Osmington, der bemerkenswert tüchtigen Haushälterin des Herzogs. »Ich wäre nicht überrascht, wenn Dr. Mulhouse, dieser Witzbold, den beiden die Pfaue nur zur Hochzeit geschenkt hätte, weil der Herzog sagte, die Farben in Schottland seien schöner als die in England. Ich persönlich glaube, diese aufgeblasenen Schreihälse werden das Wild verscheuchen.«

Mrs. Osmington spielte nachdenklich mit dem großen Schlüsselbund an ihrem Gürtel. »Nun, ich hörte, wie Ihre Hoheit lachte und erklärte, sie würde Heidekraut den Pfauen vorziehen.«

Danvers brummte vor sich hin, wandte sich vom Fenster ab und zog eine große runde Uhr aus der Tasche seiner schwarzen Weste. »Dr. Mulhouse befindet sich nun bereits seit über einer Stunde bei Ihrer Hoheit. Hoffentlich ist mit dem Erben alles in Ordnung.«

Mrs. Osmington nickte und neigte ihren Kopf auf eine Weise, die an einen Vogel denken ließ. »Zumindest verhält sich Ihre Hoheit vernünftig und galoppiert in ihrem Zustand nicht mehr über die Felder. Bei Lady Dorrington haben sich meiner Meinung nach Komplikationen ergeben, weil sie …« Sie verstummte und warf Danvers einen beunruhigten Blick zu. »Sie haben recht. Es dauert schon sehr lange – es ist beinahe Zeit für das Mittagessen. Ich werde Cook sagen, daß sie eventuell noch ein weiteres Gedeck auflegen muß.«

Dr. Edward Mulhouse versuchte in diesem Moment,

sich etwas einfallen zu lassen, was die Frau des Herzogs entspannen könnte. Brandy versteifte sich, hielt die Augen fest geschlossen und ballte ihre Hände zu Fäusten. Offensichtlich war ihr die Situation sehr peinlich. Sie fühlte sich äußerst unbehaglich, und hätte der Herzog nicht auf dieser Untersuchung bestanden, hätte sie es sicher nicht geduldet, daß der Arzt sie berührte.

»Alles in Ordnung, Brandy«, sagte Edward beruhigend. »Ich war schon bei mehr als zweihundert Geburten zugegen. Das braucht Ihnen wirklich nicht peinlich zu sein. Versuchen Sie, sich zu entspannen.«

Edward hatte keinen Erfolg und warf dem Herzog einen Blick zu. Er wußte sich nicht mehr zu helfen.

Ian grinste listig. »Wenn du dich nicht entspannst, Brandy, werde ich dich dazu zwingen, Whiskey zu trinken, bis du wieder kicherst und solche Dinge mit mir anstellst wie am vergangenen Mittwoch«, sagte er. Seine Stimme klang tief und bestimmt. »Weißt du noch, wie du ...«

»Ian, wage es nicht.« Brandy öffnete rasch ihre Augen und ballte ihre Fäuste noch fester. Sie sah aus, als würde sie sich auf ihn stürzen und auf ihn einschlagen wollen.

Er lächelte sie beschwichtigend an. »Komm, Brandy, laß Edward seine Arbeit erledigen. Ich werde ihn aufmerksam beobachten. Du brauchst dir keine Sorgen zu machen, daß er etwas Ungehöriges mit dir anstellt. Wenn er das täte, würde ich ihn niederschlagen und ihn anschließend in das Petunienbeet werfen. Anschließend würde ich dann die Ziegen holen, damit sie sich über die Pflanzen hermachen.«

Brandy lachte. »Das ist nicht lustig, Ian. Ich lache nur, weil ... ach, vergiß es. Es wird dir noch leid tun, daß du das alles vor Edward ausgeplaudert hast.«

»Laß ihn jetzt seine Aufgabe erledigen«, wiederholte der Herzog. Er zog sich einen Stuhl an die Bettkante und nahm die Hand seiner Frau in seine. »Los, Edward, tu, was du tun mußt.«

»Brandy, bitte entspannen Sie Ihre Bauchmuskeln. Oh, das Baby hat mich getreten.« Der Arzt lächelte und legte vorsichtig seine Hand auf den geschwollenen Bauch. »Ein lebhafter kleiner Kerl. Es scheint, als würde er radschlagen.«

»Er ist ein kleiner Rohling«, erklärte Ian. »Als ich heute morgen meiner Frau ein wenig Zuneigung zeigen wollte, hat er mich sofort mit einem seiner großen Füße getreten. Ich weiß, daß es sein Fuß war, obwohl Brandy schwört, es sei sein Kopf gewesen. Nein, ich sagte ihr, jeder Herzog von Portmaine habe große Füße gehabt.«

Endlich hatte er sie abgelenkt. Allerdings war er nicht sicher, ob sie anschließend nicht mit einer Waffe auf ihn losgehen würde. »Ja«, fuhr er fort, »in dieser Hinsicht wird er seinem Vater gleichen – er wird große Füße haben und ein hervorragender Liebhaber sein.«

»Und natürlich der geborene Diplomat – das solltest du nicht vergessen«, meinte Edward.

Ian beobachtete, wie Edwards Hände unter dem Laken verschwanden. Der Anblick gefiel ihm nicht, und Brandy schien kurz vor einer Ohnmacht zu stehen. Aber Edward arbeitete schnell, das mußte Ian ihm zugestehen.

Kurz darauf stand Edward auf, glättete das Laken und sagte: »Alles in Ordnung. Sie sind sehr schmal gebaut Brandy, aber es wird schon gehen. Wenn wir die Größe Ihres Mannes berücksichtigen, wollen wir hoffen, daß das Baby nicht noch weiter wächst. Jetzt sagen Sie bitte Ihrem Gatten, daß er sehr eingebildet ist, wenn er glaubt, mir im Schachspiel überlegen zu sein. Sie spielen doch auch, wie ich gehört habe. Zeigen Sie es ihm, Brandy. Schlagen Sie ihn.«

»Ich werde mich bemühen«, erwiderte sie. »Das verspreche ich.«

»Ernsthaft, Brandy – Sie sind kerngesund. Und das Baby ist es auch. Sie müssen sich keine Sorgen machen – nur, wenn Ian wieder versucht, hier einen Tumult auszulösen. Wenn er noch ein weiteres Detail über die Geburt hören will, werde ich dafür sorgen, daß er sich selbst darum kümmern muß.«

»Meine Güte, nein danke.« Der Herzog wurde blaß. »Edward, du mußt dabei sein.«

»Jetzt haben Sie ihn erwischt, Edward. Spielen Sie nach dem Mittagessen eine Partie Schach mit ihm. Vielleicht gewinnen Sie dieses Mal.«

Der Herzog lächelte. »Wir gehen hinunter, Brandy. Ich werde dir Lucy schicken. Wahrscheinlich läuft sie bereits wie eine Glucke im Flur auf und ab. Du ißt doch mit uns, Edward?«

»Gern.«

Ian streichelte Brandys Hand und führte dann Edward zur Tür.

Sie gingen gemeinsam die breite Treppe hinunter, an dem Diener vorbei, in den Waffensaal.

»Wärst nicht dabei gewesen, hätte sie sich wohl nicht von mir anrühren lassen«, meinte Edward.

»Mag sein, aber obwohl sie sich anfänglich gewehrt hat, hielt sie ihr Versprechen, sich untersuchen zu lassen, sobald das Baby zu strampeln beginnt. Verläuft wirklich alles so problemlos, wie du Brandy erzählt hast, Edward?«

»Allerdings«, bestätigte Edward und nahm ein Glas Sherry entgegen. »Das Baby ist kleiner, als ich erwartet habe, und das ist gut so. Je weniger Brandy zunimmt, um so besser. Das wird ihr die Geburt erleichtern. Das ist zumindest die jetzige Ansicht vieler Geburtshelfer in London.«

Edward schwenkte das schöne Kristallglas in seiner Hand, das mindestens dreihundert Jahre alt war. »Ich würde sagen, Brandy bekommt bald einen Sohn, aber eine Wette darauf würde ich nicht mit dir abschließen.«

»Ich glaube, Brandy hofft eher auf eine Tochter – auf ein freches, kleines rothaariges Mädchen wie ihre Schwester Fiona. Die Kleine wird ab nächstem Monat bei uns leben.«

»Du meine Güte, Ian. Du entwickelst dich ja zu einem gesetzten, tugendhaften Familienmenschen. Nach einem Jahr Ehe hast du bald zwei Kinder. Was hat Brandy mir vor kurzem erzählt? Du hast mit ihr eine Übereinkunft getroffen, die von Persephone stammen könnte?«

»Nein, ganz so mythologisch ist es nicht. Ich würde niemals von Brandy verlangen, alles aufzugeben, was ihr vertraut ist. Sie muß nicht für immer in England bleiben. Wir werden einige Monate im Jahr auf Schloß Penderleigh verbringen. Du mußt uns dort besuchen, Edward. Es ist ein großartiges altes Gebäude. An einigen Stellen ist es von Motten zerfressen, und der romantische Turm droht einzustürzen. Morag, eine der Bediensteten, badet niemals – nur vor Percys Hochzeit hat sie eine Ausnahme gemacht.

Ich kann mir schon gut vorstellten, wie du Lady Adella gegenübersitzt, Edward, und ihr zuhörst, wenn sie dir genau erklärt, was du tun sollst, und wann und wie das geschehen soll. Ich wette, sie wird dir – nur um dich zu prüfen – einige körperliche Beschwerden beschreiben, von denen du in deinem ganzen Leben noch nichts gehört hast. Ja, ich freue mich schon darauf, wenn es dir die Sprache verschlägt. Wir werden zu Beginn des nächsten Frühjahrs nach Schottland reisen.«

»Das klingt, als sei es einen Versuch wert, Ian. Ich habe noch nie zuvor jemanden mit schottischem Dialekt sprechen hören. Die meisten unserer Bekannten lieben Brandys Aussprache – ihr klangvoller Akzent gefällt ihnen. Ich hoffe, sie wird ihn nie ablegen.«

»Das werde ich nicht zulassen. Wenn wir nach London fahren, werden wohl einige Leute die Nase über sie rümpfen, aber da sie eine Herzogin ist, wird es niemand wagen, das offen zu zeigen. Sie hat sich Sorgen gemacht, mich und sich selbst durch einen Fauxpas bloßzustellen.« Ian lächelte. »Aber das wird nicht geschehen. Das Personal würde alles für sie tun. Außer der Magd Liza, die dachte, sie könne sich in alles einmischen. Natürlich ist sie nicht mehr in Carmichael Hall.«

»Nachdem du sie entlassen hast, hat sie im Dorf einige unschöne Dinge über die Herzogin verbreitet, aber niemand hat ihr Beachtung geschenkt.« Edward schlug sich mit den Händen auf die Arme. »Lieber Himmel, es wird heuer schon sehr früh kalt.«

»Ich hoffe, diese verdammten Pfaue erkälten sich und geben endlich Ruhe«, meinte der Herzog.

»Wie undankbar, Ian. Was soll ein armer Mann denn sonst einem Herzog zur Hochzeit schenken?« Edward sah sich in dem dunkel getäfelten Zimmer um und betrachtete die Waffensammlung. Mit einem leichten Anflug von Neid stellte er fest, daß man damit ein ganzes Regiment ausstatten könnte. Er erinnerte sich an die Spielzeugsoldaten und Waffen, mit denen er und Ian gemeinsam gespielt hatten, als sie acht Jahre alt waren. »Der Kerl, der mir die Vögel verkaufte, versicherte mir, sie würden in der Nacht schlafen. Tun sie das denn nicht?«

»Meistens. Ah, da kommt Danvers mit der Post.«

Edward beobachtete, wie der Herzog rasch ein Kuvert aus dem Stapel zog, das fremdartig und sehr schmutzig aussah, und es in die Höhe hielt. »Ein Brief von Lady Adella. Das wird Brandy vergessen lassen, wie peinlich es ihr war, von dir untersucht zu werden. Ich hoffe nur, daß sie keine Lachkrämpfe bekommt, wenn sie liest, wie die alte Dame über den neuen Earl herzieht – das ist Claude, wie du weißt. Armer Claude. Jetzt besitzt er den Titel erst seit etwas über einem Monat. Ich mag mir noch gar nicht ausmalen, wie sie ihn im Frühling bezeichnen wird, wenn wir sie besuchen.«

Brandy bekam zwar keinen Lachkrampf, hatte aber Mühe, ein Kichern zu unterdrücken, als sie Lady Adellas empörten Bericht las, während sie ihre Suppe aß. Der Herzog klopfte ihr auf den Rücken und bat sie, Rücksicht auf sein Kind zu nehmen.

»Arme Großmama«, sagte Brandy. »Sie klingt niedergeschlagen. Kannst du dir vorstellen, daß Onkel Claude den Mut besaß, ihr zu befehlen, die Schlüssel des Schlosses Constance zu übergeben? Großmama hat sich zwar nicht wirklich um den Haushalt gekümmert, aber jetzt hat man sie – warte, hier steht es – als ›aufdringliche alte Frau‹ bezeichnet, die sich in alles einmischt, obwohl sie nur die Witwe des alten Earls ist. Sie war sicher am Rande eines Herzinfarkts.«

»Oder wir werden bald erfahren, daß sie Claude erschossen hat.«

»Möglicherweise schlägt sie auch mit ihrem Stock auf sein gichtkrankes Bein ein«, meinte Brandy lachend.

»Ich habe eine Tante namens Millie. Lady Adella erinnert mich sehr an sie«, erzählte Edward. »Sie war dafür bekannt, den Pfarrer des Orts mit ihrer Bösartigkeit in die Knie zu zwingen. Ihre Brüder und Schwestern haben große Angst vor ihr.«

»Möglicherweise würden die beiden gut miteinander auskommen. Sie könnten versuchen, sich gegenseitig zu übertrumpfen«, meinte der Herzog. »Hör dir das an, Brandy. Lady Adella schreibt, Percy habe sein Ziel erreicht und ›Joanna seinen Samen eingepflanzt‹. Es scheint, Percy entwickelt sich zu einem vorbildlichen Ehemann. Lady Adella glaubt jedoch, das würde nur anhalten, solange Joanna weiterhin so charakterstark bleibt.«

»Wir müssen ihnen schreiben, um zu gratulieren«, sagte Brandy. »Ich denke, Joanna ist die einzige, der es gelingen könnte, Percys weniger angenehme Neigungen zu zügeln.«

»Da sie die Finanzen verwaltet, können wir darauf hoffen«, erwiderte der Herzog. »In ihrem letzten Satz schreibt Lady Adella, daß Fiona dir sagen möchte, sie habe den Tümmler jetzt beinahe gezähmt.«

»Oh, Ian, wie schön für sie.«

Der Herzog schüttelte den Kopf und wandte sich an Edward. »Bertrand, ein anderer Cousin, bezeichnet Brandy als Seejungfrau, weil sie das Meer so sehr liebt. Wenn ich sie jetzt betrachte, muß ich darüber lachen. Kannst du dir eine schwangere Nixe vorstellen?«

»Ich frage mich, wie eine Meerjungfrau wohl ein Kind zur Welt bringen könnte.« Als Edward bemerkte, daß Brandy ihn entsetzt ansah, räusperte er sich verlegen. »Das war nur ein Witz. Nein, Ian, bitte sag nichts. Ich möchte nicht, daß die Herzogin mich und die Pfaue für immer verbannt.«

»Sie werde ich nicht hinauswerfen«, erklärte Brandy. »Aber sagen Sie bitte meinem Mann, daß ich Zwillinge erwarte. Das wird dann seine gerechte Strafe sein – er wird eine dicke, unförmige Frau haben.«

Edward lachte. »Ich habe ihm schon gesagt, daß es sich dieses Mal nur um ein Baby handelt, Brandy. Sie müssen einen anderen Weg finden, um ihn zu bestrafen.«

»Das gelingt ihr täglich«, erklärte der Herzog und nahm sich eine der zarten Schinkenscheiben, die zu Cooks Spezialitäten gehörten. Dann warf er einen weiteren Blick auf den Brief. »Deine geschätzte Großmutter scheint jetzt ihr Gift verspritzt zu haben. Sie wünscht dir sogar alles Gute. Ich frage mich, ob ihr das wohl schwergefallen ist. Nun, Edward, du kennst jetzt einige Familiengeheimnisse. Hoffentlich erpreßt du mich nicht damit.«

»Sicher nicht, bevor ich dich bei einer Schachpartie geschlagen habe.« Edward sah auf die Uhr. »Ich muß gehen. Das Mittagessen war hervorragend wie immer. Lady Eleanor wartet in Rigby Hall auf mich. Sie bekommt ihr zehntes Kind und ist nicht sehr glücklich mit Sir Egbert.«

»Das wäre ich auch nicht«, meinte Brandy. »Das zehnte Kind? Meine Güte!«

Sie erhoben sich. »Ich kann mich noch daran erinnern, wie du dich beschwert hast, nichts zu tun zu haben«, sagte Ian. »Nicht einmal ein Geschwür wäre zu behandeln, erzähltest du mir. Wenn es allerdings in unserem Bekanntenkreis so weitergeht, wirst du dich vor Babies nicht mehr retten können.«

Sie standen auf den Eingangstufen und winkten Edward zum Abschied zu. Brandy wandte ihr Gesicht ihrem Ehemann zu. Er küßte sie mehrere Male und legte seine Hand leicht auf ihren Bauch. »Ich liebe dich«, sagte er.

Brandy strich mit ihren Fingern zärtlich über seine Wange. »Und ich liebe dich, Ian.«

Wieder küßte er sie, stöhnte verhalten und ließ seine Hand über ihren Bauch zu ihren Brüsten gleiten. »Ich liebe es, dich zu berühren.«

Dann hörte er Danvers kommen. Er fluchte leise und nahm seine Hände von der Brust seiner Frau. Als er ihren Mund betrachtete, war er den Tränen nahe. Danvers kam näher, und der Herzog richtete seinen Blick rasch auf den Rasen vor dem Haus.

Brandy wünschte sich sehnlichst, Ian berühren zu können. »In England riecht es ganz anders als in Schottland«, sagte sie ernst.

»Natürlich. Im Umkreis von einigen Meilen gibt es hier keine Schafe.«

Danvers kam immer näher, und Brandy zwang sich dazu, einen Schritt zurückzutreten, weil ihr Ehemann seine Hand wieder nach ihrem Bauch ausstreckte. »Das meinte ich damit nicht«, sagte sie.

Der Butler trat neben den Herzog und räusperte sich.

»Das weiß ich«, erwiderte der Herzog. »Aber wir haben Pfaue – vorausgesetzt, Danvers verschont sie noch eine Weile vor Cooks Töpfen. Wie denken Sie darüber, Danvers? Sollen wir die Schreihälse noch eine Woche leben lassen?«

»Ja, aber das ist die äußerste Grenze, Eure Hoheit.«

Brandy lachte und umarmte ihren Mann. Ian schlang seine Arme um sie.

»Das Leben ist so schön«, sagte sie. »Ich bin sehr froh, daß ich mich entschieden habe, dich zu heiraten.«

»Ja, es ist wunderbar«, stimmte der Herzog ihr zu. »Wenn du mich nicht geheiratet hättest, wärst du von mir auf eine einsame Insel entführt worden. Du hattest keine Chance.«

»Das ist eine schöne Vorstellung.«

Der Herzog von Portmaine küßte seine Frau vor den Augen des Butlers, der keine Miene verzog und vollkommen vergessen hatte, was er seinem Herrn hatte sagen wollen.